国家社科基金重点项目“郭沫若作品修改及因由研究”项目成果
山东省社会科学规划项目“中国现代文学经典作品版本校勘与史料考释”项目成果

掘开历史的地表

——郭沫若前期文艺论著版本校勘之发现与研究

孟文博　著

U0949604

山东大学出版社
·济南·

图书在版编目(CIP)数据

掘开历史的地表:郭沫若前期文艺论著版本校勘之发现与研究/孟文博著. —济南:山东大学出版社,2020.9

ISBN 978-7-5607-6724-6

Ⅰ. ①掘…　Ⅱ. ①孟…　Ⅲ. ①郭沫若(1892-1978)—文学研究　Ⅳ. ①I206.7

中国版本图书馆 CIP 数据核字(2020)第 185465 号

责任编辑　陈珊
封面设计　牛钧

出版发行　山东大学出版社
社　　址　山东省济南市山大南路 20 号
邮政编码　250100
发行热线　(0531)88363008
经　　销　新华书店
印　　刷　泰安金彩印务有限公司
规　　格　720 毫米×1000 毫米　1/16
　　　　　17.5 印张　292 千字
版　　次　2020 年 9 月第 1 版
印　　次　2020 年 9 月第 1 次印刷
定　　价　52.00 元

版权所有　侵权必究

序

读完孟文博的大作《掘开历史的地表——郭沫若前期文艺论著版本校勘之发现与研究》，可以用“惊讶”和“纯正”来表达我的感受。它虽是孟文博的第一本著作，但我却分明感受到他求学的认真、治学的严谨和成果的丰硕。可以说，在导师的指导下，他找到了合适的选题，走了一条朴实而纯正的学术路子。于是，他也有了自己的学术追求和个性：一是在文献资料上下真功夫，着力于版本校勘，返本求真，呈现文本之原貌及变迁；二是在研究方法上取考证、校勘、辨析之法，走文史结合、以史证文之路；三是在思维方式上，以原始史料为基础，从社会权势语境和郭沫若的特定身份入手，分析其作品修改、观念变迁和人际纠葛，开合有度，拿捏精准，时有创新。

孟文博想“掘开历史地表”，而他的研究对象又是极具特殊性和复杂性的郭沫若，其难度可想而知。众所周知，郭沫若是20世纪中国文学和历史中无法回避的重要人物。他经历的历史事件之多、时间跨度之长、涉猎范围之广、社会影响之大、思想变化之频繁，是独一无二的。正因如此，郭沫若研究也就一直面临着诸多困难。最大的问题主要来自两方面：首先是资料残缺和真伪的问题。郭沫若资料存在全集不全和版本差异大等问题。郭沫若未被收录的文献数量大，且对自己的作品进行了多次修改。其次是分析尺度和评价标准的问题。郭沫若的评价是极其丰富而驳杂的，从不同角度看有不同的色彩，甚至出现相互矛盾的两极评价。他的丰富性表现为评价的缺纯粹性和精深度不足，他的驳杂性则主要是因为其处在一个不断变化的社会时代，他自己又与时俱进、贴着时代走，用他自己的话说，他自己“像大渡河里面的水一样，一直是在崇山峻岭中迂回曲折地流着”。由此，对郭沫若的研究就亟待需解决文献史料和评价尺度问题。研究者既要忠实于原始史料，又要设身处地进行历史化分析。史料化和历史化，或者说回到历史现场、回到原始史料，是推进和深化郭沫若研究的两把钥匙。

孟文博就用这两把钥匙，开启了郭沫若前期文艺思想及其人际关系的大锁。他在版本上做了实实在在的校勘工作；又以版本校勘为基础，分析郭沫若文艺思想及其人际关系，设身处地地解释郭沫若思想和文本的“变”与“不变”，以及所隐含的无奈和痛苦。他不回避也不辩解，力求还原一个真实而丰富的郭沫若。这是孟文博想努力的方向，《掘开历史的地表》也实现了这样的目标，可视为近年来郭沫若研究的重要收获。近年来，中国现当代文学研究出现了史料化转向和历史化趋势，孟文博敏锐地把握并顺应了这样的学术潮流，完成了这样扎实而有新意的成果。这或许就是我为之“惊讶”的原因吧。

孟文博的特点和贡献在版本校勘和作品汇校方面。我尤其惊叹于他的一丝不苟和严谨而认真的态度，也相信有了这样的方法和治学态度，他会走得更远，做出更多的成绩来。大约 20 年前，他曾随我攻读硕士学位，选题是“舒群抗战小说研究”。舒群是一位东北作家，作品数量并不多，也不为学界所重视，但他的抗战小说却具有感受独特、形象丰满、文体多样等特点。孟文博重新捡拾历史材料，还原了舒群抗战小说的特点和贡献。也许是受到学术氛围的影响，当时的他并不以史料见长。今天的孟文博则对郭沫若研究现状有了准确的把握。目前，国内学术界对郭沫若前期文艺思想的研究虽然比较丰富，但也存在片面和偏差，特别存在文献资料不严谨、不真实的情形。郭沫若的资料遗漏多，文本也有大量被修改现象，需做考证、校对和汇校工作。史料不全和版本差异在郭沫若研究领域相对比较明显，包括一些资深学者对其的研究也存在资料文献和版本问题。于是，孟文博重新接续传统治学方法，将版本校勘作为研究方法，对郭沫若前期文艺论著的版本进行了细致而完整的校勘。作品汇校本是一件苦差事，是硬功夫。仅从到目前为止出版的中国现代文学作品汇校本数量极为有限来看，也就可见其难度，也可理解为什么人们不愿意下力气去做版本汇校和考辨工作了。

有了版本汇校和文献史料作基础，加上重回历史现场的自觉，孟文博对郭沫若的文艺思想观念和人际关系纠葛就有了新发现。他结合郭沫若的作品修改，讨论其文艺观念变迁以及人际关系，分析其作品修改的动机，分析社会时代和个人思想的内在关联。表面上看，郭沫若的思想观念多有“自我相违”“自行抵牾”和“左右摇摆”的地方，孟文博却发现，在“相违”与“摇摆”的背后，是郭沫若骨子里的“权力”意识在操纵，只不过是“在什么山头唱什么歌”罢了。不同的社会环境造就了不同的身份，不同的身份自然也有了不同的话语策略。20 世纪 20 年代后期的郭沫若，一方面以无产阶级革命文学倡导者的“政治家”身份号召文艺青年做“留声机器”，另一方面又以“诗人”身份写出了具有相当艺术高度的诗作。1949 年以后，郭沫若的创作与行动多不被理解，他被看作“御用文人”和“唱和者”。实际上，郭沫若也有隐蔽性的一面。他在编写《沫若文集》时，对作品进行了大量的修改，这既是为了迎合当时的文艺政策及自我政治身份的调整，也暗含了其重回原初的意图。又如 1922 年 5 月，他在《创造季刊》第 1 卷第 1 期上发表《海外归鸿》第一信，提到了诗作《重过旧居》；1957 年在将该诗收入《沫若文集》时，他将它改为《泪浪》，并对文本进行了大量修改，隐晦地传达了自己的负心郎身份以及愧疚而痛苦的心情。它们并非是直线型的思想变化，而是郭沫若在不同社会环境或身份转变过程中的话语表达，有的与其特定心理有关，有的则与时代语境存有密切联系。

孟文博是魏建教授的门徒，他跟随魏先生学到了做学问的真功夫。学问的功夫应下在史料上，有了史料的搜集、整理、校勘和发现，才能做出真学问，才可做出大学问。这也正是让我最为兴奋的事。我欣喜地看到他在治学道路上探得了门径，并有了大收获，也真切地感受到魏建兄传人有道，教学有方。我自己并不长于史料研究，但一直非常尊敬和佩服做史料工作的研究者。在此，写上这些话，虽有些外行看热闹的味道，但之所以敢应承下来，主要是为孟文博的学术正途而高兴，向魏建师徒所取得的成绩表示祝贺。

王本朝

2019 年 4 月 28 日于重庆西南大学

目　录

绪 论

在中国现代文学史中，几乎无论从哪一个方面来说，郭沫若都是一个无法忽略的重要存在。他活跃的历史跨度之长，涉猎范围之广，参与重大历史事件之多，社会影响之大，思想观念变化之频繁，共同构成了一道极为复杂和独特的历史风景线。对这样一道历史风景线的考察与研究，也一直都是中国现代文学学科关注的重点。

长期以来，学者们在对郭沫若的研究中已经习惯约定俗成地以新中国成立为时间界限，把他的各种文艺思想分为前期和后期。从总体上来看，学界对郭沫若前期文艺思想的研究远多于后期，这自然与郭沫若在中华人民共和国成立前后身份地位的转变有着密切联系。中华人民共和国成立后，郭沫若头顶诸多政治头衔，他的文艺思想因此便与当时的政治思想密不可分地糅合在一起，其在不同场合的表达往往只是对各种政策的阐释和升华，从而在很大程度上失去了独立性和自由性，相应来说也就失去了深入研究的价值。但是在从 20 世纪 20 年代初期初登文坛，一直到中华人民共和国成立的这近 30 年时间里，由于社会动荡所造成的相对自由的思想界空间，郭沫若在其间各个阶段思想观念的形成及演变便有着高度的自由性和独立性，形成了属于他本质观念的真实表达，因此研究的价值较高。

虽然基于研究价值的高低，学界对郭沫若前期各种文艺思想的研究成果较为丰富，但是在这丰富之中，却存在相当大程度的片面性、片段性、模糊性以及与历史实情存在偏差等弊端。翻阅近十几年来的研究论文我们可以发现，许多在题目上冠以“早期”或“前期”定语的研究成果，其内容仅仅涉及与研究课题相关的一个相对较短时间内的特点，而没有注意到随着社会情势的激荡变迁，郭沫若的各种思想观念其实一直都是“与时俱进”“因时而变”的。自然，有的学者也注意到并论述了郭沫若某种思想观念的“变”，但在同时却往往又忽略了这种“变”之中的“不变”。也就是说，鲜有学者真正从横贯近30年的历史流程中全面考察分析郭沫若前期的各种思想观念，未能清晰梳理并深入研究郭沫若前期的诸多思想观念究竟怎样“因时而变”、为何这样“变”以及有哪些思想观念是始终不变的、又何以会始终不变等问题。

事实上，整体来说，学界对郭沫若的研究评论总因种种复杂的原因而与学术研究应有的客观、公正与深刻有所偏离。比如很多学者出于对新中国建立初期一直到“文革”时期极“左”思想的反感及警惕，对当时积极参与其中的郭沫若产生了明显的感情倾向，对其采取批判式甚至发泄式的评论；还有一些学者依然囿于既往的思维模式，对郭沫若的诸多文艺思想有意拔高乃至文过饰非，结果这些评论就共同构成了郭沫若研究领域一个较为奇特的“两极评价”现象①。自然，这种“两极性”也就意味着主观性和片面性。

除此之外，学界对郭沫若的研究还存在着有违学术规范的不严谨性缺憾。这种不严谨性主要体现在两个方面：一是资料的搜集上疏漏太多。近年有学者指出：“《郭沫若全集》非但不是‘完整的第一手资料’，反而极有可能是世界上最不全的作家‘全集’之一”；仅“‘文学编’遗漏的文学作品至少有1600篇以上”②。二是对他大量作品的考证、校对、汇校等基础性史料整理工作一直未能真正全面而深入地展开。我们知道，郭沫若是一个极为“善变”的作家。他的“善变”不仅体现在不同时期会产生不同的思想观念上，而且体现在他对大量作品在不同时期的修改上。尤其是他对自己文艺论著的修改，相对于其他作品的修改来说更为频繁，而且幅度更大。由于郭沫若在修改自己的文艺论著后从不加以具体说明，而篇尾却依然延续最初版本所注明的时间，因此这些修改就处于较为隐蔽的状态，给日后的研究工作造成了很大困难，很容易造成各种失误。对此我们不妨先看下面这个例子。

---

① 参见魏建：《郭沫若“两极评价”的再思考》，《山东师范大学学报》(人文社会科学版)2012年第12期。

② 魏建：《郭沫若佚作与〈郭沫若全集〉》，《文学评论》2010年第2期。

学者鄂基瑞、王锦园于1981年在《文学评论丛刊》第8辑发表的《郭沫若"五四"时期美学思想初探》一文，是"文革"结束后较早研究郭沫若文艺思想的文献，在当时影响较大，后被收录到上海书店出版社于2012年7月出版的《郭沫若研究文献汇要》。在这篇论文中两位学者这样论述郭沫若关于艺术功利性的问题：

> 和艺术无目的论相反，他认为艺术本身是具有功利性的，真正的艺术必然要发挥艺术的功能。但是，假使作家纯粹以功利主义为前提来从事创作，功利的效果反而有限。因为作家惯会迎合时势，虽能收到一时的成功，而在艺术上却未必真正有所建树。相反的，"文艺如由真实的生活源泉流出，无论它是反射的或创造的，都是血与泪的文学"，都会有功利主义的效果。"由灵魂深处流泻出来的悲哀，然后才能震撼读者的魂魄。"这些话写在距今58年前，今天读起来仍然富有生命的活力。只有联系郭沫若当时整个文艺思想和创作的实际进行全面的考察，才能得出符合实际的结论。如果仅仅凭借片言只语，轻易断定他是为艺术而艺术者，那是既不公平也不符合历史实际的。①

由注释可以看出，两位学者所引用的材料来自于人民文学出版社1979年版《文艺论集》中的《论国内的评坛及我对于创作上的态度》。郭沫若这篇文章最初发表的时间，据当时推算，其实是57年前。然而在五十多年前的1922年8月4日，这篇文章发表在上海《时事新报·学灯》时其内容与人民文学出版社1979年版《文艺论集》所收录的这篇文章的内容却有着相当大的不同。也就是说，当这篇文章在被收入到新中国建立后的《文艺论集》时，郭沫若对其进行了大幅度的修改。两位学者所引用的内容，在最初版本中是这样的：

> 假使创作家纯以功利主义为前提以从事创作，上之想借文艺为宣传的利器，下之想借文艺为糊口的饭碗，这个我敢断定一句，都是文艺的堕落，隔离文艺的精神太远了。这个作家惯会迎合时势，他在社会上或者容易收获一时的成功，但他的艺术(?)绝不会有永远的生命。
>
> 这种功利主义的动机说，从前我也曾怀抱过来；有时在诗歌只中借披件社会主义的皮毛，漫作驴鸣犬吠，有时穷得没法的时候，又想专门做些稿

① 郭沫若：《论国内的评坛及我对于创作上的态度》，《时事新报·学灯》1922年8月4日。

子来卖钱，但是我在此处如实地告白：我是完全忏悔了。文艺本是苦闷的象征，无论他是反射的或创造的，都是血与泪的文学。①

正如两位学者所强调的："只有联系郭沫若当时整个文艺思想和创作的实际进行全面的考察，才能得出符合实际的结论。"而他们所引用的材料，恰恰并非郭沫若"当时""创作的实际"。两位学者是在没弄清版本问题的情况下，错误地引用了材料，其结论自然与实际情况有偏差。

事实上早在20世纪80年代中期就有学者以郭沫若的《文艺论集》为例，提出过"现代文学研究需要注意版本"②的问题，只是一直未能引起学界的广泛注意。结果从90年代到21世纪，很多学者在研究郭沫若文艺思想时，还存在因忽视版本考证工作而造成错误地引用资料，进而得出错误的研究结论的情况，不能不说十分遗憾。对此，我们可以再看以下几个例子。

1994年，《郭沫若百年诞辰纪念文集》由社会科学文献出版社出版，其中收录了刘纳女士非常富有创新意义的论文《重读〈李白与杜甫〉》。这篇论文后又被收录到文化艺术出版社于2010年出版的《郭沫若评说九十年》中，被看作是20世纪90年以来郭沫若研究最重要的论文之一，影响非常大。然而就是这样一篇被广为称道的论文，其中也存在着材料引用错误的问题。刘女士在这篇文章里就郭沫若"对李白'附逆'的罪名做了充满理解的开脱"，写下了这样一段话："我在这里所注意的是郭沫若熔铸进了个人情感的评论立场。他不能容忍一个诗人在民族灾难面前没有切实的表现，他却宁愿为一个诗人因天真的热情站错了队辩护。这使我想起在写作《李白与杜甫》40多年前，年轻的郭沫若曾经论证过艺术家与政治家可以'兼并'：'一切热诚的实行家是纯真的艺术家，一切志在改革社会的热诚的艺术家也便是纯真的革命家。'"③但实际上郭沫若"在写作《李白与杜甫》40年前"发表于《创造周报》第18号上的《艺术家与革命家》原文中所写的这句话是这样的："一切热诚的实行家是纯真的艺术家，一切热诚的

① 郭沫若：《论国内的评坛及我对于创作上的态度》，《时事新报·学灯》1922年8月4日。

② 黄淳浩：《现代文学研究需要注意版本——从郭沫若〈文艺论集〉的版本说起》，《人文杂志》1986年第2期。

③ 刘纳：《重读〈李白与杜甫〉》，郭沫若故居、中国郭沫若研究会：《郭沫若百年诞辰纪念文集》，社会科学文献出版社1994年版，第838～839页。

艺术家也便是纯真的革命家。”只是到了新中国建立后的50年代后期编纂《沫若文集》时，郭沫若才在下半句“热诚的艺术家”前面加上了“志在改革社会的”定语。刘纳女士对这句话的引用是基于她在前文中所讲到的：郭沫若认为李白“从永王却是出于‘报国忧民的诚意’，即使投错了门槛，也该以‘天真’原谅”①。显然，“出于‘报国忧民的诚意’”而“从永王”的李白，正属于“志在改革社会的热诚的艺术家”，因此在这里引用这样一句话也是非常恰当的。但是倘若刘纳女士再仔细读一遍郭沫若在“在写作《李白与杜甫》40年前”所发表的论文原文，会发现他在当时所着重强调的，并非艺术家的“志在改革社会”，而是艺术家“藉以宣传的是不是艺术”，他认为“无论若何艺术没有不和人生生关系的事情，更无论艺术家主张艺术是为艺术或是为人生，为什么都可以不论，但总要它是艺术。刀说是杀鸡的也可，说是杀人的也可，我们总要求它是刀然后才能承认，这是易明的事实”。郭沫若进而论道：“艺术家要把他的艺术来宣传革命，我们不能论议他宣传革命的可不可，我们只能论他所藉以宣传的是不是艺术。假使他宣传的工具确是艺术的作品，那他自然是个艺术家。这样的艺术家以他的作品来宣传革命，也就是实行家摰一个炸弹去实行革命是一样，一样对于革命事业有实际的贡献。”在这种论调的基础上，郭沫若得出“一切热诚的艺术家也便是纯真的革命家”的结论，就很自然了。当然，刘纳女士此处材料引用的错误对于整篇文章来说是无伤大雅的，但是这样不经严密考证的资料引用毕竟有违学术规范的严谨，且与其论述本身也并不能完全相契合，不能不说是一处令人遗憾的瑕疵。

再一个例子来自学者魏红珊的《郭沫若美学思想研究》一书。这本书于2005年8月由四川出版集团巴蜀书社出版，是较新的研究成果，在郭沫若研究领域也具有很大影响。魏女士在论述郭沫若“五四”时期的文艺思想时，写下了这样一段话：

> 他以表现主义的表现“自我”而自然地将艺术和人生联系在一起的美学思想为指导，提出了艺术和人生天然联系的理论主张：“艺术与人生，只是一个晶球的两面，和人生无关的艺术不是艺术，和艺术无关的人生是徒

---

① 刘纳：《重读〈李白与杜甫〉》，郭沫若故居、中国郭沫若研究会：《郭沫若百年诞辰纪念文集》，社会科学文献出版社1994年版，第838～839页。

然的人生。""文艺是人生的表现,它本身具有功利的性质,即是超现实的或带些神秘意识的作品,对于社会改革和人生的提高上,有时也有很大的效果。"他所要求和用以衡量艺术及艺术家的标准是"要看你的作品到底是不是艺术,到底是不是有益于人生"。在这里,郭沫若不仅认定艺术和人生具有天然联系,而且强调艺术作用于人生的特殊规定性。他主张遵循艺术本身的规律,以艺术自身特殊的功能,有效地实现艺术为人生的使命。艺术不仅要反抗丑恶、反映现实,而且要表现理想、指导人生,尤其是要去鼓舞人们的反抗意识。①

查看注释,这段话里面有三处引文。其中第一处和第三处出自人民文学出版社1990年版《郭沫若全集》中的《文艺论集·论国内的评坛及我对于创作上的态度》,第二处出自《文艺论集·儿童文学之管见》。事实上,人民文学出版社1990年版《郭沫若全集》是根据1957～1964年陆续出版的《沫若文集》扩充编印的,来自于《沫若文集》的部分均未加以变动,内容相同。也就是说,《郭沫若全集》中所收录的很多作品并非郭沫若最早在各个报刊上所发表的原文。魏女士在此处所引用的这三处引文,都不是郭沫若在"五四"时期的"理论主张",而是他在20世纪50年代经修改而得的。这三句话在最初版本中的原文分别是:

我认定艺术与人生,只是一个晶球的两面,只如我们的肉体与精神的关系一样,他们是两两平行,绝不是互为君主臣仆的。②

文学自本身具有功利的性质,即彼非社会的Antisocial或厌人的Misanthropic作品,其于社会改革上,人性提高上有非常深宏的效果,就此效果而言,不能谓为不是"社会的艺术"。③

可见,郭沫若在"五四"时期强调的是艺术对"人性提高上有非常深宏的效果",而到了50年代才改为"对于社会改革和人生的提高上,有时也有很大的效果"。无论艺术所作用的对象,还是语气,都发生了变化。因此魏女士在郭沫若修改之后的言论基础上得出这样的结论:

---

① 魏红珊:《郭沫若美学思想研究》,四川出版集团巴蜀书社2005年版,第164页。

② 郭沫若:《论国内的评坛及我对于创作上的态度》,《时事新报·学灯》1922年8月4日。

③ 郭沫若:《儿童文学的管见》,《民铎》1921年第2卷第4期。

这个时期的郭沫若作品的重要特点是表现心灵冲动。冲动不仅是创作的一种内驱力，也是表现对象本身。但这些冲动并不源于抽象的人性，而源于现实的刺激和时代的感应。①

这种结论就有些欠妥，毕竟郭沫若在当时的言论中出现了“人性”一词。事实上，“人性”是郭沫若在“五四”时期经常用到的一个概念，只是到了新中国建立后显得不合时宜，郭沫若才在修改中多将其改为“社会改革”“人生”“革命”等词。

以上几个例子均属于较为典型的情况。除此之外，其他几乎绝大部分论述郭沫若前期文艺思想的论文都是引用新中国建立后出版的《沫若文集》和《郭沫若全集》中的材料，而没有注意到这些材料都经过了郭沫若不同程度的修改，并不能完全代表其当时的文艺思想。有少数学者认识到了这一点，因此采用《〈文艺论集〉汇校本》中的材料。但是这本《〈文艺论集〉汇校本》只是近30年前黄淳浩先生参与编辑《郭沫若全集》的副产品。他依据“至于一般文字变动，为避免繁冗，则不一一录出”的原则，并没有对全部的异文加以标注，自然也就没有完全反映出历史文献最初的真实全貌及后来不同时期的流变。另外，更需要注意的是，收入到《文艺论集》中去的文艺论文也只占郭沫若前期文艺论文的很少一部分，还有相当大一部分在被收入到此部《沫若文集》时就已经经过了不同程度的修改，但至今却都没有通过汇校等方式加以标明。也就是说，迄今为止，大量的郭沫若文艺思想研究所用的资料其实都是建立在未对其版本加以严格考证的基础之上的，由此造成的引用错误甚至研究失误几乎俯拾皆是。这不能不说是一件非常遗憾的事。

我们都知道古之学者治学，资料版本的考证校勘是最为基本的功底之一。尤其是到了清初，经学大师顾炎武、黄宗羲、王夫之等主张“无信不征”，极为注重审订文献、辨别真伪、校勘谬误，开朴学之先河。清末民初，国学大师章太炎、王国维等均有着深厚的考证校勘功底，并把治学之道建于此基础之上。此之后现代文学领域的大家像鲁迅、郭沫若、胡适等同时又都是大学问家，他们有着上一辈学者审慎严密的治学态度和考据功底，从而成就了其卓越的学术成果。然而当历史发展到了新中国时期，尤其是从“文革”结束直至今天，我们的学者却在相当大程度上抛弃了这一治学传统，有意无意地忽视了最为基础的原始资料考证

① 魏红珊：《郭沫若美学思想研究》，四川出版集团巴蜀书社2005年版，第165页。

工作，而多习惯于在提出新观点、表达新思想方面高歌猛进，这一点在郭沫若研究领域尤其明显，自然也有碍于整个中国现代文学学科的进一步健康成长。

郭沫若是继鲁迅之后左翼文学界和史学界公认的领袖，其涉猎范围之广，存在时间之长，都超过了鲁迅。其留下来的各种史料的丰富性与复杂性也并不亚于鲁迅。尤其是他以激情四射的性格积极主动地参与到各个时期诸多重大历史事件中来，而且往往还在其中起着重要的领导作用，发挥着巨大的影响。我们甚至都可以说，郭沫若的活动史在很大程度上就是当时整个中国现代发展史的缩影。由于郭沫若首先是以一个文人的身份而安身立命，因此他的各种思想观念中自然以文艺思想最为丰富和复杂。他作为一个始终自觉追逐社会发展波潮、自觉与时俱进的文人，其前期文艺思想的形成与演变绝不仅仅是就文艺问题在自说自话，而是在方方面面都与当时的社会情势与文坛状况有着密切的联系。他的文艺思想的变与不变，其实都较为直接和生动地反映了整个社会的发展脉络。因此，梳理考察郭沫若前期文艺思想的变与不变，不仅能够让我们更加客观、深入地了解这个复杂独特的历史人物，而且对考察新中国成立前近 30 年的社会形态变迁、政治文化思潮波荡，都有着很重要的意义。然而正如有学者所论，近年来关于郭沫若的研究虽然“收获是很可观的，但与规范成熟的鲁迅研究相比仍存在一段较大的距离”；“与鲁迅研究相比，郭沫若研究的系统性、科学性和当代性仍显得不够，郭沫若研究迄今还是一个尚未成熟的领域”。①这当然都与郭沫若这个历史人物的成就、地位及影响很不相符，属于中国现代文学研究领域亟待补上的一课。

笔者深知，在 21 世纪已经进入第二个十年的当下，中国现代文学研究工作正在向着更加纵深的方向发展。以往从某种现实需要出发，以先入为主的思想或者观点筛选史料、提炼史料、阐释史料的研究方法正逐渐退出学术舞台。越来越多的学者已从意识形态的固囿中蜕脱出来，以更加纯洁客观的眼光去审视历史、考察历史，以期能够得出更为真实公正的结论。这种研究方法显然更科学、更客观、更合理，但是相应来说，作为基础性工作的对史料的进一步搜集、整理与汇校，却恰恰仍是一个制约学科健康深入发展的“瓶颈”。近来有很多学者

---

① 温儒敏、李宪瑜、贺桂梅、姜涛等：《中国现当代文学学科概要》，北京大学出版社 2005 年版，第 334 页。

都注意到了这一点，并撰文呼吁加强中国现代文学学科的史料建设工作，只是这种呼吁在很大程度上还停留在呼吁阶段，没有被充分落到实处。作为这一工作具有标志性意义的成果：现代文学作品汇校本自 20 世纪 80 年代至今，总共只有七部出版，分别是《〈女神〉汇校本》（郭沫若著，桑逢康汇校，湖南人民出版社 1983 年 8 月版）、《〈文艺论集〉汇较本》（郭沫若著，黄淳浩汇校，湖南人民出版社 1984 年 11 月版）、《〈棠棣之花〉汇校本》（郭沫若著，王锦厚汇校，湖南人民出版社 1985 年 7 月版）、《〈死水微澜〉汇校本》（李劼人著，龚明德汇校，四川文艺出版社 1987 年 11 月版）、《〈围城〉汇校本》（钱钟书著，胥智芬汇校，四川文艺出版社 1991 年 5 月版）、《〈女神〉校释》（汇校本兼注释本，陈永志校释，华东师大出版社 2008 年 9 月版）、《边城》汇校本（沈从文著，金宏宇、曹青山汇校，长江文艺出版社 2009 年 7 月版）。另外，还有两部关于鲁迅作品的校读研究，即《〈鲁迅全集〉校读记》（鲁迅著，孙用校读，湖南人民出版社 1982 年 6 月版）和《〈两地书〉研究》（鲁迅、许广平著，王得后校对研究，天津人民出版社 1982 年 9 月版）。在这七部汇校本和两部校读研究中，有四部是关于郭沫若作品的，比鲁迅还多出两部，这就足以看出郭沫若的"善变"以及由此所造成的史料的复杂性。但是这四部汇校本所涉及的郭沫若作品，仅仅占他大量修改作品的极少一部分。尤其是郭沫若文艺论著的修改，不仅数量多，而且幅度大，一部并不完整的《〈文艺论集〉汇较本》只不过能让我们窥豹一斑，而远远不能反映出其全貌。在这样的背景之下，笔者近年来汇校了所有郭沫若前期涉及修改的文艺论著，并形成异文汇编。而在此基础之上的专题研究，则在一定程度上对学界由于长期忽略这些修改而造成的某些空白点、错讹点、争议点有所填补、纠正和厘清，这就是本部著作的主要价值之所在。

最后，笔者想在此再次呼吁，在新的时期和新的研究环境之中，我们中国现代文学的学者们还需要进一步强化重返历史现场的意识，注重文学文本资料的版本问题。所有研究工作都要以资料考证详实、真伪辨析明确为前提，否则便很有可能像本文上面所列举的例子一样，不仅违背了学术规范的严谨性，而且得出了与事实不符的研究结论。笔者谨愿与广大学者一起，在日后的研究中更加注重各种资料文本的版本考证、汇校、整理工作，共同维护学术研究的规范性和严谨性，增强研究结论的客观性和科学性，以此努力突破"瓶颈"，把中国现代文学研究工作扎扎实实地推向前进。

第一章 郭沫若文艺“无目的性”与“功利性”观念的历史流变

郭沫若于20世纪20年代初期阐发出他关于文艺作品“无目的性”与“功利性”问题的辨析，这属于他最早的文艺观念之一。一直到20年代中期，这个问题都以文艺作品的“无目的性”和“社会使命”观念交替转换的形式表现出来。

通常的观点是认为郭沫若在创造社前期持有文艺“无目的性”论。在这一时期，他强调“就创作方面主张时，当持唯美主义”①，认为“假使创作家纯以功利主义为前提以从事创作，上之想借文艺为宣传的利器，下之想借文艺为糊口的饭碗，这个我敢断定一句，都是文艺的堕落，隔离文艺的精神太远了”②。也就是说，他认为作家在进行创作时，唯一应该注意的是文艺作品的“无目的性”，但如果掺入“功利性”，则是“文艺的堕落”了。而在1924年翻译完河上肇的《社会组织与社会革命》后，郭沫若就逐渐地转向了马克思主义，依据马克思主义“理性的背光”，不再坚持文艺的“无目的性”，转而开始强调文艺应该承担伟大的“社会使命”，即作家在主观上应该注重文艺的“功利性”。曾有学者就此总结：“郭沫若前期的文艺思想具有矛盾性，尤其表现为文艺的‘无目的性’与‘社会使命’之间的自我相违，许多研究者致力于这一矛盾根源的追溯，其中较有突破的是黄侯兴和蔡震。黄侯兴认为这一现象根源于郭沫若艺术功利观与政治功利观之间

① 郭沫若：《儿童文学的管见》，《民铎》1921年第2卷第4期。

② 郭沫若：《论国内的评坛及我对于创作上的态度》，《时事新报·学灯》1922年8月4日。

的矛盾，蔡震则从郭沫若'自由与责任'的两难心态予以阐释，认为这由郭沫若自我本位意识与社会忧患意识的冲突所致，以至最后后者压倒前者，郭沫若从张扬文艺"'无目的'到肯定'文艺是宣传的利器'，从不愿做到甘心做革命的'留声机'。"①

具体查阅这两处所提到的著作我们会发现，两位学者在论述这个问题时所根据的材料，绝大部分都来自郭沫若于新中国建立前出版的《文艺论集》。这部《文艺论集》最早由上海光华书局于1925年出版，在之后的1929年、1930年又由该书局再版(黄、蔡两位学者的著作中均没有明确注出其引用的材料是出于哪个版本，不能不说有些遗憾)。这三个版本中所收录论文篇目有所不同，但具体论文的内容与这些论文最初在各个报刊发表时的内容，仅有字词上的略微调整，而极少涉及意义的修改，因此的确可以反映出郭沫若当时的文艺思想。但这部《文艺论集》在被收入到1957～1964年陆续出版的《沫若文集》时，就有了较大幅度的改动，其中不乏涉及意义的重大修改。这些改动的大背景是新中国建立后50年代的社会形势与文艺政策，可以说是当时郭沫若思想心态的微妙折射，其中有很多涉及对文艺作品"无目的性"与"功利性"问题的再次思考。如果我们在讨论这个问题时忽略这些材料，就看不出郭沫若在此问题上一波三折的观念转变全貌，甚至可能因材料引用的错误而得出错误的结论。事实上，这一问题并不仅仅限于郭沫若在某一阶段所表达的文艺观，而是随着郭沫若在历史进程中不断变换的身份和境遇，其文论展现出不同的表现形式，而这也更使其难以把握。笔者在本书的此一部分中，尝试以历史的发展为线索，结合长期以来不太为学者们所注意到的、郭沫若对其前期文论加以修改的材料，对这一问题展开较为完整的探讨与分析。

一

依照时间顺序，我们首先需要澄清郭沫若在20世纪20年代中期彻底转向马克思文艺观之前，对于文艺作品"无目的性"与"社会使命"观念的阐发。在以往的研究中，学者们的研究结论大体可分为两种：一是较为粗放、直接地把郭沫若的这一转变分为前后两个时期。例如黄候兴曾论："当郭沫若表白他已经从'昂首天外'转而面向'水平线下'，他的文艺观也开始发生变化时，在文艺与政

① 温儒敏、李宪瑜、贺桂梅、姜涛等：《中国现当代文学学科概要》，北京大学出版社2005年版，第333页。

治的关系上，他不仅不再坚持文艺创作动机的无功利说，反而把它与作家的政治倾向、作家的革命责任感联系起来突出地加以强调。特别是他意识到了'现在是宣传的时候，文艺是宣传的利器'以后，他更加爱强调了文艺与政治、文艺与时代的密切关系。""他批评了所谓超时代、超阶级的'美的人性'，用马克思主义的观点阐明了文艺的社会性与阶级性。"①二是从细节上注意到了郭沫若在这一转变过程中言论主张的复杂性和反复性，但是对这种复杂性和反复性的分析又过于简单化或者片面化了。例如学者钟林斌就把此归结于郭沫若自己曾总结的"在唯心与唯物之间摇摆"②，认为"这种'摇摆'往往表现在对文艺的本质、文艺的源泉、文艺创作的动机和社会功能等问题上"。"我们在指出郭沫若在这个问题的认识上的片面性的同时，我们又不能因为郭沫若曾说过艺术本身无所谓目的，就断言他就是'为艺术而艺术'的信徒，甚至说他是'唯美派'，而我们只能说青年郭沫若还没有摆脱唯心主义的影响而已。"③另外，还有学者从当时的社会环境及郭沫若的心态出发，认为"郭沫若在这样的社会环境中，在他身上也同样出现了两种情绪，这就是对于腐朽黑暗社会的反抗和在暂时强大的反动社会压力下的失望、厌倦，而求暂时的超脱。当他从人与社会的冲突的立场来认识文学时，便把文学看作是反抗社会的武器，用功利的观点去看待审美客体。要求文学喊出人类的苦闷、社会的苦闷、个人的苦闷。当他在社会的压力下，灰心失望而求暂时的解脱时，便以纯审美的无为的立场去看待文学，强调潜意识的表现，直觉的重要作用。用他自己所引用的歌德的一句话来概括这种矛盾的美学理想，就是'向真实追求，想梦境寻乐'"④。应该说，无论是思想观念中的唯心主义影响，还是社会环境压力下的心态变化，都是从宏观时代背景角度进行的判断，而非真正基于重返历史现场的考察分析，因此不免对历史实情有所偏离。

事实上，郭沫若在20年代中期关于文艺作品"无目的性"与"社会使命"的观念在阐发上的"自我相违""自行抵牾""左右摇摆"，并非源于其思想观念的复杂性，而是与其在不同环境中身份的转变有着更为密切的联系。在此我们不妨从他

---

① 黄侯兴：《郭沫若文艺思想论稿》，天津人民出版社1985年版，第51页。

② 郭沫若：《沫若文集》第10卷，人民文学出版社1958年版，"前记"第1页。

③ 钟林斌：《论郭沫若早期文学主张的特点及内在矛盾》，《中国现代文学研究丛刊》1982年第4期。

④ 王光东：《郭沫若前期美学观形成探源》，《聊城师范学院学报》1984年第3期。

最初的相关言论开始着手考察,以期最大程度地还原历史,并进行了客观评论。

郭沫若就这个问题最早公开发表的言论出现在1920年2月1日《时事新报·学灯》上的《致宗白华书》中。这封书信后经删节,被收入1925年12月光华书局初版的《文艺论集》,成为论文《论诗》的第二部分。根据发表的时间和内容,可以说这是郭沫若的第一篇文艺论文。郭沫若在此文中开篇便写道:

> 我想我们的诗只要是我们心中的诗意诗境底纯真的表现,命泉中流出来的Strain,心琴上弹出来的Melody,生底颤动,灵底喊叫;那便是真诗,好诗,便是我们人类底欢乐底源泉,陶醉底美酿,慰安底天国。①

之后他又引用歌德写诗的例子,认为:

> 诗不是"做"出来的,只是"写"出来的。我们想诗人底心境譬如一湾清澈的海水,没有风的时候,便静止着如像一张明镜,宇宙万类底印象都涵映着在里面;一有风的时候,便要翻波涌浪其来,宇宙万类底印象都活动着在里面。这风便是所谓直觉,灵感(Inspiration),这起了了的波浪便是高张着的情调。这活动着的印象便是徂徕着的想象。这些东西,我想来便是诗底本体,只要把他写了出来的时候,他就体相兼备。②

20多天后,郭沫若又给宗白华写信谈论这个问题。这封信同样发表在《时事新报·学灯》上,时间为1920年2月24日,之后它成为初版《文艺论集》中《论诗》的第三部分。在这封信里郭沫若继续表达着他类似的观点:

> 只是我自己对于诗的直感,总觉得以"自然流露"的为上乘,若是出以"矫揉造作",只不过是些园艺盆栽,只好供诸富贵人赏玩了。天然界的现象,大而如寥无人迹的森林,细而如路旁道畔的花草,动而如巨海宏涛,寂而如山泉清露,怒而如雷电交加,喜而如星月皎洁,莫一件不是自然流露出来的东西,莫一件不是公诸平民而听其自取的。亚里士多德说"诗是模仿自然的东西"。我看他这句话,不仅是写实家所谓忠于描写的意思,他是说诗的创造贵在自然流露。诗的生成,如像自然物的生存一般,不当参以丝毫的矫揉造作。我想新体诗的生命便在这里。③

---

① 郭沫若:《文艺论集》,光华书局1925年版,第330页。
② 郭沫若:《文艺论集》,光华书局1925年版,第331页。
③ 郭沫若:《文艺论集》,光华书局1925年版,第340页。

从以上材料可见，郭沫若在他最早的文艺论文中便开始表达对文艺“无目的性”问题的思考，他的这些言论以比喻式的诗性语言写出，正体现了他此时的文艺观还处于感性阶段，因此他在第一封信中总结出“诗＝（直觉＋情调＋想象）＋（适当的文字）”的创作公式，在第二封信中做出“不伦不类的譬比”——“直觉是诗胞的 Kern，情绪是 Protoplasma，想象是 Centrosomum，至于诗只是 Zellenmembran，这是从细胞质中分泌出来的东西”[①]显得有些简单而幼稚，就一点也不奇怪。郭沫若的这些话都仅在强调诗“不是‘做’出来的，只是‘写’出来的”，“贵在自然流露”，显然只表达了艺术的“无目的性”，还没有涉及艺术在客观上的“功利性”。

时间又过了 10 个月，郭沫若在再次给李石岑的信中谈到了这个问题。这封信刊载在 1921 年 2 月 24 日的《时事新报·学灯》上，日后便成为《论诗》的第一部分。在这一部分里，他在文艺的“无目的性”问题上更进一步，提到了文艺的现实“影响”与“效果”，并用了三个“浅薄”来表达对“教训诗”“功利主义的通俗文艺”的反感，甚至因此把白居易都归入了“中等人物”。他认为“真正的诗人的诗，不怕便是吐嘱他自己的哀情，抑郁”，但是这样的诗“我们读了，都莫有不足以增进我们人格的”[②]。正是从这里开始，郭沫若把作家在主观上所进行的“功利主义”创作和作品在形成之后产生的客观“影响”与“效果”区分开来了，成为他在创造社初期最基本的文艺观念之一。之后在诸多文论中郭沫若都不断重复这一观念，仅在前面所罗列的材料中我们就可以看到很多。

郭沫若也许自己当时并没有意识到，他甫一发表有关文艺理论的言论，便涉及了美学领域最为基本的问题之一。就像韦勒克、沃伦在其著名的《文学理论》中所总结的：“整个美学史几乎可以概括为一个辩证法，其中正题和反题就是贺拉斯（Horace）所说的‘甜美’（dulce）和‘有用’（utile），即诗是甜美而有用的。”[③]两位文论家接下来对这个问题作了精辟的论述：“这两个形容词，如果单独采取其中任何一个，就诗的作用而言，都要代表一种趋向极端的错误观念——也许根据文学的作用，比起根据文学的性质，更容易将‘甜美’和‘有用’两者联系起来。诗就是快感（类似于任何其它的快感）的看法反驳了诗就是教

① 郭沫若：《致宗白华书》，《时事新报·学灯》1920 年 2 月 1 日。

② 郭沫若：《文艺论集》，光华书局 1925 年版，第 325～326 页。

③ [美]韦勒克、沃伦：《文学理论》，刘象愚、邢培明、陈圣生、李哲明译，文化艺术出版社 2010 年版，第 20 页。

训(类似任何的教科书)的看法。而所有的诗都是,或者都应该是宣传的看法又伴随着诗是或者应该是与世态人情无关的、纯粹的声音和意象的组合的看法。这两个针锋相对的命题,在艺术是'游戏'还是'工作'(所谓小说的'技艺'[craft]或艺术的'作品'[work]即指后者而言)的争论中得到最透彻的表现。上述的每一种看法,孤立起来看,都不可能通过。如果说诗是'游戏',是直觉的乐趣,我们觉得抹杀了艺术家运思和锤炼的苦心,也无视诗歌的严肃性和重要性,可是,如果说诗是'劳动'或'技艺',又有侵犯诗的愉悦功能及康德所谓的'无目的性'(purposelessness)之嫌。我们在谈论艺术的作用时,必须同时尊重'甜美'和'有用'这两方面的要求。"①

显然,在写下两封《与宗白华书》后,经过近一年的创作实践和理论思考,郭沫若对自己文艺观的表达更趋成熟理性了。他不仅强调文艺家在主观创作层面以"无目的性"所成就的"甜美",而且涉及了文艺作品客观层面的"有用"。或许这也是他把这篇最晚发表的信作为他《论诗》第一部分的原因。

如果总结一下郭沫若在这三封信里所表达的最初的文艺观,我们会发现无论是他强调文艺创作主观层面的"无目的性",还是说明客观层面的"影响"与"效果",都是以文艺作品的"艺术性"为前提的,也即所谓"无论艺术家主张艺术是为艺术或是为人生,我们都可不论,但总要它是艺术"。从文学史的角度来说,郭沫若此时期的文艺主张是对传统封建社会长期存在并日趋僵化、腐化的"文以载道"文艺观的有力反驳,同时也体现出他开阔的视野和标新立异的创造意识。事实上,文艺的本质特性也正在于其"艺术性",即"美"的特性。文艺作品只有在"美"的基础之上才可以发挥它各种各样的作用,这也符合文艺作品接受与鉴赏的心理规律,正如康德所论:"鉴赏判断是审美的。""为了判断某一对象是美或不美,我们不是把[它的]表象凭借悟性连系于客体以求得知识,而是凭借想象力(或者想象力和悟性相结合)连系于主体和它的快感和不快感。鉴赏判断因此不是知识判断,从而不是逻辑的,而是审美的。至于审美的规定根据,我们认为它只能是主观的,不可能是别的。但是一切表现间的关系,甚至于感觉间的关系,却能够是客观的(在这场合,这种关系就意味着一个经验表象的

① [美]韦勒克、沃伦:《文学理论》,刘象愚、邢培明、陈圣生、李哲明译,文化艺术出版社2010年版,第20页。

实在体）。”①文艺作品无论出于什么样的目的被创造出来，都是需要接受者去鉴赏的，否则便失去了它存在的意义。接受者面对文艺作品，首先便是以审美的眼光去接受，这是一个“主观的”、感性的过程，“而不是逻辑的”“知识判断”，至于文艺作品能够传达给接受者的其他信息，则因接受者“经验”的差异而不同，就属于“客观的”层面了。

郭沫若在其最初的文论中所表达的观念虽然不免感性甚至幼稚，但却更接近于艺术的本质。造成这一点很重要的一个原因在于他的思考本身便是“无目的性”的，并不具有某种具体的“功利性”。他给宗白华和李石岑的书信往来，都是一个文艺家与另外的文艺家在讨论文艺问题，而非社会问题，或者其他现实问题。而郭沫若的这种“无目的性”思考又在很大程度上得益于其学生的身份。在相对宁静的高校象牙塔内，郭沫若很自然地可以与现实生活形成疏离，从而能够依照自我性情去思考文艺的本质问题。不过这种“无目的性”的艺术思考很快便随着郭沫若学生时代的结束而终结了。1923 年 4 月，郭沫若从日本九州帝国大学医学部毕业，携妻带子回到上海。一个月后，他在就在《创造周报》第 3 号上发表了措辞激烈的论文《我们的文学新运动》。

这篇富有标志性意义的文章与其说是一篇文艺论文，倒不如说是一篇战斗檄文。郭沫若在文中极富激情地号召作家创作“黄河扬子江一样的文学”，用以“反抗资本主义的毒龙”，“反抗不以个性为根底的即成道德”，“反抗否定人生的一切即成宗教”，“反抗藩篱人世的一切不合理的畛域”，“反抗由上种种所派生出的文学上的情趣”，“反抗盛容那种情趣的奴隶根性的文学”，“在文学之中爆发出无产阶级的精神，精赤裸裸的人性”，“以生命的炸弹来打破这条毒龙的魔宫”。这一系列的“反抗”“爆发”“打破”，表明郭沫若不仅要让文学“载”“无产阶级的精神”之“道”，而且上升到了“经国之大业、不朽之盛事”的高度。显然，郭沫若刚一回国便把自身融进汹涌澎湃的社会革命运动大潮中，在文学主张上扯起了“功利主义”的大旗。

但有意思的是，就在发表这篇《我们的文学新运动》半个月前，郭沫若还在上海大学对学生进行很富诗意的宣讲：

> 文艺也如春日的花草，乃艺术家内心之智慧的表现。诗人写出一篇诗，音乐家谱出一个曲，画家绘成一幅画，都是他们天才的自然的流露：

---

① ［德］康德：《判断力批判》上卷，商务印书馆 1996 年版，第 39 页。

如一阵春分吹过池面所生的微波，是没有所谓目的的。

不过凡是一种社会现象发生，对于周遭必生成影响；譬如一池平静地水，投进一颗石子，——不管哪石子是怎样小，水面必生波圈，而且波及全体的水面。文艺乃社会现象之一，故必发生影响于社会。①

而再过不到5个月，郭沫若又为“中华全国艺术协会”的成立撰写了《一个宣言》。《一个宣言》在报章上发表过几次后经过改正，转录于《创造周报》第22号。在这个“宣言”里，郭沫若宣称：

艺术的熏陶虽还未能普及于人寰，然而这正是我们继起者的事功，这正要赖我们继起者的努力奋勇。

我们的目的是想把民众抬高到艺术的境地。

我们制造艺术的氛围以濡含民众，我们陶冶民众以作育天才。②

时间又过了一年半。1925年4月，郭沫若在上海美术专门学校进行演讲时，又发表如下言论：

天才即纯粹的客观性(Reine Objektivitat)。所谓的纯粹的客观性，便是把小我忘掉，溶合于大宇宙之中，——即是没我，即是没有丝毫的功利心(Disinterestedness)。这没功利心便是艺术的精神。③

仅从以上材料我们就可以感到郭沫若关于这个问题的“自我相违”与“左右摇摆”真有些让人眼花缭乱。但实际上，如果我们从郭沫若在不同环境中的身份转变角度来观察分析这个问题，就会很容易发现他在这个问题上的“相违”与“摇摆”其实并不复杂，只不过是在“权力”意识背景之下，“在什么山头唱什么歌”罢了。对此，我们不妨从他那篇最早“转身”的《我们的文学新运动》开始考察分析。

就在这篇论文的开篇，郭沫若以他一贯的激情宣告：“中国的政治生涯几乎到了破产的地位。野兽般的武人之专横，破廉耻的政客之蠢动，贪婪的外来资

① 郭沫若：《文艺之社会的使命——在上海大学讲》，《国民日报·文学》1925年5月18日。

② 郭沫若：《中华全国艺术协会宣言》，《创造周报》1923年第22号。

③ 郭沫若：《生活的艺术化——郭沫若先生在上海美专讲》，《时事新报·艺术》1925年5月12日。

本家之压迫，把我们中华民族的血泪排抑成黄河、扬子江一样的赤流。"在这样的"赤流"中，"我们现在于任何方面都要激起一种新的运动，我们于文学事业中也正是不能满足于现状，要打破从来的因袭的样式而求新的生命之新的表现"。因为"四五年前的白话文革命，在破了的絮袄上虽打上了几个补绽，在污了的粉壁上虽然涂上了一层白垩，但是里面的内容依然还是败棉，依然还是粪土。Bourgeois 的根性，在那些提唱者与附和者之中是根植太深了，我们要把这根性合盘推翻，要把那败棉烧成灰烬，把那粪土消灭于无形"①。

从国家政治到文学事业再到自我责任，郭沫若的逻辑非常清晰。也正是从这一时期开始，郭沫若的身份特征逐渐开始复杂化了。他在与自己单纯的学生身份相揖别之后，便因社会环境及个人追求的巨大变化同时具有了多重身份。其中最为明显且在文艺创作和文艺观方面起最大决定作用的，便是其"诗人"与"政治家"两种身份。正如有学者所论述的，以此为始，"诗人的自由与政治家的责任便在两个不同的空间展示了郭沫若生活的两条轨迹"②。

郭沫若以一个"诗人"的身份暴得大名，似乎已经走上了日后可以顺利发展的文学道路，那么他为何此刻又要逐渐舍弃文学"无目的性"论，转而去强调文学的"功利性"，从而谋求"政治家"的身份呢？要回答这个问题，则必须从中国传统文化整体形态与个人独特心态两方面进行细致分析。

早在中国文化的初创时期，最初的知识分子群体便表现出明显的积极"入世"色彩。他们的学术研究与学术应用都带有极强的现实功利性，也可以说是政治功利性，而他们也以此作为谋生的最重要手段，正所谓"士之仕也，犹农夫之耕也"③。孔子当时三个月没有得到国君的任用，便惶惶不可终日，驾车奔走于各国，推销治国理念，以求"士之仕也"。日后的历史发展，从西汉"罢黜百家，独尊儒术"到唐代科举制度建立，对于中国传统知识分子来说，就是一个以"士"求"仕"的思维模式不断强化的过程。在这个过程中，"修身齐家"的目的被牢牢固定在了"治国平天下"之上。

历史发展到近代，中国传统知识分子突然遇到了"三千年未有之大变局"，科举制度一朝废除，"学而优则仕"的道路彻底崩毁，中国知识分子面前的社会

---

① 郭沫若：《我们的文学新运动》，《创造周报》1923 年第 3 号。

② 蔡震：《郭沫若与郁达夫比较论》，陕西师范大学出版社 1988 年版，第 128 页。

③ 《孟子·滕文公下》，杨伯峻：《孟子译注》，中华书局 1984 年版，第 142 页。

格局和价值标准也随之多元化了。在这样的背景下，知识分子群体开始分化，而同一个知识分子在不同的历史阶段，也会发生很大的转变。像著名的历史学家陈垣，早年一度热心政治，曾在北洋政府中身居要职，但后来“眼见国事日非，军阀混战连年，自己思想没有出路，感到生于乱世，无所适从，只觉得参加这样的政治是污浊的事情，于是就想专心致志于教学与著述”①。与之类似的还有汤用彤、李叔同等人。不过无论社会形态如何剧烈激荡，都不可能在短时间内完全改变已经经过千百年积淀的知识分子“入世”“治世”心态。众多知识分子即使在下定决心“出世”后，依然还是会在“入世”与“出世”之间纠结甚至自责。像哲学家汤用彤在“九一八”事变后避乱庐山，在大林寺附近撰写《大林书评》时就不禁在此书序言中感慨：“时当丧乱，犹孜孜于自学，结庐仙境，缅怀往哲，真自愧无地也。”②卢沟桥事变后，已经出家礼佛的弘一大师李叔同也曾痛楚地谴责自己：“吾人所吃的是中华之粟，所饮的是温陵之水，身为佛子，于此之时不能共纾国难于万一”；“自揣不如一只狗子”。③

相对于这些知识分子而言，郭沫若却绝少有类似的纠结。相反，他从文学的“无目的性”向“功利性”的观念转变，或者说从一个“诗人”的身份转而追求“政治家”身份，是由他个人性情和心态所决定的必然选择。

郭沫若少年时代接受的是典型的传统文化教育，这种教育使他在步入成年期时，便逐渐建立了强烈的现实关怀和“入世”信念。1910 年，刚满 18 岁的郭沫若曾写下颇具气魄的《郑成功逐荷兰据台湾论》一文。他在文中称：“天下事最其最可痛心疾首者，灭家亡国，蔑以过之。……当此之时，豪杰之士，莫不仗剑从戎，奋呼而起，效一己之命以图恢复，饮刃喋血，前后相续也。”④1915 年，当值袁世凯政府被迫接受日本“二十一条”之时，郭沫若给其弟郭开运的信中说：“我游惰而虚糜时光，是促成我国家之运命也；我奢侈而滥掷金钱，是陷我国家于贫困也；我懦弱无能，仰卑贱多惭，则国家亦懦弱无能或卑贱错惭矣，我之系我国

---

① 晋阳学刊编辑部：《中国现代社会科学家传略》第 1 辑，山西人民出版社 1985 年版，第 188 页。

② 汤用彤：《〈大林书评〉序》，《汤用彤学术论文集》，中华书局 1983 年版，第 36 页。

③ 参见龚望、刘炎臣：《李叔同——弘一大师的一生》，天津市政协文史资料研究委员会、天津市宗教志编纂委员会：《李叔同——弘一法师》，天津古籍出版社 1988 年版，第 91～92 页。

④ 谢保成：《郭沫若学术思想评传》，北京图书馆出版社 1999 年版，第 9 页。

家者如是;我宁不知自爱,以自励自勖,自克自制耶!"[①]可以说,郭沫若在其价值观形成之时,便具有明显的"治平"观念,把自身与国家紧密结合在了一起。

郭沫若在留日期间阅读了大量西方著作,接受了西方的现代文化熏陶,自然也深受西方现代知识分子理性批判精神和启蒙精神的影响,这在他当时以及后来对歌德、雨果、果戈、罗曼·罗兰、伏尔泰等人的高度赞美中,可以清楚地看到。西方现代知识分子精神与中国传统知识分子精神有着一个重要的共通点,即对现实世界的深切关怀,而这也成为他早期诗歌创作中的一个重要主题。

不过当时的郭沫若要想关怀现实,"效一己之命以图恢复",还缺乏足够的资本,即布尔迪厄所说的知识分子的"文化资本"。这种"文化资本"包括"语词能力、一般的文化意识、审美偏好、关于教学体系的信息以及教育文凭等"。布尔迪厄认为,"文化可以变成一种权力资源"[②],即知识分子所独有的发言权、裁判权及影响力等。"文化资本"越多,这种"权力"也就越大。关于这一点,郭沫若一生的论敌胡适表达得极为清晰。在1921年10月11日北京大学的开学典礼上,胡适说:"我想要做学阀,必须造成像军阀、财阀一样的可怕的有用的势力,能在人民的思想上发生重大的影响;……所以我们一方面要做蔡校长所说的为知识而求知识的精神,另一方面要造成有实力的为中国造历史,为文化开新纪元的学阀,这才是我们理想的目的。"[③]他在谈到读书的功用时也非常清楚地表示:"读书是求智识,智识就是权力。"[④]钱理群先生就曾这样评价胡适:"胡适提倡学院派的学术,其意并不在纯粹的学术,而是要通过学术造成一种'像军阀、财阀一样的可怕的有用的势力',借学术'实力'来影响社会,'在人民思想上发生重大的影响',即所谓'为(天下)师',进一步利用学术权力来取得政治权力";"因此,他对北大学生的期待,不是一般的专家,而是有'势力'的'学阀',而且有可能还要当'领袖'"。[⑤]

郭沫若一开始并没有走类似胡适的学术道路,但他留学日本期间嗜读文学,且勤于习作,日后经宗白华发现和提携而在文坛崭露头角,再后来又因《三

① 黄淳浩:《郭沫若书信集》上,中国社会科学出版1992年版,第67页。

② [美]戴维·斯沃茨:《文化与权力》,陶东风译,上海译文出版社2006年版,第88页。

③ 欧阳哲生主编:《胡适文集》第12卷,北京大学出版社1998年版,第438～439页。

④ 欧阳哲生主编:《胡适文集》第12卷,北京大学出版社1998年版,第123页。

⑤ 钱理群:《北京大学教授的不同选择——以鲁迅与胡适为中心》,许纪霖:《20世纪中国知识分子史论》,新星出版社2005年版,第314页。

叶集》和《女神》的相继出版，获得了更加响亮的"文名"。这时以诗作闻名于世的郭沫若，虽还不算是"学阀"，但其著名诗人的显赫地位已经使他拥有类似"学阀"的"文化资本"，从而也就具备了"能在人民的思想上发生重大的影响""为文化开新纪元"的"权力"，也就是郭沫若自己所说的能为国家"效一己之命以图恢复"的"豪杰之士"的"权力"。在这样的背景之下，郭沫若舍弃他单纯的"无目的性"文学梦，转而"奋呼"文学的"功利性"，便完全是在情理之中了。

但是，当郭沫若的文学观念由"无目的性"转向"功利性"之后，他又会时不时地"退回"到原来的观念，从而形成"自我相违""自行抵牾""左右摇摆"的状态。关于这一点，我们就必须具体考察郭沫若在当时复杂的社会背景下，不断转变其身份的问题。

被誉为"当代文化研究之父"的英国学者斯图亚特·霍尔曾这样论述关于文化身份的问题："文化身份既是'存在'又是'变化'的问题。它属于过去也同样属于未来。它不是已经存在的、超越时间、地点、历史和文化的东西。文化身份是有源头、有历史的。但是，与一切有历史的事务一样，它们也经历了不断的变化。它们决不是永恒固定在某一本质化的过去，而是屈从于历史、文化和权利的不断'嬉戏'。"[①]斯图亚特·霍尔的此段论述针对的是移民地区少数族裔文化身份的认同问题。但由于其高度的概括性，同样适用于不同历史阶段个人身份的变更问题。在中国的传统封建时期，人们的身份是由"君君、臣臣、父父、子子"的等级观念所固定化、模式化的。自然，人可以通过激烈的政权更迭、科举进阶、自然更替等方式，实现个人身份的变换，但这种变换往往非常缓慢，诸如所谓"朝为田舍郎，暮登天子堂"，其背后总有着长期的艰辛磨砺。但当历史进入郭沫若所在的现代阶段后，社会环境已经发生了相当大的变化，其中显著的一点便是人们的社会身份前所未有的复杂化了，而且同时以前所未有的频率更替变换着。一个原来靠收地租积累财富的农村地主通过卖掉田地、在城市中建厂的方式，便可以在短时间内转身成为一个民族资本家；一个读着"四书五经"发蒙的传统知识分子在出国留学几年后便很可能成为一个现代知识分子；一个本来信仰无政府主义的作家或学者如果接受了马克思主义，就成为"马克思主义者"，如果他又亲自参加社会革命，便又成为了一个"革命者"。当然，也可能

---

① [英]斯图亚特·霍尔：《文化身份与族裔散居》，罗钢、刘象愚：《文化研究读本》，中国社会科学出版社2000年版，第211页。

有多重身份或明或暗、或主或次地同时重叠在一个人身上。这种身份的复杂性与转变的频繁性，在众多现代作家的作品中都有着形象而生动的描述。而这些作家本身与其笔下的人物一样，也往往在现实生活中同样经历着复杂而频繁的身份变换与重叠，郭沫若便是其中非常具有代表性的一个。前文我们谈到郭沫若最明显且最具决定意义的“诗人”与“政治家”双重身份自 20 世纪 20 年代的中期开始便一直贯穿于其一生。它们在不同的时空交替互换，造成郭沫若在许多问题上的“相违”“抵牾”与“摇摆”。其中，有关文艺作品“无目的性”与“社会使命”观念的互换便是较为明显的一个。

具体说来，20 世纪 20 年代中期的郭沫若仅初步接受了马克思主义，只能算一个马克思主义“准政治家”，但与此同时，“五四”精神所赋予他的“诗人的自由”并没有因其对马克思主义的接受而消失。因此可以说，在这一时期，这两种身份的力量在他身上旗鼓相当。身处不同的语境，郭沫若会很自然地展现不同的身份，发表不同的言论。前面所列的诸多“摇摆”，正是郭沫若这种身份决定言论现象的典型反映。在此我们不妨一一加以分析。

他最早展现马克思主义“功利主义”文学观的论文《我们的文学新运动》，是应日本大阪《每日新闻》记者之邀所做的“一篇关于我国新文学的趋向的文章”。既然是介绍“新文学的趋向”，郭沫若自然会提出最新的观念或者设想。而此时正值国内马克思主义思潮风起云涌之际，郭沫若敏锐地意识到以马克思主义观指导文学创作正是社会发展的大趋势，同时这也是他个人抢抓历史机遇、实现自我“权力”提升的绝佳时机，因此他在还没有真正读过一本马克思主义著作的情况下便急于把自己置于马克思主义者的位置，写出了这篇虽然言辞激烈但内容空洞而浮躁的论文。在此我们不妨顺便澄清一点：以往学者大都认为郭沫若是在翻译河上肇的《社会组织与社会革命》后逐渐走上马克思主义道路的；实际上应该反过来，他是在意识到自己应该信奉或者说运用马克思主义之后才去翻译这部作品的。在完成翻译半年后，郭沫若应孤军社之邀去宜兴考察，也可以说是理论联系实践的活动了。发表《我们的文学新运动》后，郭沫若便有了“左翼文学家”的头衔，再加上他早已在文坛获得的“文化资本”，被推举撰写《中华全国艺术协会宣言》，自然是很正常的事，因此他在其中的言论便不外乎是“我们继起者”用文学为人民服务的“事功”。

但是郭沫若在上海大学和上海美术专门学校所做的讲演就属于另外的“空间”了。这两所学校所邀请的郭沫若，当然是以《女神》闻名文坛、以主办《创造季刊》《创造周报》等刊物影响文坛的“诗人”郭沫若，而不是信奉和宣传马克思主义的“政治家”郭沫若。就像他在上海美专所作讲演的开篇所客套的：“刚才刘海粟先生把当代的独一无二的大文学家和艺术家的大帽子套在我的头上，其实这全是‘夫子自道’。”作为“大文学家和艺术家”的郭沫若非常清楚自己应该以什么身份来发表讲演。而且从社会现实层面说，在当时上海的政治氛围中，在面对广大青年学生中发表马克思主义言论是一件相当危险的事，他当然会很谨慎。另外，笔者还想在此补充一个郭沫若对当时学生运动看法的材料，以做另一个方面的佐证：1923 年 10 月 7 日，郭沫若在《创造周报》第 22 号上发表《天才与教育》一文，其中有一句：“但在我们教育破产，司教育的人只知道罢课索薪，受教育的人只知道罢课闹事，卖教育用具的人只知道献贿名人以推广商业的时代。”此文在被收入人民文学出版社 1959 年版《沫若文集》第 10 卷时，这句话被改成了：“但在我们教育破产的目前，职司教育的人只知道罢课索薪，卖教育用具的人只知道献贿名人以推广商业。”“受教育的人只知道罢课闹事”一句被删除了。这一处修改很小，连黄淳浩先生所编的《〈文艺论集〉汇校本》也没有注明，因此历来极少被注意到。但其意义却不容忽视，它代表了郭沫若当时对学生运动所持的态度——并非多数人认为的支持与鼓励，而是将其定义为“闹事”。在这种观念的作用下，郭沫若显然不会对“受教育的人”再发表激进的政治言论。而到了两年半后的 1926 年 3 月，郭沫若在大革命的策源地广东大学进行讲演时，其中便充满激烈的政治话语。这是时间与空间再次转变的结果，不属于本文的评论范围，因此不便展开。笔者只想综合此材料来说明，郭沫若在当时青年学生中的讲演，是以“大文学家和艺术家”的身份进行的学术活动，这就决定了他所演讲的内容是诗意的、富有文学性的艺术理论，而绝非马克思“政治家”的思想灌输，因此在其中体现文学的“无目的性”而非“社会使命”，是很自然的。

二

如果说 1925 年之前郭沫若还因身份的时空互换而在文学的“无目的性”和“社会使命”这个问题上不断“摇摆”，那么在 1925 年之后，因无产阶级运动的蓬勃发展和个人思想的明确坚定，他便彻底“摇”到鼓吹文学要承担“社会使命”的一端，再也没“摆”回宣扬文学的“无目的性”这一端。郭沫若的这番“觉悟”在 1926 年发表于《洪水》杂志第 2 卷第 16 期的这篇《文艺家的觉悟》中体现得最为清晰明确：

我素来是站在民众方面说话的的人，不过我从前的思想不大鲜明的，现在更加鲜明了些，我从前的思想不大统一的，现在更加统一了些罢了。但是要说从事于文艺的人便不应该发表些社会思想上的论文，这是无论在那一国的法律上都不会有这样的规定的。要说从事于文艺的人便不应该感染社会思想，这简直是根本上的一个绝大的错误。

朋友们哟，和我表同情的朋友们哟！我们现在是应该觉悟的时候了！我们既要从事于文艺，那就应该把时代的精神和自己的态度拿稳。

我们现在所需要的文艺是站在第四阶级说话的文艺，这种文艺在形式上是写实主义的，在内容上是社会主义的。——我在这儿敢斩金截铁地说出这一句话。

郭沫若自此之后便以各种形式不断强调和践行着文学宣传"社会主义"的"社会使命"，甚至号召文艺青年"当一个留声机器"，因为"这是文艺青年们的最好的信条"①。郭沫若此时的这些言论看起来确实有些偏颇，很容易让人们想到日后林林所给予他的"党喇叭"的评价（尽管其本意是一种褒扬），进而认为他在中华人民共和国成立后创作大量因紧跟政治形势而不顾艺术价值的作品，正是在此时埋下的伏笔。因此学者们对他此时的转向和所发表的言论多持批判或者惋惜的态度，如蔡震先生就曾这样评价："郭沫若在创造社转向之后明确放弃了文学的自觉精神。他将文学简单地等同于革命，等同于时代精神。他说自己宁愿做一个标语人、口号人，而不做一个诗人，甚至做一架留声机。这样文学完全成为从属于社会政治革命的工具，只不过是一个时代精神的传声筒。这个时期，郭沫若并没有写出能以它们的艺术魅力流传于世的作品。相反，却还是他在无所顾忌地高唱着'表现自我'，不为某一个狭隘的功利目的所羁绊时写下的那些诗篇，至今以它们独特的美学追求和深刻的历史内容为人所称道。"②黄候兴先生则认为："郭沫若从'五四'期过于强调文艺的主观因素和美感教育作用，到他的世界观、文艺观开始向马克思主义转变的阶段，抹煞文艺的主观因素，在突出强调文艺的功利价值与社会作用时，忽视了文艺本身的规律和特点，忽视了文艺的审美作用。郭沫若从一种片面性转向另一种片面性，说明他 20 年代的文艺思想的不稳定性。郭沫若提出无产阶级革命文学口号的历史功绩固然

① 郭沫若：《英雄树》，《创造月刊》1928 年第 1 期。

② 蔡震：《郭沫若与郁达夫比较论》，陕西师范大学出版社 1988 年版，第 124 页。

不可贬低和否定，但在宣传这一口号时，他把文艺与政治、文艺与宣传、世界观与创作方法等同看待，又是同马克思主义的文艺理论相左的。"①

两位学者的评价可以说代表着目前学界普遍的观点。这样的评价显然有其道理，但又显得过于笼统。事实上，如果我们再从当时和之后相当长一段时间内，对郭沫若创作和理论两方面的原始材料进行历史纵向考察，会发现关于郭沫若这种评价在笼统之中还有所偏差。

先说创作方面。

郭沫若这一时期最能体现其文艺"功利性"观念的诗歌创作是《前茅》和《恢复》。长期以来，这两部作品因其强烈的"革命性"，在不同的历史时期被赋予了几乎相反的评价。而在目前的学界，普遍的观点是认为这两部诗集相对于《女神》来说是"减色"的，如蔡震先生所述："《前茅》《恢复》集中的作品确是鲜明地表达了无产阶级革命的呼声，但除了作为历史来回顾，谁还从文学上去给它们以审美价值的肯定呢？"②然而，这两部诗集真的因其作者"忽视了文艺本身的规律和特点，忽视了文艺的审美作用"，而没有什么"审美价值"吗？对此我们不妨具体问题具体分析，再从其中各撷取一首加以品评。

《前茅》共收录诗歌 15 首，以《我们在赤光中相见》比较有代表意义：

> 长夜纵使漫漫/终有时辰会旦/焦灼的群星之眼哟/你们不会望穿//在这黑暗如漆之中/太阳依旧在转徙/他在砥砺他犀利的金箭/要把天魔射死//太阳虽只一轮/他不曾自伤孤独/他蕴含着满腔的热诚/要把万类更活//轰轰的龙车之音/已离黎明不远/太阳哟，我们的师哟/我们在赤光中相见！③

《恢复》收录诗歌 24 首，较为典型的如《述怀》：

> 我几曾说过我要把我的花瓣吹着翻飞/我几曾在狱中和你对话过十年/但你说我已经老了，不会再有诗了/我已经成为了枯涧，不会再有流泉//我不相信你这话，我是不相信的/我要保持着我的花瓣永远新鲜/我的歌喉要同春天的小鸟一样/乘着和风，我要在晴空中清啭//我的鬓发其实

---

① 黄候兴：《郭沫若文艺思想论稿》，天津人民出版社 1985 年版，第 151 页。

② 蔡震：《郭沫若与郁达夫比较论》，陕西师范大学出版社 1988 年版，第 135 页。

③ 郭沫若：《前茅·我们在赤光中相见》，创造社出版部 1928 年版，第 30 页。

也并未皤然/即使是皤然，我也不会感觉得我老/因为我有这不涸的，永远不涸的流泉/在我深深的，深深的心涧之中缭绕//我的歌或许要变换情调，不必常是春天/或许如像肃杀的秋风吹扫残败/或许会从那赤道的流沙之中吹来烈火/或许会从西比利亚的荒原吹来冰块//我今后的半生我相信没有什么阻挠，我要一任我的性情放漫地高歌/我要歌出我们颓废的邦家，衰残的民族/我要歌出我们新兴的无产阶级的生活//朋友，你不知道我，有时候连我也不知道/在白昼的光中有时候我替我自己烦恼/但在这深不可测的夜中，这久病的床上/我的深心，我的深心，为我启揭了他的面罩。①

面对这样两首诗歌，我们似乎并不能认定其缺乏“审美价值”，相反，我们应该能感觉它们在艺术上达到了相当的高度，至少不比《女神》中的一些诗篇差。

当然，前面所说的“代表意义”与“较为典型”只是相对而言，事实上这两部诗集的构成和《女神》一样都非常复杂：《前茅》中有《黄河与扬子江对话》这样大气的对话体诗歌，有篇幅较长的壮美历史题材诗歌《暴虎辞》，有仿宋词体的精致系列诗篇《哀时古调九首》；《恢复》中有《峨眉山上的白雪》《巫峡的回忆》这样丝毫不带政治色彩、非常唯美的怀乡诗与人生感喟诗，有把《关雎》翻译成白话诗的《“关雎”的翻译》，甚至有两首诗是英文题目：*RECONVALESCENCE* 和 *HYSTERIE*。在这 39 首诗歌里面，当然有体现出无产阶级文学初期幼稚病的篇章，毕竟郭沫若和其他许多左翼作家一样，还处在创作的转型中。但是面对如此复杂的存在，我们显然不能只用缺乏“审美价值”来进行简单的概括。实际上这些诗歌在艺术上所呈现的是一种犬牙交错的杂陈状态，而造成这种状态的原因，恐怕还是郭沫若在不同空间中不同身份的转换：一方面，郭沫若在理智上意识到自己要做一个“留声机器”，展现无产阶级文艺“狂暴”的力的美，这更多地体现出他“手握毛锥，心忧天下”的“政治家”意识，即作为“豪杰之士”的“权力”意识与责任意识；另一方面，其骨子里长久以来所积淀的深厚的艺术功底显然不可能轻易让位于简单粗暴的呐喊，因此他在潜意识中也会以“诗人”的秉性注重诗歌的艺术价值。也就是说，在当时郭沫若的自我创作“空间”中，他不自觉地在“政治家”的“权力”和“诗人”的“秉性”之间“摇摆”，而正是这种意识上的“摇摆”造成了《前茅》和《恢复》两部诗集中的诗篇在艺术上的“杂陈”。

另外，我们在这里不妨再以退一步的方式追问一句：如果说《前茅》和《恢

① 郭沫若：《恢复·述怀》，创造社出版部 1928 年版，第 5～7 页。

复》缺乏文学上的“审美价值”，相对于《女神》来说是“减色”的，那么六年半前郭沫若那“无所顾忌地高唱着‘表现自我’”的《女神》就有很高的“审美价值”吗？实际上正如有学者所论的那样：《女神》“为新诗的发展提供了艺术表现的多种可能性，而不在于它在艺术上达到怎样的水准——《女神》在艺术上远非成熟之作”①。那么为何我们对“艺术上远非成熟之作”的《女神》始终给予高度的关注和评价，而对《前茅》和《恢复》这两部虽然表现出一定幼稚病，但也有很多诗篇达到相当高艺术水准的作品集，总是忽视、贬低甚至否定呢？如果深究起来，更为本质的原因恐怕并不在“艺术水准”方面，而在前后三部诗集所“载”之“道”的不同：《女神》所“载”的是被绝大多数人始终高度评价的“五四”精神之“道”。强烈的时代先锋性和巨大的历史意义是它背后炫目的光环。在这光环的照耀下，其“艺术上”的“非成熟”性便很容易被有意无意的忽略了。而《前茅》和《恢复》在总体上所体现的是“无产阶级革命精神”，这在当时便被很多人视为洪水猛兽，即使在左翼阵营内部也有各种分歧。“文革”结束后，众多学者更是对这样的文学样式进行了批判性反思，至今争论不止，余波不断。这些历史原因导致学界极少就这两部诗集进行专门的评论，即使有，也多在“泛神论”向“阶级论”过渡，为“革命宣传”牺牲“艺术个性”和“艺术水平”等问题上打转，几乎没有真正具体而细致的分析研究。但由于本篇主要讨论郭沫若的文艺观问题，因此在他的文学创作方面不做充分展开，只以辅证的形式置于此。下面我们再回到理论方面。

三

郭沫若于 1925 年左右彻底抛弃了文学的“无目的性”观念，转向以马克思主义为基础的“社会使命”论。以往学界对于郭沫若的此种转向也大体有两种近乎相反的评论。一是持完全肯定的态度，如老一辈学者宋耀宗曾论：“在他对泰戈尔思想的批判中，我们也可以看到他初步对自己那‘尊重个性，景仰自由’的个性主义的自我批判，眼界已较为开扩了。再加以 1923 年在日本帝国大学毕业归国后与中国社会实践的一些接触，他想要转换活动方向了——由空谈文艺转向谈政治。这时，他感到泛神论的无能为力，对它进行了清算，迫切地感到学习马克思主义的重要性，并初步建立了阶级观点。这在他思想发展上是一个

① 钱理群、温儒敏、吴福辉：《中国现代文学三十年》，北京大学出版社 1998 年版，第 82 页。

最可宝贵的收获。”①类似的还有鄂基瑞、王锦园所论的:“随着他对马克思主义学习的逐步深入,并投身于变革现实的革命斗争实践,郭沫若的美学思想越来越具有唯物的辩证的性质,最终导致了他在1927年思想发生了质的飞越。”②显然,这种评论带有鲜明的时代政治色彩,日后也随着那个时代的终结而较少为人提及。与之相对的评论基本是从文艺审美的角度来进行的,对郭沫若在转向之后的文艺观念和文艺创作持遗憾乃至批评的态度,这种评论多由较为年轻的学者所阐发。如钟林斌所认为的:“郭沫若在思想转变时期,对于他早期的文学主张往往缺乏冷静的分析,当他扬弃唯心主义的杂质的时候,也批判了其中非常可贵的革命浪漫主义主张。比如,对于表现自我的积极意义就几乎完全加以抹杀了。”③另外还有杨胜宽的观点:“作为一种文学理论,郭沫若过分强调政治对文学的决定作用,以及文学对于政治宣传的‘单纯’表现功能。20年代中期,他把艺术与标语口号等同起来,要求文学做政治的传声筒,要青年作家做政治的留声器!把文学与革命列成等式,完全忽略文学是以特殊形式来作革命宣传的。他简单地认定,最贫困的无产者就是最好的文学艺术家,忽略了文学艺术创造是一种综合运用知识才能的精神活动,一定的文化修养和艺术技巧是必不可少的。”④应当说后一种评论摆脱了政治因素的影响,更为客观中肯,但同时也显得较为简单片面。此外还有很多学者注意到了郭沫若这一时期文艺观转变的复杂性,但这些学者们多未注意到郭沫若经历此时期文艺观的转变后,在日后的相当长时间内又对其不断地加以调整,因此众多学者们以往的研究结论就带有明显的阶段性,缺乏全面性。可以说,以往还没有学者真正基于重返历史现场的方法,以较长的篇幅全面细致地梳理过郭沫若这一重要文艺观的转变过程;已经形成的研究结论也多与历史实情有所偏离。而如果我们从历史纵向上对此加以梳理考察,就会发现郭沫若的观念调整与辨析非常复杂,它绝不仅仅是一种文艺观的流变,而是直接反映了郭沫若在不同历史时期的主导思想及心

---

① 宋耀宗:《对郭沫若前期思想发展的一些理解——读〈沫若文集〉札记》,《哈尔滨师范学院学报》1964年第1期。

② 杨胜宽、蔡震主编:《郭沫若研究文献汇要》第4卷,上海书店出版社2012年版,第452页。

③ 钟林斌:《论郭沫若早期文学主张的特点及内在矛盾》,《中国现代文学研究丛刊》1982年第4期。

④ 杨胜宽:《郭沫若与文学理性传统》,《郭沫若学刊》1989年第1期。

态意识的转变。同时,在他不断转变的思想和心态背后,有一种观念始终没有发生改变,那便是他根深蒂固的“精英—权力”意识。对此,笔者将在下文中加以具体分析。

从1928年初在《英雄树》中号召文艺青年“当一个留声机器”,到1936年9月在《我的作诗的经过》中宣称“我高兴做个‘标语人’,‘口号人’,而不必一定要做‘诗人’”,郭沫若一直极力强调文艺家要顺应中国社会的“剧变”,发掘利用“‘五卅’以来早已存在着”的“绝大的绝丰富的无产文学的材料”,让“无产阶级的文艺”“爆发到它成遂了它的使命的一天,即是打倒帝国主义的一天,消灭尽阶级对立的的一天”①。但仅在一年之后,全面抗战爆发了,整个中华民族被推到了生死存亡的历史关头。全国抗日总动员的号角让郭沫若很快把文艺的“社会使命”从宣传“无产阶级革命精神”置换成为“大众的动员”。

纵观这将近十年的历史流程,郭沫若对文艺“功利性”内容的调整随着社会政治局势的巨大变动而进行的。与此同时,他对自我身份的认同也有着明显的渐变性,即除了因对中国古代社会和甲骨文的卓越研究而多了一顶学者的头衔外,在创作和理论方面,则逐渐远离“诗人的自由”而更多地自觉承担起“政治家的责任”。可以说,正是这种身份观念的转变促使他在“七七事变”仅十几天后便毅然“抛妇别雏”冒险回国,并于半年后出任国共合作的军事委员会政治部第三厅厅长。同样也因身份的调整和转换,郭沫若在文艺观方面的言论逐渐走向了一个极端:20世纪20年代初期,他在强调“一切热诚的艺术家也便是纯真的革命家”的同时,也不忘记说明“更无论艺术家主张艺术是为艺术或是为人生,我们都可不论,但总要它是艺术”。但在这一时期,郭沫若则宣称:“抗战所必需的是大众的动员,在动员大众上用不着有好高深的理论,用不着有好卓越的艺术——否,理论愈高深,艺术愈卓越,反而越和大众绝缘,而减杀抗敌的动力。对于在全面抗战期中的社会而要求他作高深的理论的了解,卓越的艺术的欣赏,那等于是对于重症患者要求他作过度的思索并摄取甘美的饮食,那并不是在爱他,其实是在害他。”②郭沫若的逻辑很清晰:“抗战必需大众动员,因而一切文化活动必需充分地大众化。”他此处的“大众化”显然又是与“卓越的艺术”相

---

① 麦克昂(郭沫若):《文学革命之回顾》,《文艺讲座》第1册,上海神州国光社1930年版,第83~84页。

② 郭沫若:《抗战与文化》,《自由中国》1938年第3期。

反的“简单”化、“单纯”化，正如郭沫若所说的：“大众既需要简单的理论，而尤其需要这种理论的翻来覆去的重述。”①正是在这一个特殊的历史节点上，郭沫若把文艺完全当成了承担“大众动员”“社会使命”的宣传工具，从而在最大限度上剥离了其本身所应有的“艺术性”特质。

从本质上讲，郭沫若这一时期的言论调整，源自于他对自我“文化权力资本”的具体应用。此时的郭沫若已经由“士”而入“仕”，他的“权力资本”也由此过渡到了具有实质性甚至是强制性的行政权力阶段。他成为一个带有官方色彩的“立法者”，面对的是需要“立法”进行“动员”和规整的民间“大众”，他运用其“权力资本”所要达到的目的，也是一个促助战争胜利的战略目的。

葛兰西认为：“目前我们所能作的是确定上层建筑的两个主要方面：一个称之为‘市民社会’，即通常所指的各种民间组织的集合体；另一个则是政治社会或国家。与这两个方面相应的，一方面是统治集团在全社会实践的‘领导权’职能，另一方面是统治集团通过国家或‘合法的’政府而实施的‘直接统治’或指挥职能……一般认为国家是政治社会，即用以控制民众使之与一定类型的生产和经济相适应的专政或其他强制机构，而不把它看作是政治社会与市民社会之间的平衡力。”②郭沫若此时的身份，正属于“统治集团”中的一员，在“国家”所处的极端的战争状态下，面对需要“动员”和“控制”的“民众”，他也会很自然地把自己基于“文化资本”的“权力资本”加以具体应用了。

在一个国家处于抵御外侮或者向着更高层次文明进步的挣扎阵痛期，作为上层建筑极为重要组成部分的文艺，当然不能推卸其无法代替的历史使命。文艺家作为一个国家最优秀的知识分子群体之一，也理应为国家的自救和社会的进步提供强大的正能量。而就在这样特殊的历史节点上，文艺与政治的关系也往往会空前的紧密。马尔克斯在谈论其所处的拉丁美洲社会现实时曾这样说：“关于现实，我作为作家的立场就是一种政治立场。扩大了解现实的范围是一项政治性工作。从某种程度上说，迫使我在政治方面脚踩大地的是现实本身，是相信至少在拉丁美洲，一切终将都是政治。改变那个社会的任务如此紧迫，以致谁也不能逃避政治工作。而且我的政治志趣同文学志趣都从同样的源泉中汲取营养，即对人、对我周围的世界、对社会和生活本身的关心。文学志趣是

---

① 郭沫若：《抗战与文化》，《自由中国》1938年第3期。

② ［意］葛兰西：《葛兰西文选》，李鹏程编译，人民出版社1992年版，第457页。

一种政治志趣，政治志趣也是一种文学志趣。两者都是关心现实的形式。"①事实上，一个国家、民族即使在历史平稳发展的常态期，其文学与政治也总有着类似水乳交融的关系。正如德国作家格拉斯所声明的："文学与政治从来就不是相互排斥的对立体：我写作的国家沉重地承担着政治的后果；我作品的读者，跟我这位作者一样，都带有政治的烙印；寻找脱离政治的田园生活将不会有多大的意义，因为甚至月亮的比喻也已突然变得阴森可怕。"②从宽泛意义上来说，在任何国家的任何发展阶段，政治的影响都无处不在。每个社会成员的身上"都带有政治的烙印"，纯粹"脱离政治的田园生活"是不存在的，我们文学史中的"桃花源"仅存在于文人的想象中罢了。文艺作品只与严格意义上的政治有着距离远近的关系，而不具备绝对脱离政治的能力。

不过需要我们注意的是，上文所列举的西方理论家的理论与声明都有一个前提，那便是郭沫若所曾经强调的，艺术"总要它是艺术"。艺术无论要发挥怎样的历史作用，总要建立在其"是艺术"的基础上；而无论马尔克斯还是格拉斯，都从没有因文学与政治的结合而放弃或者降低其"艺术性"。事实上，如果文艺因政治宣传的需要而偏离甚至抛弃了其最为基本的"艺术性"特质，那么它也就沦为了政治的附庸，即使是在宣传效果上，也往往会不尽如人意。正如韦勒克、沃伦所论："严肃的艺术暗示着一种人生观，这种人生现可以用哲学术语甚至各种哲学体系来加以表述。在艺术的连贯性（有时也叫做'艺术逻辑'）与哲学的连贯性之间有某种连带关系。有责任感的艺术家无意将情感与思维，即感性与知性（sensibility and inte1lection）、感觉的真挚性与经验和思考的充分性混为一谈。有责任感的艺术家用感觉形式表现的人生观，不像多数具有时髦的"宣传性"的观点那样简单；而且，一种十分复杂的人生观，是不可能借催眠性的暗示力置而移植到未成熟的或天真的读者的行为中去的。"③

然而郭沫若显然是相信这种"催眠性的暗示力"的，这也是他基于"文化资本"之上的"权力资本"的重要组成部分。他强调对"大众动员"，"尤其需要这种

① [哥伦比亚]加西亚·马尔克斯：《两百年的孤独》，朱景冬译，云南人民出版社1997年版，第132页。

② [德]君特、格拉斯：《与乌托邦赛跑》，林笳、陈巍译，上海译文出版社2005年版，第69页。

③ [美]韦勒克、沃伦：《文学理论》，刘象愚、邢培明、陈圣生、李哲明译，文化艺术出版社2010年版，第28页。

理论的翻来覆去的重述”，这正是对这种“催眠性的暗示力”的加强。诚然，以当时所需“动员”的“大众”的文化水平，他们的确难以理解“高深的理论”，但是对于“卓越的艺术”，却未必同样难以欣赏。事实上，自称“读外国作品对于自己所发生的影响，比起本国的古典作品来要大得过”的郭沫若，怕是把“卓越的艺术”仅等同于只有受过良好的现代教育、具备深厚艺术修养的人才能欣赏的所谓西方“高雅艺术”，从而把“卓越”一词狭隘化了。其实很容易为“大众”所欣赏的中国传统或者通俗的艺术，又何尝不算是“卓越”？我们知道在中国封建时期，上层统治阶层利用戏曲等艺术形式宣扬“忠孝节义”的观念。如果戏曲这种艺术形式不够“卓越”，那么老百姓又如何能够乐于接受？我们今天站在历史的高度去回望那段历史，可以得出的结论是：郭沫若和当时其他相当多的作家一样，虽然在民族危亡时期表现出了可贵的爱国心和奉献精神，但具体到文艺创作和文艺观方面，却又表现出了太强的功利心，从而把文艺当作了“廉价地发泄感情或传达政治立场”的工具，结果很轻易地便陷入到“公式化概念化”的陷阱中去了。①

与郭沫若在那一时期极强的文艺政治“功利性”观念相呼应的是，他在社会活动方面也把自己最大程度上置换为“政治家”。并且，他像一个真正的政治家一样，不断在各种场合发表讲演，为多个刊物题词；具体到创作上，也多是与抗战相关的杂文和类似战歌的诗篇。因此总的来看，全面抗战爆发初期的郭沫若把他的“权力资本”运用到了实际方面，也把他的“社会使命”文艺观加以具体的落实，此时的郭沫若就多少带有了朱利安·班达所批判的知识分子背离自己的真理信仰及价值理想的意味。朱利安·班达在《知识分子的背叛》一书中公开批评知识分子放弃自己看护真理的指责，转而投入到政治之中谋求权力的行为。在班达看来，如果知识分子放弃坚守真理而卷入政治生活，就很容易把自己变为狂热的政治家，进而把真理和善德、崇高与超越以及人类的意义和价值丧失掉，使多彩而深刻的世界变为单调的现实主义世界。就像他在此书的扉页上所引用的勒努维耶的一句名言：“世界因为缺乏对超验真理的信仰而备受折磨。”②

当然，班达的观念也似乎过于偏激。就像 T. S. 艾略特所认为的，班达的批

① 参见胡风：《民族革命战争与文艺》，《胡风评论集》，人民文学出版社 1984 年版，第 78 页。

② [法]朱利安·班达：《知识分子的背叛》，佘碧平译，上海世纪出版集团 2005 年版，扉页。

判带有一种理想主义、浪漫主义的色彩。事实上，完全与政治相隔离的知识分子是不存在的。即使知识分子有意识地“出世”“避世”，其前提也是意识到政治的存在，而这种行为在本质上也算是一种政治姿态。在中国社会进入现代阶段后，知识分子普遍有着一种观念，那便是既然拥有了“文化资本”和“权力资本”，就应该在一定程度上参与政治，承担起一个知识分子的社会责任。鲁迅曾在他给许广平的信中说：“但现在只所以还只(!)说了有限的消息者：一，为己，总还想到生计问题；二，为人，是可以暂借我已成之地位，而做改革运动。”①顾颉刚也在他 1943 年 4 月 30 日所写的日记中说：“予入世二十余年，虽因名招致，事业着着失败，而声誉日起，朋侣日多，已立于领导地位。思致此地位不易，有此地位而不为国家作事，未免可惜。”②如果说鲁迅和顾颉刚一方面意识到应该利用自己的“文化资本”“做改革运动”“为国家作事”，一方面又与政治运动保持着理性的距离的话，那么郭沫若参与政治的姿态就真如班达所批判的那样“狂热”了。这种参与政治的“狂热”姿态，其实也就是郭沫若运用其“权力资本”的巅峰状态，实现其“豪杰之士”“效一己之命以图恢复”理想的理想状态。因此他对此时自己与政治紧密相连的“权力资本”及其运用是极为珍视的，这也是他在“厅长”职位上兢兢业业，做出重大成绩的一个重要原因。

不过，历史的进程很快展现出新的面貌。1938 年 10 月武汉失守后，抗日战争进入相持阶段，中国的政治、军事和文化形式都随之发生巨大转变。郭沫若据形式之变，抛弃了自己“廉价地发泄感情或传达政治立场”的状态，并通过更为理性和深刻的思考，对自己的文艺言论做出了调整，调整的结果最早出现在他于本年 11 月创作的《文化人当前的急务》一文中。关于此篇论文，《郭沫若全集》和《郭沫若著译系年》都没有注明其最初发表在哪个报刊上，只说明它最初被收在香港孟夏书店 1941 年 11 月版《羽书集》中。实际上此篇最早在《胜利》1938 年第 3 期上发表，并在收入到《沫若文集》时做了较大改动。该文的最后一段是郭沫若表达其当时文艺观最明确的一段话，也是改动幅度最大的一段话，因此不妨以对比方式录于下方，以便具体分析。

《胜利》杂志版这段话的内容为：

---

① 鲁迅：《两地书·一一二》，《鲁迅全集》第 11 卷，人民文学出版社 2005 年版，第 279 页。

② 余英时：《顾颉刚：未尽的才情——从〈日记〉看顾颉刚的内心世界》，《文汇报》2007 年 1 月 29 日。

委员长在“告全国国民书”里面，关于武汉撤退的意义。告诉我们说：“我军之方略在空间言，不能为狭小之核心，而忘广大之图，以时间言，不能为一时之得失，而忽长久之计。”这虽然是单从军略上的指示，但对于文化工作者的两个偏向，是正整地针对着的。文化工作者的当前的急务，也就是“在空间言，不能为狭小之核心，而忘广大之图，以时间言，不能为一时之得失，而忽长久之计。”我们在城市工作之外，更应该以广大的农村和广大的沦陷区为对象，努力从事动员大众的宣传，于动员大众的宣传外，更应该为“长久之计”，努力于切合实际的学术的研究与技能之学习。要这样，我们才能够不辜负委员长告诫我们的意思，才能够应付目前全面抗战的新局面，而达到最后胜利的目的！

《沫若文集》版这段话的内容为：

武汉撤退了。这是有战略意义的撤退。我们在军事行动上不能为狭小的核心而忘却广大之图；更不能为一时之得失而忽略长久之计。在文化工作上，我们的文化工作，今后更应该以广大的农村和广大的沦陷区为对象，努力于动员大众的宣传。而同时也要努力于切合实际的学术研究与技能学习。要这样，我们才能够应付目前全面抗战的新局面，而达到最后胜利的目标。

1938 年 11 月 5 日于长沙

单从这段话的“最初版”看，郭厅长领会蒋“委员长”的“指示”不可谓不准确，落实到对“文化工作者”的指导上，不可谓不贴切，的确具备了“政治家”的素质，胜任了“政治家”的身份。事实上，郭沫若在这一时期对蒋介石类似的赞美甚至阿谀之语很多，但是迄今为止，几乎所有的郭沫若传记性文献都对这一点避而不谈。像资料最为详实、也最为权威的《郭沫若传》①，以及其他如《郭沫若传奇》②《郭沫若的文学道路》③《郭沫若评传》④《郭沫若创作得失论》⑤《郭沫若

---

① 龚济民、方仁念：《郭沫若传》，北京十月文艺出版社 1988 年版。

② 刘茂林：《郭沫若传奇》，社会科学文献出版社 1994 年版。

③ 黄候兴：《郭沫若的文学道路》，天津人民出版社 1981 年版。

④ 卜庆华：《郭沫若评传》，湖南人民出版社 1980 年版。

⑤ 刘元树：《郭沫若创作得失论》，四川文艺出版社 1993 年版。

文学传论》[1]等等，都仅仅根据有限的史料，或者干脆主观筛选史料，以凸显郭沫若与国民党蒋介石的不合作乃至斗争姿态，重点强调郭沫若最初并不愿意担任第三厅厅长，只是在周恩来的力劝之下才勉强就任；在日后第三厅遭到裁撤时，郭沫若便对蒋介石采取了抗议、辞职等强硬的态度。这些文献要么是没有注意到郭沫若在这一时期的原始史料内容，要么就是为尊者讳，不愿意提及郭沫若的这些不怎么光彩的言论。但无论是由于哪个原因，都不是历史研究所应该采取的客观公正态度。在明晰了史料的真实状态之后，我们应该以史实为基础，尽量采取不遮不掩、不偏不倚的治学态度加以阐释评论。

再回到以上的引文来看，郭沫若的这番言论虽是由蒋介石关于军事方面的策略而生发，但也真切道出了"文化人当前的急务"。这个"急务"概括来说便是不要"急"，而是"应该为'长久之计'，努力于切合实际的学术的研究与技能之学习"。郭沫若的这种观念对于纠正全面抗战初期"文化工作者的两个偏向"显然有很强的"针对"性，也代表着战时文艺宣传工作正确的发展方向。可以说以此为标志，郭沫若的文艺观又回归到理性辩证的状态，即一方面强调文艺必须承担"动员大众"的"社会使命"，另一方面又提醒文艺家们"努力于切合实际的学术的研究与技能之学习"，注重文艺作品的"艺术性"，以便更好地承担此"社会使命"。他的此类言论在日后很多文论中都有所体现。比如 1940 年 6 月，他在发表于重庆《大公报》的《民族形式商兑》一文的结尾处这样号召文艺家："切实地反映现实吧，采用民众自己的言语加以陶冶，用以写民众的生活、要求、使命。但这样也并不是把形式的要求简单地解消在内容的要求里去了。形式也反过来可以影响内容的。初学画兰的人每每象茅草，乃至象蚯蚓。技巧的练习断然不可少，近代的画家、雕刻家对于实体的素描要费很大的工夫，而且始终不间断。文艺工作者也应该在素描上多绞些心血，不要把中国人画成金发碧眼去了。"时隔一年多，郭沫若又在发表于《创作月刊》第 1 卷第 1 期上的《今天创作的道路》中谈道："自然，所谓文学才能，我相信也并不是天生的，事实上仍然由教养得来。……凡是对于文学有嗜好或倾向的人，事实上在幼年时是已经有文学资本积蓄在那儿，这是起码的本钱。不过这些资本是应该使它不断地生产和再生产，而使它不断的积蓄。多读名家著作，多活用自己的感官，多摄取近代新

① 王文英：《郭沫若文学传论》，新疆人民出版社 1992 年版。

颖的智识，多体验社会上的各种生活，多熟练自己的手笔，多接受有益的批评和意见，是储蓄文学资本的必要条件。资本雄厚的人，生产规模必然宏大，这是无须乎再多说明的目前的现实了。”“中国目前是最为文学的时代，美恶对立、忠奸对立异常鲜明，人性美发展到了极端，人性恶也有的发展到了极端。这一幕伟大的戏剧，这一篇崇高的史诗，只等有耐心的、谦抑虔诚、明朗健康的笔来把它写出。”郭沫若不仅这样倡导和号召，并且身体力行。他以那个时期难得的沉潜姿态研究历史，并结合自己久违了的激情浪漫的创作风格，写出了《棠棣之花》《屈原》《虎符》这样优秀的历史题材诗剧，成为那一时期文坛上为数不多的亮色，甚至连认为“民国以来所有公认为头号作家之间，郭沫若作品传世的希望最微”的夏志清，也承认“郭沫若最好的诗是在四十年代所写历史剧里穿插的几首歌词，运用传统节奏和情感，朗朗可诵”①。

夏志清对郭沫若的总体评价不免偏激，但就其“四十年代所写历史剧”的观点在某种程度上却也道出了实情。郭沫若从30年代末期至40年代末期，这十年间最有“传世希望”的也就是这几部历史诗剧，而其间“穿插的几首歌词”又最为功不可没。事实上，这“几首歌词”的创作正是郭沫若对自己本质上“诗人”身份重新唤回的结果。而如果深究其原因，恐怕还是郭沫若选择宦海沉浮，致使自己在身份选择和行为把握上身不由己所使然。

四

前面我们谈到，郭沫若在20年代后期的文艺理论主张与其创作没有形成严丝合缝的互证，他一方面以无产阶级革命文学倡导者这样半个“政治家”的身份号召文艺青年做个“留声机器”“架设”“不必是多么华美的桥”，另一方面自己又以“诗人”的身份写出了具有相当艺术高度的诗作。他的这种身份互换虽然频繁，但是又很单纯，因为均遵从于自我意志，而无外力制约。但是从30年代末期一直到40年代末期，郭沫若却因陷入到历史剧变和政治角力的“天地玄黄”中，对自我身份的定位和把握就显然不如以往那样随心所欲了。比如，他于1938年2月开始主政国民政府军事委员会政治部第三厅。出任此职既是蒋介石政权对他影响力的“借重”，也是共产党所赋予的统一战线任务。这两种身份都不是郭沫若可以随便选择、转换或者放弃的，它们赋予了郭沫若空前高的政

① 夏志清：《中国现代小说史》，复旦大学出版社2005年版，第70页。

治头衔和影响力，但同时也在最大程度上压缩了他作为“诗人”的空间。1941年，陪都重庆举行纪念郭沫若五十寿辰及创作二十五周年的盛大活动。其间就有人感叹：“近来已不常听到这个民族歌手的号音。而代替这种号音的，却是滔滔的主席致辞以及上下古今的讲演。”①

显赫而又尴尬的身份使得郭沫若必须找到稳妥的应对之策，但可供的选择显然并不多。因此正如有学者所论：“在抗日文化统一战线中，郭沫若唯一能选择的就是当时政治势力双方都认可，自己也赞同的‘五四’新文化的话语，来进行民族文化的建设。”②事实上，郭沫若对“‘五四’新文化的话语”的选择不仅在抗战期间，而且一直坚持到40年代后期。在这近十年的时间里，郭沫若不断在各种场合重提“五四”。他认为在当时的中国，“科学的接受未成功，民主的发展在今天差不多才开始发轫。因而也有人干脆否认‘五四运动’的成绩，甚至于想从历史上抹去‘五四’这个纪念。这不用说是完全的一种逆流。有这种逆流存在，也正是‘五四’精神之须得继续发展下去的一个主要因素”。“我们今天的任务，依然要继续‘五四’精神，加紧解决我们的悬案：接受科学并发展民主。”③

郭沫若在重提“五四”课题的基础上又发展出“文化建国”的观念。1945年全国政治协商会议召开前夕，有记者请郭沫若以无党派人士的身份发表对时局的看法。郭沫若极为强调新国家应重视文化、学术和学者，纠正传统的御用文化思想，走文化建国之路。他认为：“苏联的建国是靠他们的学术与文化，英美又何尝不如是？拿枪杆的武人决不能建国。但我们今日，学生早遭屠杀，文人是贫病交迫。这如何能建国呢？”④后来在全国文协成立八周年的纪念会上，郭沫若又发表演讲说：“中国还不是光荣独立的国家，这就是说，反帝反封建的任务还没有完成。我还须得请‘德先生’和‘赛先生’来，就是要完成民主化和科学化。今天的文艺应当比政治民主化，人民要求政治民主化、军队国家化，要求和

① 千：《给郭沫若一顶桂冠》，《新民报晚刊》1941年11月15日。

② 陈俐：《论郭沫若在四十年代民族文化建设中的话语转型——兼析“党喇叭”说》，《郭沫若学刊》2003年第2期。

③ 郭沫若：《“五四”课题的重提》，《群众月刊》1945年10月9日。

④ 熙：《郭沫若先生——政治协商会议代表访问之十》，《重庆新民报晚刊》1945年12月10日。

平。"[①]在 1946 年的一次政治协商会议上，郭沫若甚至提议："荐任上将与少将以上的文武官员，都应出国留学，至少两年，如此对将来建国前途一定有莫大帮助。"[②]

郭沫若在 40 年代对"五四"课题的重提，一方面是其身处政治角力漩涡中的必然选择，而更主要的方面则在于他和他这一代由"五四"乳汁哺育成年的知识分子从骨子里对"五四"基本价值观的信仰与坚持。也正是这种信仰与坚持，赋予了郭沫若最早的"文化资本"，是其安身立命以及"权力"形成之本。在关涉民族生死存亡的抗战期间，"救亡压倒启蒙"，这种价值观便无从谈起，因而久被压抑。而且当时的郭沫若也更愿意把他的"文化资本"转化为直接作用于现实的政治"权力资本"，并且以此来提升和强化其各方面的"权力"。但当抗战胜利和建设新国家的历史机遇同时置于眼前时，"启蒙"又被推到了前台，会被很自然地重新赋予凸显的权力，像郭沫若建议"上将与少将以上的文武官员，都应出国留学，至少两年"，其本质上正是对"五四"启蒙话题的重新召回。然而郭沫若对"德先生"与"赛先生"的召唤也正反映了他作为"诗人""政治家"非常单纯的一面。但仅在抗战胜利后不久，他那实现"文化建国"的愿望很快便被他自己看作了"白日梦"。1947 年 11 月 9 日，他给收录自己 1942～1945 年杂感、随笔的《沸羹集》写了序言。在这篇序言里，郭沫若带着有些复杂的心情说："这里有些是应景的文章，年岁太久，发表处太广，又有些对于未来的祈愿也并未兑现，证明我确实是做了一些白日梦。但我依然是爱惜它们，'敝帚自珍'之说，我知道是在所难免的。"[③]虽然明明知道只是"一些白日梦"，却又要"敝帚自珍"，其间正体现出一个五四诗人在政治家身份上的无奈与迷茫。因此，在这篇序言里郭沫若把自己马上就要出版的另外一个杂文集子名之为《天地玄黄》，就一点也不奇怪了。

郭沫若此时的心态实际上反映了他在"权力资本"寻逐与运用上的一种纠结与尴尬。面对建设新国家的历史机遇，他清楚地知道自己所拥有的"文化资本"优势以及"权力"优势。建设需要理性启蒙，需要文化参与，而在这一方面还

① 郭沫若：《参加中华全国文艺协会庆祝第二届"文艺节"及该会成立八周年大会并讲话》，载曾健戎：《郭沫若在重庆》，青海人民出版社 1981 年版，第 424 页。

② 《郭沫若担心历史的批判》，《新民报》1946 年 1 月 9 日。

③ 郭沫若：《沸羹集·序》，上海大孚出版公司 1947 年版。

有谁比“五四”一代知识分子更有发言权？而在这一代知识分子中，又有谁比郭沫若更有影响力？当时的郭沫若甚至已经被共产党推举为鲁迅的继承者，成为文坛的新领袖。但是郭沫若在经历了因为被通缉而流亡日本十年从“第三厅”到“文工会”，再到被迫回归纯粹文人身份只能再去研究历史的过程后，显然明白了他源于“文化资本”的“权力”与源自政治或者军事这些“强力资本”的“权力”究竟是怎样的一种关系。他在遭遇“文工会”解散以及蒋介石越来越明显的专制统治之后，依然注意维护蒋介石的形象，这就恐怕就源自于他对这种关系的真切认识。对于这种现象，布尔迪厄曾深刻地指出：“根据其阶级定位，知识分子就处于一个矛盾的地位——既是统治者又是被统治者。他们属于统治阶级，这是因为他们拥有强大的文化资本并因而拥有权力与权威，这种权力来自于他们提供或取消社会秩序的合法性的能力。但是，与拥有政治或经济权力的人相比，他们又处于被统治地位。归根到底，正如主流的思想史通常假设的那样，文化资本对经济资本的自主性是相对的，而不是绝对的。”①抗战胜利后，民族矛盾消失，国内党派矛盾凸显出来。郭沫若在感情上虽然倾向于共产党，但国民党却又是实际的执政党。郭沫若无论拥有多大的“文化资本”和“权力”，其实都是“处于被统治地位”。在这样的政治军事强力夹缝中，郭沫若何去何从，显然是一个非常“天地玄黄”的问题。

但郭沫若的“玄黄病”并没有持续多久。由于解放战争的燎原之势顺利进行，“明朗的天”已逐渐铺展到全国，郭沫若明确意识到了这一趋势，从而迅速调整自己“抱病”时期的言论，开始努力扮演“螺丝钉”和“唱和者”的角色。他1948年初还在香港时，便高呼目前“文艺活动的总方向”便是“人民至上，革命至上”“生活第一，意识第一”“战友集中，火力集中”②，并一一作了解释。尤其是对“生活第一”的解释，还引用了毛泽东“文艺是生活的反映和批判”的观念。不过郭沫若在此一时期的言论还带有某些过渡色彩。像他在1949年3月发表的《在毛泽东旗帜下》中，开篇便说：“很多年辰以来，我就作着这样的梦想：凡是青年朋友都应该无拘无束、无忧无虑、自由自在地发展下去，就象自由空气里面的

---

① [美]戴维·斯沃茨：《文化与权力》，陶东风译，上海译文出版社2006年版，第254页。

② 王锦厚、伍加伦、肖斌如编：《郭沫若佚文集（1906～1949）》下册，四川大学出版社1988年版，第220页。

森林那样，有充分的阳光和空气，充分的养料和水分，自然而然地长成为磐磐大木，栋梁之材。今天这梦想，竟很快地便可以全部实现了。"但他要求青年朋友在"无拘无束、无忧无虑、自由自在地发展"的同时，又要"诚心诚意地接受中国共产党的领导，学习马列主义，学习毛泽东思想，体验中国共产党的各种政策和号召，建立一个坚强的革命的人生观"①。显然，郭沫若这"很多年辰以来"的"梦想"来自于遥远而又亲切的"五四"，就在这个"梦想"的表达上也显露出他"五四诗人"的气质，而"诚心诚意地接受中国共产党的领导，学习马列主义，学习毛泽东思想，体验中国共产党的各种政策和号召"，又自然是他追随时势的结果。

"过渡期"总是短暂的，郭沫若"自由"的"梦想"很快便被他完全置换为"坚强的革命的人生观"。在这里我们不妨对比一下他三年后创作的一篇题目中同样含有"在毛泽东旗帜下"短语的文章。这篇文章名为《在毛泽东旗帜下长远做一名文化尖兵》，于 1952 年 5 月 23 日发表在《人民日报》上。在此文中郭沫若先运用毛泽东《在延安文艺座谈会上的讲话》精神，号召："文艺必须为工农兵服务，革命的文艺工作者必须站在无产阶级的立场，把书本上的马克思列宁主义移到群众中去，学习工农兵，熟悉工农兵，从而表现工农兵、鼓舞工农兵、教育工农兵，使文艺成为整个革命机器的一个组成部分。"之后他又借用毛泽东对《武训传》的批判，提出"思想改造是一种长期性的艰剧斗争。集中性的运动虽然可以告一段落，但每一个人的和整个社会的改造过程却和一切的新陈代谢机构一样是永远不能中止的。新陈代谢机构的中止就意味着腐化，意味着死亡。我们是不甘心腐化，不甘心活着便成为死尸的，唯一的出路便是经常学习马克思列宁主义、毛泽东思想，而不断地移诸实践，把思想化而为行动，从行动中促进思想的活泼泼的生机"。这整篇文章在语言运用上，与"自由"类似的词汇已经不存在，并且完全不含任何诗性意味，只剩下"不断地警惕，不断地学习，不断地改造自己"这类时代特色明显的话语。事实上仅在不到两年前，郭沫若还为电影《武训传》的前身《武训画传》题过词，称"在吮吸别人的血以养肥自己的旧社会里面，武训的出现是一个奇迹"②。而在 1952 年 5 月 20 日毛泽东发表《应当重视电影〈武训传〉的讨论》后仅仅十天，郭沫若即在《人民日报》发表《联系这武训

① 郭沫若：《在毛泽东旗帜下》，《中国青年》1949 年第 5 期。

② 郭沫若：《武训画传·题词》，李士钊编、孙之儁绘，上海万叶书店 1951 年版，第 3 页。

批判的自我检讨》,对自己的言论进行了严厉的自我批评;之后又于1951年8月4日在《人民日报》发表《读〈武训历史调查记〉》,再次检讨了自己的"错误",时隔一年,郭沫若的这篇《在毛泽东旗帜下长远做一名文化尖兵》更是从批判自己扩展到警示所有"革命的文艺工作者"。对郭沫若来说,这种迅速的自我批判,无疑是无奈和尴尬的,然而无论怎样无奈尴尬,郭沫若出于自己的身份,都必须与最高领导人的思想保持一致。对《武训传》的批判是新中国成立后第一次思想批判运动,而郭沫若在此运动中的表现,连同他在语言上对"五四"色彩语汇的抛弃和对这类"警惕""学习""改造"等话语的不断运用,正标志着他身份的彻底转变,我们从此以后很难再从其言论中找到"五四诗人"的气息,取而代之的则是以"中华全国文学艺术界联合会主席""政务院副总理兼文化教育委员会主任""中国科学院院长""全国人民代表大会常务委员会副委员长"等"政治家"身份所发表的"紧跟"性文章及作品。

五

从这时算起,一直到其去世,郭沫若拥有了新中国所有文人中最高级别的行政职务和学术权威。按照兹纳涅茨基的观念,他已经从一个"真理战士"完全转变成为一个"党派圣贤"(the partisan sage),"真理战士"与"党派圣贤"明显有别。真理战士希望他信为绝对真理的体系能在逻辑上取得胜利;而党派圣贤则力争他及其群体所代表的行动趋势在社会上取得胜利,并力图找到理论依据使其合法化,并获得证实。[①] 在这里,无论"真理战士"还是"党派圣贤",显然都需要由拥有"文化资本"的知识分子担任。然而这两者的"权力资本"来源却又不尽相同。作为"真理战士"时的郭沫若,其发言权、影响力等"权力",来自于他对"民主""平等""自由"等"绝对真理"的信奉与宣扬;但作为"党派圣贤",其"权力"则来自于他所属"党派"的赋予。

知识分子由于个性与追求的不同,对两种"权力"的态度也有很大差别。相比较而言,鲁迅显然更重视作为"真理战士"的影响力,他从没有加入过任何有政治背景的"党派",而始终保持着理性的批判现实主义态度和姿态,他甚至对"党派"及"党派圣贤"的"权力"感到畏惧。就像他对冯雪峰所说的:"你们来时,

① 参见[波兰]弗洛里安·兹纳涅茨基:《知识人的社会角色》,郑斌祥译,郑也夫译校,译林出版社2012年版,第95页。

我要逃亡。"但就郭沫若的性情及其"权力"寻逐的历史过程来看，他明显更愿意拥有这种能够更加直接作用于现实社会的"党派圣贤""权力"。他在新中国建立后的"紧跟"性言论，一方面是因为在其位不得不谋其政，而更深层的方面，则还是对这种"权力"的强化或者至少是维持方面。

萨义德曾明确指出："在我看来最该指责的就是知识分子的逃避；所谓逃避就是转离明知是正确的、困难的、有原则的立场，而决定不予采取、不愿意显得太过政治化；害怕看来具有争议性；需要老板或权威人物的允许；想要保有平衡、客观、温和的美誉；希望能被请教、咨询，成为有声望的委员会的一员，以留在负责可靠的主流之内；希望有朝一日获颁荣誉学位、大奖，甚至担任驻外大使。"①萨义德认为："知识分子面对的主要选择是：要和胜利者与统治者的稳定结合在一起，还是选择更艰难的途径——认为那种稳定是一种危急状态，威胁着较不幸的人使其面临完全灭绝的危险，并考虑到屈从的经验（the experience of subordination）以及被遗忘的声音和人们的记忆。"郭沫若显然选择了前者。

从历史宏观角度观察，如果说郭沫若在新中国建立前对个人"权力"的寻逐与民族的觉醒、解放和进步是同一向度，因此最终达到了两全其美的效果的话，那么新中国建立后郭沫若的"权力"寻逐与维持行为，其结果就不是那么美好了。可以说，作为一个拥有巨大"文化资本"的知识分子，他在这段寻逐"权力"的历史进程中最大的代价倒还不是连续地失去亲人，而是对其曾经的"真理战士"身份及"绝对真理"的抛弃。

但是历史总是有着出乎人们的意料的复杂性。郭沫若在新中国建立前夕直至"文革"结束，完全把自己定位为了一个"党派圣贤"，而与此同时，他那曾经的"真理战士"身份以及骨子里曾经信奉的那些"绝对真理"被完全摒除了吗？他那"昂首天外"浪漫激情的"诗人"天性彻底消失了吗？以往几乎所有的评论文章都对此持肯定的态度。针对郭沫若的这一姿态定位，也有不同的评论态度，第一种是理解式或者说是辩护式的，认为"郭沫若官做的大了，责任就相应地加重了，他又是组织纪律观念很强的人，不能不压抑甚或抛弃原先天马行空、自由豪放的个性，处处事事以国家为先，以大局为重。他的很多表态性质的讲

① [美]爱德华·W.萨义德：《知识分子论》，单德兴译，陆建德校，生活·读书·新知三联书店2002年版，第84～85页。

话和文章就属于这一类。久而久之，这逐渐成了他的一种习惯，一种定向的思维模式，进而成为他的性格（人格）的构成因素和内容之一，而且就理论的渊源来说，他并不认为（或者说感觉着）这样做会有什么不妥”①。第二种便是激烈批判式的，这些评论在国内评论界以丁东主编的《反思郭沫若》一书中的文章最为典型，在国外则是以夏志清的评论最有代表意义。夏志清认为郭沫若“自从共产党政权建立以来，他便只写在文学和文化会议发表的演讲词、报告和应景的诗了”。“民国以来所有公认为头号作家之间，郭沫若作品传世的希望最微。到后来，大家只会记得，他不过是他那个时代一个多姿多彩的人物，领导过许多文学与政治活动而已。”②就此笔者要特别指出的是，对郭沫若在新中国成立后的创作与行为，无论是理解也好，还是批判也好，其背景都是将郭沫若置于“唱和者”的位置之上，而没有注意到郭沫若实际上还有非常复杂的、隐蔽性的一个侧面。而这一时期的一些具有特殊性的文字表达则可能为我们观察他的这一侧面提供一个难得的管窥渠道。比如郭沫若在50年代编纂《沫若文集》时，对自己原有作品进行了几乎是逐一的、非常细致的修改。当然，这些修改首先表现出郭沫若对新时期文艺政策及自我政治身份的迎合。如他关于《文艺上的节产》一文的修改就很有代表性，这篇文章最初发表于1923年9月16日《创造周报》第19号，其中最后一部分的内容是：

目前的世界为什么没有什么伟大的作家，没有什么伟大的作品？目前的中国为什么没有什么伟大的作家，没有什么伟大的作品？（这个问题尤为是我们国内的批评家时常提说的）我们可以知道了。我们可以说就是早熟的母体太多了，早产的胎儿太多了的缘故！

等待吧！等待吧！青年文艺家哟！

山额夫人的《节产论》（*Birth Control*）虽然不能直接利用到文艺上来，但是自然的时期是不可不等待的！

尼采为什么说内养不充的人不能待，也不能怠？笛卡尔为什么要赞美怠惰？你们可以加一番绰有余裕的思索了。

在收入《沫若文集》时，郭沫若把这一段修改为了：

① 桑逢康：《郭沫若人格》，河南人民出版社出版2005年版，第168页。
② 夏志清：《中国现代小说史》，复旦大学出版社2005年版，第70页。

目前的世界为甚么没有伟大的作家，没有伟大的作品？目前的中国为甚么没有伟大的作家，没有伟大的作品？（这个问题是我们国内的批评家时常提说的。）我们可以说：恐怕是早产的胎儿太多了！

当然，我们画一幅画不一定都要十二年，写一部剧本也要不到六十年的岁月，但总得有一定时期才能成熟。列宁说："宁可少些，总要好些。"这是值得我们服膺的。当然如果又多又好，我们也倍加欢迎。但拿一个人来说，这样恐怕终归是例外吧？

有一个办法：用集体的力量来搞，或许可以做到。青年艺术家哟，我们集合起来吧！众擎易举，众志成城，让我们互相帮助，共同勉励吧。

成功不必在我，协助不可后人。植物嫁接可发出好花好果，既美且多，艺术嫁接必不能例外。

让我们相互栽培，相互哺育，鼓励着永恒的春天到来！

把"山额夫人""尼采""笛卡尔"的例子置换为列宁的话和"集体创作"观，很明显是郭沫若根据新时期文艺政策而做的修正。像这样的修改在这部《沫若文集》中占据相当大的比例，在此不便一一列举。不过需要注意的是，在郭沫若所进行的所有修改中，这种迎合时势型并非全部。除此之外，还有不少修改从深层次上隐约反映了郭沫若与那个时代及自我政治身份相偏离的某些思想观念，其中便有涉及文艺"艺术性"和"功利性"问题的再次辨析。于是，我们又回到本文开篇时所讨论的那个命题，在明确了以上所述背景的情况下，不妨结合本章"校勘异文汇编部分"中所胪列的修改再对此加以考察分析。

在郭沫若这六篇文章的诸多修改中，有好几处都体现了他对文艺"艺术性"的着重强调。比如《论国内的评坛及我对于创作上的态度》一文，他把"我认定艺术与人生，只是一个晶球的两面，只如我们的肉体与精神的关系一样，他们是两两平行，绝不是互为君主臣仆的"改为"艺术与人生，只是一个晶球的两面。和人生无关系的艺术不是艺术，和艺术无关系的人生是徒然的人生。问题要看你的作品到底是不是艺术，到底是不是有益于人生"。《儿童文学的管见》一文，他把"艺术之不成，不能更进而其为是否'社会的'与'非社会的了'"改为"艺术且不成，不能更进论其为是否'人生的'或'艺术的'了"；把"要之就创作方面主张时，当持唯美主义；就鉴赏方面言时，当持功利主义：此为最持平而合理的主张"改为"要之，创作无一不表现人生，问题是在它是不是艺术，是不是于人生有益”。《艺术家与革命家》一文，他把“更无论艺术家主张艺术是为艺术或是为人生，我们都可不论，但总要它是艺术。刀说是杀鸡的也可，说是杀人的也可，我们总要求它是刀然后才能承认，这是易明的事实”改为“其实任何艺术没有不和人生发生关系的事。艺术家无论是主张艺术为艺术或为人生，但总要他的艺术是艺术，刀可以说是杀鸡的，也可以说是杀人的，但总要求它是刀”。由这多处修改可以明显看出，郭沫若更加强化了他原有的文艺应首先具有“艺术性”的观念。也正是在这个基础上，郭沫若把《儿童文学的管见》最初版本中的一句陈述句“文学上近来虽有不功利主义与唯美主义——即‘社会的艺术’与‘艺术的艺术’——之论争，然此要不过立脚点之差异而已”改为了反问句：“文学上近来虽有‘人生的艺术’与‘艺术的艺术’之争，这是强加分别的，究竟谁是人生派，谁是艺术派？”郭沫若正是借此强调“文学”的“艺术性”是其最为根本的特性。“文学”和其他艺术一样，只有在“是艺术”的基础上，才能“发挥艺术的功能”。只有作品的“艺术性”得到了保证，那么她才会“于人生有益”。但如果“艺术之(且)不成”，在原来是“不能更进而其为是否‘社会的’与‘非社会的”，当下则是“不能更进论其为是否‘人生的’或‘艺术的’”，自然也就无所谓“谁是人生派，谁是艺术派”了。

此外，郭沫若在一些修改中虽然没有明确提及文艺的“艺术性”问题，但是同样也能够让我们感受到他对这一问题的重视。就如上文所列出的他对《文艺上的节产》一文的修改，郭沫若虽然根据时势把“山额夫人”“尼采”“笛卡尔”的例子置换为列宁的话和“集体创作”观，但却丝毫没有降低艺术水准的意思，而是坚持文艺创作“总得有一定时期才能成熟”。尤其是他引用列宁的话：“宁可少些，总要好些”，凸显的是“好”。至于“用集体的力量来搞”创作，犹如“植物嫁接可发出好花好果，既美且多”，依然还是首先强调“好”，而且把“美”置于了“多”之前。由此可以看出，相对于最初版本，修改后的内容显然更加注重文艺作品的“好”与“美”，即文艺的“艺术性”了。

还有一个需要我们注意的例子是郭沫若对于最初发表在1946年7月上海《文艺春秋》第3卷第1期上的《文艺的新旧内容和形式》的修改。此文最初版本中有这样一段话：

将来的新的文艺，可能有两种新的途径去发展：内容是服务于人民的，在形式上就可以有多样的形式发展；另一种途径，就是流传在民间的许多形式，许多歌谣和地方戏剧。在今天应当把一向为人民服务的形式整顿起来，使它更适宜为人民服务。这两种途径是我们应当发展的，所以新文艺是在内容和形式上都应当以人民大众为前提的。在今天一定要认识人民世纪的精神。文艺是苦的工作，要创作一种巨著，必须要用全生命灌注下去，要用全生命奉献给中国的人民。

当这篇文章被收入进《沫若文集》13卷时，这段话被修改为：

> 将来新文艺的发展可能有几种新的途径：一种是“五四”以来的文艺形式，受外来的影响多些，油画、雕塑、音乐特别显著。我们不应该排外，要继续吸收外来的好东西，而使它民族化，为今天服务，为人民服务。另一种途径，就是发掘和发展流传在民间的许多旧有的形式，在形式上加以改进，并盛入新的内容。许多歌谣和地方戏剧是应该重视的。在今天应该把一向为人民服务的形式加以整顿，使它更好地为人民大众服务。这两种途径都是我们应当发展的。可能还有第三种途径，便是把新旧融合起来，创造出新的民间形式。总之，今后的新文艺在内容和形式上都应当以人民大众为前提。我们一定要认识到今天是人民的世纪。还有创作也是艰苦的工作。要创作一种纪念碑式的巨著，必须要把全生命灌注下去，要把全生命奉献给中国人民。

郭沫若对这篇文章的修改是在50年代，其时“新民歌运动”正在全国如火如荼的进行。为了配合这一运动，郭沫若和周扬还在1959年9月一起编纂出版了“新民歌”诗集《红旗歌谣》。根据当时的政治形式及郭沫若的政治身份，他当然要在此文中继续强调“今后的新文艺在内容和形式上都应当以人民大众为前提”。然而值得我们注意的是，郭沫若把继承“‘五四’以来的文艺形式”“继续吸收外来的好东西”，列为了“将来新文艺的发展可能有几种新的途径”的第一条，并且进一步强调“创作也是艰苦的工作。要创作一种纪念碑式的巨著，必须要把全生命灌注下去”。这与1958年3月22日毛泽东在成都会议讲话中指出的“中国诗的出路，第一条民歌，第二条古典，在这个基础上产生出新诗来，形式是民歌的，内容是现实主义和浪漫主义的对立统一”，以及当时“多快好省”的“大跃进”式文艺创作，显然相悖。事实上，郭沫若虽然嘴上说“大跃进中产生的民歌是美不胜收的"[1]，但以他深厚的艺术修养，不可能不知道那些"新民歌"到底有多高的"艺术性"，就连毛泽东在看了他和周扬编的这本《红旗歌谣》后也说："水分太多，还是旧民歌好。"郭沫若同样明白，当时的诗歌创作和其他艺术门类的创作一样，都呈现出降低"艺术性"以成全"政治性"的趋势，而这与当时艺术界疏离甚至隔绝西方艺术以及"五四"以来的中国新文艺有着互为因果的关系，因此郭沫若曾在很多场合有些不合时宜地表示过"希望有人能够把'五四'以来的可取的东西选出来"[2]的意愿。此处修改从根本上来说，正体现了郭沫若的"诗人"本色对"政治家"角色的一种反拨，体现了他对当时文艺创作"功利性"极端压倒"艺术性"的一种反拨。对郭沫若而言，无论是继承"'五四'以来的文艺形式""继续吸收外来的好东西"，还是"改进""民间的许多旧有形式"，都首先是为了提高文艺作品"艺术性"，而非增强其政治"功利性"。

我们回顾一下郭沫若的文艺观演变历程就会发现，他之前只有在两个比较特殊的历史节点上提出过文艺应牺牲一定程度的"艺术性"以成全其"功利性"的观点：一是 20 世纪 20 年代中后期，在"中国的政治生涯几乎到了破产的地位"的时候，郭沫若号召青年人当个"留声机器"，"架设""不必是多么华美的桥"。二是在全面抗战初期，郭沫若认为"抗战所必需的是大众的动员，在动员大众上用不着有好高深的理论，用不着有好卓越的艺术"。不过在这两个时期，郭沫若对这种观念的持有时间都很短暂，而且就在期间或者很快之后，他也创作了具有相当高艺术水准的作品。但到了 50 年代，郭沫若似乎又遇到了一个更为特殊的历史节点，或者说一个史无前例的并且似乎还会无限延长的特殊时间段。在这个全新的时间段中，拥有史无前例"政治权力"的郭沫若，因史无前例的政治环境，把文艺作品的"功利性"也史无前例的极端化了。就像他在 1950 年对诗歌进行的定位："诗歌应该是最犀利而有效的战斗武器，对友军是号角，对敌人则是炸弹。因此，写诗歌的人，首先使得要求他有严峻的阶级意识革命意识为人民服务的意识，为政治服务的意识。有了这些意识才能有真挚的战斗情绪，发而为诗歌也才能发挥武器的效果而成为现实主义的作品。"[3]在这篇文论中郭沫若也提到了对诗歌形式方面的要求，但都是以"人民大众能懂"为前

① 郭沫若、周扬编：《红旗歌谣 · 编者的话》，红旗杂志社 1959 年版，第 2 页。
② 郭沫若：《就当前诗歌中的主要问题答〈诗刊〉社问》，《诗刊》1959 年第 1 期。
③ 郭沫若：《关于诗歌的一些意见》，《大众诗歌》1950 年 1 月 1 日。

提，也就是说以让诗歌能更好地发挥"号角""炸弹"功能为前提。而就在创作方面，郭沫若的实践也可以说是史无前例。仅仅在对自己的《文艺论集》进行修改之时，郭沫若发表了日后几乎为千夫所指的《百花齐放》组诗，其中有相当数量的诗歌都是"凑数"之作，不要说"艺术性"，能不能算作"艺术"都很难说。

由此可见，这一时期的郭沫若在其文艺观和文艺创作上几乎都因极端讲求"功利性"而无暇顾及"艺术性"。然而就在同时，他对自己昔日文论的修改所反映出的却是更加强调文艺作品的"艺术性"，这不能不说是一个颇有意思的现象。

笔者认为，要解释这一现象，还得结合郭沫若具体的身份来进行。萨义德曾在他那部著名的《知识分子论》中论述道："身为知识分子最困难的一面就是代表经由你的工作和介入所宣告的事情，而不僵化为一种体制或机器人，奉一种系统或方法之令行事。既能成功地达到那个境界，而且也成功地保持警觉、扎实——任何感受到这种欣喜的人，将体会到那种融合是何等的稀罕。但要达到这种境界的惟一方法就是一直提醒自己，身为知识分子能在主动地尽力代表真理和被动地让主子或权威来引导之间选择。"①郭沫若作为文化界的"班头"，当然首先要"奉一种系统或方法之令行事"，无论是发自肺腑还是被迫无奈，都会与当时统一的文艺政策相印合，甚至更加激进。但同时他骨子里对自由的崇尚以及对艺术的信仰，也会让他至少在潜意识层面不断"提醒自己""代表真理"。因此可以说郭沫若在此时遇到的不是一个如何"选择"的问题，而是如何"平衡"甚至"宣泄"的问题，是他内心深处由"诗人"身份所赋予的对艺术的执着信仰和"政治家"身份所规定的政治态度之间的"平衡"，以及个人信奉的"真理"因久被压抑而需要以适当方式所进行的"宣泄"。

问题是在当时的政治气候中，无论"平衡"还是"宣泄"，显然都不能以显性的方式进行。于是，通过对自己以往作品的修改曲径通幽的加以表达，或则成为一条相对可行的途径，而这也就造成他对自己新中国成立前文论的修改并非完全迎合新时期文艺政策及自我政治身份，而是呈现出比较复杂的状态。为了更加清晰地理解这一点，我们不妨先看一个诗歌作品修改的例子。

---

① [美]爱德华·W.萨义德：《知识分子论》，单德兴译，陆建德校，生活·读书·新知三联书店 2004 年版，第 100～101 页。

1922 年 5 月，郭沫若在《创造季刊》第 1 卷第 1 期上发表《海外归鸿》第一信。他在信中提到："我昨天才写了一首诗《重过旧居》寄给寿昌。"后来这首诗被收入 1957 年人民文学出版社出版的《沫若文集》第 1 卷。在收入时，题目换成了《泪浪》，内容从中间部分开始也被较大幅度的改动。现以对比的方式将最初版的内容和修改后的内容列于下方：

重过旧居

……

我和你别离了百日有奇，
又来在你的门前来往；
我禁不着我的泪浪滔滔，
我禁不着我的情涛激涨。
我禁不着走进了你的门中，
我禁不着走上了你的楼上。
哦那儿贴过我往日的诗歌，
那儿我挂过 Beethoven 的肖像。
那儿我放过 Millet 的《牧羊少女》，
那儿我放过金字塔片两张。
那儿我放过白华，
那儿我放过我和寿昌。
那儿放过我的书案，
那儿铺过我的寝床。
那儿堆过我的书籍，
那儿藏过我的衣箱。
如今呢，只剩下四壁空空。
只剩有往日的魂痕飘荡；
唉，我禁不住泪浪的滔滔，
我禁不住情涛的激涨。

泪浪

……

我和你别离了百日有奇，
我大胆地走到了你的楼上。
哦，那儿贴过我往日的诗歌，
那儿我挂过贝多芬的肖像，
那儿我放过米勒的《牧羊少女》，
那儿我放过金字塔片两张。
如今呢，只剩下四壁空空，
只剩有往日的魂痕荡漾。
飞鸟有巢，走兽有穴，游鱼有港，
人子得不到可以安身的地方。
我被驱逐了的妻儿今在何处？
抑制不住呀，我眼中的泪浪！

通过对比可以清楚的看到，郭沫若在最初创作此诗时，是因"重过旧居"，睹物思情，从而“禁不住泪浪的滔滔”；而修改之后所表达的情感，却不仅仅是怀旧，更在于想起了“我被驱逐了的妻儿今在何方”，结果“抑制不住呀，我眼中的泪浪！”他之所以把题目改为《泪浪》，恐怕正在于此。很明显，郭沫若的此处修改体现了他在当下经历着的感情波澜，而这份感情又显然与安娜有关。郭沫若对此诗的修改大约在1957年左右，其时距1951年他与安娜的尴尬见面已经过去多年。其间碍于自己领导人的身份，郭沫若没有发表任何与安娜有关的言论，但是其内心的愧疚和痛苦却是可想而知的。我们可以想象，就在他对这首非常怀旧的诗歌进行修改时，那“书案”“寝床”“书籍”和“衣箱”，一时间把他拉回到遥远的博多湾，拉回到与安娜相濡以沫、相爱互敬的日子。在此一刻，他身上的政治身份被完全剥离了，只剩下曾经的丈夫、父亲，以及由此而来的“抛妇别雏”负心郎的身份，愧疚和痛苦正由此产生。以郭沫若诗人的性情，有感情总要抒发，而这种痛苦既然不能通过公开的形式发表出来，那么以这种隐晦的方式加以表达就很正常了。

由此我们可以想到，如果郭沫若能够以修改早期创作的方式表达自己当下的感情，那么他当然也可以通过这种方式来表现自己当时某些与统一政策或观念不太一致的个人思考。由此，我们或许就可以解释为何郭沫若修改自己昔日文论的行为，会体现出与他新中国建立后发表文论和创作有所偏差的文艺观，即对文艺“艺术性”的着重强调。

事实上郭沫若在30年前就对全新时代的文艺形式有过梦想。就在他那篇著名的《孤鸿》中，郭沫若对“昨日”“今日”“明日”的文艺都做了评判、要求和憧憬：

> 我现在对于文艺的见解也全盘变了。我觉得一切伎俩上的主义都不能成为问题，所可成为问题的只是昨日的文艺，今日的文艺和明日的文艺。昨日的文艺是不自觉的占生活的优先权的贵族们的消闲圣品，如像太戈儿的诗，杜尔斯泰的小说，不怕他们就在讲仁说爱，我觉得他们只好像在布施饿鬼。今日的文艺，是我们现在都在革命途上的文艺，是我们被压迫者的呼号，是生命的穷促的喊叫，是斗志的咒文，是革命豫期的欢喜。这今日的文艺便是革命的文艺，我认为是过渡的现象，但是是不能避免的现象。明日的文艺又是什么呢？芳坞哟，这是你几时说过的超脱时代性和局部性的文艺。但这要在社会主义实现后，才能实现呢。在社会主义实现后的那

时，文艺上的伟大的天才们得遂其自由完全的发展，那时的社会一切阶级都没有，一切生活的烦苦除去自然的生理的之外都没有了，那时人才能还其本来，文艺才能以纯真的性为其对象，这才有真正的纯文艺出现。①

由于郭沫若当时只是初步接受了马克思主义，对于一些概念还没有完全明确，比如由"那时的社会一切阶级都没有"等语来看，郭沫若此处的"社会主义"应该为"共产主义"。但是结合郭沫若在新中国建立前夕所谈到的"很多年辰以来"的"自由""梦想"判断，他对新时代的文艺恐怕并非没有"纯"的期待，至少不应该完全是"革命尚未成功，同志仍需努力"的"今日"文艺的延续。然而当他真正进入到全新时代之后，他不得不把自己完全纳入到体制的框架中，甚至创作了几乎算不上"艺术"的诸多作品，这无疑是与他骨子里"诗人"的秉性相悖的，他由此调侃自己"郭老不算老，诗多好的少"，怕也是出于本心。

在这样的背景下，当郭沫若对自己新中国建立前的文论进行修改时，面对昔日的"思想痕迹"，一方面在理性上要迎合当时统一的文艺政策和"党派圣贤"身份，进行合乎规范的修改；而在另一方面即感性方面，则很可能于不自觉间又重返其更为本真的"五四诗人"身份，着重对文艺作品的"艺术性"进行强调，展现了他骨子里对"绝对真理"的信奉。甚至还有可能出于某种更为复杂的心理原因，有意在这种修改中与当时的文化政策唱反调。于是，这两种显性与隐性身份的交替互换，便形成郭沫若的两种文艺论文修改形式，以及其某些文艺创作和通过修改所体现文艺观之间的偏差。

论及此处，就牵涉到一个郭沫若在新中国建立后颇有意思但又久被遮蔽的问题，那便是他基于不同身份的显性表达和隐形表达现象。对此我们不妨先看一个刘纳女士通过她那篇富有创新意义的论文《重读〈李白与杜甫〉》所提供的例子。刘女士在此文中以丰富翔实的史料和细致入微的分析，论证"倘若把《李白与杜甫》看作一本意在讨好邀宠的书，借用郭沫若为李白打抱不平的话来说，那真是'活天冤枉'"。刘女士从郭沫若评论李白与杜甫的字里行间，令人信服地提炼出他对自我感情的寄托与表达，认为郭沫若"面对两位古代大诗人的命运，他有所思，有所忆，有所悟，他当时的真实心境在这本书中有脉络可寻"。事实上我们也完全可以理解，当郭沫若作为文化界的领导人，必须在言论和行为

① 郭沫若：《孤鸿》，《创造月刊》1926年第2期。

上与国家政策和自我身份保持一致时，其本质上作为一个“诗人”，甚至说作为一个纯粹的“人”的思想、情感，并不会因此而被完全泯灭，而仅仅是处在一个受压抑的状态。就像刘纳女士所揣想的：“那几年间，郭沫若孤零零地在政治活动中扮演着需要他扮演的角色，但当夜深人静，寂寥默思中，他不会扼腕长叹、仰天长吁吗？”有压抑就有爆发，如果不能爆发，也会寻求别的途径加以抒发，以郭沫若的性情，更是这样，而他在方式的选择上，最可能的就是文字表达这一种。因此在特定的创作中，郭沫若会自觉不自觉地暂时摘去“政治家”的头衔，只以一个“诗人”或者“纯粹的人”的身份抒发表达这种被压抑的思想和情感。当然，要在郭沫若显性的言论中发现和发掘这种隐性的思想情感表达是很不容易的，但这确实又是我们全面而正确的认识一个真实的郭沫若所不可或缺的途径。遗憾的是，这一途径长期以来并不为众多学者所重视。

以往学者们针对郭沫若在新中国建立后的言行所进行的评论往往呈现出“两极化”特点，或者把他定义为“御用文人”，或者设身处地地同情他的无奈与痛苦，并为他的诸多言论与行为进行辩解。现在看来，这两种评论都不免片面。相对而言，像刘纳女士这样烛幽发微，在郭沫若显性的言论中发掘其隐性但又真实的个人思想情感，可谓另辟蹊径，角度独特，展现了相当的创新价值。刘纳女士的成果一方面得益于她细致入微的分析，另一方面则在于她选择了恰当的研究对象。事实上，郭沫若对自己早期大量文论和作品的修改，也同样具备这样的研究价值。这些修改可以说是我们窥探郭沫若在那个特殊时期真实思想情感的重要渠道。只是长期以来，由于这些材料的修改本身即具有一定的隐蔽性，很少被人注意到，因此极少成为专注研究的对象，有时甚至很容易造成最基本的引用错误。在这里笔者不妨顺便指出刘纳女士在这篇《重读〈李白与杜甫〉》中的一处引用错误。刘女士在此文中有这样一段话：“这使我想起在写作《李白与杜甫》四十多年前，年轻的郭沫若曾经论证过艺术家与政治家可以‘兼并’：‘一切热诚的实行家是纯真的艺术家，一切志在改革社会的热诚的艺术家也便是纯真的革命家。’”实际上从本篇前半部分所胪列的资料中就可以看到，郭沫若“四十年前”在发表于《创造周报》第18号上的《艺术家与革命家》原文中所写的这句话是这样的：“一切热诚的实行家是纯真的艺术家，一切热诚的艺术家也便是纯真的革命家。”只是到了20世纪50年代编纂《沫若文集》时，郭沫若才在下半句“热诚的艺术家”前面加上了“志在改革社会的”定语。这一处语句的修改，当然也是郭沫若在表达他进行修改时所持有的观念。对比起来，和最初版本的意思并无特别大的区别，但是如果说它是郭沫若“四十年前”所做的“论证”，就显然是不恰当的了。

本文论述到此处，便基本完成了对郭沫若关于文艺作品“无目的性”和“功利性”问题在不同历史时期以不同身份或显性或隐性的阐发的厘清与探讨。可以说，沫若对这一问题的辨析，反过来也折射出他在不同历史境遇中以“权力”的寻逐、强化和维持为轴线，或主动或被动的角色选择与认同，以及他所经历的那些时代的特色。因此厘清和明晰这个问题，对我们全面而正确地认识郭沫若的文艺观，发掘他内心世界真实的思想情感，考察他所处的各个历史阶段的特点，都是很有意义的。

第二章 郭沫若“民间文艺”观的形成与发展

郭沫若的文艺思想中有一个非常重要的组成部分，但至今一直处于被边缘甚至被忽略的状态，那便是郭沫若对民间文艺的看法和态度。长期以来，学者们总是习惯选择性地引用郭沫若对民间文艺的言论片段来阐释其对文艺“民族形式”或文艺“大众化”等问题的观点，而几乎从来没有对这个问题本身进行过系统的梳理考察与全面的分析研究。迄今为止，笔者只看到一篇专门研究此问题的论文，即秦川先生于1985年发表于《郭沫若研究》第一辑上的《试论郭沫若与民间文学的关系》。此文从郭沫若儿时受民间文学的熏陶入手，认为民间文学对郭沫若的文艺创作影响巨大。而在历史纵向上正如周扬所说：“郭沫若同志，他作为一代杰出革命诗人，始终关注民间文学的事业。”[①]据笔者考察，周扬与秦川先生的观点也基本上代表了其他学者对这个问题的认识。但事实上，众多学者都没有把结论建立在全面考察郭沫若“民间文艺”观的基础之上，因而便不免与史实有所偏差。历史的实情是，郭沫若并非“始终关注民间文学事业”，而是在不同的历史时期持不同的态度，其中还有相当长一段时间对中国传统民间文艺有着较低的评价，这一点郭沫若自己也是承认的。他在1950年发表的《研究民间文学的目的——在中国民间文艺研究会成立大会上的讲话》中称：“说实话我过去是看不起民间文艺的，认为民间文艺是低级的、庸俗的。直到一

① 周扬：《中国歌谣选·序》，《民间文学》1979年第1期。

九四三年读了毛主席《在延安文艺座谈会上的讲话》，这才启了蒙，了解到对群众文学、群众艺术采取轻视的态度是错误的。在这以后渐渐重视和宝贵民间文艺了。”①

造成众多学者对郭沫若“民间文艺”观认识偏差的原因是多样的，一方面在于郭沫若曾自称儿时便受过民间文艺的影响，而这种影响在他的一些创作中也有着体现。并且他日后又成为左翼文坛的领袖，大众文化的代言人，因此很容易让学者们想当然地认为他对民间文学是“始终关注”的，是给予高度评价的，于是便不再做全面深入的梳理和分析。而另一方面，则应该与郭沫若文献版本上的诸多混乱有关。像秦川先生的论文引用的资料多来自人民文学出版社1957～1964年陆续出版的《沫若文集》。他和许多学者都没有注意到，此文集所包括的几乎所有在新中国建立前发表的文艺论文在收录的过程中，都曾被郭沫若不同程度地修改过。由于很多修改都是郭沫若根据五六十年代的政治形势所做出的，他对此又没有特别加以说明，结果这些修改便对他前期的很多文艺观形成了遮蔽，其中就包括他对民间文艺的评价问题。关于这一点我们不妨看下面两个例子：

例一：1940年6月9日、10日重庆《大公报》上刊载了郭沫若著名的论文《“民族形式”商兑》。此文中有很长一段涉及民间文艺的论述在被收入《沫若文集》时被大幅度修改了。原文的内容是这样的：

> 封建的社会经济产生出了各国的民间形式，同时也就注定了各种的民间形式必随封建制度之消逝而消逝。中国的封建经济早就在进行着它的下坡路，因此中国的民间文艺也早就达到了它的下行期。我们承认它在民间的势力依然强大，但并不承认它的势力毫未动摇，如门神已经很少张贴的一样，民间艺人和民间文艺各种形式的演出机会，在乡间已经很少很少的了。有趣的是这种艺人和演出机会反而在都会里倒要多些，这当得怎么说明呢？很简单。也就是如有价值的古董都集中在城市里的一样，它们是靠着满足都会有闲人的古董癖或猎奇而存在着的。外国人到中国来也每每为这猎奇欲所驱使而搜集各种各样的废物。百褶罗裙面在梭发椅上，花

① 郭沫若：《研究民间文学的目的——在中国民间文艺研究会成立大会上的讲话》，《人民日报》1950年4月9日。

衣补褂张在客厅壁间，小脚穿的绣花鞋，幼儿戴的猫猫帽和着一些泥人木偶，杂陈在壁炉的上缘。这样陈设着也有他的风味，但除掉这样的利用外，是无法回复它们的使用价值了。民间形式的文艺并未落到绣花鞋和百褶罗裙的程度，不过已相隔不甚远。我们现在来利用它们，其实乃是促进它们的升华。中国女人的脚完全脱掉了脚带的束缚，绣花鞋便失掉了它的效用；中国民众的智识如完全脱掉了封建制度的束缚，一切民间形式也同样的失掉了它们的效用。我们是在尽力扬弃我们的半封建半殖民地的命运的，把这些和时代精神盛在民间形式里而去教育民众宣传民众，民众获得了这种精神，结局是要抛弃那种形式的。旧瓶的形式如其本身含有若干艺术价值，尚可作为古董而被人保存，如其本身并没有具备这种价值，即使是用来盛过一次极新极新的美酒，也挽救不了他那将被抛弃的命运。

民间形式的利用，始终是教育问题，宣传问题，那和文艺创造的本身是另外一回事。就如教书和研究是两件事的一样，教书要力求浅显，研究要力求精深。一方面以研究来提高文化的水准，另一方面则靠教育来把教育者提高到研究水准，二者是必须同时并进的。不能专事牵就，把研究降低或停顿，那样便决不会有学术的进步。文艺的本道也只应该朝着精进的一条路上走，通俗课本，民众读物之类，本来是教育家或政治工作人员的业务，不过我们的文艺作家在本格的文艺创作之外，要来从事教育宣传，我们是极端欢迎的。他们在这样的场合尽可以使用民间形式，若是他能够使用的话。有些人嫌这样的看法是二元，但它们本来是二元，何必一定要去把它们搓成一个！不过一切的矛盾都可统一于国利民福人文进化这些广大的范畴里面，如你一定要一元，仅有的是大一元。

修改之后变为：

封建的社会经济产生出了各国的民间形式，同时也就注定了各种的民间形式必随封建制度之蜕变而蜕变。中国的封建经济早就在进行着它的下坡路，因此中国的民间文艺也早就达到了它的下行期。我们承认它在民间的势力依然强大，但并不承认它的势力毫未动摇。我们现在来利用它们，其实就是促进它们的蜕变或者升华。我们现在是在尽力扬弃我们的半封建半殖民地的命运的，把这些和时代精神盛在民间形式里面去教育民众，宣传民众，民众获得了这种精神，民间形式也必然因而有所改革。

例二：1942年8月8日，郭沫若作《关于“接受文学遗产”》一文，后发表于1943年1月重庆《抗战文艺》第8卷第3期。在这篇论文中，郭沫若有段话这样论及民间文学：

口语的价值近来已被提得相当高了，有的人竟至主张“一切文艺作品都要以民间形式为中心源泉而再出发”。“老百姓们所喜闻乐见”一句话，每每被人有意的曲解或无心的误解了。迄今还有好些作家依然在喊着“我们作出来的诗应该是农民大众都听得懂的”。喊是喊得很甘脆，但无论怎样通俗的诗，我们不相信可以使文盲的一切大众都能听得懂。

此文段在收入《沫若文集》时，被修改为：

口语的价值要重视，但并不能因为而否认有价值的文言；民间形式的作品要重视，但并不能因而否认有价值的文言文。“老百姓们所喜闻乐见”这一句话，每每被人解释得太狭隘了。迄今还有好些作家依然在喊着“我们作出来的诗应该是农民大众都听得懂的”。这只顾到一面而没有顾到另一面，那便是老百姓的欣赏水平并不低，而且是可以不断提高的。

这两个较为典型的例子都反映出郭沫若对民间文艺认识态度上的转变，因此用“始终关注”这样的话来概括他的“民间文艺”观，显然是不合适的。事实上郭沫若对待民间文艺的思想观念一直在根据各个历史时期的不同社会情势和自我身份“因时而变”。但同时，就在这不断“因时而变”的背后，却有着郭沫若一以贯之的知识分子精英意识作为深层背景与支撑，也是他“权力”寻逐的一种具体反映。

一

郭沫若最早发表其对文艺的感悟与思考是在20年代初期，其中很多言论都涉及对民间文艺的态度，这些态度总的来说呈现出褒贬杂陈的状态。

1920年2月16日，郭沫若在给宗白华写的信中讨论诗歌创作的语言与情绪问题，其中有这样一段话：“原始人与幼儿的言语，都是些诗的表示。原始人与幼儿对于一切的环境，只有些新鲜的感觉，从那种感觉发生出一种不可抵抗的情绪，从那种情绪表现成一种旋律的言语。这种言语的生成与诗的生成是同一的，所以抒情诗中的妙品最是些俗歌民谣。"①这是郭沫若对民间文艺最早的评论，体现了他早期的文艺"无功利性"观念。

郭沫若对于"俗歌民谣"的好评还与他美好的童年回忆有着密切关系。他在 1921 年发表于上海《民铎》杂志第 2 期的《儿童文学之管见》中，深情回忆起两首儿时的"童谣"，并且结合德语中的"新月"一词，"作五绝诗一首"。然而需要注意的是，郭沫若对于中国民间的"童谣"并不是全盘肯定的。就在这篇《儿童文学之管见》中，郭沫若还有这样的言论："童话、童谣我国古所素有，其中必不乏真有艺术价值的作品。仿德国《格吕谟童话》(*Maerchen Gesammelt durch-Grimm*)之例，由有志者征求、审定而裒集成书，当能得到良好的结果。但审判必须务求严审，凡无艺术的价值、不合儿童文学的本质者，不使之滥竽。近来国内采集民谣，觉得太无批评，太滥了。民谣与童谣有别，自不待言。"以此为根据，我们也可以进一步理解郭沫若致宗白华那封信中的"抒情诗中的妙品最是些俗歌民谣"，其意思是在已经认定为"妙品"的"抒情诗"中，最好的"是些俗歌民谣"，而并非所有的"俗歌民谣"都是"抒情诗中的妙品"。

郭沫若在这一时期虽然没有对"无艺术价值"的民间文艺做直接批判，但从他 1921 年发表在上海《学艺》第 3 卷第 2 期上的《史的悲剧〈苏武与李陵·楔子〉》一文中，我们却可以看到一些端倪。在此文的开篇，郭沫若借用做开场白的"青年女士"之口说了这样一句话："打鼓卖唱，一般的人把他看得异常下贱，其实据我看来只要打的人精神不下贱，唱的词子内容不卑鄙时，倒是顶可以珍重的一种国技。"如果我们把这句话反过来理解，正好看出郭沫若对"打鼓卖唱"这类民间艺术的态度，那就是从事这种民间艺术的民间艺人，其"精神"往往是"下贱"的，他们的这种所谓文艺，"内容"也往往是"卑鄙"的，因此并不值得"珍重"；而即使能够做到"精神不下贱""内容不卑鄙"，也只能看作"一种国技"，属于"技艺"的范畴，而上升不到真正的"艺术"层面。

由以上例子我们可以基本看出郭沫若当时对民间文艺的总体印象。他认为民间文艺具有某种朴素的艺术价值和社会价值，类似于璞玉浑金，或者说自然蕴藏的宝藏。要将其"升华"到真正的艺术层面并且发挥积极的社会意义，必须对其"严格"地"审定"、发掘、提炼与改造。他的这一观点在《神话的世界》一

---

① 郭沫若：《致宗白华书》，《时事新报·学灯》1920 年 2 月 24 日。

文中有着较为明显的体现。在这篇论文中，郭沫若先翻译了歌德根据德国传说所创作的“《渔夫》Der Fischer 一歌”，然后评论说：“以理智的眼光看来，本是无足轻重的迷信，但它偶尔一点触到诗人的心机，便成就了一幅绮丽的织锦。我们在这些地方可以悟解许多智慧。我国关于这一类的传说，散在民间的当然不少；这个无限的宝藏，正待我们去开发，正足以丰富我们的生命。不怕就有偏激的启蒙主义者要笑为‘搅拌野蛮人的死灰’，但如歌德这一类的诗，我希望我们的新诗坛中多多出现。”①

正是基于对民间文艺的这一观念，故郭沫若一直对《国风》情有独钟。他1922年第一次进行的“古书今译”便是把《国风》中的40首诗歌译成白话，并于次年以“卷耳集”为名出版。在这个集子的序言中，郭沫若说：“我国的民族，原来是极自由极优美的民族。可惜束缚在几千年来礼教的桎梏之下，简直成了一头死象的木乃伊了。可怜！可怜！可怜我最古的优美的平民文学，也早变成了化石。我要向这化石中吹嘘些生命进去，我想把这木乃伊的死象更活过来，这也是我译这几首诗的最终目的。”②需要注意的是，郭沫若此处“优美的平民文学”，已并非处于原始状态的民间文学，而是由“采诗之官”采集民间的诗歌，然后经文人加工，从而变成具有经典意义的文学。这一点郭沫若日后有过明确的考证。他在《论中国古代文学》一文中说：“《雅》《颂》是贵族文学的总汇，而《国风》则是民歌的集成。但《雅》《颂》和《国风》都经过删改，也毫无问题：因为用韵和形式，在《雅》《颂》中看不出时代性，在《国风》中看不出地方性。”③直到新中国建立后，郭沫若还持这一观点：“从历史上看，《诗经》绝大部分是民间作品，可以查得出有作者姓名的不上二十篇，但即拿《国风》来说，也是经过删改、润色的。”而郭沫若对这样的“删改、润色”也并不排斥。他认为：“中国的民间文学非常丰富，但我们不能满足于丰富的矿藏了事，要从胚胎状态的东西把好东西提炼出来，加以吸收。”“从科学研究来看，必须有忠实的原始材料”；“但是从文学观点上来说，加工也很重要”。④

① 郭沫若：《神话的世界》，《创造周报》1923年第27期。

② 郭沫若：《卷耳集·序》，泰东图书局1923年版，第5页。

③ 郭沫若：《论古代文学》，《学习生活》1942年3月4日。

④ 郭沫若：《关于大规模收集民歌问题——答〈民间文学〉编辑部问》，《民间文学》1958年第5期。

郭沫若一方面肯定《国风》的艺术价值，另一方面则更加认可其由民间文学反映民众疾苦和社会状况的现实意义。这一点他在自己最早的文论中便涉及了，那是他于1920年2月1日发表在上海《时事新报·学灯》上的《致宗白华书》。此文后经删节，被收入1925年12月上海光华书局初版的《文艺论集》，成为《论诗》的第二部分。郭沫若在这封信中称："我常希望我们中国再生出个纂集《国风》的人物——或者由多数的人物组织成一个机关——把我国各省各道各县各村底民风，俗谣，采集拢来，采其精粹的编集成一部《新国风》；我想定可为'民众艺术底宣传''新文化建设底运动'之一助。我想我们要宣传民众艺术，要建设新文化，不先以国民情调为基点，只图介绍些外人言论，或发表些小已底玄思，终竟是凿枘不相容的。"1922年8月24日，郭沫若借为"吾友何中孚君"所"裒集成书"的《民谣集》写序之机，再次表达了类似观点。他在此序中首先赞美《国风》的现实意义与艺术价值："一部国风，要算是我国最古的一部民谣集了。古时原有采诗的官，由民间采集些歌谣来献给政府，政府藉以知道民间的状态。采诗之制，在古时虽说纯是为的一种政治的目的，然同时在文艺史上竟开出了一朵永不凋谢的白莲。"①之后他又结合当时的社会现实称："近数年来有多少明达之士，极力提倡收集，在各地的报章杂志上亦多所散见，但裒集成书之举，迄今似乎尚无人从事。吾友何中孚君于职司儿童教育之余，采集浙西民谣六十首以成此书，而求序于我。我本川人。此书内容，多为吾川所无，且不少佳妙之作。鄙意以为如各地有志之士，见何君此书而各事收集，裒以成册，以便于作比较的研究，将来书成日多，再经一道严峻的删定，则我国又可以有一部新的《国风》出现了。"②到了1923年，郭沫若在上海大学所发表的名为《文艺之社会的使命》的讲演中，更是以对比的方式认为："欧洲各国的政府，想许多方法来提倡艺术，如文学奖金，如美术陈列馆，如建筑国立戏院等，一点也不遗余力。就是受人误解的俄国，自革命以后也极力提倡，艺术家由政府特别供养。回头来看我们中国：古时候倒还好些。譬如周代有采诗之官，采集民间的诗歌，使政府得以明了民间的疾苦。对于音乐也特别注重，利用音乐来统一天下。汉唐之世，艺

① 王锦厚、伍加伦、肖斌如编：《郭沫若佚文集（1906～1949）》上册，四川大学出版社1988年版，第91页。

② 王锦厚、伍加伦、肖斌如编：《郭沫若佚文集（1906～1949）》上册，四川大学出版社1988年版，第91页。

术的空气也还很浓厚。不过到了现代是怎样呢？政府固顾不及，社会上对于艺术也看得很轻。”①

从以上的考察分析我们大致了解了郭沫若在20年代初期对我国民间文艺所持的态度。不可否认，我国民间文艺对郭沫若的文学创作和文艺观念都产生了一定的影响；但是如果我们暂时跳出这个问题，从历史的高度去观察此一时期的郭沫若，就会发现，他受中国民间文学的影响远远不如受西方现代文艺创作和文艺思想影响大。对郭沫若产生影响的民间文艺形式无外乎儿时的童谣、神话传说、经过文人改造的《国风》等，而且郭沫若对这些文艺形式的接受多在其儿童时期和少年时期，属于被动的接受。但在从日本留学到上海创业这一段关键的现代知识摄取期，郭沫若因兴趣所致主动接受的文艺创作和思想，绝大部分均来自于西方，仅作家和思想家的名字我们就可以列出一大串，包括歌德、席勒、柯勒律治、惠特曼、斯宾诺莎、康德、尼采、克罗齐、柏格森等等。他日后也曾这样总结：“据我的经验，读外国作品对于自己所发生的影响，比起本国的古典作品来要大得多。”②所以他才把这一时期总结为：“读的是西洋书，受的是东洋气。”也正是在这一背景下，郭沫若后来逐渐接受了马克思主义并成为马克思主义者，就显得顺理成章。

就在郭沫若受“东洋气”、读“西洋书”，并逐渐接受马克思主义的这一时期，他不仅获得了大量西方文学、哲学和社会学知识，形成了自己的创作风格和文艺观，而且在无形之中更加强化了一种社会精英意识。笔者在这里使用“更加强化”一语，在于郭沫若和他这一代知识分子一样，在最初都是吮吸典型的传统文化乳汁成长起来的。在这个过程中，传统文人那种“万般皆下品，唯有读书高”的身份优越感，以及“先天下之忧而忧，后天下之乐而乐”的社会责任感，都不可避免地浸入到他们的文化骨髓。正如胡适在1927年2月所写的《整理国故与“打鬼”——给浩徐先生信》中所说：“平心说来，我们这一辈人都是从古文里滚出来的，一二十年的死工夫或二三十年的死工夫究竟还留下一点子鬼影，不轻易完全脱胎换骨。”因此，“输入新知识与新思想固是重要，然而‘打鬼’更是要紧”。

---

① 郭沫若：《文艺之社会的使命——在上海大学讲》，《民国日报·文学》1925年5月18日。

② 郭沫若：《如何研究诗歌与文艺》，《新华日报》1944年4月16日。

中国古代的传统文人对于民间文艺并不乏溢美之词，他们感叹“真诗乃在民间”（李梦阳《弘德集》）、“真诗只在民间”（李开先《市井艳词序》），甚至一些民歌“即使子建、太白降为俚谈，恐亦不能过也！”（王世贞《艺苑卮言》）。然而从总体上来说，他们对于这些下里巴人或引车卖浆者所好的文艺形式，其实是以俯视的眼光看待的，认为其中纵有可取之处，但相对于“诗词歌赋”“琴棋书画”这些“高雅”艺术来说，也不过是些“俚谈”。郭沫若早期对于民间文艺的态度虽然在整体上呈现褒贬杂陈的状态，但更多也还是体现了他的“俯视”态度。他对民间文艺由“俯视”到“俯拾”，再到“哀集”，最终达到为“‘民众艺术底宣传’‘新文化建设底运动’之一助”的目的，在深层次上正折射出他根植于传统儒家文化的入世思想和读书人的优越感，即传统知识分子的精英意识。

郭沫若由传统文化中所潜移默化继承来的精英意识并没有因为他在“东洋”读“西洋书”而被淡化或者平抑，事实上这些“西洋书”为郭沫若所传输的西方现代文化中便包括西方现代知识分子的精英精神。这些西方现代社会的思想精英在挣脱了中世纪的神权束缚后，并未放弃自己的这种精神，而是为其披上了现代理性的外衣，法兰克福学派的思想家们就主张知识分子“应该是每一时代的批判性良知”，康德则认为现代知识分子应该“有勇气在一切公共事务上运用理性”，这种“批判”与“理性”所面对的正是芸芸众生。在进入 20 世纪中期后，西方理论界对知识分子的描述与评论渐成风尚，其中对知识分子社会精英特性的认同或者召唤是一个主流。爱德华·W. 萨义德（Edward W. Said）曾在他著名的《知识分子论》中引用班达的观点这样总结现代知识分子的精英特性：“真正的知识分子在受到形而上的热情以及正义、真理的超然无私的原则感召时，叱责腐败、保卫弱者、反抗不完美的或压迫的权威，这才是他们的本色。”[①]而他自己则认为：“知识分子是具有能力‘向(to)’公众以及‘为(for)’公众来代表、具现、表明讯息、观点、态度、哲学或意见的个人。而且这个角色也有尖锐的一面，在扮演这个角色时必须意识到其处境就是公开提出令人尴尬的问题，对抗（而不是制造）正统与教条，不能轻易被政府或集团收编，其存在的理由就是代表所有那些惯常被遗忘或弃置不顾的人们和议题。知识分子这么做时根据的

---

① [美]爱德华·W. 萨义德:《知识分子论》，单德兴译，陆建德校，生活·读书·新知三联书店 2004 年版，第 13 页。

是普遍的原则：在涉及自由和正义时，全人类都有权期望从世间权势或国家中获得正当的行为标准；必须勇敢地指正、对抗任何有意无意地违犯这些标准的行为。""总之，重要的是知识分子作为代表性的人物：在公开场合代表某种立场，不畏各种艰难险阻向他的公众作清楚有力的表述。"①而这样的观念和中国传统文人"为天地立心，为生民立命"，"士不可不弘毅，任重而道远"以及顾炎武所明确提出的"君子之为学也，以明道也，以救世也"，是怎样的不谋而合、遥相呼应。因此，诚如雷蒙·阿隆（Raymond Aron）所说："有史以来的任何地方，凡是掌握和丰富文化的人就是知识分子，不管文化指的是科学、文学或是艺术……他有权和有能力发表意见，是根据他在一定学科方面拥有的知识，更重要的是鉴于他在精神上的权威，这是他从事的职业以及人们想象他具有的道德或文化赋予的。"②

在这样的基础上我们就可以理解郭沫若从中国传统文化的浸淫到西方现代文化的摄取，始终都没有脱离知识分子精英意识的影响。事实上他对马克思主义的接受在心理基础上也与之有着紧密的联系，可以说这是他的精英意识在思想观念的接受和宣扬方面的具体体现。

二

以往的有许多评论认为郭沫若在接受马克思主义后便主动放下身段，向人民大众靠拢，努力进行自我从精神到身份的"大众化"，从而逐渐具有了无产阶级知识分子的朴素秉性。这种观点只是看到了事情的表象，而没有了解到本质。在当时，郭沫若努力放弃的只是一种他所谓的小资产阶级"贵族的精神"，而同时在本质上不自觉地强化的，却依然是这种现代知识分子精英意识，这一点我们从他那篇具有标志性的文章《孤鸿》中就可以循迹溯源。郭沫若在这篇文章中对成仿吾激动地宣称："我现在成了个彻底的马克思主义的信徒了！马克思主义在我们所处的这个时代是唯一的宝筏！"然后他便以此为"理性的背光"，自比《新时代》中的人物"涅大诺夫"进行自我批判："我们都嗜好文学，但我们又都轻视文学；我们都很亲近民众，但我们又都有些贵族的精神；我们倦怠，

① [美]爱德华·W. 萨义德：《知识分子论》，单德兴译，陆建德校，生活·读书·新知三联书店 2004 年版，第 16～17 页。

② [法]雷蒙·阿隆：《阶级斗争》，周以光译，译林出版社 2003 年版，第 197～198 页。

我们怀疑，我们都缺少执行的勇气，我们都是些中国的‘罕牟雷特’。”郭沫若还在文中把文艺分成“昨日”“今日”和“明日”三种：“昨日的文艺是不自觉的得占生活的优先权的贵族们的消闲圣品”；“今日的文艺，是我们现在走在革命途上的文艺，是我们被压迫者的呼号，是生命穷促的喊叫，是斗志的咒文，是革命预期的欢喜”；“明白的文艺又是什么呢？芳坞哟，这是你几时说过的超脱时代性和局部性的文艺。但这要在社会主义实现后，才能实现呢。在社会主义实现后的那时，文艺上的伟大的天才们得遂其自由完全的发展，那时的社会一切阶级都没有，一切生活的烦苦除去自然的生理的之外都没有了，那时人才能还其本来，文艺才能以纯真的性为其对象，这才有真正的纯文艺出现。”①郭沫若在这里要与“昨日的文艺”以及“贵族的精神”划清界限，而作为一个无产阶级革命者加入到“今日的文艺”的创作中去。他之后不仅身体力行，而且号召青年人也要“到兵间去，民间去，工厂间去，革命的漩涡中去”②，甚至当一个无产阶级的“留声机器”，因为“这是文艺青年们的最好的信条”③。从本质上来说，郭沫若的这种“大众化”姿态其实正体现了他自觉承担社会责任，努力去“化大众”的精英精神特质。这种精神特质在他 1929 年发表的《新兴大众文艺的认识》一文中有着最为明显的表露：

> 新式的“子曰诗云”是不济事的，新式的“咬文嚼字”是不济事的，你要去教导大众，老实不客气的是教导大众，教导他怎样去履行未来社会的主人的使命。
>
> 这个就是你大众文艺的使命，你不是大众的文艺，你也不是为大众的文艺，你是教导大众的文艺！
>
> 你是先生，你的导师，这层责任你要认清！
>
> 在清醒的责任观感之下，在清醒的阶级理论之下，你去把被人麻醉了，被人压迫了，被人榨取了的大众清醒起来！

郭沫若并非没有注意到这种近乎悖论的现象。就在这篇《新兴大众文艺的认识》一文中，郭沫若也承认：“这说来虽是有点滑稽，然而事实竟是这样。从事

---

① 郭沫若：《孤鸿》，《创造月刊》1926 年 1 月 2 日。

② 郭沫若：《革命与文学》，《创造月刊》1926 年 1 月 3 日。

③ 郭沫若：《英雄树》，《创造月刊》1926 年 1 月 8 日。

无产阶级运动的青年，无论是全世界上的那一国，大抵都出自智识阶级(这理由让有空闲的学者去讨究)。知识阶级的通病始终不免的是一个高蹈，不管它是青色的高蹈，白色的高蹈，或者是红色的高蹈，总而言之是高蹈。”①在不到一个月后，郭沫若又写了《普罗文艺的大众化》一文，同样谈到了这种“滑稽”的“高蹈”，然而他却始终没有把这看成多么严重的事，就像他在上文括号中所说明的“这理由让有空闲的学者去讨究”，他认为“这种现象正是难免的，因为从事无产文艺运动的大都是青年的知识分子。他们向理想的飞跃很勇猛，然是个的飞跃而非全的飞跃。飞跃的愈勇猛反转有脱离全的倾向，好像一颗火花迸出自一炉尚未燃透的煤炭。大众是母体。飞得不甚高，大众仍然要把他吸转来。他的第二的一步便是如何使这母体的大众做整个的燃烧”②。

当然，“一颗火花”要“使这母体的大众做整个的燃烧”，是非常不容易的事。法国社会心理学家古斯塔夫·勒庞曾这样论述“群体”的“保守性”：“如果不考虑群体深刻的保守本能，就难以理解历史，尤其是民众的革命。不错，它们可能希望改朝换代，为了取得这种变革，它们有时甚至发动暴力革命，然而这些旧制度的本质仍然反映着种族对等级制度的需要，因此它们不可能得不到种族的服从。群体的多变，只会影响到很表面的事情。其实它们就像原始人一样，有着坚不可摧的保守本能。它们对一切传统的迷恋与崇敬是绝对的；它们对把一切有可能改变自己生活基本状态的新事物，有着根深蒂固的无意识恐惧。”③勒庞的论述虽不无偏激，但在很大程度上也道出了问题的本质。从鲁迅、老舍等作家的作品中，我们能找到太多这类具有“深刻的保守本能”的人物形象。然而郭沫若却在当时有意无意地完全忽略了这一点，甚至到了40年代创作《棠棣之花》《屈原》《虎符》等历史剧时，还依然把聂政、屈原和信陵君塑造成了代表民众利益、极具献身精神的社会精英形象，并把广大群众设置为精英力量的坚定信仰者、追随者与支持者，把本来有着巨大隔阂的精英阶层和民间社会的关系温情脉脉地融洽化了。对此有学者便指出：“精英分子与民众之间启蒙与被启蒙的关系模式，在郭氏的一系列历史剧中几乎都潜在地延续着。”他对诸多人物形

---

① 郭沫若：《新兴大众文艺的认识》，《大众文艺》1930年2月3日。

② 麦克昂(郭沫若)：《普罗文艺的大众化》，《艺术》1930年创刊号。

③ [法]古斯塔夫·勒庞：《乌合之众——大众心理研究》，冯克利译，中央编译出版社2005年版，第29页。

象的塑造以及日后所叙述的根据，都“暗示了郭氏与五四知识精英之间存在着剪不断的血缘关系，流露出精英分子在面对民间世界时那种无法掩饰的强烈优越感”。①

事实上郭沫若在上段话中那个“火花”与“煤炭”的比喻也形象地表明，无论郭沫若怎样强调“通俗化”“大众化”，其本质都是“五四”精英知识分子启蒙精神的延续，是他精神“高蹈”的不自觉流露。于是我们由此就看到一个颇有意思的现象，郭沫若在言论上的“大众化”，其实正反映了他在精神本质上的“去大众化”，也就是“精英化”。在这个问题上郭沫若自觉不自觉地采用了双重参照系，他在其潜意识中选择了文艺对现实的功用作为精神向度的参照系，以此为标准，他和徐志摩、梁实秋、胡适等这些所谓的“个人主义者”“颓废派”当然是完全相反的。但他没有注意到，自己在潜意识中还选择了他所要“化”的“大众”的精神状态和生活状态为另一个参照系。如果以这个参照系为标准进行衡量，那么他与他所厌恶、批判的“个人主义者”“颓废派”们其实并没有什么两样，同是属于“精神”上的“贵族”，是“火花”而非“煤炭”。

郭沫若作为“精神”上的“贵族”，“要去教导大众，老实不客气的是教导大众”，实际上正是“五四”启蒙精神在新时代背景下的延续。而在更为本质的层面来说，也是他寻逐并应用“权力”的具体体现。这种“贵族—权力”的思维模式早就被梁启超所认可并大声呼吁：“必有少数优异名贵之辈，常为多数国民所敬仰所矜式，然后其言足以为重于天下，而有力之舆论出焉。夫有力之舆论，实多数政治成立之大原也。……国中必须有少数优秀名贵之辈，成为无形之一团体，其在社会上，公认为有一种特别资格，而其人又真与国家同休戚者也，以之，夫然后信从者众，而一举手一投足皆足以为轻重。”②历史大转变时期的启蒙知识分子，最不负这“少数优异名贵之辈”的美名，他们的“特别资格”也即是“特别权力”，能够使他们“信从者众”“一举手一投足皆足以为轻重”，而这对于极具“济世精神”和“权力意识”的郭沫若来说，又有着多么大的诱惑力。

郭沫若当初在文坛爆得大名之后，已经步入“少数优异名贵之辈”行列，但是相比之下，还尚不具备类似梁启超这样的“信从者众”“一举手一投足皆足以

---

① 曾平：《论郭沫若新编历史剧的精英立场与民间想象——以〈棠棣之花〉〈屈原〉〈虎符〉与〈高渐离〉》，《郭沫若学刊》2007 年第 2 期。

② 梁启超：《梁启超全集》第 5 册，北京出版社 1999 年版，第 2599～2600 页。

为轻重”的“权力”与“威望”。但是借助文学革命“第二阶段”的奋起直追，以及之后对无产阶级运动这一历史机遇的准确把握，郭沫若已经登堂入室，夯实了他在社会范围内的“权力”基础。当作为主流的左翼文学运动推动“文艺大众化”潮流时，郭沫若以他左翼文学标志性人物的身份，很快便顺理成章地融入这一潮流，并活跃其中。可以说，他对“文艺大众化”的推波助澜，不仅是自我“权力”的彰显，同时还是他舆论影响力、历史推动力等“权力”的进一步寻逐和强化。

然而需要注意的是，这种启蒙“权力”的运用方式虽然被广泛地认为是改造民众思想、促进社会发展的不二法门，却在观念上把整个社会划分为了两个对立的群体。以郭沫若为代表的启蒙知识分子，凭借其掌握的话语生产力、思想表达力及舆论导向力等“权力”，把其他社会群体和他们话语权排斥在“权力场域”之外，置于被影响和决定的地位。对此有学者这样评论：“启蒙知识分子面临的问题是，知识的权力在赋予知识分子领导革命，实施教育和管理国家的权力的同时，知识的权力又促成了领导者与被领导者、教育者与被教育者、管理者与被管理者的二元结构，在两个群体之间形成了支配与被支配的二项图式，而这种二元结构或者二项图式的划分却使启蒙知识分子变成了现代的世俗世界中的教士，违背了启蒙知识分子使命的初衷。”[①]鲁迅早已认识到了这一启蒙的悖论，以及由此所造成的启蒙的艰辛，《狂人日记》正是基于这一认识之上的作品。相比之下，虽然郭沫若也认识到了这一悖论，但是却采取了视而不见的态度，其背后深层的原因，便是他更愿意借用“文艺大众化”的历史机遇，继续巩固强化自己已经拥有的启蒙“权力”。而且在日后相当长的时期内，郭沫若所发表的文艺观言论都由这种基于精英意识的“权力”寻逐与强化作为重要心理基础，其中自然包括对民间文艺的看法和态度。

郭沫若不在乎自己的“高蹈”姿态，但这种“姿态”却引起了其他相当一部分知识分子的反感。在1931年冬天开始的有关“大众化”的第二次讨论中，对知识分子进行批判的声音渐成主流，即便是已经声明“转向”的知识分子也被指责为不彻底与不纯洁，这其中评论家寒声的言论就很有代表性：“我们的转变了的

---

① 张爽：《西方启蒙知识分子与启蒙的权力》，《贵州大学学报》（社会科学版）2011年第6期。

作家，所谓转变，大都还只是在意识上，生活上大半都离开了大众的斗争，于是便造成了一种坐在云端里高谈‘大众化’的怪现象。所以，我们必须要切实的去布置：不能容许我们有把一个作家站在大众之外，更不能容许有把一个作家立在大众之上；而且是大众的文艺上的前锋的一部分，应该同着大众一块儿生活，一块儿斗争，一块儿去提高艺术的水平，应该坚决的反对那些不到大众中去学习只立在大众之上的自命的‘导师’，坚决反对那些不参加大众的斗争，只站在大众之外的自觉清高的旁观者！在我们的队伍中，却正有不少拿鹅毛扇的自命导师，正有不少背着双手自命清高的旁观者，在或明或暗的阻止我着我们路线的彻底转变。因此我们还必须同时用自我批判的精神，把这些倾向扫除得干干净净。”[①]如果说寒声要求作家“同着大众一块儿生活，一块儿斗争”，多少还有点偏激，那么瞿秋白的论述则相对更加客观而中肯。他在反思“大众化”口号提出后“始终只是空谈，始终没有深刻的切实的讨论，始终不去实行大众化的现实问题。为什么弄成这个样子？”时认为：“最主要的原因，自然是普罗文学运动没有跳出知识分子的‘研究会’的阶段，还只是知识分子的团体，而不是群众的运动。这些革命的知识分子——小资产阶级，还没有决心走近工人阶级的队伍，还自己以为是大众的教师，而根本不了解‘向大众去学习’的任务。因此，他们口头上赞成‘大众化’，而事实上反对‘大众化’，抵制‘大众化’。”“——这就是革命的文学家和‘文学青年’大半还站在大众之外，企图站在大众之上去教训大众。”[②]无论是寒声还是瞿秋白，都没有在文章中明确点郭沫若的名，但根据郭沫若当时的言论和行动，这些批评却几乎就是为他量身定做的。在这样的情况下，郭沫若没有再参与之后进行的大众化讨论，似乎也就可以理解了。

三

1928 年 2 月至 1937 年 7 月，郭沫若避难于日本。这一时期虽然其在思想上接受了马克思主义，在文艺创作和文艺观念上逐渐“左”转，但却没有发表涉及民间文艺的言论。全面抗战爆发后，郭沫若秘密回国，并在国共合作的国民政府中负责宣传工作。由于民族生死存亡的急迫和自我身份的决定，民间文艺

---

① 寒声：《文艺大众化与大众文艺》，《北斗》1932 年第 2 卷第 3、4 期。

② 瞿秋白：《“我们”是谁》，文振庭编：《文艺大众化问题讨论资料》，上海文艺出版社 1987 年版，第 101 页。

因其所具有的独特宣传作用很快进入到了郭沫若的视野。1938年1月18日郭沫若作《抗战与文化》一文，提出了他在全面抗战初期对于文艺宣传工作的基本观念："抗战所必需的是大众的动员，在动员大众上用不着有好高深的理论，用不着有好卓越的艺术——否，理论愈高深，艺术愈卓越，反而越和大众绝缘，而减杀抗敌的动力。对于在全面抗战期中的社会而要求他作高深的理论的了解，卓越的艺术的欣赏，那等于是对于重症患者要求他作过度的思索并摄取甘美的饮食，那并不是在爱他，其实是在害他。"正是在这一观念的基础上，郭沫若发掘出了民间文艺的价值："普及并深入于民间的民话和箴言，所含的理论并不怎样高深，有的重述了几千百年，而大众并不加以厌弃，否，反而感觉亲切。故而我们总要把抗敌理论这个简单的条件，刻在大众中生出反射，处处在大众中生出反射，使他习惯了便自然地群趋于抗敌的一途，而毫不踌躇，毫无顾虑。"①郭沫若的逻辑很简单，就是要利用民间文艺不"高深"、不"卓越"，从而与大众很"亲切"的特点，去承载"抗敌理论这个简单的条件"，进行"大众的动员"。在之后一年多的时间里，郭沫若不断强调民间文艺在抗战中的宣传作用。如在《对于文化人的希望》一文中他说："目前的战时文化应该是注重在宣传上的，而宣传的对象则是民众，我们应该以民众的水准来做标准。民众是很朴讷的，民众的不惮烦的。同样的言论，只要你肯亲切地对他说，就说上千百遍也不会烦腻。譬如民间的童谣童话，民间的山歌故事：那不知是唱了多少年，说了多少遍，然而一点也没有失掉它们的魅力。"②在《文化人当前的急务》一文中，郭沫若又再次强调"中国的教育没有普及，一般民众的智识水准过低"，因此"我们的文化工作的水准不用说要切实的放低，所有一切通俗的旧有的表现形式，无论是文字上的演技上的凡是可以利用的东西，都应该尽量的利用，先要去牵就一下才行"。③显然，郭沫若对于"民众"的看法是基于他的"精英—权力"意识，而这种意识同样也决定了他对民间文艺的态度。在当时的郭沫若看来，民间文艺的利用不过是抗战状态下"牵就"民众、"动员"民众的权宜之计罢了。

1938年10月武汉失守后，抗战转入相持阶段。社会心理和时代氛围随着政治军事形势的转变而为之一变，抗日宣传由最初的"呐喊"期进入了"彷徨"

① 郭沫若：《抗战与文化》，《自由中国》1938年第3期。

② 郭沫若：《对于文化人的希望》，《救亡日报》1938年2月19日。

③ 郭沫若：《文化人当前的急务》，《羽书集》，（香港）孟夏书店版1941年版，第114页。

期，然而这种“彷徨”也为众多文艺家提供了沉潜与思考的空间。正是在这种背景下，关于“民族形式”的讨论逐渐开始深入。郭沫若参与这场大讨论的标志是他发表在1940年6月9日、10日重庆《大公报》上的长文《“民族形式”商兑》，在这篇论文中郭沫若最为明确地提出了他对民间文艺观点。由本文前篇所列出的最初版本材料我们可以看到，郭沫若认为：“中国的封建经济早就在进行着它的下坡路，因此中国的民间文艺也早就达到了它的下行期。”“我们在是在尽力扬弃我们的半封建半殖民地的命运的，把这些和时代精神盛在民间形式里而去教育民众宣传民众，民众获得了这种精神，结局是要抛弃那种形式的。旧瓶的形式如其本身含有若干艺术价值，尚可作为古董而被人保存，如其本身并没有具备这种价值，即使是用来盛过一次极新极新的美酒，也挽救不了他那将被抛弃的命运。”因此，“民间形式的利用，始终是教育问题，宣传问题，那和文艺创造的本身是另外一回事”。郭沫若甚至根据军事战争中“凡是可以杀敌的武器”“都可以使用”的理论，对利用“民间文艺”的问题加以说明，他指出战时的文艺创作也要“通权达变”：“在目前我们要动员大众，教育大众，为方便记，我们当然是任何旧有的形式都可以利用的。不仅民间形式当利用，就是非民间形式的士大夫形式也当利用。用鼓词、弹词、民歌、章回体小说来写抗日的内容固好，用五言、七言、长短句、四六体来写抗日的内容，也未尝不可。”“但为鼓舞大多数人起见，我们不得不把更多的使用价值，放在民间形式上面。这也是一时的权变，并不是把新文艺的历史和价值完全抹煞了，也并不是认定民族形式应由民间形式再出发，而以之为中心源泉——这是不必要，而且也是不可能的。”[①]显然，郭沫若在这篇论文中把他在全面抗战初期对民间文艺所持有的观点明确化了，总结说来便是目前“民间形式的利用”只是为着“教育”和“宣传”的作用，而这“教育”和“宣传”也仅仅只是“一时的权变”，“和文艺创造的本身是另外一回事”。[②]郭沫若还具体举出了“利用”“民间形式”的实例：“新打的鼓词如《骂汪》和《武汉秋》之类，拿文艺的价值来说，事实上是很平常的，然而出自山药蛋和富贵花的口里，被鼓音的抑扬、身手的动作所随伴，便非常动人。宣传人才不易多得，新的宣传人才更不易养成，民间艺人的价值实在值得尽量使用。”[③]郭沫若对这两

① 郭沫若：《“民族形式”商兑》，重庆《大公报》1940年6月9日、10日。

② 郭沫若：《“民族形式”商兑》，重庆《大公报》1940年6月9日、10日。

③ 郭沫若：《“民族形式”商兑》，重庆《大公报》1940年6月9日、10日。

个实例的评价正与他在20年代初期所持有的“民间文艺”观一脉相承:这“新打的鼓词”当然“内容不卑鄙”,“山药蛋和富贵花”也当然“精神不下贱”,但即使能做到这样,作品的艺术价值“事实上是很平常的”,至于“民间艺人”也只能是“艺人”,称不上真正的“艺术家”。①

可以说,郭沫若从20年代初期一直到全面抗战后期,虽然接受了马克思主义,并经历过战争的洗礼,但其本质上从“五四”所继承来的现代知识分子“精英—权力”意识并没有发生怎样的改变。以这种现代精英知识分子的眼光去反观传统民间文学,郭沫若自然是持“看不起”的态度。直到1943年3月,他对“抗战以来的文艺思潮”做总结时还说:“为了要动员大众,文艺界曾有‘旧瓶装新酒’的主张和尝试,便是利用旧有通俗的形式如弹词、鼓词、民歌、旧剧、章回小说等,以便于一般的接受。这是偏重于宣传与教育的意义,已经产生了不少的作品,并收到了不少的效果。”“但有人把这种运动的意义过分夸大,否认‘五四’以来的新文艺的成就,而认为一切文艺都应从通俗的文艺再出发,那却是一种有害无益的偏见。”②就在写下上文的前一天,郭沫若还为“纪念文协五周年”作了《新文艺的使命》一文,强调“我们敬愿克服种种的困难,加紧反法西斯的斗争,增强对于敌伪的憎恨,提高文艺作品的质量,促进国家力量的动员,巩固作家团结与民族团结的阵容,以争取民族解放与人类解放的胜利”③。在这里,郭沫若为“新文艺”几乎是赋予了经天纬地的“使命”,而在作为前提的“提高文艺作品的质量”中,显然并没有为民间文艺留出空间。事实上郭沫若在整篇文章中都没有涉及民间文艺,而由“反帝”“反封建”这些语汇所折射出的,依然还是从“五四”继承来的现代知识分子精神。

四

郭沫若在1943年3月对“抗战以来的文艺思潮”做完总结后,一直到1945年初,都没有再发表涉及民间文艺的言论。也许在他看来,民间文艺已经完成了它在抗战期间“教育”和“宣传”的历史使命,“即使是用来盛过一次”“大众的动员”这样“极新极新的美酒,也挽救不了他那将被抛弃的命运”④,所以自

---

① 郭沫若:《史的悲剧〈苏武与李陵·楔子〉》,《学艺》第3卷第2期。

② 郭沫若:《抗战以来的文艺思潮》,《〈抗战文艺〉1943年文协成立五周年纪念特刊》。

③ 郭沫若:《新文艺的使命——纪年文协成立五周年》,《新华日报》1943年3月27日。

④ 郭沫若:《“民族形式”商兑》,《大公报》1940年6月9、10日。

然也就不用再加以“关注”。但是情况在 1944 年 5 月便已经开始逐渐发生转变了。就在这个时间节点上，郭沫若第一次接触到了毛泽东《在延安文艺座谈会上的讲话》(以下简称《讲话》)。在这里我们需要纠正郭沫若的一个记忆错误，他自称是在“一九四三年读了毛主席《在延安文艺座谈会上的讲话》”①，但是这篇《讲话》虽最早在 1943 年 10 月 19 日的《解放日报》上发表，却直到 1944 年 5 月26 日，何其芳、刘白羽遵照周恩来的嘱咐向当时身在重庆赖家桥的郭沫若作传达时，他才第一次听到而不是亲自读到这篇《讲话》。事实上这已不是郭沫若第一次记错时间了，早在 1930 年初，郭沫若就在其《文学革命之回顾》一文中把创造社“从事于文学运动的开始”记作“应该以一九二〇年的五月一日创造季刊出版为纪元”②，比实际时间提前了整整两年。有学者就曾根据弗洛伊德的心理学理论把郭沫若的此处记忆错误看作“创造社青年的文学活动所承受的来自前辈文学力量的某种‘压抑’”，认为“郭沫若在无意识层面是希望创造社的‘亮相’并不太晚于《新青年》的，那样才能名副其实地归属于‘文学革命的爆发期’”③。而郭沫若关于第一次读到《在延安文艺座谈会上的讲话》的记忆错误，也可能来自于其“无意识层面”——他应该是希望自己在第一时间就读到了这篇文献，而不是在时隔半年多之后。当然，他的此处记忆错误也可能带有着某种目的性，是想借此来表达对毛泽东文艺政策的接受之及时与反应之迅速。但不管怎样，这篇纲领性的文献对郭沫若产生了相当大的影响。据刘白羽回忆，当郭沫若在听完他和何其芳的介绍后，“豪情满怀、欣喜若狂”，表示“无条件地拥护毛主席的讲话，并决定立即按总理的嘱托执行。第二天，郭老亲自主持召开了座谈会，这样就使毛泽东文艺思想的光芒从延安照耀到大后方”④。

我们有理由相信郭沫若在当时的反应是发自肺腑的，这篇《讲话》出自郭沫若所历来敬佩的中共领导人之口，不仅代表着文艺的崭新发展方向，而且其中有诸多观念与郭沫若长期以来的主张都相吻合。就像刘白羽所回忆的，当郭沫

---

① 郭沫若:《研究民间文学的目的 ——在中国民间文艺研究会成立大会上的讲话》，《人民日报》1950 年 4 月 9 日。

② 郭沫若:《文学革命之回顾》,《文艺讲座》1930 年第 1 册。

③ 李怡:《文学革命:“第二阶段”的独立意义——重评郭沫若〈创造十年〉中的一个重要概念》,中国郭沫若研究会、郭沫若纪念馆:《郭沫若研究三十年》,四川出版集团巴蜀书社 2010 年版,第 147 页。

④ 刘白羽:《雷电颂》,《人民文学》1978 年第 7 期。

若听到《讲话》中"对于知识分子到工农兵中改造这一精辟论述,击节称赏"[①]。不过我们同时也应该注意到,尽管郭沫若笑称自己的住处"是重庆的小延安",可毕竟不是真正的延安,在没有设身处地的情况下,郭沫若对毛泽东的政策理解,就不免带有隔岸观火、雾里看花之嫌。因此这篇让郭沫若"豪情满怀、欣喜若狂"的文献,并没有立即成为指导他创作和言论的决定性文件。就在郭沫若主持介绍、学习毛泽东《讲话》的座谈会后半个月,他即写下了《为革命的民权而呼吁》一文。在此文中郭沫若不断强调"三民主义"的指导意义,并依此认为"中国在三十三年前已经成为了民主共和的国",在所谓的"训政时期""正不应怕民主自由之过多而应怕民主自由之过少","我们文化工作者应有权要求思想言论的自由吧,学术研究的自由,文艺创作的自由"。随后,郭沫若又不断引用古今中外的实例,论述"民主"与"自由"的重要性,甚至多处都用到了"绝对的自由"这样的短语。[②] 仅从这些语汇的运用上看,郭沫若当时的思想观念显然与毛泽东的政策并不合拍,他所极力宣扬的,依然是其根深蒂固"五四"精神内涵。不过他对毛泽东文艺政策真正意义上的理解,倒是在十多年后对于此篇文章的修改中显现出来了。在把此文收入《沫若文集》时,郭沫若就把"由思想表现而为言论,无论其发诸唇齿,或著诸笔墨,亦无论其对群众宣扬,或偕专家研讨,均应有绝对之自由,不当受不合理之干涉"中的"绝对之自由"改为了"应分之自由",把"文艺在作为人民的喉舌上应该有绝对的创作自由"改为"文艺在作为人民的喉舌上应该有创作的自由",把"我们的一切设施便应该彻底民主化"改为"我们的一切设施便应该尽力民主化"。看来,聪明如郭沫若者,由于时空的距离,要想真正吃透领会中央精神,也需要相当长的一段时间。事实上在写完这篇《为革命的民权而呼吁》后,郭沫若在半年多的时间内并没有再发表体现其文艺观的言论,直到他于1945年1月18日创作了《文艺与民主》一文。

以往的学界几乎都没注意到郭沫若这篇《文艺与民主》的标志性意义。仅从题目上看,郭沫若似乎也只是在谈一个老生常谈的话题,但正是在这篇文论中,郭沫若开始与毛泽东的文化思想形成接轨,并以此大幅度调整了自己的文艺观。在此文的一开篇,郭沫若便"纠正"了"文艺创作,在表面上看来,很象是

---

① 刘白羽:《雷电颂》,《人民文学》1978年第7期。

② 参见郭沫若:《为革命的民权而呼吁》,《沸羹集》,大孚出版公司1947年版。

作者个人的精神活动，与民主主义无甚关联”的观点，认为文艺创作不能“强调‘度越流俗’”，因为“俗是什么呢？自然就是为人民大众所能了解、所喜闻乐见、所自行创造的东西，自然也就是所谓民主气息了”①。以郭沫若的学识和阅历，当然知道何为现代民主精神的实质，但他在此处却把“民主气息”与“俗”画上了等号，这不能不说是新的文化观选择所使然，而这种新的文化观又显然与毛泽东的文化思想紧密相连。早在1940年，毛泽东便在其《新民主主义论》中着重强调新民主主义文化是“民族的科学的大众的”，而“新民主主义的文化是大众的，因而是民主的”②。正是通过这样一种阐释逻辑，毛泽东把“五四”精神中关于民主的内涵置换成“大众化”，从而为在战争中更好地统一思想建立前提。自然，由于郭沫若一直身处国统区，并没有及时了解到毛泽东的思想观念，因而还延续着自己对“民主”“自由”等“五四”课题的认知。就在毛泽东发表《新民主主义论》的第二年，郭沫若作了《四年来之文化抗战及抗战文化》的重要讲演，强调民族文化必须遵循“合民主”的原则，“必须是反封建，反专制，主张思想自由，主张民主政治，民主生活，民主作风的文化”③，显然在“民主”问题上与毛泽东的观念存在差异。到了1944年初，郭沫若又发表《民主战争和民主文化》一文，着重解释了“民主文化”的“真谛”：“这种文化就是要把人类从限制肉体发展和精神发展的桎梏中解放出来，而在政治上承认人的存在，尊重人的地位与意见，使大多数人在各方面获得自由平等的地位和自由发展的机会，使人尽其用和人尽其才——这就是民主文化的真谛。”④从以上可以看到，郭沫若是从学理的角度去解释民主，相对于毛泽东的实用角度来说，确实也更符合民主的“真谛”。事实上就在抗战胜利后一直到新中国建立前夕，郭沫若关于民主的观念都与毛泽东并不完全合拍，他甚至在1946年发表的《文协成立八周年大会讲话》中把“政治民主化”与“军队国家化”并列起来作为“人民要求”⑤，着实体现了一个文人“政

① 郭沫若：《文艺与民主》，《青年文艺》1945年1月6日。

② 毛泽东：《新民主主义论》，《毛泽东选集》第2卷，人民出版社1991年版，第706～708页。

③ 郭沫若：《四年来之文化抗战与抗战文化》，曾健戎：《郭沫若在重庆》，青海人民出版社1981年版，第325页。

④ 郭沫若：《民主战争与民主文化》，《时事新报》1941年1月1日。

⑤ 郭沫若：《四年来之文化抗战与抗战文化》，曾健戎：《郭沫若在重庆》，青海人民出版社1981年版，第424页。

治家"的单纯。当然,这些观念归根结底还是来自于其对"五四"精神的承传。然而就在郭沫若接触毛泽东《讲话》半年后,他却把文艺的"俗"与"民主气息"联系在了一起,与毛泽东的文化观形成了合拍。那么他这种在不合拍中的合拍又是如何形成的呢?关于这一点,我们仍可以从这篇《文艺与民主》中得到提示。

就在此文开篇后不久,郭沫若便用了相当大的篇幅论证民间文艺资源的重要性。他认为:"文艺作品的价值和它与人民生活的距离成反比。距离愈大,价值愈低,距离愈小,价值愈大。"依据这个观念,郭沫若判定"中国的一部正统文学史差不多全部都充满着这种令人作呕的三寸金莲",甚至连"所谓韩、柳、欧、苏的古文,王、杨、卢、骆的骈体,扬、马、班、张的大开大阖的古赋,一样都是可以令人作呕的东西"。与此相反,像《诗经》中"'风''雅''颂'的三体,'风'的价值高于'雅','雅'的价值高于'颂'","其所以然的原故,是'风'乃采自民间的歌谣",另外还如"屈原的辞赋高于宋玉之流",正在于"屈原凭着他的对于人民艰苦的无限同情与对于上层丑恶的极端愤怒,而采用了民间歌谣体以极尽诅咒丑恶的能事"。中国是这样,"欧洲的情形也差别不多是这样"。"就如歌德","他的诗在当时是最善于摄用民间情调和言语。他的《浮士德》之所以成功,一多半也是靠在这个因数上"。郭沫若的这些论断怎么看都让人感觉有些生拉硬扯甚至主观臆断,但就在这生硬与主观的背后一直清晰存在着的,却正是他那基于现代知识分子精英意识之上的"新文学的使命"观逻辑链。郭沫若在这篇论文的终篇处卒章显志,高度赞美了苏联的现状,认为"有史以来,人类社会不曾有过这样大规模的民主高潮时期,这保证着苏联的文艺,乃至其他的精神活动必然有宏达的展开"。而相比之下,"我们的文艺界,目前太可怜了,歌颂已经达到了色情和间谍的阶段,和盟邦比较起来,可不令我们惶愧吗"?且不说郭沫若对当时苏联的社会状态是否真正了解,但他对民主社会的向往却是实实在在的,因而郭沫若最后"呼吁":"和目前民主高潮的大时代配合起来,放下剪刀尺子,向苏联看齐,救救我们的文艺!"可见,郭沫若其实是根据抗战即将胜利的新形势,调整了他的"新文艺的使命"观,把两年前"新文艺""争取民族解放与人类解放的胜利"的"使命"置换成了和"目前民主高潮的大时代配合起来"的新"使命"。而正是这种新形势下新的"新文艺的使命"观与郭沫若半年来对毛泽东

《讲话》精神的接受与理解相结合，共同促使他把目光再次转向了“民间”。[①]

毛泽东是一个基于政治家的文艺家，在严峻的战争形势下，他必须调动一切可以利用的资源来争取胜利。而在这些资源中，毛泽东当然深知文艺的重要性，就在他这篇《讲话》的一开篇，他便明确指出：“我们今天开会，就是要使文艺很好地成为革命机器的一个组成部分，作为团结人民、教育人民、打击敌人、消灭敌人的有力的武器，帮助人民同心同德地和敌人作斗争。”[②]可以说整篇《讲话》都是紧紧围绕这一中心论点展开的。在具体的论述中毛泽东提及了对于“民歌”“民间故事”等民间“旧形式”文艺进行“改造”和“利用”的问题，这正属于他文艺“武器”论的一个分论点，属于如何对“占全人口百分之九十以上”的“工、农、兵”进行“团结”和“教育”的范畴。关于毛泽东的这一观念，被称为“第一个直接从理论上研究知识分子问题的马克思主义者”葛兰西，有着非常直接的论证理论。他认为任何政党都是特定阶级的代言人，反映自己做代表阶级的意志，但是在通常的政党活动中，他不但代表本阶级的利益，同时也试图代表社会范围内其他劳动者的利益，即表现为代表社会总体利益。因此，政党一方面具有阶级性，另一方面也具备社会总体性，葛兰西由此提出总体性政党的概念，他认为“虽然任何政党都是社会集团的，且只是一个社会集团的；可是某些政党却只在一定条件下才是单独一个社会集团的，因为它们在本集团和其他集团的利益之间实行平衡和仲裁，同时成功地使本集团得到联盟集团的拥护，在这些集团的协助下发展，所以，政党成为总体性的政党”[③]。在毛泽东领导下的共产党要成为这样的“总体性政党”，并以建立总体性国家为目标，就要组织和利用一切可以组织利用的力量，使自己的意识形态被最广大的大众所认可。而要做到这一点，“政党应系统地研究和发现决定自己阶级的本质的因素及其发展过程，应进行理论的和教育的活动……问题的关键是指导的和组织的功能，即教育的或者知识分子的功能。一个商人不是为了做生意才参加政党；一个企业家不是为了以较少的成本生产更多的产品才参加政党；一个农民不是为了学到新的耕作方法才参加政党。在政党中，经济社会集团的成员超越了其历史发展阶段，

---

① 参见郭沫若：《民主战争与民主文化》，《时事新报》1941年1月1日。

② 毛泽东：《在延安文艺座谈会上的讲话》，《解放日报》1943年10月19日。

③ Anto Gramsci, *Selection from the Prison Notebooks of Antonio Gramsci*, London: Lawrence and Whish art, 1973, p. 148.

成为具有民族和国际特征的、总体性活动的代理人"①。毛泽东非常明白这样一个过程，共产党要成为"总体性活动的代言人"，必须利用和依靠知识分子作为媒介，而这样的知识分子则又必须经过"改造"才能胜任此项任务。

与毛泽东正相反的是，郭沫若是一个基于文艺家的"政治家"，他的文人气质与思想内涵更多来自于"五四"精神的哺育，其骨子里有着对"德先生"与"赛先生"的信奉与崇敬。在抗战曙光乍现的形势下，郭沫若最为关心的是如何"文化建国"的问题，因此他不断地在各种场合"重提""'五四'课题"，甚至明确指出"中国还不是光荣独立的国家，这就是说，反帝反封建的任务还没有完成。我还须得请'德先生'和'赛先生'来，就是要完成民主化和科学化"②。仅仅在写下《文艺与民主》后 20 天，郭沫若又为"文化界时局进言"，不仅慷慨陈词："民主者兴，不民主者亡"，还具体列出"实行民主的必要步骤"的"二大纲"以及"有碍于民主实现"的"荦荦六大端"③。正是在这样的观念背景下，郭沫若同样注重对民间文艺的利用，只是他不把民间文艺作为军事政治"斗争"的"武器"，而是将其作为"文化建国"的根基，于是便形成了与毛泽东在"目的"不合拍的情况下"方法"的合拍。

为了能更好的让文艺和目前的时代配合起来，进而承担起在文化建国中的相应使命，从这篇《文艺与民主》开始，郭沫若便不断强调着民间文艺的重要性，而且还为此阐发了新的"俗—雅"文学转换理论："一代的文学正宗差不多都导源于前一代的俗文学，待到俗文学一登了大雅之堂以后，有生命的又逐渐化而为死板的东西去了。""这些轨迹告诉我们，文艺的生命是植根在民众里面；文艺脱离了民众，它便要失掉它的生命。"自此之后郭沫若又在多篇文章中更加细化地重申这一理论，并且进一步认为"一部文艺史也就是人民文艺与庙堂文艺的斗争史"，人民文艺"不容许我们采取排它的态度，但也不容许我们宽容别人的排它的态度。它和一切变相的帝王思想、个人主义、法西斯主义、侵略主义等等是完全绝缘的"。可以说，郭沫若已经把以民间文艺为代表的"人民文艺"与"庙

① 郭沫若：《参加中华全国文艺协会庆祝第二届"文艺节"及该会成立八周年大会并讲话》，《新蜀报》1946 年 5 月 5 日。

② 郭沫若：《参加中华全国文艺协会庆祝第二届"文艺节"及该会成立八周年大会并讲话》，《新蜀报》1946 年 5 月 5 日。

③ 郭沫若：《文化界财局进言》，重庆《新华日报》1945 年 2 月 2 日。

堂文艺”的“斗争”看作了政治范畴内民主与专制“斗争”在文艺方面的反映。而循着这样一条逻辑链，郭沫若很自然地会像毛泽东那样，号召文艺家“向人民大众学习”。①

不过需要我们注意的是，因为最终目的的不同，郭沫若与毛泽东在“向人民大众学习”这个问题上的侧重点也并不相同。毛泽东首先侧重于对人的改造，希望知识分子在“向人民大众学习”的过程中“和群众打成一片”，“经过长期的甚至是痛苦的磨练”，“把自己的思想感情来一个变化，来一番改造”，以“使自己的作品为群众所欢迎”，从而更好地为他们服务，为战争服务。② 毛泽东在当时的战争背景之下如此重视对知识分子的“改造”工作，显然有其必然性，这就牵涉到葛兰西首创的一个重要概念——“有机知识分子”。有机知识分子是相对于传统知识分子来说的，如果说后者就像曼海姆所说的“自由漂浮者”，是一根没有“支”作为根基的“毛”的话，那么前者就是结结实实附着在了某个阶级或者利益集团“皮”上的“毛”，与其有着固定的精神或物质上的有机联系，并且成为这个阶级或者利益集团的“代言人”。葛兰西把无产阶级政党通过其有机知识分子制造无产阶级意识形态，从而争取文化领导权的斗争，置于无产阶级的政治斗争和经济斗争之前，认为这是无产阶级在夺取政权之前最重要的行动方针。他对此明确指出：“每一场革命，都是以激烈的批判工作，以及在群众中传播文化的思想为先导的。”显然，这样的“先导”工作必须由无产阶级有机知识分子来承担，可以说，在这场“先导”性的意识形态斗争中，无产阶级有机知识分子的责任重大，“没有知识分子，则无组织可言，因为没有知识分子便没有了组织和领导者”③。从另外一个方面说，无产阶级赋予了其有机知识分子以“组织和领导者”的地位和相应权力，使其可以有效地进行争夺文化领导权的斗争，而这正是葛兰西所强调的，无产阶级的有机知识分子是以组织者的身份“确定和组织道德生活和精神生活方面的改革”④，他们是文化中一群出类拔萃的精英分子，即“同其政治和知识方面的基础处于经常接触中的社会阶级的革命先锋”⑤。

① 郭沫若：《文艺与民主》，《青铜文艺》1945 年新 1 卷第 6 期。

② 毛泽东：《在延安文艺座谈会上的讲话》，《解放日报》1943 年 10 月 19 日。

③ [意]葛兰西：《实践哲学》，重庆出版社 1993 年版，第 15 页。

④ [意]葛兰西：《狱中札记》，曹雷雨等译，中国社会科学出版社 2000 年版，第 371 页。

⑤ [意]葛兰西：《狱中札记》，曹雷雨等译，中国社会科学出版社 2000 年版，第 245 页。

郭沫若早已把自己定位为无产阶级的代言人，因此也早就具备了无产阶级有机知识分子的特性。不过他首先是以著名文人身份为其“权力”根基的，在其身上的文人特性并不会因为明显的“有机性”而完全消失。也就是说，当他以无产阶级知识分子的身份进行意识形态斗争时，还同时保留着某些传统知识分子的特性。对于这一过程，葛兰西曾这样论述：“我们的观念从作为工作的技术提高到作为科学的技术，又上升到人道主义的历史观，没有这种历史观，我们就只是停留在‘专家’的水平上，而不会成为‘领导者’。”①此时的郭沫若还是习惯于从文学“专家”的角度来谈论文学，因此他更多侧重于对文艺创作本身的改造，希望以“向人民大众学习”的方式使文艺家的创作最大限度地“大众化”，以便更好地在宣传民主方面去“化大众”。

为了做到这一点，郭沫若可谓用心良苦。他尽最大可能地从可以证明“文艺作品的价值和它与人民生活的距离成反比”的“无数的实例”中“归纳”出屈原、歌德等例子，以说明正因为他们“摄用民间情调和言语”才创作出了千古名篇。但事实上可以说连郭沫若自己恐怕也明白这些“实例”都没有经过严密考证，是出于现实考量而“打扮历史”的结果，因此他就需要找到一个实实在在能证明“人民大众”比艺术家高明，从而能够影响艺术家创作的例子，以作为文艺家必须“向人民大众学习”的实证。只是这样的例子在古今中外就真正难以称得上是“无数”了，于是郭沫若便不断地重复一个相对来说较有说服力的实例。就在 1945 年 4 月 28 日为重庆沙坪坝学生公社所作的讲演中，他第一次谈到了这个实例：“专门画马的法国名画家德拉科乐亚，在一次他的作品的展销会中，接受了一位普通马夫的批评。原来他画一个正在奔驰的马时，却把口中要流的白涎漏了。”②然而这样一个难得的实例虽不是郭沫若的“信口开河”，却在本质上同样难以证明艺术的专家必须向生活的专家学习才能够创作出与“大时代配合起来”的优秀文艺作品。因为他混淆了两个逻辑层面：一是现实生活层面，一是艺术创作层面。而在一点上毛泽东倒是比郭沫若更为深刻理性，他在《讲话》中便指出：“人类的社会生活虽是文学艺术的唯一源泉，虽是较之后者有不可比拟的生动丰富的内容，但是人民还是不满足于前者而要求后者。这是为什么

① ［意］葛兰西：《狱中札记》，曹雷雨等译，中国社会科学出版社 2000 年版，第 5 页。

② 郭沫若：《我们需要怎样的文艺》，《新华日报》1945 年 5 月 8 日。

呢？因为虽然两者都是美，但是文艺作品中反映出来的生活却可以而且应该比普通的实际生活更高，更强烈，更有集中性，更典型，更理想，因此就更带普遍性。”[①]这也就是我们常说的“艺术源于生活而高于生活”。其实我们也完全可以想象，奔驰的骏马是一个非常美的形象，而如果在它的嘴边画上“白涎”，虽然更加真实了，却怎么看都是一件煞风景的事，会让艺术的美感大打折扣。关于这一点我们也可以参考德国美学家莱辛对古罗马著名雕塑《拉奥孔》的精辟评论：“雕刻家要在既定的身体苦痛的情况之下表现出最高度的美。身体苦痛的情况之下的激烈的形体扭曲和最高度的美是不相容的。所以他不得不把身体的苦痛冲淡，把哀号化为轻微的叹息。这并非因为哀号就显示出心灵不高贵，而是因为哀号会使面孔扭曲，令人恶心。人民不妨试想一下拉奥孔的口张得很大，然后再下判断。让他嚎啕大哭来看看！拉奥孔的形象本来是令人怜悯的，因为他同时表现出美和苦痛；照设想的办法，他就会变成一种惹人嫌厌的丑的形象了，人们就会掩目而过，因为那副痛苦的样子会引起反感，而没有让遭受痛苦的主角的美表现出来，把这种反感转化为甜美的怜悯。”[②]

郭沫若作为一个文艺家当然并非不懂这样的艺术规律，但他却对这一“画马”的例子非常珍视，并在日后的多篇文论中不断加以重复和强调。而如果追究这背后更深层次的原因，其实正和他对屈原、歌德等例子的“信口开河”一样，都是源自于他作为“政治家”的策略性而非文艺理论家的学术性，是此时他首先注重文艺的应用性而非艺术规律的真实性所使然。事实上，郭沫若对这些例子的列举和强调正能从一个侧面显示，他从抗战中期讨论如何建设“民族形式”问题时对民间文艺所持的“看不起”态度，转向抗战后期给民间文艺戴上“人民文艺”的桂冠，从而加以推崇的过程。实质上是他再次逐渐偏离艺术规律进入现实轨道的过程，也是他黯淡自己的艺术家身份、彰显政治家角色的过程，就像他自己所说的：“文艺不仅要政治的，而且要比政治还要政治的。假使文艺不想做‘政治的奴婢’的话，那倒应该做‘政治的主妇’，把政治领导起来。伟大的文艺作家，无论古今中外，他都是领导着时代，领导着政治，向前大踏步地走着的。”[③]在这里，郭沫若又一次明显表现出了他“权力”的寻逐与强化意识，无论他信口

---

① 毛泽东：《在延安文艺座谈会上的讲话》，《解放日报》1943 年 10 月 19 日。

② ［德］莱辛：《拉奥孔》，朱光潜译，人民文学出版社 1984 年版，第 16 页。

③ 郭沫若：《文艺工作展望》，《群众》1946 年 12 月 9 日。

开河的例子，还是这难以自圆的理论阐释，都是要提升文艺家的地位及“权力”。郭沫若自己显然也想做这样“伟大的文艺作家”，也希望当时广大的文艺家能“把政治领导起来”。而要做到这一点，因为最“俗”而最具有“民主气息”的民间文艺，自然会被置于学习和借鉴的地位。

然而有意思的是，虽然郭沫若在这一个过程中不断号召文艺家要“向人民大众学习”，要借鉴民间文艺，但他自己却一直到新中国成立前都没有真正创作出由于“俗”而具有“民主气息”的作品。那么郭沫若为何不能以身作则，而只是但开风气不为师呢？究其原因，一方面在于郭沫若像当时其他绝大多数作家一样，出身于较为优越的家庭，离开家庭后便走上求学和创作的道路，始终飘在城市生活之中，虽然也曾经参加过像宜兴调查这样的社会实践活动，但在其人生历程中从未真正“和群众打成一片”，自然也从未“经过长期的甚至是痛苦的磨练”，因此“对于工农兵群众，则缺乏接近，缺乏了解，缺乏研究，缺乏知心朋友”。可以说他在自己的这大半生中与“人民大众”总是相隔阂的，对于他们的语言、思想、情感也是不熟悉的，而这一点显然不可能在短期内改变，郭沫若曾就此在《读了〈李家庄的变迁〉》一文中作过自我批判：“我自己痛感着文人的习气实在不容易化除。这里有环境作存在。在大家都矫揉造作的环境里面，一个人不这样就象有点难为情，这就如在长袍短褂的社会里面一个人不好穿短打的一样。”①除了不熟悉“人民大众”，郭沫若对他们所喜闻乐见的民间文艺也没有多少亲近感。在他 1944 年 3 月 28 日所作的《如何研究诗歌与文艺》一文中，郭沫若回忆了自己从童年以来接受文学陶冶的历程，其中有母亲教他“暗诵”的“唐人绝句”，在私塾里学的“四书五经”，以及对自己“所发生的影响”“比起本国的古典作品来要大得多”的“外国作品”，却只字没有提到民间文艺。因此可以说，不管是“人民大众”还是民间文艺，郭沫若都与之有着在短期内难以消除的隔膜。这种隔膜使他很难创作出像《李有才板话》《李家庄的变迁》这样的作品，连比起这些作品“有逊色”的丁玲的《我在霞村的时候》，也是不可能的。

自然，不熟悉没有关系，郭沫若完全可以像他自己所号召的那样去“学习”。就像丁玲女士 1931 年创作的《水》，虽然可看作当时左翼文坛的代表作，但是由于缺乏真实的切身感受，人物形象塑造苍白模糊，对话语言生硬干枯，在艺术方

---

① 郭沫若：《读了〈李家庄的变迁〉》，《文萃》1946 年第 49 期。

面算不上经典之作。但是后来她在参加晋察冀边区的土改运动时，真正“向人民大众学习”，写出了名篇《太阳照在桑干河上》，并因此获得了斯大林文学奖。而相比之下，郭沫若却一直没有把他自己的号召落到实处。从1938年12月一直到1946年5月，他的绝大部分时间都工作和生活在重庆，他又自幼在乐山长大，对四川方言再熟悉不过了，如果想要在这期间深入民间“学习”，是非常方便的事，但他之所以没有这样做，恐怕正在于郭沫若太醉心于他高高在上的“政治家”身份，而逐渐远离了本质上的文艺家身份。在整个40年代中后期，他非但没有因借鉴民间文艺而创作出具有“民主气息”的作品，就连在40年代初期所写出的像《屈原》《棠棣之花》《虎符》这样具有真正艺术价值的作品也没有再写出过。他像十年前出任政治部第三厅厅长时那样，参加各种社会活动、题词、写杂文，尽管偶尔也会感到“天地玄黄”，但始终乐此不疲地扮演着一个“政治家”的角色。

如果说这一时期郭沫若的“政治家”身份对其文艺家身份过度挤压造成他文学创作上的贫乏是一种遗憾的话，那么我们也必须承认，郭沫若在此期间的种种行为同时也体现了他作为一个现代知识分子在历史大变动面前进行清醒理性的思考，并致力于在民主基础上“文化建国”的可贵精神。正是在这种精神的指引下，郭沫若的文艺观虽然具有极强的政治功利性，却并不狭隘自闭。他在推崇民间文艺的同时，“也不想走到另一极端，以为除旧有形式之外，一切都不是人民喜闻乐见的，‘五四’以来的新文艺运动毫无价值”，而是认为“新的形式依然是必要，而且我们正需要使它在中国生根，让它从中国人民生活的土壤里面发育出来。因而我们向外国作家的学习，向外国作品的借鉴，正过应该加紧”。在他看来，“问题不在它是外来不外来，而是要求它足以和今日的生活内容配合。今天的人类世界在民主生活的内容上已经有一般的共通性，为世界所共通的新形式，在文艺界也就不能不起着前驱的作用”①。可以说郭沫若这样的文艺观正建立在他承传“五四”新文化传统的基础之上，同时也再次显示了他现代知识分子的精英意识，以及符合社会进步潮流的“权力”应用，在当时的“文艺界”称得上“起着前驱的作用”。

---

① 郭沫若：《文艺工作展望》，《群众》1946年12月9日。

五

具体到"民间文艺"观上，在新中国刚刚成立的1950年，郭沫若便表示："今天，经过了毛主席的启示，我们应当彻底改正以前鄙视民间文艺的错误观点。民间文艺是无尽的宝藏。从事文艺工作的人应当特别重视它，并且加以研究。"①可以说，这是郭沫若在新时期为自己的"民间文艺"观定的一个基调。在这个基调的基础上，他发表了对于中国传统民间文艺、"少数民族的民歌""大跃进以来所出现的新民歌"以及"旧诗词和旧形式"等民间文艺形式的看法。这种看法概括起来便是在"政治第一"的前提下，以当时的文艺政策为标准，对各种民间文艺加以学习、改造和利用，以最终达到为政治服务的目的。1959年9月，他和周扬一起编纂出版了"新民歌"诗集《红旗歌谣》；直到"文革"开始的前几年，他还参与了《中国歌谣选》的编选工作。据周扬回忆："从最初集稿到第三稿的定稿，郭老是逐字过目的，看三遍，认真圈选，并对个别词句作了改动，有的注释是他加的；后一段的修改工作，他虽因年迈患病未参加，他在病中还对一首新民歌又作了修改。"②这些显然都与他的"政治家"身份是完全合拍的。

在具体的创作方面，郭沫若也开始身体力行了。作为国家领导人，他不断深入工厂车间、田间地头调查访问，对于在新时期工人农民的工作、生活、语言、思想等，有了比以往更加直观的感受，并且也为工人和农民的创作热情所感染。同时作为文艺界的领军人物，郭沫若也必须在创作上做出积极的表率，因此他在新中国建立后写下了很多具有民间文艺色彩的诗歌作品。如他在1959年4月出版的诗集《长春集》中，就有相当比例的诗歌都可看作填充了新时代内容的民歌民谣。

不过同时需要我们注意的是，郭沫若在新时期一方面重视民间文艺并且身体力行地进行实践创作，另一方面他并没有因此而完全泯灭自己的"五四"精神印记。他曾在多种场合与文章中以不同形式继续"重提""'五四'课题"。比如在1959年发表的《就当前诗歌中的主要问题答〈诗刊〉社问》一文中，他首先给"大跃进以来所出现的歌谣"以很高的评价，认为"我们决不能藐视新民歌的形式，而要特别重视新民歌，从精神上学习它，也要从形式上学习它"，而在接下来

---

① 郭沫若：《研究民间文学的目的——在中国民间文艺研究会成立大会上的讲话》，《人民日报》1950年4月9日。

② 周扬：《中国歌谣选·序》，《民间文学》1979年第1期。

回答"怎样估计'五四'以来的新诗"问题时，则强调"'五四'以来的新诗还是有贡献的，应该肯定它的成绩。如反封建，解放个性，打破束缚，突破了旧诗词的清规戒律等是应该肯定的"，因此"不能对'五四'以来的东西一概抹煞，我希望有人能够把'五四'以来的可取的东西选出来"。郭沫若还进一步明确指出："毫无疑问，我们应该肯定五四运动的精神，要民主，要科学，在政治上表现出了反帝反封建，在文化上表现出了破除旧形式，打倒孔家店，把圣人和一切偶像送进茅坑。这种精神在当时来说还是有它的时代意义的。"①事实上郭沫若并不仅仅认为"五四"精神"在当时来说还是有它的时代意义的"，即使在他所身处的当下，也应该被继承和发扬。甚至可以说，郭沫若对"五四运动精神"以及"五四"精神所哺育的新文艺形式，始终置于无可替代、无法忘怀的重要位置。这一点可以从在他对自己40年代涉及民间文艺的论文修改中明显感觉出来。

1946年7月，郭沫若在上海《文艺春秋》第3卷第1期上发表了《文艺的新旧内容和形式》。其中有这样一段话：

> 将来的新的文艺，可能有两种新的途径去发展：内容是服务于人民的，在形式上就可以有多样的形式发展；另一种途径，就是流传在民间的许多形式，许多歌谣和地方戏剧。在今天应当把一向为人民服务的形式整顿起来，使它更适宜为人民服务。这两种途径是我们应当发展的，所以新文艺是在内容和形式上都应当以人民大众为前提的。在今天一定要认识人民世纪的精神。文艺是苦的工作，要创作一种巨著，必须要用全生命灌注下去，要用全生命奉献给中国的人民。

当此文被收入《沫若文集》第13卷时，这段话也被修改为了：

> 将来新文艺的发展可能有几种新的途径：一种是"五四"以来的文艺形式，受外来的影响多些，油画、雕塑、音乐特别显著。我们不应该排外，要继续吸收外来的好东西，而使它民族化，为今天服务，为人民服务。另一种途径，就是发掘和发展流传在民间的许多旧有的形式，在形式上加以改进，并盛入新的内容。许多歌谣和地方戏剧是应该重视的。在今天应该把一向为人民服务的形式加以整顿，使它更好地为人民大众服务。这两种途径都是我们应

---

① 郭沫若：《就当前诗歌中的主要问题答〈诗刊〉社问》，《诗刊》1959年第1期。

当发展的。可能还有第三种途径，便是把新旧融合起来，创造出新的民间形式。总之，今后的新文艺在内容和形式上都应当以人民大众为前提。我们一定要认识到今天是人民的世纪。还有创作也是艰苦的工作。要创作一种纪念碑式的巨著，必须要把全生命灌注下去，要把全生命奉献给中国人民。

郭沫若在其最初版本这段话中的论述多少有些语焉不详，关于第一种“新的途径”仅仅指出“内容是服务于人民的”，而没有具体提出采用什么形式，在逻辑上与“另一种途径”并不能形成并列关系。修改后的内容显然更为清晰了。他把“两种新的途径”改为“几种新的途径”，而且首先强调了“‘五四’以来的文艺形式”，认为“我们不应该排外，要继续吸收外来的好东西”，在顺序上排在了“发掘和发展流传在民间的许多旧有的形式”之前。这种有些与时代背景不相合拍的修改，其实正折射出在郭沫若内心深处一直居于重要位置的“五四”图景，显现出他依然在推崇“五四”以来受西方影响所产生的新文艺形式。于是我们便由此看到一个非常复杂的现象，那就是像郭沫若这样已经成为“领导者和组织者”的有机知识分子，其内心中也还存留着某种“传统性”，在不对自己“权力”形成实质影响的情况下，郭沫若的“传统知识分子”特性会以某种微妙的形式展现出来。至于他所提出的“第三种途径”——“把新旧融合起来，创造出新的民间形式”，可以说体现了他作为一个文艺家兼政治家宽广的视野和开阔的胸襟。这在当时方方面面逐渐与西方文化隔绝的大背景下，是难能可贵的。

总结来说，郭沫若的“民间文艺”观与他早期所形成的现代知识分子“精英—权力”意识紧密相连，同时又不断地“因时而变”。在不同的历史时期，郭沫若总会因当时的政治形势与社会需要调整自己的这一观念，而这种调整又从一个侧面体现出他的文艺家与政治家双重身份在时代浪潮风起云涌中的转变与纠结。可以说，郭沫若“民间文艺”观的嬗变几乎贯穿于其一生文艺活动与政治活动的始终，是他从20世纪20年代初登文坛时期一直到“文革”时期文艺思想转变的一个缩影，同时这一观念的嬗变也在很大程度上反映了他在各个历史时期的文化选择与身份认同。这是我们研究郭沫若这样一个漫长而又复杂的历史存在所必须涉及的课题，只是由于种种原因，这一课题在相当长的时间内一直处于被边缘化甚至被忽略的境地，不利于我们对郭沫若的全面认识与研究。笔者在此篇中以历史发展为顺序，重新梳理并考察了郭沫若关于“民间文艺”观的嬗变，谨希望以此抛砖引玉，为郭沫若研究乃至中国现代文学研究有所增益。

第三章　郭沫若否定“五四”文学革命的真实动因

在以往几乎所有的中国现代文学史中，郭沫若的《女神》都被当作“五四”文学革命的重要实绩，创造社也被认为是文学革命中最重要的文学社团之一，因此我们长期以来也都理所当然地认为郭沫若是文学革命的重要参与者甚至领导者，是文学革命成功的必要保障。但是作为郭沫若本人又是如何看待这场文学革命的？我们又该怎样认识和看待郭沫若对文学革命的评价？关于这一点，以往的学者们在著述中较少全面考察和深入剖析。事实上，从20世纪20年代初期一直到30年代初期长达10年的时间内，郭沫若对于文学革命都是持否定态度的。这种否定态度表面上看是郭沫若以无产阶级理论为价值标准而做出的判断，但如果深入历史现场进行剖析，我们就会发现，郭沫若的这种否定态度与他基于个人的政治寻逐有着密切的联系。

一

1930年1月26日，郭沫若在日本千叶县市川市的家里写下了一篇署名“麦克昂”、题为《文学革命之回顾》的文章。两个多月后，这篇文章出现在上海神州出版社出版的《文艺讲座》第一册中。在这篇论文里，郭沫若以颇为愤激的语气写下了这样一段话：

> 以文学革命的正统自任的胡适之，和拥戴他或者接近他的文学团体，在前的文学研究会，新出的新月书店的公子派，以及现代评论社中一部分

的文学的好事家，他们倒真确的在资本主义的大蠹之下或有意识或无意识地在那儿挣扎，然而文学革命宣告成功以来已经十余年，你看他们到底产出了一些什么划时代的作品？

1931年9月，这篇文章被郭沫若收入到《文艺论集续集》中。上面一段话里的"然而文学革命宣告成功以来已经十余年"变成了"然而文学革命以来已经十余年"，"宣告成功"被删除了。

这是一年之后郭沫若对文学革命观点发生变化的结果吗？显然不是。事实上这最初版本中的"宣告成功"一语本身就颇值得玩味：文学革命的"成功"并不是公认的或者毋庸置疑的事实，而是被"宣告"的。是谁"宣告"的？郭沫若没直接说。不过可以肯定不是郭沫若及其他创造社成员，而最有可能是"胡适之"和"拥戴他或者接近他的文学团体"。可见，郭沫若删除此语绝非偶然，他不过是借这样的修改更加明确地表达他对文学革命的态度罢了。在他看来，这场最初由陈独秀"主持"，后来"荣冠差不多归了胡适之一人的顶戴"，同时由刘半农、钱玄同、鲁迅、周作人作"急先锋"的文学革命，并非就是成功的。

文学革命之所以不成功，最直接的原因当然是："你看他们到底产出了一些什么划时代的作品？"确实，如果从文学创作的实绩方面讲，这段时期"这一大团人"是没创造出"什么划时代的作品"。连被包括在"这一大团人"中的郑振铎在当时也说："现在中国文学界的成绩还一点没有呢！做创作的虽然不少，但是成功的，却没有什么人。"①十多年后，茅盾又"回顾"了那段时期内文学创作的实绩，同样认为"那时候发表了的创作小说有些是比现在各刊物编辑部积存的废稿还要幼稚得多呢"②。

而在创造"划时代的作品"方面，郭沫若显然更有底气。1923年，闻一多就曾这样评价《女神》："不独艺术上他的作品与旧诗词想去最远，最要紧的是他的精神完全是时代的精神——二十世纪底时代的精神。有人讲文艺作品是时代底产儿。《女神》真不愧为时代底一个肖子。"③因此，早就有学者指出：郭沫若和他所属的创造社"是以文学成品的形式对于中国封建道德的虚伪给予暴风雨式

① 郑振铎：《平凡与纤巧》，《小说月报》1921年第12卷第7号。

② 茅盾：《中国新文学大系·小说一集·导言》，上海良友图书公司1935年版。

③ 闻一多：《〈女神〉之时代精神》，《创造周报》1923年第4期。

的闪击”。“他们对新文学建设的首要贡献，即在于补充了‘文学革命’先驱由于强调文学的白话形式和变革社会的作用而对新文学的艺术特性的忽略。”①

不过，郭沫若在此文中并没有把“这一大团人”的创作软肋作为文学革命不成功的根本原因。他接下来说：“这一大团人的文学的努力刚好和整个中国资产阶级的努力一样，是一种畸形的，一方面向近代主义(modernism)迎合，一方面向封建趣味阿谀，而同时猛烈地向无产者的阵营进攻。”

由“资产阶级”“无产者”这些关键词来看，郭沫若显然是运用了无产阶级理论来作为价值评判标准，而郭沫若利用这一标准评价文学革命其实早在7年前就开始了。1923年5月18日，郭沫若把之前应日本《每日新闻》要求用英语写的“一篇关于我国新文学的趋向的文章”“自译成中文”，取名《我们的文学新运动》。在此文中郭沫若称：“四五年前的白话文革命，在破了的絮袄虽打上了几个补绽，在污了的粉壁上虽然涂上了一层白垩，但是里面的内容依然还是败棉，依然还是粪土，Bourgeois的根性，在那些提倡者与附和者之中是根植太深了，我们要把恶根性和盘推翻。要把那败棉烧成灰烬，把那粪土消灭于无形。”②可见，郭沫若对文学革命的否定从那时起便埋下了伏笔。那么，他否定文学革命众所周知的成功，仅仅是因为以无产阶级标准判断，它“里面的内容依然”带着“Bourgeois的根性”吗？如果我们从一直以来所习惯的社会宏观角度来考察，这一点似乎确凿无疑，郭沫若在这一段时期的文学主张和工作早就被界定为他受风起云涌的无产阶级运动影响而思想“左”倾的标志之一。就在此篇《我们的文学新运动》的最后，郭沫若连用了六个“反抗”，要“在文学之中爆发出无产阶级的精神”，“打破”“资本主义”“这条毒龙的魔宫”，显然他是把“文学新运动”等同于了无产阶级文学运动。

不过在今天社会意识形态思维越来越淡化的背景下，我们对历史的考察不应该还只停留在宏观层面。越来越多更为细致的研究成果表明，历史人物在某个历史时期的活动不一定完全是由时代潮流所推动，有时候出于个人的某些动机——或许这还起着更为直接的作用。事实上，就算在历史的激荡期，哪怕是最富有牺牲精神和民族大义的英雄人物，他们的行动也未尝不带有某些个人考

① 魏建：《创造社的价值：为“五四文学革命”的补课》，《鲁迅研究月刊》1996年第8期。
② 郭沫若：《我们的文学新运动》，《创造周报》1923年第3期。

虑。就像有西方学者所说的："在持久的利他表现形式中，没有哪一种是一望而知属于完全自我毁灭性的。最了不起的英雄在革命时都期待引人注目的报答，其中也包括相信个人的永生不朽。"①

"永生不朽"对于当时刚过而立之年的郭沫若来说还过于遥远，但是"引人注目的报答"却切切实实未曾光顾于他。自郭沫若在1921年出版惊世骇俗的《女神》，到1923年写下这篇《我们的文学新运动》，再到之后一年多的时间里因与创造社同仁一起同时抚养《创造季刊》《创造周报》和《创造日》三个"爱儿"，其在经济生活上的窘境却总是如影随形。郭沫若后来在《创造十年》中回忆起这段时期，真可谓"满纸愤慨言，一把辛酸泪"：他和成仿吾游西湖时吃的是"怎么也难吞下喉去"的"荷叶大包"；他和田寿昌一起坐电车，因零钱不够被"车长""放下车来"，然后才知道"我们的寿昌是囊空如洗"；他和郑伯奇一起游焦山，因为一顿素餐花了"十块大洋"，禁不住感慨："这在大和尚看来或者不会多，而在我穷小子却不算少，我带去想在乡下住一个月的费用已经用了三分之一。"他所有的积蓄"因为初带家眷回上海，不免要新置些东西，用不许久也就告罄了"，但此时"泰东依然没有"给他"正式的薪水"，他不得不经常"跑到泰东去，十块五块的要"，而就是这"十块五块的钱，在上海的几个人是用不上几天的"，所以难怪他当时"最感痛苦的便是没有钱用"。在这些回忆中最有意思的还是这段："《创造日》出版了，照着最初的决议是达夫，仿吾，均吾三人主持，一百元编辑费也是由他们三人分用的：达夫用六十，仿吾和均吾各用二十。达夫有了那每月的六十块钱，算好，使他产生了那《还乡记》。"②一部作品的"产生"居然是因"那每月的六十块钱"，真是让人哭笑不得。

郭沫若的窘境在当时诸多文人记录中也可以得到印证。1923年11月30日，闻一多在给其弟闻家騄的信中这样写道："昨与友人梁实秋谈，得知郭沫若在沪卖文为生，每日只辣椒炒黄豆一碗佐饭，饭尽尤不饱腹，乃饮茶以止饥。以郭君之才学，在当今新文学界应首屈一指，而穷困至此。世间岂有公理哉？"③闻一多还只是从梁实秋那里道听途说，胡适和徐志摩却是亲眼所见。就在闻一

---

① [美]E.O.威尔逊：《论人的天性》，胡婧译，贵州人民出版社1987年版，第142页。
② 郭沫若：《创造十年》，现代书局1932年版，第256页。
③ 《闻一多全集》第12卷，湖北人民出版社1993年版，第196页。

多给其弟写信的前一个半月，徐志摩描述如下："与适之、经农，步行去民厚里一二一号访沫若，久觅始得其居。沫若自应门，手抱襁褓儿，跣足，敞服（旧学生服），状殊憔悴，然广额宽颐，怡和可识。入门时有客在，中有田汉，亦抱小儿，转顾间已出门引去，仅记其面狭长。沫若居至隘，陈设亦杂，小孩掺杂其间，倾跌须父抚慰，涕泗亦须父揩拭，皆不能说华语；厨下木屐声卓卓可闻，大约即其日妇。坐定寒暄已，仿吾亦下楼，殊不话谈，适之虽勉寻话端以济枯窘，而主客间似有冰结，移时不涣。沫若时含笑睇视，不识何意。经农竟噤不吐一字，实亦无从端启。五时半辞出，适之亦甚讶此会之窘，云上次有达夫时，其居亦稍整洁，谈话亦较融洽。然以四手而维持一日刊、一月刊、一季刊，其情况必不甚愉适，且其生计亦不裕，或竟窘，无怪其以狂叛自居。"①

的确，郭沫若以"在当今新文学界""首屈一指"的地位，竟然"穷困至此"，真让人不得不感慨"世间岂有公理"，"无怪其以狂叛自居"。但是"世间"真的没有"公理"吗？为何胡适、闻一多、徐志摩没有"穷困至此"？从字里行间我们完全可以看出来，他们对郭沫若的境遇是同情而不是同感。因此如果追究根本原因，恐怕还不能简单地将其归咎于宏观层面的"贪婪的外来资本家之压迫"。在这里我们不妨参考一下郭沫若的这段回忆：

> 回到上海之后，商务的同学们多肯来访问我们。庶务主任的何公敢又来提起了著译契约的事情，还是著则千字五元，译则千字四元，不经审查的旧议。我当时谈过一次笑话，我说："著译未免太劳苦了，能够每个月送我几百块钱，我倒一定要拜领的。"公敢说："你的资格可惜还不够啦，你要想闹到梁任公胡适之一流的资格，总怕还要等几年。"自然我们彼此都是一笑，因为公敢并不是崇拜胡适的人，他的话只是含着滑稽的意义。②

事实上这段"笑话"并非"只是含着滑稽的意义"，它其实从根本上回答了"世间"的"公理"问题，即郭沫若此时虽然"在当今新文学界""首屈一指"，但比起"梁任公、胡适之"，"资格可惜还不够啦"。

郭沫若此时的尴尬处境正反映了知识分子的一种矛盾地位。对此布尔迪

---

① 徐志摩：《志摩日记书信精选》，四川文艺出版社 1991 年版，第 19～20 页。

② 郭沫若：《创造十年》，现代书局 1932 年版，第 241 页。

厄有着很精辟的评论："根据其阶级定位，知识分子就处于一个矛盾的地位——既是统治者又是被统治者。他们属于统治阶级，这是因为他们拥有强大的文化资本并因而拥有权力与权威，这种权力来自于他们提供或取消社会秩序的合法性的能力。但是，与拥有政治或经济权力的人相比，他们又处于被统治地位。归根到底，正如主流的思想史通常假设的那样，文化资本对经济资本的自主性是相对的，而不是绝对的。"①这种评论非常类似于毛泽东关于知识分子的"皮毛理论"，即"毛"对于"皮"来说是依附性的，无论"毛"怎样鲜艳漂亮，都离不开"皮"的滋养，因此"毛"对"皮"的自主性的确是"相对的"。不过虽然"毛"和"皮"之间的关系具有相对性，但是"毛"和"毛"之间的差异则是绝对的差异。郭沫若从没有把自己与"商务"的"资本家"相比，但是他和胡适之间，就太有可比性了。

二

梁启超比郭沫若大将近20岁，早在郭沫若还是3岁小儿的时候便领导"公车上书"，名震全国，其"资格"显然不是郭沫若所能比。但是胡适就不同了，他比郭沫若仅大11个月，和郭沫若同属于19世纪的"90后"。至于才情和学问，他也并不比郭沫若高多少，但是二人当年的身份和待遇竟相差如此之大，这当然会让习惯于"昂首天外"的郭沫若深受刺激，结果就造成他日后对胡适锲而不舍的讽刺挖苦。事实上，这种讽刺挖苦式的攻击，绝不仅仅是一种发泄，更是一种争夺"权力"的策略，郭沫若此时的行为正印证了布尔迪厄的"权力场域"理论："当资源成为斗争的对象并发挥'社会权力关系'作用的时候，它就变成了一种资本的形式。场域的斗争围绕着对于特定形式的资本的争夺，如经济资本、文化资本、科学资本或宗教资本。比如，文化资本就是知识分子场域的最主要财富，而经济资本则是商业世界的最主要财富。""场域中的斗争使处于统治地位的人与处于被统治地位的人相互对抗。争夺场域中的地位的斗争，使那些在某种程度上能够实施资本分配与界定的有垄断权力的人，与那些想要篡权的人相互对抗。"②总体而言，布尔迪厄认为这种斗争发生在场域中已经确立有利地位

① [美]戴维·斯沃茨：《文化与权力》，陶东风译，上海译文出版社2006年版，第254页。

② [美]戴维·斯沃茨：《文化与权力》，陶东风译，上海译文出版社2006年版，第142页。

的行动者与新来者之间，前者倾向于采用保守的策略，而后者则选择颠覆的策略。

作为“新来者”的郭沫若当然不会不明白他与胡适的巨大差距是如何造成的。追根溯源，还是源于那场文学革命。这一点郭沫若在七年后的“回顾”中说得很清楚。即就在文学革命发轫的时候，他和其他创造社成员“都还在日本留学”，又“和那时代的一批启蒙家如陈、胡、刘、钱、周，都没有师生关系或朋友关系”，所以“对于《新青年》时代的文学革命不曾直接参加”。尽管后来“他们以‘创造’为标语”，“主要在向新文学的建设”，因此“在文学革命爆发期中又算到了第二个阶段”①，但这时巨大的历史机遇期显然已经转瞬而逝。在沉淀下“陈、胡、刘、钱、周”这些“先过门三天为大”的“新兴资产阶级暴发户”后，留给郭沫若和其他创造社成员的，只有屈居“第二阶段”的资格了。说白了，郭沫若“创”不逢时，未能及时赶上“造英雄”的最佳“时势”，即使日后加倍努力，成就斐然，也只能处于业已形成的文化权力场域中的“新来者”的位置。而作为“新来者”要想与“有垄断权力的人”进行资本的争夺，则必须“选择颠覆的策略”，这也是郭沫若当时“以狂叛自居”的根本原因。

以郭沫若愤愤不平的激烈言辞来看，他对自己因为错过历史机遇而不得不屈居第二阶段“新来者”的地位是极为懊恼的。然而他也明白虽然历史不能重演，但能够造“英雄”的“时势”却并非只出现一次。于是，发现并把握下一个历史机遇期，借助它进行“争夺场域中的地位的斗争”，争夺“知识分子场域的最主要财富”——“文化资本”，就成为获得“一流的资格”的必由之路。好在这样的历史机遇很快便又到来了，那便是“中国的政治生涯”中因“贪婪的外来资本家之压迫”而出现的像“黄河扬子江一样的赤流”②。

郭沫若对这“赤流”其实早就有所感觉，只是因为当时身在国外或者刚刚回国，还没有实际的体会，更不涉及任何功利问题，所以体现到文学创造上，多半只有些赶时髦的意味。正如他在《创造十年》中所坦言：“《女神》的序诗上，我说‘我是个无产阶级者’，又说‘我愿意成个共产主义者’，但那只是文字上的游戏，实际上连无产阶级和共产主义的概念都还没有认识明白。”然而就在创作《女

① 郭沫若：《文学革命之回顾》，《文艺论集续集》，上海郁文书局 1932 年版，第 158～159 页。

② 郭沫若：《我们的文学新运动》，《创造周报》1923 年第 3 期。

神》的序诗之后接下来的两年时间里，郭沫若因为自己“还不够”的“资格”被迫接受泰东书局的“超经济剥削”[①]，真真切切地感受到了“资本主义这条毒龙的巨爪的蹂弄”，他的不平感和迫切感由此产生并逐渐强化。而这两年时间又恰是中国无产阶级运动这股“赤流”“滔滔流进”的时期。于是，个人境遇与历史机遇一拍即合，让郭沫若在“连无产阶级和共产主义的概念都还没有认识明白”的情况下，就开始运用它来鼓吹“我们的文学新运动”，因此也就难怪这篇文章中多是宏大的比喻和激进的口号，显得空洞而浮躁，其实这正反映了郭沫若当时的心态：“时势”已到，机不可失，必须及时抓住，抢占历史高地，否则岂不是又会重蹈覆辙？郭沫若本来就有着“天狗”式的性格，并且因对传统“偶像”的“破坏”而获得最初的“文名”，因此他早就懂得不破不立的历史游戏规则，如今再加上涉及切身利益的“资格”问题，于是，运用还没有认识明白的概念否定文学革命，进而在新的历史机遇中确立领导地位，然后以此获得“一流的资格”，就成了很自然的事。

1924 年 5 月，郭沫若因穷困潦倒不得不再次回到日本。到达日本刚刚一个月，他便开始翻译河上肇的《社会组织与社会革命》。对于河上肇的著作郭沫若早有所耳闻，三年前他在冈山的一位同学李闪亭曾向他推荐过这本书，但郭沫若当时不怎么热心。他回忆说：“他劝我读河上肇的个人杂志《社会问题研究》，我在当时并没感觉着怎样的必要，他这个劝诱，我没有立即照办。”[②]但是三年后他在日本刚刚稳定下来便开始“照办”了，而且仅仅用了 50 多天就完成了翻译，随后郭沫若宣称：“我现在成了个彻底的马克思主义的信徒了！马克思主义在我们所处的这个时代是唯一的宝筏。”[③]以往几乎所有的评论文章都把郭沫若翻译此书看作其抛弃泛神论和个人主义而接受马克思主义的标志，并把它的这一转变归为其因目睹中国当时的残酷现实后思想观念进步的结果，但由前面的考察我们不难看出，从更根本的意义上来说，郭沫若翻译此书并非完全是宏观层面顺应历史潮流的结果，而是他抢抓历史机遇、实现个人社会地位提升的必然

---

① 郑伯奇：《忆创造社》，饶鸿竞等：《创造社资料》下册，福建人民出版社 1985 年版，第 863 页。

② 郭沫若：《创造十年》，现代书局 1932 年版，第 143 页。

③ 郭沫若：《孤鸿》，《创造月刊》1924 年第 1 卷第 2 期。

选择，因为在此之前郭沫若宣称“我们要自己种棉，自己开花，自己结絮。我们要自己做太阳，自己发光，自己爆出些新鲜的星球”①，但却缺乏理论的指导，翻译此书正可以让他“得着理性的背光，而不是一味的感情作用了”②。

获得“理性的背光”的郭沫若已经确信把握住了历史的机遇，接下来他便以激进的姿态努力在“权力场域”中从“新来者”转换为“行动者”。“行动者也为界定什么是场域中最有价值的资源而进行斗争。这一点在风格与知识急剧变化的文化场域尤其如此。换言之，场域是争夺合法性的斗争领域，用布尔迪厄的话说，即争夺实施‘符号暴力’的垄断性权力的领域。”③郭沫若如此之快的便皈依马克思主义，并且不经任何理性思辨与论证，即宣告“马克思主义在我们所处的这个时代是唯一的宝筏”，这固然与那个时代浮躁激进的文化氛围以及郭沫若本身的浪漫主义性情有关，但从更为本质的层面来说，这正是郭沫若在文化权力场域中“争夺合法性的斗争”策略。“合法性”本身便具有“排他性”，也就是“唯一性”。

郭沫若后来在1930年再次“回顾”文学革命时，正是利用这一“理性的背光”，对比七年前那篇空洞而浮躁的《我们的文学新运动》，不难看出他确实更加“理性”了。不过有意思的是，郭沫若虽然此时更加“理性”，而且也距文学革命的发生有十多年的时间，却依然没有对文学革命做全面而客观的评价。他在《文学革命之回顾》开篇中并没有提及文学革命众所周知的成就，甚至连其最重要的实绩——白话文的提倡——都否定了，认为“白话文的抬头不足为文学革命的表示”。接着在下面相当长的篇幅中，郭沫若也都不是在“回顾”文学革命，而是以“无产阵营”的理论进行“社会的分析”，“分析”的结果总结来便是：“文学革命是资产阶级革命的一种表征”，它作为“《新青年》中所有的一个局部战线”，“不折不扣”是“替资本社会建筑上层建筑”。这一结论在当时无疑是新颖而深刻的，然而就郭沫若的分析过程来看，他似乎并不想仅仅为文学革命下这样一个定义，而是有更深一层的意图。他不断强调文学革命的“表征”性质，强调其

① 郭沫若：《我们的文学新运动》，《创造周报》1923年第3期。

② 郭沫若：《孤鸿》，《创造月刊》1924年第1卷第2期。

③ [美]戴维·斯沃茨：《文化与权力》，陶东风译，上海译文出版社2006年版，第142～144页。

产生不过是“社会的经济制度”发生“动摇”后的结果，是应社会的“天变地异”而来的。同时，他认为除了这宏观层面的“天变”外，人力的充分铺垫也是其“滥觞”的前提。在这人力因素中首先“当推数梁任公”，此外令人惊讶的是，郭沫若把“严几道、林琴南、章行严诸人”也都拉了进来。于是，在这诸多因素的作用下，“文学革命的泉水过了一段长久的伏流时期”，“到了新青年时代才毅然决然的下了青年全体的总动员令”，而此时“基础已经丧失了的统治了中国几千年来的‘古先圣王之道’”，“真如摧枯拉朽一样，和盘倒溃了下来”。

在经过这长篇的“社会的分析”和性质强调之后，郭沫若终于提到了文学革命的发动者陈独秀，然后又论了相当一段，才似乎很不情愿地“提到一位胡适之”。直到这时，他颇为奇怪的逻辑设置便清晰地暴露了其深层意图，即他是想要说明：文学革命的爆发并非平常人们所认为的因陈、胡等人之功，而是“天变”使然。陈、胡等人不过是这“天变”所催生的“新兴资产阶级暴发户”罢了。由此可见，郭沫若还是延续了当年“时势造英雄”的思维模式，只不过他依据所掌握的“理性的背光”把这一思维模式打上了马克思主义的标签。

接下来郭沫若继续运用他的“理性”武器，不仅把“胡适之”“和拥戴他或者接近他的文学团体”“这一大团人的文学努力”定义为“畸形”的“迎合”“阿谀”乃至“进攻”，而且连创造社所“‘创造’出来的结果”也被他视为“一些不具体的侏儒”，因为他们“百分之八十以上仍然是在替资产阶级做喉舌”。这样，无论文学革命“前一期”“陈、胡、刘、钱、周”“向旧文学的进攻”，还是“第二阶段”“郭、郁、成、张”“向新文学的建设”，都由于没有产出划时代的作品而被全部否定。

在做了这“吾与汝偕亡”的全盘否定后，郭沫若马上就开始了自我肯定：“然而天大的巨浪冲荡了来，在五卅工潮的前后，他们之中的一个，郭沫若，把方向转变了。”他当然是指自己转向了“无产阶级阵营”，而强调这一点又是为下面“清算”郁达夫做好铺垫，用于说明“郁达夫一人的反动，敌不过的依然是整个的中国社会的潮流”。最后，郭沫若把创造社的“封闭”定义为“无产文艺的发展，有产文艺的告终”。

这样看来，郭沫若显然还是根据他不破不立的思维逻辑，名义上是在“回顾”文学革命，实际则是借对文学革命的否定凸显他对无产阶级文学运动潮流的顺应态度，所以也就难怪他依然不愿承认文学革命的实际历史功绩。那么，为什么郭沫若在当时要凸显他对无产阶级文学运动潮流的顺应态度？

三

以往的研究都把此时的郭沫若界定为一个坚定的马克思主义者，这样的界定当然有充分理由，郭沫若在1930年前后翻译了大量马克思主义理论及文学著作，连自己的《中国古代社会研究》都说成是“Engels的‘家庭、私有制和国家的起’源的续篇”，因此他在论文中回忆自己当年向“无产阵营”的“转变”，就很自然。然而，“郭沫若作为一个重要而‘善变’的作家，尤其需要我们对其著作做追根溯源式的研究”①。正如笔者在前篇所述，我们考察历史人物的历史活动，不应只注重社会宏观层面。事实上，郭沫若在这一时期的个人生活境遇，也是他进行“否定”与“凸显”的重要动因。

截至做《文学革命之回顾》时，郭沫若已在日本待了两年整。回忆起这段时期，他还是“满纸愤慨言，一把辛酸泪”：1929年2月创造社被“当局封锁”，他“每个月一百元的生活费，从此也就断绝了”。之后他不得不中断“对于古代的研究”，以假名卖文为生，虽然收入暂时比原来“每月差不多要增加一倍”，但也仅仅是“把饿死的威胁免掉了”②，而且非常不稳定。如果只是经济上的拮据，那倒也好说，毕竟郭沫若穷惯了。但是以他惯于“昂首天外”的性格，身体与精神上的不自由，则是绝难忍受。在他来到日本刚半年就有了“有生以来第一次屈辱遭遇”③——被东京的警察局无理扣留三天，“受了无穷的侮辱”④。在被安娜营救回到市川后，他又不得不每天接受宪兵和刑士的双重监视，感受着“日本帝国主义”的“横暴”。⑤

郭沫若此时痛苦的境遇我们同样可以在他朋友的回忆中找到印证。1931年11月6日，郭沫若去东京看望友人美蒂，详细地告诉了美蒂他生活的苦况：“四个孩子，大的进中学读书，连自己和夫人六口人吃饭，每月至多花一百元日金，自然一家人的一切费用都在内。”因此他的生活“已经到了不能节省的地步了”，他“完全把生活降到了最低限度，最低限度……”美蒂由此不禁想象出他

---

① 孟文博：《郭沫若《〈文艺论集〉汇校本》补正》，《山东师范大学学报》（人文社会科学版）2012年第6期。

② 郭沫若：《我是中国人》，春明书店1947年版，第22页。

③ 郭沫若：《跨着东海》，春明书店1947年版，第28页。

④ 郭沫若：《我是中国人》，春明书店1947年版，第7页。

⑤ 郭沫若：《我是中国人》，春明书店1947年版，第13页。

家里的困苦情形:“吃饭时没有菜,天冷时没有衣穿,没有钱买炭,没有钱买糖果给孩子们吃、买玩具给孩子玩,不能送他们上学,生活逼迫着他,使他不能创作,环境压迫使他不能活动……总之,一切苦痛的影子,都在我的脑海里绘成了一幅悲惨愤慨的图画。”就在郭沫若与朋友谈话时,“忽然下起雨来,他急的了不得,因为不早回去,警察要是去他家里巡查,没有见到他是不好的,因此他急于要走”。但是朋友还是留他吃了饭,他们的菜并“不好吃”,“仅仅花了十多块钱一月”,可郭沫若“竟津津有味的吃着”。朋友又禁不住感叹:“可见他真是经过艰难困苦来的。”待到郭沫若吃完饭急匆匆走后,美蒂这样对他的室友总结郭沫若的处境:“穷的要死,环境也特别不自由。”①

对比郭沫若的“苦况”,美蒂“想到国内的作家总不会像他一样穷吧?因为有著作出版的,无论如何他自己跑到书局总可以拿到几个钱,而且我听说无论是男作家女作家,如果有家庭有孩子的,总是要雇娘姨,一般人总不至想到沫若连饭都没有得吃”。事实上郭沫若何尝不知道这一点?两相比较,他当然想早日回国,仅在造访美蒂的一个半月前,他就曾致信容庚说:“弟遁迹海外,且在乡间,万事均感孤陋,惜吾壤流可报耳。……近颇欲于年内或开春返国,届时或能来旧都奉访。”②

明确了郭沫若这样的生活处境,再结合1929年年底上海的作家们开始酝酿成立中国左翼作家联盟的文坛背景,我们就不难理解为何郭沫若在从这一年年底至次年年初一个多月的时间内连续写下《新兴大众文艺的认识》《普罗文艺的大众化》和《文学革命之回顾》三篇措辞激烈的宣传无产阶级文艺理论的论文。而且《新兴大众文艺的认识》一文他署名“郭沫若”,在《文学革命之回顾》中他又以“麦克昂”的笔名再次凸显自我。显然,郭沫若是不想成为这次历史机遇的旁观者,而是想利用它为回国造好一定的舆论准备,至少是让国内文坛明确意识到他的存在,而且是一个激进姿态的存在。左联成立时,郭沫若捐赠译著《少年维特之烦恼》的版税作为其活动基金。次年9月,他又在国内出版《文艺理论续集》,所有收录的全是无产阶级文艺论文,这也都可看作是另外的证明。在《文学革命之回顾》中郭沫若有一句话:“潮流的力量总要推着你向大海奔驰,

① 参见美蒂:《郭沫若印象记》,黄人影:《文坛印象记》,乐华图书出版公司1932年版。
② 曾宪通:《郭沫若书简(致容庚)》,广东人们出版社1981年版,第116页。

不然便把你抛撇在两岸的沙滩。”他的本意是指正在风起云涌的无产阶级运动，但以这句话反映他当时的心态也很适用。他如今浪迹海外已经两年，如果只专注于学术，或者卖文为生，而不以激进的姿态参与到历史进程中去，恐怕真难保不被“抛撇在两岸的沙滩”。

事实上，郭沫若的这种激进姿态正是他积极参与“权力场域”斗争，争夺话语权、影响力这些“文化资本”“权力资本”的具体体现。“在高度分化的社会中，文化资本是某种形式的权力资本，布尔迪厄通过把经济分析的逻辑扩展到表面上非经济的商品与服务而把它理论化了。”“他的目的是想表明（这个术语的最广泛的意义上）文化可以变成一种权力资源。”①而作为“权力资源”这种“文化资本”是与其他资本相互转化的，“布尔迪厄超越马克思的一个关键性的贡献是发现了范围更广的构成权力资源的劳动类型（社会的、文化的、政治的、宗教的、家庭的等，这里我们只能提及有限的几种），它们在一定条件下通过一定的比率可以相互转化”②。而千百年来，中国传统知识分子早就谙熟此道，正所谓“学得文武艺，货与帝王家”，“文化资本”正是知识分子安身立命之本。当时的郭沫若在根本上也是为了获取这种以“文化资本”为基础的“权力资本”而不懈奋斗。只要获得这种“权力资本”，他就不仅能够借此更为直接地影响社会，实现知识分子“治国平天下”的崇高理想，而且还可以较为容易地把它“转化”成“其他资本”，摆脱“穷的要死，环境也特别不自由”的窘境。

至此，我们就大体厘清了郭沫若的逻辑链条。从争夺“文化资本”及“权力资本”这一更为根本的层面上解释了郭沫若何以对“五四”文学革命的历史功绩“不变”地加以否定。以往我们习惯于把时代潮流作为推动历史人物行动的根本原因，一方面是由于意识形态的思维惯性，另一方面恐怕在于这样的考察比较简便易行。事实上，历史人物的行动动因往往极为复杂，它与时代宏观大背景息息相关，同时又与人物当时的个人微观处境紧密相连，有时候后者很可能是最为根本和直接的动因。马斯洛把人的需求分为五个层次，只有在满足最基本的“生理需求”与“安全需求”后，人们才会去追求更高层次的“尊重需求”和“自我实现”，而就在人们追求更高层次的需求时，也不会完全不顾低层次的需

① ［美］戴维·斯沃茨：《文化与权力》，陶东风译，译文出版社 2006 年版，第 88 页。
② ［美］戴维·斯沃茨：《文化与权力》，陶东风译，译文出版社 2006 年版，第 87 页。

求。可以说，与“生理需求”紧密相连的个人“权力”考量，在每个人身上都或显或潜却又始终存在着。我们既往的研究往往因为历史人物的历史功绩，将其行动的动因归为高层次的“自我实现”，而忽略这种基本层次动因。或者干脆就为尊者讳，不愿正视这一动因。这样就很容易造成研究结论与历史实情或大或小的偏差，“漠视历史人物的独特性与复杂性影响了学术评价的科学态度”①。因此，在重视时代宏观特点的同时，结合对历史人物在具体历史时期个人境遇的细腻考察，应该为更科学可信的研究方法。

① 魏建:《郭沫若“两极评价”的再思考》,《山东师范大学学报》(人文社会科学版)2012 年第 6 期。

第四章　郭沫若与《学灯》编辑李石岑的历史恩怨

由于郭沫若本身的复杂性，我们对他研究的切入点也具有多样性，其中很重要的一个切入点，便是郭沫若在长达半个多世纪的文学和社会活动中与各色人物的种种恩怨纠葛。可以说，郭沫若与众多同期历史人物的恩怨纠葛史，就是他各种观念最为清晰的表达史，是他内心世界最为直接的表现史。这理所当然就成为我们考察研究郭沫若的一个重要切入点。以往学界对郭沫若与其同期历史人物所发生的各种恩怨纠葛都有过很详实的考察，比如他与鲁迅、胡适、茅盾等人的笔墨官司，已形成大量的研究成果。但是笔者需要指出的是，郭沫若与这些人物的恩怨纠葛均以论争的形式呈现于世，而且是一种"对称性"论争，即论争双方在社会地位、文坛名气等方面，都是旗鼓相当的，而他们的论争往往会因此产生很大的影响。参与论争的双方显然也都明白这一点，所以他们在论争的过程中都会尽量地保持某种"君子风范"，并不会完全把内心最为真实的感情和思想毫无保留地表达出来，多少带有今天所说的"秀"的成分。像郭沫若即使在对鲁迅、胡适等人最为激烈地表达不满时，也不忘以"先生"相称。郭沫若由这种"对称性"论争所表现出的，是他最为明显的性格和心理特征，也是最容易被人们所认识和熟知的一面。但是以往学界没有注意到，或者注意到了但是没有加以重视的，是他与历史同期人物的一种"非对称性"恩怨纠葛，即双方在地位和名气上相差很大，形不成"对称"关系的恩怨纠葛。这种恩怨纠葛往往不是通过激烈的论争形式呈现的，而是披着非常温和的外衣，具有一定的隐蔽性。但也正由于这种隐蔽性，使得当事者能够在最大限度上无所顾忌地表达最为真实的思想情感，从而为我们的考察分析提供了极有价值的范本，甚至让我们有机会洞察当事者鲜为人知的一面。郭沫若与李石岑的历史恩怨，便属于这种类型。郭沫若与李石岑历史恩怨的时间跨度长达20多年。这段恩怨纠葛从20年代初期一开始便体现了郭沫若鲜为人知的一种负面心态——褊狭。一直到了30年代后期，他的这种褊狭心态都始终存在，而且还变本加厉，甚至到了50年代末都还有回响。这段恩怨纠葛虽然由于其“非对称性”而较为隐蔽，但前后涉及了众多文坛名人及历史事件，因此研究分析这段“非对称性”恩怨纠葛，以及郭沫若在其中始终“不变”的褊狭心态，不仅有助于我们更加全面深入地了解他这个特殊的历史个体，而且对我们进一步考察那个年代的文坛状况乃至社会形态，都有着非常重要的意义。

一

我们要考察郭沫若与李石岑的这段历史恩怨，首先要明晰在它发生之前的一段前奏，那便是郭沫若与宗白华最初交往的“蜜月期”。这段时期大体为1919年10月至1920年5月，基本与宗白华主编《时事新报·学灯》的时期相重合。正是在这7个月左右的时间里，宗白华为郭沫若在《学灯》上发表了40多篇诗歌、译作、小说、戏剧、论文、书信等，成为托起郭沫若这颗文坛新星的“伯乐”。同时宗白华还与郭沫若不断有书信往来，对郭沫若的文学创作给予高度的赞赏与极大的鼓励，这些溢美之词在他致郭沫若的信中几乎俯拾皆是：

> 昨天得着你的信同新诗，非常欢喜，因我同你神交已许久了。你的诗是我所最爱读的。你诗中的境界是我心中的境界。我每读了一首，就得了一回安慰。①
>
> ……你的诗已陆续发表完了。我很希望《学灯》栏中每天发表你一篇新诗，使《学灯》栏有一种清芬，有一种自然Nature的清芬。②
>
> 你在东岛海滨，常同大宇宙的自然呼吸接近，你又在解剖室中，常同小宇宙的微虫生命接近，宇宙意志底真相都被你窥着了。你诗神的前途有无

① 田汉、郭沫若、宗白华：《三叶集》，上海亚东图书馆1920年版，第3页。

② 田汉、郭沫若、宗白华：《三叶集》，上海亚东图书馆1920年版，第4页。

限的希望啊!①

可以想象这些激赏式的语言对于当时只是一个留学生、在文坛还寂寂无名的郭沫若来说，是多么巨大的鼓励。宗白华不仅在语言上鼓励郭沫若，而且还对郭沫若寄来的作品几乎来者不拒，他甚至打破惯例，让“《凤凰涅槃》把《学灯》的篇幅整整占了两天，要算是辟出了一个新纪录”②。

郭沫若对宗白华所给予他的巨大帮助当然非常感激，在当时他便把宗白华引为自己的“钟子期”③。而且当他得知《时事新报》报馆要付给他稿酬时，还在给宗白华的信中写道：

我还有一件要请求你的事情。你前函说报馆要与我汇墨洋若干来，不知道是什么名义。是给我的报酬么？我寄上的东西，没有一件可有当报酬的价值的。我的本心也原莫有想受报酬的意志。白华兄！你若爱我时，你若不鄙我这恶晶罪髓时，我望你替我把成议取消，免使我多觉惭愧罢！④

实际上郭沫若当时确实非常需要钱，但他之所以这样拒绝报馆给他“汇墨洋若干”，一方面像刘纳女士所评论的：“在他最可珍贵的‘诗的创作爆发期’，他真切地感到《学灯》的支持已经使他得到的太多了，与他所得到的相比，他其实很需要的钱便成了不值一提的东西。”⑤另一方面除去这层感情因素，从现实的角度推测，郭沫若恐怕也有着某种更长远的考虑。他当时作为一个文坛新人，能够得到国内“四大副刊”之一的《学灯》的这种待遇，已相当不易。他很明白这对他日后在文坛的发展是非常有利的，而且他此时还处于“诗的创作爆发期”，还需要继续得到《学灯》的支持与鼓励，因此他不想让任何题外的东西影响他与《学灯》的关系，而这种拒绝稿酬的姿态，又显然是有利于这种关系的继续。郭沫若这种姿态从本质上讲，乃是他获取“文化资本”的一种策略。对于一个初出茅庐的文人来说，“文化资本”是一种必须积累的基础资本，是可以在日后转换成更大的经济价值和政治资本的基础。郭沫若熟读历史，非常明白这一点，与

① 田汉、郭沫若、宗白华：《三叶集》，上海亚东图书馆 1920 年版，第 4 页。

② 郭沫若：《我的作诗的经过》，(东京)《质文》1936 年第 2 卷第 2 期。

③ 郭沫若：《1920 年 8 月 24 日给陈建雷的信》，《新的小说》1920 年第 2 卷第 2 期。

④ 田汉、郭沫若、宗白华：《三叶集》，上海亚东图书馆 1920 年版，第 56～57 页。

⑤ 刘纳：《创造社与泰东书局》，广西教育出版社 1999 年版，第 24 页。

这种文人安身立命的“文化资本”比较起来，钱确实“便成了不值一提的东西”。

在宗白华的溢美之词与郭沫若的超拔姿态背后进行这样的推测，多少有点煞风景。但是浪漫如郭沫若者，却也并非完全不食人间烟火，他日后翻译诸多外国著作的首要目的便是挣钱，只是当时在衡量钱与《学灯》的关系时，后者显然更为可贵罢了。但是正当郭沫若准备继续在文坛高歌猛进时，却不料他的“诗的创作爆发期”突然进入了“冷遇期”，那便是宗白华于 1920 年 5 月卸任赴德留学，《学灯》主编的位置由李石岑接替，而郭沫若与李石岑的历史恩怨，也便肇始于此时。

郭沫若最初对李石岑的感觉是“他每每给我以不公平的待遇，例如他要把两个人或三个人的诗同时发表时，总是把我的诗放在最后”①。接下来没过多久，这种“不公平”感便又因四篇文艺作品在发表时的排序问题更加激化，使他们的历史恩怨达到新的峰值，甚至让郭沫若在 20 多年后还因此耿耿不平。可以说这个“排序问题”是郭沫若与李石岑历史恩怨中最为引人注目且最能体现郭沫若心理状态的一个节点。我们的考察也不妨以此为切入点。

让郭沫若日后倍感“不平”的那四篇文章发表在 1920 年 10 月 10 日的《时事新报·学灯》上，其先后排序为：周作人的短篇小说译作《世界的霉》，鲁迅的短篇小说《头发的故事》，郭沫若的历史剧《棠棣之花》和郑振铎等的短篇小说译作《神人》。李石岑当时为何以这样的次序发表这四篇作品，他本人并没有明确说明，现在也已难以详细考证。但他所没有想到的是，仅仅就是这样一个排序问题，竟然引发了郭沫若相当大的“不平”。

有意思的是郭沫若对自己“不平”原因的解释有过两次相距 10 年的不同版本。第一次是在发表于 1936 年 11 月东京《质文》杂志第 2 卷第 2 期的《我的作诗的经过》上，他在此文中是这样说的：

> 我在上面已经说过，李君对我每每加以冷遇，有一次把我一篇自认为煞费苦心的创作登在一篇死不通的翻译后面，因而便激起了我说“翻译是媒婆，创作是处女，处女应该加以珍重”的话。

第二次是发表于 1946 年 10 月 1 日《文艺复兴》月刊第 2 卷第 3 期的《鲁迅与王国维》上。在这篇文章中郭沫若的表述则更为详细：

---

① 郭沫若：《我的作诗的经过》，(东京)《质文》1936 年第 2 卷第 2 期。

> 我第一次接触鲁迅先生的著作是在一九二〇年《时事新报·学灯》上，文艺栏里面收了四篇东西，第一篇是周作人译的日本小说，作者和作品的题目都不记得了。第二篇是鲁迅的《头发的故事》。第三篇是我的《棠棣之花》（第一幕）。第四篇是沈雁冰（那时候雁冰先生还没有用茅盾的笔名）译的爱尔兰作家的独幕剧。那时候我是日本九州帝国大学的医科二年生，我还不知道鲁迅是谁，我只是为作品抱了不平。为什么好的创作屈居在日本小说的译文的次位去了？那时候编《学灯》栏的是李石岑，我为此曾写信给他，说创作是处女，应该尊重，翻译是媒婆，应该客气一点。这信在他所主编的《民铎杂志》发表了。我却没有料到，这几句话反而惹起了鲁迅先生和其他朋友们的不愉快，屡次被引用出来作为我乃至创造社同人们藐视翻译的罪状。

首先要说郭沫若在"第一篇"和"第三篇"上都出现了记忆错误，这应与26年的时间间隔有关，不过他对于李石岑的"不平"倒是始终没有记错。只是很明显，郭沫若对这"不平"前后解释的两种原因完全不同。事实上郭沫若两种解释的不同早已被许多学者注意到了，但是正如前文所说的，以往的学者们对这种"非对称性"恩怨纠葛要么没有在意，要么没有深究。如有学者认为"无论是出于为自己的创作还是为鲁迅的小说，总之郭沫若是怀着'不平'给李石岑写信的"①，而后者才是应该加以注意的；另有学者只论到郭沫若所言为鲁迅"抱不平"的说法"是难以说服人的"，"因为同一个郭沫若在做出上述解释的十六年前（1930年）曾明确说明，鲁迅的《头发的故事》'总有点和自己的趣味相反驳'"②，接着便没有再继续深入下去。

实际上判断郭沫若这两个"不平"原因的真假并不难，上段所引用的郭沫若的原话便说得很清楚："这可以说也是我第一次看见的中国的近代小说。我当时很佩服他，觉得他的观察很深刻，笔调很简练，大有自然主义派的风味。但同时也觉得他的感触太枯燥，色彩太暗淡，总有点和自己的趣味相反驳。——这话是我一点加减乘除也没有的表白，这假使值得说上'批评'，我对已鲁迅先生

① 刘纳：《创造社与泰东书局》，广西教育出版社1999年版，第29～30页。

② 钱理群：《周作人研究二十一讲》，中华书局2004年版，第255页。

的批评，截到他的‘呐喊’为止，就是这样。”①

平心而论，鲁迅的这篇《头发的故事》确实让人感觉有点“感触太枯燥，色彩太暗淡”。与鲁迅的其他小说作品相比，有一定的差距，这也是它长期以来不受研究者们重视的一个原因。此外这篇小说的“感触”与“色彩”与当时的郭沫若的“趣味”也的确是“相反驳”的，因此我们能够相信郭沫若说“这话是我一点加减乘除也没有的表白”，确为真实的“表白”。

另外，我们可以从历史的角度加以判断。郭沫若写作这篇《我的作诗的经过》是在1936年9月4日，其时距他写作那篇与鲁迅争论“两个口号”的著名论文《蒐苗的检阅》仅仅五天。在《蒐苗的检阅》一文中，郭沫若是把鲁迅当作论敌对待的，且多有讽刺之语，而五天之后就为他那篇《头发的故事》的排序问题抱不平，显然不太可能。

虽然判断郭沫若两次所述原因的真假不难，但是找出致使郭沫若转变自己说法的原因，以及此原因所折射出的郭沫若真实却又深蕴的心理状态，却并不容易，而且这段历史恩怨从一开始便牵涉到鲁迅等文坛名人，且在鲁迅逝世十年之后还把他再次牵连进来，其跨越时间的长度及本身的复杂度，都增加了我们考察的难度。因此我们的考察必须充分以史实为依据，同时辅之以合理的心理分析，尽量谨慎而仔细的进行。

二

我们知道李石岑在方方面面与宗白华都有着较大差异，而他对于郭沫若的态度也远没有像宗白华那样是激赏和鼓励。他在接掌《学灯》之后虽然也如郭沫若所说的“照常找我投稿”，但是从根本上却像刘纳女士所评价的“他是把郭当作一个作者而不是一个‘天才’来对待”②，此论可以说相当中肯。而如果我们跳出郭沫若所施与我们的感情影响，站在今天历史的高度尽量客观地来看待那段文坛纠葛，也会发现实际上李石岑对待郭沫若的态度，倒是回归到一个比较正常的状态。在李石岑之前，宗白华对于郭沫若的发现与提携，更多还是出于感性因素。宗白华当时便自称“实在是个直觉家”③，他是凭着“直觉”感到郭沫

---

① 郭沫若：《“眼中钉”》，《海燕月刊》1930年第4、5期。

② 刘纳：《创造社与泰东书局》，广西教育出版社1999年版，第29～30页。

③ 田汉、郭沫若、宗白华：《三叶集》，上海亚东图书馆1920年版，第27页。

若的作品为《学灯》"很增了许多色彩"①。日后宗白华更加明确地回忆说："沫若的诗大胆、奔放，充满火山爆发式的激情，深深地打动了我。我认为自己发现了一个抒情天才，一个诗的天才，因此对他寄来的诗很重视，尽量发表，尽管他当时还没有什么名气。"②宗白华凭"直觉"对郭沫若的发现与提携在今天看来自然是一个伯乐与千里马的佳话，但当时宗白华作为一个颇有影响力的文艺副刊的主编，对"还没有什么名气"的一名学生作者给予这样的待遇，则多少有些"不拘一格选人才"的感觉，是很不合常规且冒着一定风险的。事实上，作为一名文学作品的作者，无论他如何感性甚至激情都无可厚非，但是作为一名刊物主编，则需要左右衡量、前后斟酌的理性。宗白华在此事中没有遵循多少理性，但李石岑却遵循了，而他们二人在这方面的差别，或许能从各自的专业选择上看出端倪。宗白华首先是一个美学家，在艺术的"直观"方面非常敏锐；李石岑则首先是一个"大哲学家"，擅长理性分析。两人不同的思维习惯和特长，自然也不可避免地渗入到对文艺刊物的编辑中。不妨基于这一点，我们再来看看让郭沫若愤愤不平的那四篇作品的排序问题。排在郭沫若前面的是周作人和鲁迅，他们早在几年前的文学革命中就爆得大名，用郭沫若自己的话说便是成为"新兴资产阶级暴发户"及"启蒙家"，其名气和地位显然不是郭沫若这个仅在不到一年前才开始发表文艺作品的文坛新人所能比的，因此无论是出于尊重名人还是利用名人的考虑，李石岑把周氏兄弟的作品排在前两位，都是无可厚非的。即使退一步说，李石岑排列这四篇作品并非经过多少理性的衡量斟酌，而是仅仅源于自己个人的品味，那又有多少可指责的？既然宗白华可以凭"直觉"给予郭沫若这样的礼遇，那么李石岑也完全有理由根据自己的品味来决定作品发表顺序。在这里最关键的一点，还是郭沫若认为李石岑虽与宗白华同为《学灯》主编，但对他的态度却反差太大，以至于实在难以接受。刘纳女士曾就此做过假设："倘若郭沫若此时是个初次投稿者，或者他没有遇到像宗白华那样激赏他以至向他破例敞开版面的编辑，或许他的怨气还不至于那么大。"③这样的推测和评论非常合理，而且我们也可以做另外的假设，倘若郭沫若首先遇到的是李石

① 田汉、郭沫若、宗白华：《三叶集》，上海亚东图书馆 1920 年版，第 77 页。

② 宗白华：《秋日谈往》，王训昭等：《郭沫若研究资料》上册，中国社会科学出版社 1986 年版，第 545 页。

③ 刘纳：《创造社与泰东书局》，广西教育出版社 1999 年版，第 31 页。

岑，并经他之手发表作品的话，即使不多，估计郭沫若也同样应是非常感激的。

当然，这样假使历史虽然很有意思但却没什么意义，实际的情况是李石岑对郭沫若的态度相对于宗白华来说，确实“冷”下来了。1920年7月12日的《时事新报·学灯》刊登了李石岑致郭沫若和田寿昌的一封信。此封信加上题头，不过寥寥几十个字，在此不妨摘录于下：

郭沫若、田寿昌两先生鉴：

《学灯》不见两先生新诗，已两月矣。昨日乃承郭先生遥寄最近诗三首，妙想奇构，读之令人神往。郭先生新诗之雄浑跌宕，田先生新诗之活泼娟秀，久为国人所共赏。两先生既以文艺相高，能时惠佳章，以润《学灯》之枯涸乎？临颖不胜企切。

石岑

从信中我们可以看到，李石岑恐怕是因“昨日乃承郭先生遥寄最近诗三首”，才意识到“不见两先生新诗，已两月矣”。也就是说，他并没有把两个月来未收到郭沫若的新诗当作多么大的事。而他仅用40多字的篇幅，给两位作者写信，且信中之语更像公事公办的客套，这与宗白华对郭沫若那饱含感情的激赏相比，真是相去甚远了。关于李石岑信中所提到的“诗三首”，两个多月后郭沫若在给陈建雷的信中也曾提到，并加以了具体解释：

我自从宗白华去后，许多时不做诗了。
白华是我的钟子期呀！
所以《时事新报》上久不见我的诗。
可我最近寄了三首叫着《岸上》，
到要望你详鹭呢！

我看《学灯》中登载了些陈腔腐调的假新诗，所以我对于新诗，近来很起了一种反抗的意趣。我想中国现在最多的人物，怕就是蛮都军底手兵和假新诗的名上了！①

我们完全可以理解对郭沫若极为欣赏并且有着知遇之恩的宗白华去国留学会让郭沫若有所失落，因而影响到他的诗兴，造成他“许多时不做诗了”，不过

① 郭沫若：《1920年8月24日给陈建雷的信》，《新的小说》1920年第2卷第2期。

他在下面所说的那些对《学灯》不满的话，恐怕就另外事出有因了。就在宗白华和李石岑完成主编交接的 1920 年 5～7 月，郭沫若共创作了三首新诗，分别是《我是个偶像崇拜者》《笔立山头展望》和《金字塔——白华自弗朗克府惠赐金字塔画片两张，赋此二诗以鸣谢》。这三首诗日后也都陆续在《学灯》上发表了，只是这"陆续"的时间有点过长。其中《笔立山头展望》一诗发表在当年 7 月11 日的《学灯》上，而其余两首居然到次年 2 月才发表。郭沫若没有提及他是不是在创作完成这两首诗后便随即投稿，但是以他之前不到一年的时间内平均每个月在《学灯》发表五篇作品的自信，应该很快就投稿了，至少不会拖了半年之久才寄出，因此最大的可能是郭沫若的诗作被李石岑压下了。李石岑为何压郭沫若的稿子我们无从知晓，但郭沫若以他习惯"昂首天外"的脾性，对这种压稿子又不给回信的行为会非常敏感且反感。日后他曾回忆郁达夫所遭遇的类似经历，也是愤愤不平。恰好郁达夫的遭遇也是李石岑所造成的："达夫在一九二一年初头做了那篇处女作(?)《银灰色的死》，寄给李石岑，要他在学灯发表，然而寄去三个月，作品不见发表，连回信也没有。鼎鼎大名的郁达夫先生在未出名时也受过这样的冷遇，这是富有教训意义的一段逸事。"①

自己的诗作不能发表，却看到别人在《学灯》上发表诗歌，郭沫若自然会有情绪，进而认为"《学灯》中登载了些陈腔腐调的假新诗，所以我对于新诗，近来很起了一种反抗的意趣"。这是郭沫若第一次明确表达对《学灯》或者说李石岑的不满。即使这样，郭沫若显然也不想就此轻易放弃已经建立良好关系的《学灯》，所以又在"最近寄了三首叫着《岸上》"给李石岑。据李石岑所发表的信看，他应该是在 1920 年 7 月 11 日便收到了这三首诗，却又拖了一个半月，到了 8 月 28 日才将它们在《学灯》上发表，而此时正值郭沫若给陈建雷写信的前几天。也就是说，郭沫若之前始终处于没有任何回音的等待状态。在此之后一直到郭沫若给李石岑写信的近四个月内，他陆续在《学灯》上发表了 12 篇诗歌、信函、戏剧和组诗，与宗白华在位时两个多月内为他发表的作品数量相当。我们不知道是不是还有郭沫若投稿给《学灯》的作品却始终没有发表的情况，但是从李石岑为他发表作品的积极性和频率来看，他与宗白华相去甚远。这样说来，李石岑对待郭沫若，无论从态度上还是行动上，都比宗白华要"冷"了不少。当然从另一个方面我

① 郭沫若：《我的作诗的经过》，(东京)《质文》1936 年第 2 卷第 2 期。

们也可以说，李石岑对待郭沫若是回归到了一个著名文艺副刊主编面对一个文坛新人的正常状态，只是这种状态与郭沫若所经历的前一状态相比，反差太大，因而让郭沫若倍感“冷”意。也正是在这种“冷”意中，郭沫若给李石岑写了一封信。

郭沫若日后提到写这封信的原因就是为鲁迅“抱不平”：“为什么好的创作屈居在日本小说的译文的次位去了？那时候编《学灯》栏的是李石岑，我为此曾写信给他，说创作是处女，应该尊重，翻译是媒婆，应该客气一点。”[①]如果郭沫若真是出于这样的目的，那么他应该在信中向李石岑兴师问罪才对，但是查阅这封发表在 1921 年 2 月 25 日《民铎》杂志第 2 卷第 5 号通讯栏目中的信函原文，我们却找不到一点兴师问罪的迹象，反倒可以感觉郭沫若在对李石岑是非常尊重的，我们先看信的开头：

石岑先生：

年假中草了两篇戏曲：一名《湘累》，是把屈原姐弟事优孟化了的；一名《女神之再生》，今天才草就，大概有四五千字的光景。两篇都寄向朋友处领教去了。《女神之再生》一篇也是借过去的影子来暗示将来的，其中寓有创造冲动与占据冲动之葛藤，异教主义 Paganism 与希伯来主义 Hebrsism 之冲突：拟以应去年雅命，在《民铎》上发表；俟友人寄还时，当得即行奉上。

此外，信的最后端也有三处直接面对李石岑的叙述，分别是：

去年双十节读先生《吾人第一义之生活》一文，中有“真人生之建设，不能不有待于艺术”一语，最称卓识！“吾国营第一义之生活者甚稀”亦最表同感。

我这些刍荛之见，我想热心提倡第一义生活者如足下，当得不至吐弃么？。

这是久郁不宣的话，不知足下以为如何？

从这些叙述看，对于李石岑，郭沫若非但不是兴师问罪，反而是有些近乎阿谀奉承了。至于他关于“国内人士只注重媒婆，而不注重处子”的所谓“久未宣泄的话”，也明确说明是针对“我国底文艺界”，而非李石岑本人或者他所主编的《时事新报·学灯》与《民铎》。

---

① 郭沫若：《鲁迅与王国维》，《文艺复兴》1946 年第 2 卷第 3 期。

事实上郭沫若在这封信里首先并且最主要谈论的并非“抱不平”之类的意气之事，而是他对文艺问题较为深刻的理论思考。他在此信开头表示完《湘累》和《女神之再生》“俟友人寄还时，当得即行奉上”后，便指出了“胡怀琛先生《诗与诗人》一题”中的错误，并由此展开论述。他先是用“毛诗序”和“近世欧西学者之研究”证明了自己的判断，接着进一步运用“自己在心理学上求得的一种解释”来阐发了他的“诗之精神在其内在的韵律”的理论，并颇有些自负地说“前人已曾道过与否不得而知”。为此，他还翻译了泰戈尔的一节诗，并列举了惠特曼、屈原、庄子、李白、杜甫、白居易等例子来加以证明。再接下来他又谈到“诗是人格创造的表现，是人格创造冲动的表现。这种冲动接触到我们，对于我们的人格不能不发生影响”，这比他一年前给宗白华的信中只论述“诗的生成，如像自然物的生存一般，不当参以丝毫的矫揉造作”的文艺“无目的性”观念更进一步，涉及了诗歌在客观上对读者的影响与价值。因此，总的来看，郭沫若写这封信是下了很大的功夫的，他不仅指出了别人的错误，阐发了自我的观点，而且还利用古今中外大量的实例和理论加以论证，可以说达到了他当时最高的理论高度。这也就难怪李石岑要把这封信在自己所主编的《学灯》和《民铎》上同时加以发表，而郭沫若日后也把这封信和较早前给宗白华的两封谈论文艺理论的信都加以删改，将其列为论文《论诗》三个部分中的第一部分。

那么，既然郭沫若写此信不是向李石岑兴师问罪，而且又费了很大的功夫，他究竟在向李石岑传达什么样的信息呢？稍加分析我们就不难发现，他最大的可能是在对李石岑显示自己的实力，证明自己虽为新人，却并非平庸之辈，从而扭转自己“遇冷”的境地。事实上在此之前他就曾有过用给编辑写信的方式而成功扭转自己“遇冷”境地的经验，这也是他后来在《我的作诗的经过》中所亲口谈到的。他回忆说自己最早在《学灯》上发表作品，是得当时的编辑郭绍虞之助，而当“宗白华接事后，他有一个时期似乎不高兴新诗，在《学灯》上不见有新诗发表，我寄去的东西也都不见发表出来。等到后来我同他通过一次信，是论墨子的思想，这信是在《学灯》上发表了的，深得了他同情，他便和我通起了信来，并把我先后寄去存积在那儿的诗，一趸地拿出来发表。在民八民九之交的《学灯》栏，几乎天天都有我的诗”①。

① 郭沫若：《我的作诗的经过》，(日)《质文》1936 年第 2 卷第 2 期。

现在郭沫若在《学灯》新换的主编这里再次"遇冷"，他当然会很自然地想到利用以往的成功经验扭转局面，而这一切都是建立在他对自己和《学灯》各自地位明确地权衡基础之上的。他很明白自己作为一个初出茅庐者，对《学灯》还没有客大欺店的资历。他之前为了更好地维护自己与《学灯》的关系，甚至可以放弃自己非常需要的稿酬，那么如今仅仅因遇到李石岑对他其实只是回归常态的所谓"冷遇"，就完全放弃《学灯》，无疑太过意气用事了。因此，他认为设法扭转这一"冷遇"，"加温"或者说是至少维持与《学灯》的关系，才是最为明智的选择。也就是说，郭沫若此时还处于他与李石岑"非对称性"恩怨纠葛的弱势一方，他对李石岑的态度与策略也是基于这"弱势者"的地位而做出的。

三

写完这封信后，郭沫若继续在《学灯》上发表作品。多少有些讽刺意味的是，第一篇便为翻译自"邻家底桃李"——《屠尔格涅浦之散文诗》。自此一直到《创造》季刊的创办，《学灯》依然都是郭沫若发表作品的最主要的刊物。不过在这里我们需要注意一个时间段，那就是从田寿昌、郁达夫等人联名于 1921 年 9 月29～30 日在《时事新报》上发表《纯文学季刊〈创造〉出版预告》一直到 1922 年5 月《创造》季刊面世，在这期间郭沫若虽然创作了很多诗歌、译作及论文，但绝大部分都没有再投稿给《学灯》或者《民铎》。对于这一点我们不难理解：他即将会有自己的"店"，自然也就不用再作别人店里的"客"了。而且就在两个月前的 1921 年 7 月 3 日、4 日，郭沫若即在《学灯》上发表启事：

> 沫若从事文学的述作两年于兹，所有一切稿件，均署本名，不曾另用别号。今后亦永远抱此宗旨不改。恐有疑似之处，特此先行申明，有昭己责。

郭沫若这个类似"坐不改姓，行不改名"的启事，正是建立在他已经拥有一定名气的自信之上。也就是说，郭沫若此时已经意识到自己拥有了一定的"文化资本"，而且从"今后亦永远抱此宗旨不改"之语上看，他对日后的发展充满信心。事实上此时正值《创造季刊》的"受胎期"，日后成为创造社最初成员的诸人也都在文坛崭露了的头角，郭沫若的自信还是有一定"群众基础"的。

在《创造》季刊面世之后的一年多时间内，郭沫若和初期创造社的成员们又一鼓作气连续创办了《创造周报》和《创造日》，以有限的几双手同时抚养了"三个爱儿"。虽然这"三个爱儿"都不长命，但郭沫若及创造社同仁们在当时中国文坛的影响，已呈现出后来者居上，甚至如日中天之势。就连日后对创造社颇多微词的夏志清也承认，当时“他们对青年的影响力实在大得出奇”①。处于这样的背景之下，郭沫若更不可能再去李石岑那里感受“冷遇”。不过郭沫若也并没有完全断绝与《学灯》的联系，偶尔也会向其投稿，而李石岑对郭沫若的稿件，似乎也积极了许多。像郭沫若于 1922 年 7 月 21 日创作的《论文学的研究与介绍》，仅六天后便在《学灯》上发表；而他那篇很著名的《论国内的评坛及我对于创作上的态度》一文，更是与创作完成之日相隔一天便见诸《学灯》的报端。

既然郭沫若已经在文坛爆得大名，获得了空前的自信，那么似乎也就用不着再去计较曾在李石岑那里“遇冷”的前嫌，毕竟当年李石岑不止一次地向郭沫若约过稿，并为他发表过很多作品。但是郭沫若对那段为期并不长的“冷遇”却始终不能释怀，以致到了 1936 年，也就是李石岑在贫病交加中去世两年后，还要发表《我的作诗的经过》一文，用了不少的篇幅数落李石岑的不是，甚至为那时自己所遭到的“冷遇”写下了这样一段话：

> 有些人说作家须得冷，这或许是一片真理，但无论是怎样冷的作家，他所需要的是自己的冷，而不是别人对于他的冷。对于一位作家的冷遇、冷视，对于一篇作品的冷言、冷语，对于作家是最可怕的毒。有些世故很深的人是有意识地利用这项冷毒为武器的。这比任何毒恶的谩骂还要厉害，这是一种消极的杀人法，继母虐待儿女，有不打不骂，而只不给以充分的粮食，使之渐进地饿死者，便是这一种。我自己是受惯了冷害的人，大约冷的免疫性是已经有了的，虽然时而仍不免其觳觫；而对于享有大名的人对于年青人的冷言、冷语，尤其感觉着不平。

郭沫若在这段话里运用那些恐怖的词语、短语频率之高，简直让人咋舌。他竟然还把自己的“冷遇”与“继母虐待儿女”相提并论，而且是“不打不骂，而只不给充分的粮食，使之渐进地饿死”这般残忍的虐待。

接下来郭沫若又提到“李之于《民铎》颇有点独裁者的风度，因此他们社里人都对他啧有烦言”，而他对郁达夫也曾加以压制，因此郁达夫曾在《纯文学季刊〈创造〉出版预告》中说的“垄断文坛”那句话，是针对李石岑的。平心而论，李石岑当时不过是主编了《学灯》和《民铎》两份报刊，如何能够做到“垄断文坛”？

① 夏志清：《中国现代小说史》，复旦大学出版社 2005 年版，第 68 页。

事实其实正如日后郑伯奇的回忆："所谓'垄断文坛'，当然指的文学研究会。"①那么如此看来，郭沫若为发泄自己心中久积的怨气，已有点"欲加之罪，何患无辞"的做派了。

郭沫若在开始数落李石岑的不是时，曾提到他有一首名为《呜咽》的诗被人"抄袭"，而自己的原创诗作却被排在了这首"抄袭"诗之后。他说："这件微细的事不知怎的就像当头淋了我一盆冷水。我以后便没有为《学灯》写诗，更把那和狂涛暴涨一样的写诗欲望冷下去了。"事实上郭沫若并非因此"便再没有为《学灯》写诗"，更没有"把那和狂涛暴涨一样的写诗欲望冷下去了"，倒是"这件微细的事"一语很是符合实情，而且可以让我们用到对整个事件的评价上。

从今天历史的高度反观那段李石岑对郭沫若的"冷遇"，其实自始至终都算不上什么大事。我们前面说过，李石岑对待郭沫若的"冷"，很大程度上是由宗白华的"热"所反衬出的，李石岑倒是回归到了一个正常的状态。至于说李石岑在收到郁达夫稿件后三个月的时间没有发表，也没有回信，这也是相当正常的事情。郭沫若和他的同仁们在把《创造》季刊和《创造周报》办得风生水起之时，不也是有大量稿件既不能发表，也不能回信吗？因此才有了《创造日》的诞生。可以说，李石岑对待郭沫若的"冷遇"，无论从他当时自己的角度来看，还是我们今天站在历史的角度来看，都不过是"微细的事"，但最让我们难以理解的是，即使已经过了十几年，李石岑也已入土两年，郭沫若对这件事还如此耿耿于怀。

与郭沫若对李石岑的批判形成鲜明反差的是他对待去世以后的鲁迅的态度。就在郭沫若写出这篇《我的作诗的经过》的前五天，他在《蒐苗的检阅》中对鲁迅加以讽刺；而在仅一个半月后鲁迅逝世的当天，他立即在第一时间写下了《民族的杰作——纪念鲁迅先生》一文，之后又以非常高的频率发表对鲁迅的纪念文章、挽联，并多次在纪念活动中发表演说赞美鲁迅。这相对于他对在世之鲁迅频繁批驳的态度，可以说是做了一个一百八十度的转变。那么，为何郭沫若在对待两个同为过世之人的态度上会有如此大的反差？这个问题其实正和郭沫若对李石岑"不知怎的"的耿耿于怀联系在一起。要回答它们，同样需要重返那段历史的现场，尽量设身处地地加以考察。

就在郭沫若那封致李石岑的信于1921年初在《学灯》和《民铎》发表后，他

① 郑伯奇：《忆创造社》，《文艺月报》1959年5～9号。

在信中关于“翻译是媒婆，创作是处女”的观念便受到鲁迅的批驳，接下来便是众所周知的那场文坛混战。也就是说，在郭沫若感受着李石岑的“冷遇”的同时，还遭受着鲁迅等人的攻击，但是李石岑和鲁迅对待郭沫若的态度及行为在主观选择和客观效果两方面却都有着不同。在主观方面，李石岑是出于无意，或者仅仅出于职业位置的考虑，而鲁迅却是目的明确的直接进攻。至于客观效果方面，情况就比较复杂了。李石岑出于无意而对待郭沫若的“冷”，对郭沫若来说有可能造成很严重的后果，正如郭沫若日后所说的：“这比任何毒恶的谩骂还要厉害，这是一种消极的杀人法。”这样激愤的语言正折射出当时郭沫若并非真的“不知怎的”，而且非常清楚地“知怎的”，那就是他的文学之路刚一开始，便险被李石岑以“消极的杀人法”所害的愤恨，而这种“消极的杀人法”正是对郭沫若当时最为看重的“文化资本”聚积的消解，这让郭沫若如何能够接受？但与此同时，鲁迅对郭沫若明刀明枪的批驳，却与李石岑无意的“冷”完全不一样，它甚至很可能正是当时郭沫若所更为需要的。郭沫若当时作为一个文坛新人，能够无意中被文坛名人主动找上门来论战，这本身就是一个自己被文坛“上层”所注意的信号，是对自己文坛名气的另一种承认。而且这种与名人的论战，对扩大自身影响、提升社会知名度、聚积“文化资本”无疑都是利远远大于弊。从这个角度来说，鲁迅对于郭沫若是另一种“热”，即今日社会所普遍存在的所谓制造“热点”的“热”。在当下社会这种借名人出名的策略早已为人们所熟知，而当时聪明如郭沫若者，不可能不知道其中的利用价值，而这恐怕也是郭沫若和他的创造社同仁们日后如此热衷于与名人论战的一个重要原因。①

郭沫若与鲁迅关于翻译问题的论争是郭沫若第一次直接与文坛名人的文字冲突，也是二者长达十几年纠葛史的开端。这段引人注目的纠葛史在鲁迅逝世这一时间点上告一段落，却远远没有结束。鲁迅在逝世之前曾表达了死后速朽的愿望，其中很重要一个原因便是他明白当自己只成为一个符号后，恐将会被无数人利用。而历史证明他的愿望自始至终都没有实现。作为一个符号的鲁迅被利用之广泛、之频繁、之冠冕堂皇，恐怕还没有一个作家能出其右。很明显，郭沫若也是其中的一个。前文我们谈到，从得知鲁迅逝世的第一时间起，郭

① 参见刘纳：《“打架”“杀开了一条血路”——重评创造社“异军苍头突起”》，《中国现代文学研究丛刊》2000 年第 2 期。

沫若便完全改变了他以往对待鲁迅批驳、讽刺和攻击的基调,变为高度评价,甚至一直到他自己去世,都没有再说过一句鲁迅的坏话。郭沫若曾总结说自己是一个“偏于主观”的人,对待鲁迅态度与评价的完全转变自然也来自于郭沫若的“主观”。而郭沫若之所以如此“主观”,恐怕有着相当大成分的现实考量,那便是对自己业已从“文化资本”所生发而来的“权力资本”的维护。鲁迅在当时是文坛公认的盟主,有着极高的知名度,而郭沫若与鲁迅的笔墨官司也因两人的地位而被广泛关注。只是在鲁迅生前无论两人怎样论战,都属于文坛正常的现象,事实上我们知道郭沫若从一开始便因此受益不少,但是当鲁迅一去世,情况便发生了很大的变化。郭沫若如果对已不能言的符号鲁迅再一如既往地讨伐,便很容易被人们唾骂,认为他连死人都不放过,郭沫若显然很清楚这一点,因此最为明智的选择便是马上捐弃前嫌,转而为鲁迅唱赞歌,这样不仅顺应了民意,而且更显示了自己的肚量。可以说仅仅是态度和言论的转变,便能一举两得,他何乐而不为? 由此反观郭沫若把自己对李石岑的“不平”转换成为鲁迅“抱不平”,当然同样是出于这样的策略,只是这一次不仅可以往自己脸上贴金,而且更能泄私愤。

同鲁迅相比,李石岑的情况就完全不一样了。前文我们分析到他当时对郭沫若无意的、或者说公事公办的“消极的杀人法”,从自尊心到创作欲都对郭沫若造成了实实在在的伤害,尤其是影响到了郭沫若极为看重的“文化资本”的聚积。同时,李石岑的社会地位与名气与鲁迅相去甚远,且他与郭沫若始终没有正面的冲突,所谓的“冷遇”很大程度上是出于郭沫若的主观感觉,处在并不为人所熟知的暗处。因此,综合所有这一切,郭沫若就完全不用顾忌什么,只管尽情发泄虽然时隔十多年却依然耿耿于心的“不平”便可。我们甚至可以想象郭沫若在把自己的“不平”转换成为鲁迅“抱不平”时,所享受的那种为宿仇的罪孽添枝加叶的报复的快感,以至于连自己曾说过的实话都忘了。可以说郭沫若在这一阶段与李石岑的“非对称性”恩怨纠葛中,转换成了强势方,只是郭沫若不仅利用自己的强势“权力资本”,还要再加上鲁迅的影响,对“已故”的李石岑继续变本加厉地鞭挞,多少有些不地道。

论及此处,似乎一个主观臆断、心胸狭隘的郭沫若形象便展现在了我们面前,与我们平时所认识的郭沫若的各个形象面似乎均不相符。实际上这很正常,狄德罗曾言:“说人是一种力量与软弱、光明与盲目、渺小与伟大的复合物,这并不是责难人，而是为人下定义。”①人性也许是世界上最为复杂的事物，而它在道德层面的矛盾对立表现形式虽可高度概括为善与恶，但人在何种情况下会表现出自己的善与恶，或者善与恶在人的行为中会以何种形式表现出来，同样也是由极为复杂的人性因素及社会因素所决定的。从哲学和心理学意义上来说，人的复杂性没有可比性，但是从世俗生活的角度来说，人确实有着单纯和复杂之分。而如果我们从这个层面去评价郭沫若，在现代作家中，能够在复杂性上出其右者，恐怕还真不多。如果再加上存在历史跨度之长，学科涉猎范围之广，重大事件亲身参与之多，郭沫若更是在中国现当代文坛上无人可及。在这样的背景下，郭沫若在一些事件中表现出某种负面的性格特征，是很自然的事。

不过无论如何我们也必须首先承认，郭沫若对李石岑一直耿耿“不平”的这20多年，正是他胸怀民族大义、践行现代知识分子理性与良知的20多年，是他潜心学术研究并取得丰硕成果的20多年，也是他的社会地位、名气与影响力逐步提升、最终被推举为鲁迅继承者的20多年。在这20多年里的每一次重大历史节点上，郭沫若总是能够审时度势，正确把握住时代潮流进步的方向，甚至成为领导者之一。可以说，郭沫若在这20多年的时间里为中华民族的解放事业、文化建设事业、民主政治建设事业等重大方面都做出了卓越贡献。相比之下，郭沫若在对待李石岑耿耿“不平”的历史过程中，虽然始终都没有对李石岑造成实际伤害，但是他的语言与行为却在很大程度上显然都展现出了一种褊狭，即一开始主观臆度的偏颇，与日后不依不饶的狭隘。如果说郭沫若对中华民族的历史贡献是一种大善，他对李石岑的态度与行为则可看作一种小恶。小恶掩盖不了大善，而大善也弥合不了小恶，大善与小恶一起，又共同增加了郭沫若本已十分复杂的复杂性。

郭沫若与李石岑的历史纠葛甚至到了新中国建立后的50年代末还有回响。这是郭沫若表达“不平”的第三个版本，只是这第三个版本并非原创，而是由对原来的文章进行修改而得。由于郭沫若并没有对这次修改加以注明，所以修改前后的版本差异长期以来很少被人们所注意到。这个版本便是《我的作诗的经过》一文在50年代末期被收入《沫若文集》时，郭沫若对其进行的修改：

李时岑编《学灯》，在有一次的双十节增刊上登了文艺作品四篇。第一

① ［法］狄德罗：《狄德罗哲学选集》，商务印书馆1983年版，第44页。

篇是周作人译的日本短篇小说，第二篇是鲁迅的《头发的故事》，第三篇是我的《棠棣之花》，第四篇是茅盾译的爱尔兰的独幕剧。我很欣赏《头发的故事》，而不知道鲁迅是谁。但把《头发的故事》排在译文后边，使我感到不平。因而便激起了我说“翻译是媒婆，创作是处女，处女应该加以珍重”的话。

显然，此处修改是郭沫若根据《鲁迅与王国维》这个版本而进行的，连其中的记忆错误都复制过来了，我们因此可以相信他的这次修改是圆谎的结果，而并非对李石岑的再次发泄不满。当时郭沫若已经成为全国文人中的最高权威者，如果还不能对那段“冷遇”释怀，那真的是让人“不知怎的”了。

第五章　郭沫若论文《论国内的评坛及我对于创作上的态度》修改研究

《论国内的评坛及我对于创作上的态度》最初发表于1922年8月4日上海《时事新报·学灯》。此时正是郭沫若步入而立之年的开始，也是他出版《女神》一周年、在文坛暴得大名之际。这时的郭沫若已有资历"回顾我所走过了的半生行路"，并向文坛标明自我基本的文艺观点，于是他在论文中以大部分篇幅第一次较为系统地阐述了其"对于创作上的态度"。这让该文成为我们考察郭沫若早期文艺思想极为重要的参考材料。这篇论文在1925年被收入《文艺论集》后，历经多次改版，均没有被删除。一直到1959年的《沫若文集》中，郭沫若又亲自在多处做了大幅度的修改，变更了其中很多观点，使其成为《沫若文集》版《文艺论集》中修改比例最大的论文。因此它对于我们考察郭沫若前期文艺思想到后期的流变和两个不同时期的文坛状况，有着非常重要的意义。正因为如此，这篇论文历来为学者们所重视，曾在大量的研究文献中被加以引用。笔者粗略统计了一下，自改革开放至今，此文仅在各种研究论文中就被引用四百多次，如果再加上专著，当然会更多。不过遗憾的是，几乎所有的学者在引用它时，根据的都是新中国建立前的《文艺论集》诸版本，或者1959年版《沫若文集》中的《文艺论集》，甚至是《郭沫若全集》中的版本。而事实上，《郭沫若全集》中的《文艺论集》是根据《沫若文集》所编的，内容相同，它们与新中国建立前的《文艺论集》诸版本有着很大差别。再进一步说，收入到新中国建立前《文艺论集》诸版本中的这篇论文，与其最初在《时事新报·学灯》发表时又有不同。有极少数学者曾意识到了这一点，因此便根据 1984 年出版的《〈文艺论集〉汇校本》（以下称《汇校本》）进行研究，岂不知这个《汇校本》只标注出了幅度较大的修改，而对于很多的“一般文字变动”都忽略了。在写作本文之前，笔者搜集齐全了这篇论文的全部版本，并对各个版本的文字修改进行了细致校勘，现根据校勘结果进行了以下考察和分析。

一

在以往的研究中，学者们往往把郭沫若写这篇论文的起因看作是其与沈雁冰关于翻译问题辩论的后续，而忽略了郭沫若自己所述的直接动因。这是因为学者们多根据各时期的《文艺论集》中的版本进行研究，却没注意到在初版本的最后郭沫若还用了较长的文字描述为何写这篇文章。在此不妨把这段文字摘录下来，以供大家更直观地考察。

我这篇文字的动机，是读了沈雁冰君《论文学的介绍的目的》一文而感发的。沈雁冰君答复我的这篇评论的态度是很严肃的，我很钦佩。不过在落尾处有一段论作家的文字，我还嫌稍微隐约含糊了一点。至于括弧中“猪”的一句骂詈语，因为我读书太少，我还不知道出处。但是骂我国的同胞是“猪”，这是我们听惯了，见惯了的。依资本主义为爪牙，依物质文明为利器的东西洋人，骂我们无抵抗能力的中国人是“猪”，这是我们听惯了，见惯了的。我觉得我们中国的现状，混沌到不可名状的地步，并不是“猪”的人太多，实在是“非猪”的人太多了的缘故。一些买些东西洋人的烂枪旧炮来我们头上蹂躏着的军阀，一些采仿资本主义来我在我们心坎上吸吮着的财东，这些都是“非猪”的东西洋人的高足弟子，我们中国的糜烂都是他们搅出来的。我在此诚恳的劝告沈雁冰君：这些“非猪”的人尽可以诅咒，不要再来诅咒我们可怜的同胞，我们可怜的失了抵抗能力的一群羊儿——或者可以说是猪儿。这种骂法觉得使我们伤心的很！雁冰君的答辩，本来再想从事设论，不过我在短促的暑假期间，还想做些创作出来；我就暂且认定我们是意见的相远，不再事枝叶的争执了。我们彼此在尊重他人的人格的范围以内，各守各的自由罢。

十一年八月二日，上海

可见，郭沫若所写这篇论文的直接动因与翻译问题并不相干，而是“感发”

于“沈雁冰君《论文学的介绍的目的》一文”，不过需要说明的是，郭沫若在此把这篇文章的名字记错或者写错了，其实际的名字为《介绍外国文学作品的目的：兼答郭沫若君》(《文学旬刊》1922 年第 45 期)。郭沫若所针对的“括弧中‘猪’的一句骂詈语”，在沈雁冰的文章中实际也有两句，前一句是：“我是十二分的憎恶‘猪一般的互相吞噬，而又怯弱昏迷，自己千千万万的聪明人赶如桌子底下去’的人类”，后一句是：“难道还少‘猪一般的互相吞噬，而又怯弱昏迷，听人赶到桌子底下去’的人类么?”沈雁冰关于“猪”的比喻，本是痛恨当时的人们“彼此不能相谅”，却能“低了头一声不响忍受军阀恶吏的敲剥”，但郭沫若却没有“从事设论”，而是把沈雁冰的这种“哀其不幸，怒其不争”看作“诅咒我们可怜的同胞”，并呼吁彼此要“尊重他人的人格”。结合郭沫若的记错或是写错的事实，这些纷争其实都从一个侧面反映了当时文坛论战的某种意气与浮躁。

至于这一段文字为何在 1925 年并没有随其所在的文章一起收入《文艺论集》，而且在以后各个版本的《文艺论集》中也再没有出现，或许是为了文章更为简洁，但从大的背景看，应与当时创造社创作风格的转变有关。1925 年“五卅运动”之后，创造社进入后期，转向提倡“表同情于无产阶级”的革命文学，在一定程度上与文学研究会合流。在这样的背景下，这篇“动机”介绍自然就显得有些不合时宜了。

二

除了这段“动机”说明和一些不涉及意义变动的一般字词调整，此文在收入 1925 年、1929 年、1930 年版本的《文艺论集》时，并没有大的变化。但在被收入 1959 年版本的《文艺论集》时，郭沫若对其中五段话做了较大幅度的修改。现将其摘录于下：

1. 原版本：

> 假使创作家纯以功利主义为前提以从事创作，上之想借文艺为宣传的利器，下之想借文艺为糊口的饭碗，这个我敢断定一句，都是文艺的堕落，隔离文艺的精神太远了。这个作家惯会迎合时势，他在社会上或者容易收获一时的成功，但他的艺术(?)绝不会有永远的生命。

文集本：

> 艺术本身是具有功利性的，是真正的艺术必然发挥艺术的功能。但假

使创作家纯全以功利主义为前提以从事创作，所发挥的功利性恐怕反而有限。作家惯会迎合时势，他在社会上或者容易收获一时的成功，但他的艺术的成就恐怕就很难保险。

2. 原版本：

这种功利主义的动机说，从前我也曾怀抱过来；有时在诗歌只中借披件社会主义的皮毛，漫作驴鸣犬吠，有时穷得没法的时候，又想专门做些稿子来卖钱，但是我在此处如实地告白：我是完全忏悔了。文艺本是苦闷的象征，无论他是反射的或创造的，都是血与泪的文学。

文集本：

功利主义的动机说，我从前也怀抱过来；有时在诗歌之中也披着件社会主义的皮毛，觉得空洞而无实。那是由于没有从生活出发的原故。自己的生活是一套，写作是一套，结果只是空虚。文艺如由真实生活的源泉流出，无论它是反射的或创造的，都是血与泪的文学。

3. 原版本：

个人的苦闷，社会的苦闷，全人类的苦闷，都是血泪的源泉，三者可以说是一根直线的三个分段，由个人的苦闷可以反射出社会的苦闷来，可以反射出全人类的苦闷来，不必定要精赤裸裸地描写社会的文字，然后才能算是满纸的血泪。无论表现个人也好，描写社会也好，替全人类代白也好，主要的眼目，总要在苦闷的重围中，由灵魂深处流写出来的悲哀，然后才能震撼读者的灵魂。不然，只抱个死板的概念去从事创作，这好像用力打破鼓，只是生出一种怪聒人的空响罢了。并且人的感受力是有限的，人的神经纤维及脑细胞是容易疲倦的，刺激过烈的作品容易使人麻痹，颠转不生感受作用。

文集本：

人生的苦闷，社会的苦闷，全人类的苦闷，都是血泪的源泉，三者可以说是一根直线的三个分段，由个人的苦闷可以反射出社会的苦闷来，可以反射出全人类的苦闷来。当然要看你怎样写法，从什么角度来写。无论表现个人也好，描写社会也好，替全人类代白也好，主要的眼目，总要有生活的源泉。由灵魂深处流写出来的悲哀，然后才能震撼读者的灵魂。只抱个概念去创作，不从生活实践出发，好像用力打破鼓，只能生出一中怪聒人的空响。人的感受力是有限的，人的神经纤维和脑细胞是容易疲倦的，刺激过于强烈的作品很容易使人麻痹，不发生作用。

4. 原版本：

总之我对于艺术上的功利主义的动机说，是不承认他有成立的可能性的，我这种主张或者有人会说我是甚么艺术派的艺术家的，说我尽他说，我更是不承认艺术中会划分出甚么人生派与艺术派的人。这些空漠的术语，都是些无聊的批评家——不消说我是在说西洋的——虚构出来的东西。我认定艺术与人生，只是一个晶球的两面，只如我们的肉体与精神的关系一样，他们是两两平行，绝不是互为君主臣仆的。而有些客气未除的作家或者批评家，更揭以自行标榜，在口头笔下漫作空炮的战争，我觉得只是一场滑稽悲喜剧罢了。

文集本：

总之，我不反对艺术的功利性，但我对于艺术上的功利主义的动机说，是有所抵触的。或许有人会说我是甚么艺术派，但我更是不承认艺术中可以划分出甚么人生派与艺术派的人。艺术与人生，只是一个晶球的两面。和人生无关系的艺术不是艺术，和艺术无关系的人生是徒然的人生。问题要看你的作品到底是不是艺术，到底是不是有益于人生。有些客气未除的作家或者批评家，爱标榜自己是人生派，而斥骂别人为艺术派，在口头笔下作空喊的战争，我觉得只是一场滑稽悲喜剧罢了。

5. 原版本：

有人说："一切艺术是完全无用的"，这话我也不十分承认。我承认一切艺术，她虽形似无用，然在她的无用之中，有大用存焉。她是唤醒人性的警钟，她是招返迷羊的圣菉，她是澄清河浊的阿胶，她是鼓舞生命的醐醍，她是……，她是……，她的大用，说不尽，说不尽。

文集本：

有人说："一切艺术是完全无用的。"这话我也不承认。我承认一切艺术，虽然貌似无用，然而有大用存焉。它是唤醒社会的警钟，它是招返迷羊的圣菉，它是澄清河浊的阿胶，它是鼓舞革命的醍醐，它的大用，说不尽，说不尽。

综合以上修改来看，郭沫若从20年代到50年代的文艺思想发生了相当大的改变，有一些变化带有清晰的时代烙印，比如在艺术发生论方面，从信奉“苦闷说”到强调“生活源泉说”；在文艺功用方面，把“唤醒人性”改为“唤醒社会”，把“鼓舞生命”改为“鼓舞革命”等。这些观念的变动由对比郭沫若在不同时期所写的不同作品即可得出，长期以来也为学界所熟知，在此不必赘言。然而如果我们从对比其在不同时期对作品所作的修改这一角度来加以考察，这些问题就会暴露得更为清晰，甚至可以有一些新的发现。就郭沫若的这篇论文的修改来看，至少有以下两点需要注意：

一是对文艺“功利性”和“功利主义”创作观的表达非常谨慎。

在第一段的原版本中，郭沫若没有提及文艺“功利性”的问题，而是把“借文艺为宣传的利器”和“借文艺为糊口的饭碗”全都归到“纯以功利主义为前提”的创作中去了，称这些“都是文艺的堕落，隔离文艺的精神太远了”。但在文集本中，郭沫若首先说明了“艺术本身是具有功利性的，是真正的艺术必然发挥艺术的功能”，然后再强调“但假使创作家纯全以功利主义为前提以从事创作，所发挥的功利性恐怕反而有限”。正是从这一句修改开始，郭沫若就把文艺“功利性”和“功利主义”创作两个概念区分开来了。在他看来，“功利性”是文学“本身”所具有的“功能”，属于客观层面；而“以功利主义为前提”的创作，是一种创作态度，属于主观层面。不过接下来郭沫若没有再具体说明什么是“功利主义”的文学，而仅是把“假使创作家纯以功利主义为前提以从事创作”改为“假使创作家纯全以功利主义为前提以从事创作”，加了一个“全”字。这种修改显得有些语焉不详，并且更加啰嗦。但细究起来，其实应与50年代的文学环境相关。在那个年代，文学创作早已被规定为社会主义建设的“螺丝钉”，发挥着“宣传的利器”的作用，作家也都经过思想改造成为“文艺工作者”，不再“借文艺为糊口的饭碗”，因此这样一来就不存在原来的那种“纯以功利主义为前提”的创作。正是在这样的文学环境中，郭沫若无法说清恐怕也不愿说清什么样的创作才是“纯以功利主义为前提”的创作，所以他干脆不再像原来那样具体举例说明，而只在“纯”字后面加上一个“全”字，把所谓“功利主义”的范围尽量缩小，如此也就最大限度地避免了某些可能遇到的诘难。

以上所述是这种谨慎性的第一个层面，另外它还有第二个层面。在第四段的原版本中，郭沫若称“对于艺术上的功利主义的动机说，是不承认他有成立的可能性的”，该句在文集本中被他改为“我不反对艺术的功利性，但我对于艺术上的功利主义的动机说，是有所抵触的”。显然郭沫若对这段话的修改相当微妙。他首先继续强调“艺术的功利性”，但对“功利主义的动机说”却从明确的“不承认他有成立的可能性”修改到语气和缓的“有所抵触”。事实上，两处不同的用语和语气也正体现了郭沫若在两个时期对“艺术上的功利主义的动机说”的不同态度以及心理状态。20年代的文学环境可以让年轻的郭沫若直白而明确地表达观念，但在50年代整个文化环境已大不同。在大一统的文化政策中，文艺作为“宣传的利器”，实际上在践行着“功利主义的动机说”。这时的郭沫若也已成为文艺界的领导人物，自然不能再如以前那样直白明确地表示反对。然而郭沫若首先还是一个艺术家，他依然只愿意承认艺术在客观上的“功利性”，而不愿完全附和“功利主义”的创作动机，因此他也只能谨慎地使用“有所抵触”这样的表达方式了。

二是对文艺作品“艺术性”和“功利性”的辩证一直非常明确。

郭沫若在这几段话中没有直接提及“艺术性”一词，但他多处的修改均表达了对“艺术性”的着重强调。例如在第一段话的文集本中称“艺术本身是具有功利性的，是真正的艺术必然发挥艺术的功能”，在第四段话的文集本中，郭沫若先论述了“艺术与人生”关系，之后又表示“问题要看你的作品到底是不是艺术，到底是不是有益于人生”。究其原因，这一点正是他一贯以来所坚持的把艺术首先当作艺术来创作的文艺观。如果结合郭沫若对其他作品的修改，我们就会有更清楚的发现。如在《艺术家与革命家》一文的原版本中，郭沫若就有这样的话：

> 这种人的态度虽是矫奇，但我们还可以容恕。因为无论若何艺术没有不和人生生关系的事情。更无论艺术家主张艺术是为艺术或是为人生，我们都可不论，但总要它是艺术。刀说是杀鸡的也可，说是杀人的也可，我们总要求它是刀然后才能承认，这是易明的事实。

《沫若文集》修改后为：

> 其实任何艺术没有不和人生发生关系的事。艺术家无论是主张艺术

为艺术或为人生，但总要他的艺术是艺术，刀可以说是杀鸡的，也可以说是杀人的，但总要求它是刀。

郭沫若前后两次用到“刀”的比喻，都在强调艺术家的“艺术是艺术”，而不仅仅是改造人生和社会的工具。类似的还有《儿童文学的管见》一文，郭沫若在原版本中认为：

要之就创作方面主张时，当持唯美主义；就鉴赏方面言时，当持功利主义：此为最持平而合理的主张。

到了文集本中，郭沫若放弃了这“持平而合理的主张”，改为：

要之，创作无一不表现人生，问题是在它是不是艺术，是不是于人生有益。

在这些论文中郭沫若都明确表示“艺术”首先应该是“艺术”，“艺术”只有在“是艺术”的基础上，才能“发挥艺术的功能”；只要作品的“艺术性”得到了保证，那么它自然会“于人生有益”。也正是在这个前提下，郭沫若始终“不承认艺术中可以划分出甚么人生派与艺术派的人”。不过同时需要注意的是，在强调作品的艺术性一点上，郭沫若的理论与创作显然是分裂的。就在他对《文艺论集》诸多论文进行修改的时候，他创作了如《百花齐放》这样“迎合时势”的作品。事实上这并不奇怪或者矛盾。在特殊的社会背景下，作为艺术家的郭沫若和作为政治家的郭沫若是不可能完全重合的。

三

20世纪80年代黄淳浩先生出版了《〈文艺论集〉汇校本》，这是迄今唯一一部郭沫若《文艺论集》的汇校本，其中便包括了这篇《论国内的评坛及我对于创作上的态度》。长期以来这部《〈文艺论集〉汇校本》为学界提供了一个很好的研究范本，也得到广泛的好评。但是黄先生根据“至于一般文字变动，为避免繁冗，则不一一录出”①的原则，并没有把郭沫若修改过的全部异文加以完整呈现，本文则沿用《〈文艺论集〉汇校本》的体例，把其中关于《论国内的评坛及我对于创作上的态度》一文所遗漏的汇校条目补全，还原郭沫若对此篇文章在各个时

① 黄淳浩：《〈文艺论集〉汇校本》，湖南人民出版社1984年版，第3页。

期的全部修改，以便大家能够做进一步的研究。

(1)〔我觉得有一种极不好的习气充溢着〕《学灯》、订正本、改版本同，文集本作“有一种不好的习气充溢着”。

(2)〔并且反转激成一种反动〕《学灯》、订正本、改版本同，文集本作“反而激成一种反动”。

(3)〔生出一种执着来〕《学灯》、订正本、改版本同，文集本作“生出一种执着”。

(4)〔我想批评家总当抱着博大的爱情以对待论敌〕《学灯》、订正本、改版本同，文集本作“批评家总当抱着博大的爱情以对待被批评者”。

(5)〔 Impulsivist 〕《学灯》、订正本、改版本同，文集本删除。

(6)〔每肯向我如是说〕《学灯》、订正本、改版本同，文集本作“每向我如是说”。

(7)〔一匹死了的河豚〕《学灯》、订正本、改版本同，文集本作“一只死了的河豚”。

(8)〔经脑精的作用〕〔储积在脑精中〕《学灯》同，订正本、改版本把两处“脑精”都改为“脑筋”，文集本把前后两处“脑精”分别改为“脑神经”和“脑”。

(9)〔表现了出来〕《学灯》、订正本、改版本同，文集本作“表现出来”。

(10)〔直接尽我一点〕订正本、改版本、文集本同，《学灯》作“直接尽效我点”。

(11)〔应得是属于后的一种〕订正本、改版本、文集本同，《学灯》作“当得是属于后的一种”。

(12)〔并且人的感受力是有限的，人的神经纤维及脑细胞是容易疲倦的，刺激过烈的作品容易使人麻痹，反转不生感受作用〕订正本、改版本同，《学灯》“反转”作“颠转”，文集本作“人的感受力是有限的，人的神经纤维和脑细胞是容易疲倦的，刺激过于强烈的作品很容易使人麻痹，不发生作用”。

(13)《学灯》中“艺术”的代称均为“牠”，订正本、改版本改为“她”，文集本中又改为“它”。

(14)时间及地点，《学灯》作“十一年八月二日，上海”，订正本、改版本作“十一年八月间作”，文集本删除。

第六章　谈郭沫若对其演讲稿《屈原考》的修改

1941年12月21日，郭沫若在中华职业学校发表了一篇关于屈原的讲演，当时由余湛邦速记。后来这篇讲演稿以《屈原考》为名，收录进了1942年4月重庆文学书店出版的《蒲剑集》。在这篇《屈原考》中，郭沫若批驳了胡适和廖平否定屈原存在的观点。其中在列举廖平的两条论据时，他这样说：

> 廖先生的论据的第一点是《离骚》开头的几句："帝高阳之苗裔兮，朕皇考曰伯庸"，"名予曰正则兮，字予曰灵均"。秦先祖是高阳氏，所以第一句是叙秦的先代。始皇名政，实吕不韦子，所以"名予曰正则兮"的正字是"政"的隐射，这一句正是点出了始皇帝的御讳。
>
> 廖先生的论据的第二点是《离骚》几每句皆六字，秦代尊"六"，可证《离骚》为秦文。①

1947年7月，《蒲剑集》和《今昔集》合并为《今昔蒲剑集》，由上海海燕书店出版，后多次再版。20世纪50年代初期，《今昔蒲剑集》又由新文艺出版社多次再版。在海燕书店和新文艺出版社的版本中，郭沫若所列举的廖平的两点论据被修改成了这个样子：

> 廖先生的论据据说主要是《离骚》开头的几句："帝高阳之苗裔兮，朕皇

① 郭沫若：《蒲剑集》，文学书店1942年版，第20页。

考曰伯庸”，“名予曰正则兮，字予曰灵均”。秦先祖是高阳氏，所以第一句是叙秦的先代。始皇名政，实吕不韦子，所以“名予曰正则兮”的正字是“政”的隐射，这一句正是点出了始皇帝的御讳。

我可以替他补充一个便是《离骚》几每句皆六字，秦代尊“六”，可证《离骚》为秦文。①

郭沫若对于第二个论据的修改，着实让人感到惊讶和迷惑。在以往郭沫若对自己著述的大量修改中，还从未出现过类似的现象。不仅如此，郭沫若在下篇对廖平的观点展开批驳时，还把“廖先生说秦代尊‘六’，《离骚》大都每句六字，可证明为秦文”一句改为了“我自己补充的一个证据，由我自己来解铃吧”。这句修改显然是对应上文的修改而做。那么这一条“《离骚》几每句皆六字，秦代尊‘六’，可证《离骚》为秦文”的论据，到底是廖平所提，还是郭沫若自己“补充”的呢？郭沫若究竟有没有掠人之美呢？要弄清楚这一点，必须追根溯源，看看在廖平关于屈原的著作里，是否曾提出这样一条论据。

廖平(1852～1932)，字季平，四川井研人，近代经学家。廖平关于屈原和《楚词》的研究集中体现在他的《楚词新解》和《楚词讲义》两部著作中。那么郭沫若是不是从这两部著作中看到了这条论据？早在1935年，郭沫若就曾发文谈到过“近人对于屈原传的怀疑”，文中便涉及了廖平的著作：

提出了这个问题的人，第一个是四川的廖季平先生，据谢无量先生的《楚词新论》上说：“我十年前在成都的时候，见着廖季平先生。他拿出他新著的一部《楚词新解》给我看，说‘屈原并没有这人’。他第一件说《史记·屈原贾生列传》是不对的，细看他全篇文义都不连属。他那传中的事实前后矛盾，既不能拿来证明屈原出处的事迹，也不能拿来证明屈原作《离骚》的时代。……他第二件拿经学的眼光说《楚词》是《诗经》的旁支。……他以为《诗经》本是天学，所讲的都是天上的事，自然《楚词》也是一样。所以有那些远游出世的思想，和关于天神魂鬼的文词。……他第三件说《离骚》首句‘帝高阳之苗裔’是秦始皇的自序。其他屈原的文章多半是秦博士所作。史记‘始皇不乐，使博士为仙真人诗；及行游天下，传令乐人歌弦之。’秦皇三十六年……”

① 郭沫若：《今昔蒲剑集》，海燕书店1947年版，第226页。

廖先生的《楚词新解》我还没曾看见过。他的详细的论证我自然无从知道，但在这个简单的转述中他的主张的要点是活现着的。[①]

既然郭沫若在1935年5月之前"还没曾看见过"廖平的这部《楚词新解》，会不会他在此之后又看到了呢？答案应该是否定的，因为廖平在其《楚词新解》中并没有怀疑屈原的存在。相反，他肯定了这一点。廖平认为："惟有屈原明文者，乃为其自撰"，"如《渔父》《卜居》，乃为屈子自作"，此外则"为屈子所传"[②]。在此著作开篇的"楚词新解叙"中，廖平更是明确地说："《离骚》者，子屈子所传也。"[③]终其全篇，廖平从未说过楚词乃"秦始皇的自序"或者为"秦博士所作"的话。

那么为何据谢无量所述，廖平在《楚辞新解》中否定了屈原的存在呢？关于这一点，笔者认为应该是谢无量的回忆出现错误，或者乃是笔误。何以为证？廖平在其《楚词新解》开篇"楚词新解叙"的结尾处有这样一句记述："光绪丙午四月望日，则柯轩主人序于中严雪堂，时年五十四也。"[④]"光绪丙午"乃是1906年，其时此书已写成。而谢无量的《楚词新论》中虽没有明确的时间标注，但这部书是作为上海商务印书馆《国学小丛书》之一，于民国十二年五月，即1923年5月初版的。根据初版年月推断，《楚词新论》当完成于1923年前后；由此再根据谢无量所说的"十年前在成都的时候见着廖季平先生看，他拿出他新著的一部《楚辞新解》给我看"，这个时间应当是1913～1914年。其时距《楚词新解》成书已经6年多，根本谈不上是"新著"。而据《六译先生年谱》记载："民国三年甲寅先生六十三岁"，"冬，成楚词讲义十课。此书本先生随手编撰，供学校讲授之用。大旨以楚词乃秦博士作，秦本纪始皇卅六年，使博士为仙真人诗，即楚词"。[⑤] "民国三年"即1914年，正与谢无量所述的"十年前"相对应。另外，廖平在其《楚词讲义》中也确实否定了屈原的存在：

① 郭沫若：《屈原》，《中学生》1935年第55期。

② 廖平：《廖平全集·杂著类·楚词新解》第9册，上海古籍出版社2015年版，第384页。

③ 廖平：《廖平全集·杂著类·楚词新解》第9册，上海古籍出版社2015年版，第381页。

④ 廖平：《廖平全集·杂著类·楚词新解》第9册，上海古籍出版社2015年版，第383页。

⑤ 四川大学古籍整理研究所编：《儒藏·史部·儒林年谱·卷六·六译先生年谱》，四川大学出版社2007年版，第884页。

《秦本纪》：始皇三十六年，“使博士为《仙真人诗》”，即《楚词》也。①

旧说以《楚词》为屈原作，予则以为秦博士作，文见《始皇本纪》三十六年。《楚词》为词章之祖，汉人恶秦，因托之屈子。《屈原列传》多驳，文不可同，后人删补，非原文。②

《大招》《招魂》或以为屈子作，或以为宋玉作，皆误。此为道家神游说，与屈子全误关系。③

廖平对屈原的存在由肯定转而否定并不奇怪，此人在学术史上就以善变而著称，曾自称“六变”。梁启超认为他“晚年受张之洞贿逼，复著书自驳，其人固不足道”④。钱穆甚至有些愤然地认为：“不幸而季平享高寿，说乃屡变无已。既为《五变记》，又复有六变。……及其死，而生平之所持说，亦如秋风候鸟，时过则已。使读其书者，回皇炫惑，迁转流变，渺不得真是指所在。盖学人之以戏论字衡为实现，未有如季平之尤也。”⑤

不过廖平虽然在其《楚词讲义》中否定了屈原的存在，但并没有提及“《离骚》几每句皆六字，秦代尊‘六’，可证《离骚》为秦文”这样一条证据。如此看来，郭沫若从廖平著作《楚词新解》和《楚词讲义》中看到这条证据的可能性便被排除了。那么郭沫若除此之外最有可能从什么渠道看到这条证据呢？如果我们再回头看一下郭沫若在《屈原》一文中涉及廖平的叙述，或许会很自然地想到，也许他是从谢无量《楚词新论》对廖平言论的“转述”中看到的，毕竟由他那一段话的“转述”可看出郭沫若曾仔细阅读过这部著作，而且郭沫若认为自己虽然不知道廖平“详细的论证”，“但在这个简单的转述中他的主张的要点是活现着的”。

那么谢无量有没有在其《楚词新论》中提到这条证据？笔者在遍阅此书之后发现，他虽然述及了廖平和胡适对于屈原存在的怀疑，但并没有列出这条证据，而他自己则列举出三条论据，“确信屈原这人是决有的了”。此外笔者还发现，郭沫若在其1935年发表的《屈原》中所引用的谢无量的话是有删节的。在

① 廖平：《廖平全集·杂著类·楚词讲义》第9册，上海古籍出版社2015年版，第347页。
② 廖平：《廖平全集·杂著类·楚词讲义》第9册，上海古籍出版社2015年版，第348页。
③ 廖平：《廖平全集·杂著类·楚词讲义》第9册，上海古籍出版社2015年版，第351页。
④ 梁启超：《清代学术概论》，商务印书馆1921年版，第127页。
⑤ 钱穆：《中国近三百年学术史》(下)，商务印书馆1997年版，第722页。

此我们不妨把这段话的原始完整版录于下方：

> 我十年前在成都的时候，见着廖季平先生。他拿出他新著的一部《楚词新解》给我看，说“屈原并没有这人”。他第一件说《史记·屈原贾生列传》是不对的，细看他全篇文义都不连属。他那传中的事实前后矛盾，既不能拿来证明屈原出处的事迹，也不能拿来证明屈原作《离骚》的时代。**那些选古文的人，差不多个个都选这篇不贯气的文章，认他神韵最好。**真是疯子。他第二件拿经学的眼光说《楚词》是《诗经》的旁支。他那经学上的主见，以为《诗经》本是天学，所讲都是天上的事，自然《楚词》也是一样。所以有那些远游出世的思想，和关于天神魂鬼的文词。**也是适用诗经应该有的法度。这种廖先生所创的特别经学系统，我们不敢批评。但他的说法实在比匡衡所说的齐诗，还新奇得有趣。我当时自然也就解颐了。**他第三件说《离骚》首句“帝高阳之苗裔”是秦始皇的自序。其他屈原的文章多半是秦博士所作。史记“始皇不乐，使博士为仙真人诗；及行游天下，传令乐人歌弦之。”秦皇三十六年。**这就是廖先生的根据。但平空在文学史上去了一个屈原，加了秦始皇或秦博士。岂不连楚词这个楚字，也要推翻了吗？**①

以上加粗的字，便是郭沫若转引时用省略号省略的部分。郭沫若为何要省略这些文字不得而知，只是谢无量在这段话最后一句的反问，倒是切中要害，颇具力度，似乎不应该被省略掉。

如果郭沫若也不是从谢无量的著作中看到这条证据，那么就只剩下了一种情况，便是郭沫若从一开始便弄错了。当年他在中华职业学校发表这篇关于屈原的讲演时，随口就把这条证据安在了廖平头上，然后被余湛邦速记下来。当这篇演讲在以《屈原考》为名收录进 1942 年 4 月重庆文学书店出版的《蒲剑集》时，郭沫若并没有对其细加甄正，于是便出现了论据被张冠李戴的现象。到了 1947 年，当郭沫若决定把《蒲剑集》和《今昔集》合并为《今昔蒲剑集》交由上海海燕书店出版时之前，应该是又细读了一遍文本，注意到了自己当年引用他人论据时存在着未经严谨考证的问题。如果按照正常的学术规范，郭沫若应该找来原始资料甄别考证，然后再加以转引，毕竟现在不再是面对众多师生的激情讲演，而是在书斋之中的学术写作，应该有时间也有条件这样做，然而遗憾的是，郭沫若

① 谢无量：《楚词新论》，商务印书馆 1923 年版，第 12～13 页。

即使在这样的情况下也并未这样做,而是采取了看似“聪明”的矫正方式。

首先是对于引用第一条“论据”的修改。郭沫若在第一句话的“论据”后面加了“据说”二字,想来他加上这二字应该颇费了一番斟酌,因为由这二字作牵引就从一开始点明了这条“论据”乃是“据”他人之“说”,而非自己查阅所得,这样一来便在一定程度上减轻了别人对他转引不加考证的指责。事实上,如果郭沫若真去查阅一下廖平否定屈原存在的《楚词讲义》就会发现,在这部著作中廖平并没有列出这样一条证据,他论及“《离骚》开头几句”的话只有一处,是这样写的:

> 帝高阳之苗裔兮。《楚世家》首此句,故人以为楚事;《秦世家》亦首此句,今故改为秦事。其实皆非本义。高阳颛顼为人帝,由人企天从此始。①

至于郭沫若关于这一条“论据”究竟“据”谁之“说”,已经没有任何线索进行考证了,但可以确定的是它并非来自于廖平。郭沫若即使是用了“据说”二字加以圆润,也终逃不了失察的责任。

其次是对于第二条论据的修改。郭沫若应该更不敢确认它是否为廖平所提,而这次又难以再用“据说”二字为自己开脱。于是他干脆把这条“论据”放到了自己身上,再在下文中“自己来解铃”,结果竟形成了自己系铃自己解,自己树靶自己打的奇特现象。

郭沫若身为学术大家,其学术成就当然有目共睹,不容抹杀,但在这件事情上却不止一次有失学术之节,着实令人遗憾。首先,他在中华职业学校发表讲演之前没有做好功课,导致讲演之中信口开河,把不知从何处听来的论据安到了廖平头上,此为一失;其次,在这篇讲演稿形成文稿收录进《蒲剑集》时,未能细加审查,改正谬误,此为二失;最后,当他再版《蒲剑集》时,虽然意识到自己所引用的论据有未加严谨考证之嫌,但仍没去查找原始史料,而是以要小聪明的方式加以掩盖,此为三失。

鲁迅曾评价郭沫若“太聪明,又胆大”,郭沫若这次由文本修改所暴露出的学术失节行为似乎也从另一个方面印证了这个评价。学术活动无论是口头的还是书面的,都容不得半点疏忽糊弄,否则不仅是违反学术规范,还会让自己非常被动。郭沫若在这件事的处理上正形成了这样一个反面例证。

---

① 廖平:《廖平全集·杂著类·楚词讲义》第9册,上海古籍出版社2015年版,第365页。

第七章　郭沫若诗作《泪浪》版本考辩及分析

郭沫若的诗作《泪浪》因曾成为他与徐志摩之间一场著名笔墨官司的导火索而在中国现代文学界有着很高的知名度。迄今为止，学界已有很多文章对这场笔墨官司及此诗进行过研究评论。但是当笔者近期对这首诗歌进行追根溯源式的考证后发现，它其实还涉及一个较为复杂的版本问题，而以往所有的研究文章至多只指出了其原名和最初的出处，从未对其版本问题进行过详细考证。事实上，厘清这首诗歌的版本变更不仅涉及学术研究的严谨性问题，而且能够发掘出很多久被遮蔽的史料信息。掌握这些信息有助于我们更准确而深入地了解当时的文坛场景，以及郭沫若复杂的内心世界。

一

以往学者没有注意到这首诗具体的版本变更问题，应主要是因为他们所参考的是当前最为权威的郭沫若资料——《郭沫若全集》和《郭沫若著译系年》。这两部资料都没有对此问题进行详细注释。《郭沫若全集·文学编》第5卷“集外”部分收入了此诗，注释非常简单：“本篇初见于《海外归鸿》第一信，发表于一九二二年五月一日上海《创造季刊》第一卷第一期。”①《郭沫若著译系年》的说明较为详细一些：“1921年10月5日作；初收1928年6月上海创造出版本初版

① 郭沫若：《郭沫若全集·文学编》第5卷，人民文学出版社1984年版，第360页。

《沫若诗集》;又收《沫若文集》第1卷。注:此诗初见于1921年10月6日《海外归鸿》第一信,其写作时间根据信中提到'我昨天才写了一首诗《重过旧居》寄给寿昌',《重过旧居》即《泪浪》。"①总的来说,这两段资料都没有很好地尽到注释与说明的责任,且语言表述都有着一定的误导性:"初见于《海外归鸿》第一信"的并非《泪浪》,而是《重过旧居》;《重过旧居》也并非"即《泪浪》",两者从题目到内容,有着很大的差别。

现今对此诗版本最为详细的注释见于人民文学出版社2008年所出版的《〈女神〉及佚诗》中:"本篇作于1921年10月5日,初见于《海外归鸿》第一信,发表于上海《创造》季刊1922年5月1日第1卷第1期,收入上海创造社出版部1928年6月10日初版《郭沫若诗集》时改题作《泪浪》。后收入《沫若文集》第1卷《集外》时,作者将全诗从第4小节后删去两小节,文字亦作了修改。"②这个注释首次大体说明了此诗版本变更的时间及方式,但依然还是没有详细注明作者究竟是如何对文字进行修改的。

有鉴于此诗在中国现代文学史上的重要性,以及以往关于此诗版本问题说明的模糊与混乱,笔者将在下文中对此诗的版本衍变进行一次较为完整的考证和辨析。

此诗最初见于上海《创造季刊》1922年5月1日第1卷第1期《海外归鸿·第一信》中。这封信是郭沫若于1921年10月6日写给郁达夫的,在信中郭沫若提到:

> 我昨天才写了一首诗《重过旧居》寄给寿昌,我也写在此处吧:
>
> 别离了三阅月的旧居,
> 依然寂立在博多湾上,
> 中心怦怦地走向门前,
> 门外休息着两三梓匠。
> 这是我许多思索的摇篮,
> 这是我许多诗歌的产床。
> 我忘不了那净朗的楼头,

① 王训昭等编:《郭沫若研究资料》,中国社会科学出版社1986年版,第372页。
② 郭沫若:《〈女神〉及佚诗》,人民文学出版社2008年版,第265页。

我忘不了那楼头的眺望。
我忘不了博多湾里的明波，
我忘不了志贺岛上的夕阳，
我忘不了十里松原的幽闲，
我忘不了网屋汀上的渔网，
我和你别离了百日有奇，
又来在你门前来往；
我禁不着我的泪浪滔滔，
我禁不着我的情涛激涨。
我禁不着走进了你的门中，
我禁不着走上了你的楼上。
哦那儿贴过我往往日的诗歌，
那儿我挂过 Beethoven 的肖像。
那儿我放过 Millet 的“牧羊少女”，
那儿我放过金字塔片两张。
那儿我放过白华，
那儿我放过我和寿昌。
那儿放过我的书案，
那儿铺过我的寝床。
那儿堆过我的书籍，
那儿藏过我的衣箱。
如今呢，只剩下四壁空空。
只剩有往日的魂痕飘荡；
唉，我禁不住泪浪的滔滔，
我禁不住情涛的激涨。

1928 年 6 月，创造社出版部出版了《沫若诗集》，收入了此诗，这就是这首诗的第二个版本。在这个版本中，郭沫若把诗的题目改为了《泪浪》，并在最后加上了时间：“一九二一年一〇月五日。”具体到内容上，郭沫若也进行了细微调整，把“我禁不着我的泪浪滔滔/我禁不着我的情涛激涨//我禁不着走进了你的门中/我禁不着走上了你的楼上”四句中的“禁不着”均改为了“禁不住”，把最初版本中应为印刷错误的"我往往日的诗歌"改为"我往日的诗歌"。[①] 郭沫若的这些改动都不算大，但可看出都是他有意为之。尤其是他把诗的题目改为《泪浪》，应与他和徐志摩之间的笔墨官司有关。有意思的是，郭沫若在这部《沫若诗集》中不仅把这首诗的名字改为《泪浪》，还把这首诗所在部分的名字设为"泪浪之什"，可见他对那场笔墨官司还一直耿耿于怀。

1928年上海现代书局还出版了《沫若诗全集》，但这个《沫若诗全集》只是创造社出版的《沫若诗集》的翻版，内容与其完全相同，因此其中的《泪浪》版本也只能算是第二个版本。

1933年9月，《沫若书信集》由上海泰东书局出版，收入了最初发表于《创造季刊》第1卷第1期的《海外归鸿·第一信》，改名为《与郁达夫书（一九二一）》[②]，其中也包括这首诗。借这次收录的机会，郭沫若又对此诗进行了修改，形成了此诗的第三个版本。把这第三个版本与最初版本进行比较，我们会发现郭沫若的修改较多。在此笔者把这些修改以对比的方式列于下方：

《创造季刊》中的内容	**《沫若诗集》中修改后的内容**
我和你别离了百日有奇，	我和你别离了一百多天，
又来在你的门前来往；	又来在你的门前来往；
我禁不着我的泪浪滔滔，	禁不着我的泪浪滔滔，
我禁不着我的情涛激涨。	禁不着我的情涛激涨。
我禁不着走进了你的门中，	禁不着我走进了门中，
我禁不着走上了你的楼上。	禁不着我走上了楼上。
哦那儿贴过我往往日的诗歌，	哦那儿贴过我往日的诗歌，
那儿铺过我的寝床。	那儿安过我的寝床。

总的来看，郭沫若的修改使此诗更为通俗和简洁了，但是意义并没有发生改变。近年曾有学者根据《沫若文集》中的版本评论此诗："'我'字人称稍嫌多余，因为白话（早期白话诗故意浅白如话甚至刻意通俗），循环往复，一咏三叹，重在渲染，读去也倒不觉得怎么累赘。"[③]如果这位学者能够看到《沫若诗集》中

---

① 郭沫若：《沫若诗集》，创造社出版部1928年版，第284页。

② 郭沫若：《沫若书信集》，上海泰东书局1933年版，第102页。

③ 张叹凤：《早期创造社郭沫若郁达夫等人的"泪浪"》，《文学评论》2013年第1期。

的这个版本，或许就不会这样评论了。

第四个版本，也是郭沫若最后一次修改后的版本，便是出现在人民文学出版社1957年版的《沫若文集》第一卷中的版本。郭沫若利用这次机会对此诗进行了最大幅度的一次修改，具体修改的内容笔者同样以对比的方式列于下方：

《创造季刊》中的内容

我和你别离了百日有奇，
又来在你门前来往；
我禁不着我的泪浪滔滔，
我禁不着我的情涛激涨。
我禁不着走进了你的门中，
我禁不着走上了你的楼上。
哦那儿贴过我往往日的诗歌，
那儿我挂过Beethoven的肖像。
那儿我放过Millet的"牧羊少女"，
那儿我放过金字塔片两张。
那儿我放过白华，
那儿我放过我和寿昌。
那儿放过我的书案，
那儿铺过我的寝床。
那儿堆过我的书籍，
那儿藏过我的衣箱。
如今呢，只剩下四壁空空。
只剩有往日的魂痕飘荡；
唉，我禁不住泪浪的滔滔，
我禁不住情涛的激涨。

《沫若文集》中修改后的内容

我和你别离了百日有奇，
我大胆地走到了你的楼上。
哦，那儿贴过我往日的诗歌，
那儿我挂过贝多芬的肖像，
那儿我放过米勒的《牧羊少女》，
那儿我放过金字塔片两张。
如今呢，只剩下四壁空空，
只剩有往日的魂痕荡漾。
飞鸟有巢，走兽有穴，游鱼有港，
人子得不到可以安身的地方。
我被驱逐了的妻儿今在何处？
抑制不住呀，我眼中的泪浪！

1921年10月5日①

可以看到，郭沫若对此诗的最后五节几乎全盘改过，变更了很多意义表达。通过以上考证和对比，我们便明晰了此诗的版本衍变问题。在此基础之上，

① 郭沫若：《沫若文集》第1卷，人民文学出版社1957年版，第276页。

我们就可以对郭沫若创作此诗的背景和意蕴表达等问题进行具体的分析了。

二

关于此诗的最初版本因何而作，郭沫若在《创造季刊》第1卷第1期的《海外归鸿·第一信》中有一段较为详细的描述：

> 我的住居离海岸不远。网屋町本是福冈市外的一所渔村。但是一方面却与市街的延长相连接。村之南北两端都是松原。日本人呼为千代松原，武备志中称为十里松原。海在村之西，村上有两条街道，成丁字形，南头一条，东西走，与海岸线成垂直。我自上前年以来，两年之间即住在这条街道的西端，面北的一栋楼房里，楼前后都有窗，可望南北两端的松原，可望西边的海水。我如今已迁徙了，在四月中我回了上海以后。现在的住居在与海岸成平行的一条街道之中部，背海，又无楼，我看不见博多湾中变幻无常的海色，我看不见十里松原永恒不易的青翠，我是何等不满意，对于往日的旧居何等景慕哟！我昨天才写了一首诗"重过旧居"寄给寿昌，我也写在此处吧。

从这段文字来看，郭沫若创作此诗的动因显然是表达对当下居住环境的不满，以及由此所勾起的怀旧之情。

11年后的1932年，郭沫若又在其回忆录《创造十年》中谈到了他创作此诗的背景，那是他"离别了三个月，又回到福冈"时所见到的"物非人是"的情景：

> 新居是平房，结构和旧居的楼下相同，可说就是旧居削去了楼层的一样。我们本来是没有什么家具的，我的一些书籍又已经运回了上海，看起来真正是家徒四壁，这些不消说又是催人眼泪的资料了。
>
> 我那《泪浪》的一首诗，被已故的"诗哲"(徐志摩)骂我是"假人"，骂我的眼泪"就和女人的眼泪一样不值钱"的那首诗，便是在这一天领着大的一个儿子出去理发时做的。我们绕道走去，在以前的旧居前缠绵了一会。那里还没有人住，有两三位木匠在那儿修理。我也就走进去，在那楼上眺望了一回，那时候的眼泪真是贱，种种的往事一齐袭来，便逼得我"泪浪滔滔"了。①

① 郭沫若：《创造十年》，上海现代书局1932年版，第139、140～141页。

对比可见，这段话所表达的意思和11年前的那段话基本一致，只是多了一些针对徐志摩指责的解释。

此诗的第二和第三个版本与最初版本相比，修改并不大，而且也不牵涉意义变动，因此无需再多加以分析。但是关于第四个版本，即1957年人民文学出版社《沫若文集》第1卷中的版本，与最初版本相比差别就很大了。那么郭沫若何以要在50年代对此诗进行这样的修改？他通过这样的修改要表达什么感情？这一点非常值得分析。

郭沫若这次修改最为引人注目的地方是两处涉及历史人物的部分，首先是他把最初版本中的“白华”和“寿昌”两个人名删除了，这两人便是宗白华和田汉。我们知道郭沫若与这两人都有着源远流长的友谊，在他修改此诗的50年代，宗白华一直任教于北京大学，而田汉则是文化官员，并先后主编多个刊物。他们两人在当时频繁的政治运动中都未直接受到冲击，那么郭沫若为何要借此机会删除他们的名字呢？和郭沫若在新中国成立后对自己以往的著作所做的大量修改一样，他本人并未对这处修改做出任何解释，但是我们大体可以根据当时的政治环境和郭沫若的个人处境做出基本的判断：50年代连续而激烈的文坛批判运动总是出乎所有人的意料，而且也让每个文人都无法独善其身。在这样的背景之下，下一次运动何时会来、又会把矛头指向谁，谁都无法预想。郭沫若作为当时最高级别的文化官员，不断在历次运动中紧跟最高领导人的意图，写出大量迎合文化批判政策的文章，可以说，他的政治敏感度是相当高的。根据这些前提，郭沫若提前把两人的名字从自己以往的诗作中删除，遮蔽当时他对两人的思念之情，多少应该有着未雨绸缪之意。

第二处涉及历史人物的修改便是《沫若文集》版本中的最后一节：“飞鸟有巢，走兽有穴，游鱼有港，人子得不到可以安身的地方。我被驱逐了的妻儿今在何处？抑制不住呀，我眼中的泪浪！”如果从版本衍变的角度看待这一节，我们会发现这四句诗其实蕴含了非常重要但长期以来又被遮蔽的历史信息。

以往学者们多根据郭沫若在其《创造十年》中的那句话：“我留在福冈的妻儿是被家主驱逐出了从前的旧居的”①，以及《沫若文集》版本中的这最后四句来判定此诗最初的创作动机。从表面看，这两者似乎有着非常密切的关联：都在

① 郭沫若：《创造十年》，上海现代书局1932年版，第139页。

叙述“妻儿”的遭遇，都有“驱逐”一词。这种判断当然是在不了解此诗具体版本衍变的条件下得出的，缺乏学术的严谨性。现在我们明晰了版本问题，那么是不是可以认为，郭沫若是在50年代修改此诗时，又遥想起当年的情景，借这个机会来表达他那往日的悲愤呢？如果我们对这四句诗再细加分析，会发现郭沫若在此处表达的感情恐怕并非那么简单，事实上，它远比以往学界所认为的要更深沉和复杂。解读郭沫若真实情感表达的关键点就在这句“我被驱逐了的妻儿今在何处?”按照郭沫若在《创造十年》中的回忆，他是回到福冈与“妻儿”团圆之后，“一天领着大的一个儿子出去理发”，途径“旧居”，“种种的往事一齐袭来”，才作的这首诗。而他在给郁达夫的“海外归鸿”中的叙述，也印证着这一点。那么，如果他是遥想起当年的情景，要表达当年的悲愤，为何会问出“我被驱逐了的妻儿今在何处”这句话？他当时明明是和自己的“妻儿”处于团圆的状态啊。如果这样分析一下，我们或许就进入了郭沫若在50年代修改此诗时更为深层的内心世界，那就是他在其中所表达的，并非是对“当年”他“妻儿”被“家主驱逐”的悲愤，而是修改此诗的“当下”，他对安娜及其孩子们的真实情感，而这也许就是郭沫若之所以要这样修改此诗的动因。于是，这便牵扯出一个非常重要但又一直未被发掘的史实，那就是郭沫若在50年代对安娜和其子女最为直接而真实的感情表达。

50年代的郭沫若已经是最高级别的文化官员，而安娜也在经历重大感情打击之后由周恩来安排到大连居住，一场情变带来的风波似乎已算是风平浪静，然而这并不意味着郭沫若内心的心安理得。1959年2月，郭沫若创作了历史剧《蔡文姬》，在此剧作单行本的序言中，郭沫若称：“蔡文姬就是我！——是照着我写的。”“其中有不少关于我的感情的东西，也有不少关于我的生活的东西。”[①] 再到后来郭沫若又在给陈明远“小朋友”的信中这样说：“安娜为我作出了最大的牺牲。我写《蔡文姬》含着很深沉的怆痛。”[②]这些材料被很多研究文章所引用，以证明郭沫若在50年代对待安娜的愧疚与“怆痛”之情。然而这些材料都并非直接而公开的表达，在《蔡文姬》的“序”中郭沫若没有明确提到安娜，在这部剧作问世之后，郭沫若曾“六谈”蔡文姬，也始终没有涉及安娜。至于给陈明

① 郭沫若：《蔡文姬·序》，文物出版社1959年版。

② 郭沫若：《郭沫若书简九封》，《中国现代文学研究丛刊》1986年第1期。

远的信，郭沫若只是私下里的叙述，从来没有主动公开过。而就在郭沫若创作出《蔡文姬》之后，他便再也没有用任何文字形式公开表达过对安娜的感情。因此这样看来，郭沫若利用他修改《泪浪》这首诗之机，表达他当时对安娜的感情，应该就是他在新中国成立之后唯一的一次直接表达。郭沫若在此处的感情表达是如此隐蔽，但是唯其隐蔽，才折射出了它的真实。由这样的表达我们可以看出，郭沫若在当时对待安娜的感情不仅极为愧疚和“怆痛”，还带有着思念和无奈，而这正可谓“此情可待成追忆，只是当时已惘然”了。

作品版本的衍变往往能够折射出时代背景和作家心境的转换，不考证了解作品的版本问题，就有可能造成学术的不严谨，甚至遗漏重要的史料。在此我们了解了郭沫若这篇著名诗作的版本衍变问题，发掘出了他在新中国建立之后唯一一次对安娜直接的感情表达。日后若再有学者撰写郭沫若与安娜复杂而又富有传奇色彩的感情经历，应参考此史料，使著述更加完整和真实。

第八章 《〈文艺论集〉汇校本》补正

《文艺论集》是郭沫若最早的论文集，同时也是其最重要的论文集之一，它收入了郭沫若写于1920～1925年的30多篇论文，涵盖历史、文化和文学等方面，是学界研究郭沫若历史观、文化观和文学观极为重要的参考资料。这部《文艺论集》于1925年出版后，又曾在1929年、1930年和1959年改版三次，每一次郭沫若都亲自参与订正和改动，尤其是1959年版改动非常大，可见其本人对这部论文集的重视。但是郭沫若对自己作品的修改有个不好的习惯，那就是从不具体说明作了哪些修改，而且篇尾依然延续最初版本所注明的时间，这就给后来的研究者带来不小的困难，"往往把五十年代经郭老改动了的观点当成他二十年代的观点，造成了失误"①。正鉴于此，黄淳浩先生在校勘了不同时期的《文艺论集》后，于1984年出版了《〈文艺论集〉汇校本》(以下称《汇校本》)，为学界提供了一个很好的研究范本。

黄先生的《汇校本》主要着眼于较为明显的改动，而"至于一般文字变动，为避免繁冗，则不一一录出"②。这种方法使此《汇校本》显得简洁明了，但是造成的遗漏也相当之多。事实上，这些未被标注出的修改并非都是"一般文字变动"，其中很多都具有一定的研究价值。比如《〈文艺论集〉序》篇尾的一首诗出现在订正本、改版本、文集本中，却未出现在《洪水》杂志的最初版本中，此诗是

① 黄淳浩：《〈文艺论集〉汇校本》，湖南人民出版社1984年版，第2页。

② 黄淳浩：《〈文艺论集〉汇校本》，湖南人民出版社1984年版，第3页。

郭沫若后来所加，还是在《洪水》发表时删除？值得探讨。再如《天才与教育》中有一段话："但在我们教育破产，司教育的人只知道罢课索薪，受教育的人只知道罢课闹事，卖教育用具的人只知道献贿名人以推广商业的时代。"此段话在文集本中删除了"受教育的人只知道罢课闹事"一句，删除此句是郭沫若在新中国成立后对学生运动的看法转变的结果，或者仅仅是为了迎合当时的政治情势？也值得研究。进一步说，那些看起来很"一般"的"文字变动"，也并非完全没有研究价值。比如《读梁任公〈墨子新社会之组织法〉》一文，原版本中对胡适的称呼是"胡适之"，而在文集本则全部改成了"胡适"，这与另一篇文章《反响之反响（一）答〈努力周报〉》的改动十分相似。这篇文章原版中的"胡先生"到了文集本中也均改成了"胡适"。结合两个时期的政治形势，郭沫若对胡适的态度已经从平等论敌转变成了阶级敌人，而称谓的变化正是这种态度转变的体现。更进一步说，很多"一般"的"文字变动"在目前"一般"的学者处可能没什么价值，但不同的学者有不同的研究眼光和角度，也许在不久的将来，真正有眼光的学者会因新方法的运用而在其中发掘出很有价值的成果。因此，综合看来，它们不应被简单地忽略。

另外，此《汇校本》本身也有一些需要进一步说明的地方，甚至是需要改正的错误。如《中国文化之传统精神》一文，《汇校本》注明"新编全集本拟重新补入"，如今就可补正为"后被编入《郭沫若全集》历史编第三卷"。此文中还有一句："孔子所教却被他们太看做入世间的了。"其中的"却"字，《汇校本》注明："《创造周报》作：'又'。"但实际《创造周报》作"也"。诸如此类的细微改动在其他篇中出现极多，但《汇校本》却极少注明，这也容易给读者造成实际未加改动的错觉。

黄淳浩先生在出版此《汇校本》后曾以《文艺论集》为例专门著文呼吁："在我国的现代文学研究中，有必要建立自己的版本学。""这是因为我国的近现代社会，曾长期处于动荡不定的、不断变革的状态中。作家的思想必然受社会的影响而发生变化，对自己的著作加以修改，这是极其自然和无可非议的事情。因此，我们研究现代作家，不仅可以从该作家不同时期的不同著作中去探索他的思想的变化，还应该从他在不同时期出版的同一著作中的不同版本去发现他的思想变化。"①但遗憾的是，黄先生在20多年前发出的呼吁一直应者了了，仅就郭沫若这部非常重要而又改动很大的《文艺论集》来说，很多学者至今都还在没弄清各版本区别的情况下进行研究，结果往往似是而非，进而又以讹传讹。

长期以来，学界一直在呼吁现代文学研究要"重返历史现场"，而郭沫若作为一个重要而又"善变"的作家，尤其需要我们对其著作做追根溯源式的研究。郭沫若对其早期作品在不同时期的改动，不仅体现出他本人思想观念的流变，同时也让我们可以从一个侧面窥视到我国文艺界与学术界因不同历史时期的社会情势影响而产生的变化。

鉴于以上原因，本文不再"避免繁冗"，而是将每一处改动均标注出来，以便大家能够更清晰地看到历史全貌和流变历程，进而更加方便地加以研究。

关于此文的体例方面，需要做以下说明：

1. 本文只标注出原《汇校本》所没有标注出的改动。

2. 本文采取原《汇校本》对各版本的称谓，即1925年版为"初版本"，1929年版为"订正本"，1930年版为"改版本"，1959年版为"文集本"。

3. 本文中各论文的题目与排列顺序均与1925年初版《文艺论集》相同。

4. 郭沫若于1925年所著的《文学的本质》和《论节奏》两篇论文未收入初版本，而是收入了1929年以后的版本，因此本文将其列入"附录"部分。

---

① 黄淳浩：《现代文学研究需要注意版本——从郭沫若〈文艺论集〉的版本说起》，《人文杂志》1986年第2期。

上 卷

《〈文艺论集〉序》

(1)〔在最近一两年之内〕(共两处)《洪水》杂志、订正本、改版本同，文集本均作“在最近一两年间”。

(2)〔要生活自由，大家应得同样地生活自由〕《洪水》杂志、订正本、改版本同，文集本作“要享受自由，大家应得同样地享受自由”。

(3)〔……的话便是这个意思〕《洪水》杂志、订正本、改版本同，文集本作“……便是这个意思”。

(4)〔可以说还是在混沌的状态之下〕《洪水》杂志、订正本、改版本同，文集本作“还是在混沌的状态”。

(5)篇尾的一首诗订正本、改版本、文集本同，但未出现在《洪水》杂志中。

(6)〔民国十四年十一月廿九日〕订正本、改版本作“民国十四年十一月念九日”，文集本作“1925 年 11 月 29 日”。

《中国文化之传统精神》

(1)原《汇校本》注明：“此文初版本及订正本收，改版本、文集本未收，新编全集本拟重新补入。”可补正为：“此文郭沫若称‘和我后来关于中国古代的研究大有径庭，错误观点甚多’(文集本《前记》)，因此未收入改版本和文集本，后被编入《郭沫若全集》历史编第三卷。”

(2)〔老子与庄子尤极端反对〕《创造周报》同，订正本作“老子与庄子极端反对”。

(3)〔宇宙的实体〕《创造周报》同，订正本作“宇宙之实体”。

(4)〔却〕订正本同，原《汇校本》注明：“《创造周报》作：‘又’”，实际《创造周报》作“也”。

(5)〔人格神〕订正本误排为“人神格”。

(6)〔在不断地进化着〕订正本同，《创造周报》作“不断地进化着”。

(7)〔在孔子的意思〕订正本同，《创造周报》作“在他的意思”。

(8)〔他以为神的存在与作用〕订正本同，《创造周报》作“他以为神的存与作用”。

(9)〔这一点又与斯宾诺莎 Spinoza 的泛神论异趣〕订正本作“这一点又与司皮诺若 Spinoza 的泛神论异趣”;《创造周报》作“这一点又与斯宾诺莎 Spinoza 的神论异趣”。

(10)〔然而种种字语的概念屡被混同〕订正本同,《创造周报》作“犹且种种语的概念屡被混同”。

(11)〔这样不断地自励,不断地向上,不断地更新〕订正本同,《创造周报》作“这样不断自励,不断向上,不断更新”。

《论中德文化书——致宗白华兄》

(1)〔德人〕《创作周报》、订正本、改版本同,文集本作“德国人”。

(2)〔使我们增加无限的自觉与自信〕订正本、改版本、文集本同,《创作周报》作“使他们增加无限的自觉与自信”。

(3)〔似乎并未全盘唾弃〕《创作周报》、订正本、改版本同,文集本作“似乎也并未全盘唾弃”。

(4)〔我对于你这种观察,早不免有几分怀疑〕《创作周报》、订正本、改版本同,文集本作“我对于你这种观点,不免有几分怀疑”。

(5)〔动静界分〕《创作周报》、订正本、改版本同,文集本作“动静划分”。

(6)〔我国的固有精神〕《创作周报》、订正本、改版本同,文集本作“我国的古代精神”。

(7)〔完全没有受些儿外来的影响〕《创作周报》、订正本、改版本同,文集本作“没有受些儿外来的影响”。

(8)〔我国的儒家思想是以个性为中心〕《创作周报》、改版本、文集本同,订正本误排为“我国的儒家思想是以个心为中性”。

(9)〔永保着数学的谨严〕《创作周报》、订正本、改版本同,文集本作“永远保持着数学的谨严”。

(10)〔一切的欲望〕《创作周报》、订正本、改版本同,文集本作“一切的占有欲望”。

(11)〔自能自由发挥〕《创作周报》、订正本、改版本同,文集本作“便能自由发挥”。

(12)〔老子的无为说正是这样的精神〕《创作周报》、订正本、改版本同,文集本作“据我看来,老子的无为说应该是这样的意思”。

(13)〔活静〕〔死静〕订正本、改版本、文集本同,《创作周报》作“活静(Kinetischer Still)”“死静(Statischer Still)”。

(14)〔希腊文明为近代科学文明之母〕《创作周报》、订正本、改版本同,文集本作“希腊文明是近代科学文明之母”。

(15)〔同时又不能忘情于我国固有的传统,则科学文明当然不能加以蔑视〕《创作周报》、订正本、改版本同,文集本作“同时又不能忘情于我国的传统,则科学文明不当加以蔑视”。

(16)〔欧洲人所受之惨祸〕《创作周报》、订正本、改版本同,文集本作“欧洲人所受惨祸”。

(17)〔何等的罪责〕《创作周报》、订正本、改版本同,文集本作“何等罪责”。

(18)〔唯一的要道〕《创作周报》、订正本、改版本同,文集本作“唯一要道”。

(19)〔科学文明之破产〕《创作周报》、订正本、改版本同,文集本作“科学文明破产”。

(20)〔欧人〕《创作周报》、订正本、改版本同,文集本作“欧洲人”。

(21)〔非我辈所能信认〕《创作周报》、订正本、改版本同,文集本作“非我辈所能信服”。

(22)〔我国固有的传统精神亦正示授我们一个生活的指标〕《创作周报》、订正本、改版本同,文集本作“我国传统精神示授我们一个生活的指针”。

(23)〔最是容易解答〕《创作周报》、订正本、改版本同,文集本作“最容易解答”。

(24)〔总当得感受〕《创作周报》、订正本、改版本同,文集本作“总得感受”。

(25)〔可算是最古的文学了〕《创作周报》、订正本、改版本同,文集本作“可以算是最古的文学了”。

(26)〔撤取〕《创作周报》、订正本、改版本同,文集本作“撤去”。

(27)〔在其自身也不能寻出来多少原人的生态〕《创作周报》、订正本、改版本同,文集本作“在其中也寻不出多少原人的生态”。

(28)〔有的都是贵族的游乐〕《创作周报》、订正本、改版本同,文集本作

"有的多是贵族的游乐"。

(29)〔在孔子时候〕《创作周报》、订正本、改版本同,文集本作"在孔子时代"。

(30)〔一分新面〕《创作周报》、订正本、改版本同,文集本作"一个新面"。

(31)〔捕空捉影〕《创作周报》、订正本、改版本同,文集本作"捕风捉影"。

(32)〔客观的研究〕《创作周报》、订正本、改版本同,文集本作"客观研究"。

(33)〔都是有几分纯粹科学的面目〕《创作周报》、订正本、改版本同,文集本作"都具有纯粹科学的面目"。

(34)〔可惜他的十余万言与五车书〕订正本、改版本同,《创作周报》作"可惜他们的十余万言与五车书";文集本作"可惜邹衍的十余万言和惠施的五车书"。

(35)〔反抗耶教的运动勃兴〕《创作周报》、订正本、改版本同,文集本作"反抗耶教运动勃兴"。

(36)〔但这运动自身〕《创作周报》、订正本、改版本同,文集本作"但这运动本身"。

(37)〔我们要把我国固有的动的文化精神恢复转来〕《创作周报》、订正本、改版本同,文集本作"我们要把动的文化精神恢复转来"。

(38)〔先哲的理想〕《创作周报》、订正本、改版本同,文集本作"先哲理想"。

(39)〔照出了他们自己的面孔〕《创作周报》、订正本、改版本同,文集本作"照出了自己的面孔"。

(40)〔不免有几分隔靴搔痒盲目赞美的倾向〕《创作周报》、订正本、改版本同,文集本作"不免隔靴搔痒,盲目赞美"。

(41)〔又该文作者以〕《创作周报》、订正本、改版本同,文集本作"该文作者又云"。

(42)〔我于前面〕《创作周报》、订正本、改版本同,文集本作"我在前面"。

(43)〔反抗有神论的宗教思想〕《创作周报》、订正本、改版本同,文集本作"反抗有神论的"。

(44)〔积极的发展〕《创作周报》、订正本、改版本同,文集本作"积极发展"。

(45)《创作周报》最后一句为："天气渐趋夏令，尚乞善自珍摄。你的旧友郭沫若"。此句在其他版本中均删除。

(46)〔五月二十日夜书毕〕《创作周报》、订正本、改版本同，原《汇校本》注明："文集本作：'一九二三年五月二十日夜书毕'"，实际文集本作"1923 年 5 月 20 日夜书毕"。

《读梁任公〈墨子新社会之组织法〉》

(1)〔而于墨子独发生出一个例外〕《创作周报》、订正本、改版本同，文集本作"而在墨子独发生出一个例外"。

(2)〔然我们如以希腊的眼光来批评他时〕《创作周报》、订正本、改版本同，文集本作"然如以希腊的眼光批评"。

(3)〔何以他独于说到国家的起源上来〕《创作周报》、订正本、改版本同，文集本作"何以说到国家的起源上来"。

(4)〔我们是可以无疑的〕《创作周报》、订正本、改版本同，文集本删除。

(5)〔薄弱〕《创作周报》、订正本、改版本同，文集本作"薄弱性"。

(6)〔到焦热得不能聊生的时候，跳在海里去和它嬉游〕《创作周报》、订正本、改版本同，文集本作"到焦热得不能忍耐的时候，跳进海里去和它嬉游"。

(7)〔胡适之〕《创作周报》、订正本、改版本同，文集本均作"胡适"。

(8)〔不足以厌我们近代人的要求〕订正本、改版本同，《创作周报》误排为："不足以厌我近们代人的要求"，文集本作"不足以满足我们近代人的要求"。

(9)〔一个较为〕《创作周报》、订正本、改版本同，文集本作"另一个较为"。

(10)〔原是可以说〕《创作周报》、订正本、改版本同，文集本作"原可以说"。

(11)〔建造〕《创作周报》、订正本、改版本同，文集本均作"建筑"。

(12)〔来打成粉碎〕《创作周报》、订正本、改版本同，文集本作"打成粉碎"。

(13)〔在他全书中是数见不鲜〕《创作周报》、订正本、改版本同，文集本作"在他全书中数见不鲜"。

(14)〔胡适之氏的意见〕《创作周报》、订正本、改版本同，文集本作"胡适的意见"。

(15)〔墨子原书定是这样〕《创作周报》、订正本、改版本同，文集本作"墨子的原书一定是这样”。

《惠施的性格与思想》

(1)〔无论若何〕《创作周报》、订正本、改版本同,文集本作“无论怎样”。

(2)〔服仇〕《创作周报》、订正本、改版本同,文集本作“复仇”。

(3)〔只论实利〕《创作周报》、订正本、改版本同,文集本作“只论实利的”。

(4)〔材料之中〕《创作周报》、订正本、改版本同,文集本作“材料中”。

(5)〔我们可以想见〕《创作周报》、订正本、改版本同,文集本作“可以想见”。

(6)〔庄子到他坟上去吊他〕《创作周报》、改版本、文集本同,订正本作“庄子到他坟上去吊孝”。

(7)〔他去吊他的时候,看见他在箕踞鼓盆而歌;他便怪他太不合人情〕《创作周报》、订正本、改版本同,文集本作“他去吊唁的时候,看见庄子在箕踞鼓盆而歌;他便怪庄子太不合乎人情”。

(8)〔不应得〕《创作周报》、订正本、改版本同,文集本作“不应当”。

(9)〔非常之重〕《创作周报》、订正本、改版本同,文集本作“非常重”。

(10)〔关于研究学问上的态度〕《创作周报》、订正本、改版本同,文集本作“在研究学问的态度上”。

(11)〔是没有用处〕《创作周报》、订正本、改版本同,文集本作“没有用处”。

(12)〔表现得极鲜明了〕《创作周报》、订正本、改版本同,文集本作“表现得极其鲜明”。

(13)〔 Zero 〕《创作周报》、订正本、改版本同,文集本作“惹罗(Zero)”。

(14)〔龟走了二尺的时候,兔从后面去追牠〕《创作周报》、订正本、改版本同,文集本作“龟走了二尺之后,兔去追它”。

(15)〔最中一层的黑焰〕《创作周报》、订正本、改版本同,文集本作“最中一层黑焰”。

(16)〔也说他〕《创作周报》、订正本、改版本同,文集本作“也说惠施”。

(17)〔独立特创的精神〕《创作周报》、订正本、改版本同,文集本作“独创的精神”。

(18)〔并且在意议上〕订正本、改版本同,《创作周报》作:“并且在思议上”;文集本作“并且在意义上”。

(19)〔已曾提及〕《创作周报》、订正本、改版本同,文集本作“已经提及”。

(20)〔十二年十二月十日〕《创作周报》、订正本、改版本同,文集本作“1923年12月10日”。

《伟大的精神生活者王阳明》

(1)对于王阳明的称谓,即“阳明先生”“阳明”,《阳明全书》、订正本同,文集本均作“王阳明”。

(2)〔尾随他的两位小人竟信以为真〕《阳明全书》同,文集本作“尾随他的两位小人物竟信以为真”;订正本作“尾随他的两位小人竟信以为真,没有再去追他”。

(3)〔在江边〕《阳明全书》、文集本同,订正本作“还在江边”。

(4)〔阳明先生投身到一只商船上向舟山出发〕《阳明全书》、文集本同,订正本作“阳明先生逃脱了尾追的刺客之后,投身到一只商船上向舟山出发”。

(5)〔一生的写真〕《阳明全书》、订正本同,文集本作“一生的写照”。

(6)〔我在坊间买了一部『王文成公全集』来诵读,不久又才萌起了静坐的念头〕《阳明全书》、订正本同,文集本作“我在日本东京的旧书店里偶然买了一部《王文成公全集》,不久萌起了静坐的念头”。

(7)〔又在坊间买了一本《冈田式静坐法》来开始静坐〕原《汇校本》注明:“文集本同”,实际为:“于是又在坊间买了一本《冈田式静坐法》来开始静坐”。

(8)〔每日必读〕《阳明全书》、订正本同,文集本作“每日读”。

(9)〔印度哲学〕文集本、订正本同,《阳明全书》作“印象哲学”。

(10)〔王文成公的精神是深深烙印在我的脑里〕《阳明全书》、订正本同,文集本作“王阳明的影响却是深深烙印在我的脑里”。

(11)〔健实〕《阳明全书》同;订正本与上下句一起删除;文集本作“结实”。

(12)〔相接合的〕《阳明全书》、订正本同,文集本作“接触的”。

(13)〔所以我对于王阳明先生的生涯和学问〕《阳明全书》、订正本同,文集本作“所以对于王阳明的生涯和学问”。

(14)〔现在我寄居在海外,手中书籍也没带在身边〕《阳明全书》、订正本同,文集本作“现在寄居在海外,手中书籍没有带在身边”。

(15)〔我以为可分为三个时期〕《阳明全书》、订正本同,文集本作“似乎可以分为三个时期”。

(16)〔圣学〕《阳明全书》、订正本同，文集本均作“学业”。

(17)〔看出的俩个特色〕《阳明全书》、订正本同，文集本作“看出有两个特色”。

(18)〔不断地行自我扩充〕《阳明全书》、订正本同，文集本作“不断地使自我扩充”。

(19)〔燃烧着的了〕《阳明全书》、订正本同，文集本作“燃烧着的”。

(20)〔他努力想成为伟大〕订正本同，《阳明全书》作“他极力想成为伟大”。

(21)〔追求的途径〕《阳明全书》、订正本同，文集本作“追求的对象”。

(22)〔授业师〕《阳明全书》、订正本同，文集本作“业师”。

(23)〔然而阳明的答案〕《阳明全书》、订正本同，文集本作“而王阳明的答案”。

(24)〔他是只慕的圣贤之名……只是“第一”〕《阳明全书》、订正本同，文集本作“他是慕的圣贤之名……而只是‘第一’”。

(25)〔俗世的功名〕《阳明全书》、订正本同，文集本作“对于俗世的功名”。

(26)〔不得不使他〕《阳明全书》、订正本同，文集本作“使他不得不”。

(27)〔正是出于〕《阳明全书》、订正本同，文集本作“是出于”。

(28)〔然而，他在道家之中求不出满足〕《阳明全书》、订正本同，文集本作“他在道家之中求不出满足”。

(29)〔道家的宇宙〕《阳明全书》、订正本同，文集本作“道家的宇宙观”。

(30)〔而他的人生哲学〕《阳明全书》、订正本同，文集本作“而道家的人生哲学”。

(31)〔我在《函谷关》一篇小说中(参看创造周报第十五期)〕《阳明全书同》，订正本、文集本删除“(参看创造周报第十五期)”。

(32)〔是不能两立〕《阳明全书》、订正本同，文集本作“是不能两立的”。

(33)〔活动的实体〕《阳明全书》、订正本同，文集本作“活动的本体”。

(34)〔透过后代注意的凸凹镜〕《阳明全书》、订正本作“透过后代注家的凸凹镜”，文集本作“透过后代注疏的凸凹镜”。

(35)〔得见他的正体〕《阳明全书》、订正本同，文集本作“见得他的正体”。

(36)〔而且积习既久〕《阳明全书》、订正本同，文集本作“积习既久”。

(37)〔生此虚像〕《阳明全书》、订正本同，文集本作“生出此虚像”。

(38)〔儒教〕《阳明全书》、订正本同，文集本均作“儒家”。

(39)〔诅咒的声音〕《阳明全书》、订正本同，文集本作“诅咒”。

(40)〔实实是〕《阳明全书》、订正本同，文集本作“实即是”。

(41)〔本体只是一个存在〕《阳明全书》同，订正本作：“本体只有一个存在”文集本作“本体只是一个”。

(42)〔无际的轮回〕《阳明全书》、订正本同，文集本作“无际的循环”。

(43)〔物化之进行的〕《阳明全书》、订正本同，文集本作“物化之进行”。

(44)〔孔门的教义便在这儿，王阳明也正正见到了这儿了〕《阳明全书》、订正本同，文集本作“孔门的教义是如此，这是王阳明所见到的”。

(45)〔王阳明他见到了，他也做到了〕《阳明全书》、订正本同，文集本作“王阳明不仅见到了，而且也做到了”。

(46)〔他和……奋斗〕《阳明全书》、订正本同，文集本把三个“奋斗”均写作“搏斗”。

(47)〔这是怎样的坚毅呢〕《阳明全书》、订正本同，文集本作“这是怎么的坚毅呢”。

(48)〔幸脱而又罹风涛之险〕《阳明全书》、订正本同，文集本作“幸而脱险，又罹风涛之难”。

(49)〔灯明台〕《阳明全书》同，订正本、文集本作“灯台”。

以下为附论部分，未收入订正本，只收入到文集本。

(50)〔西人〕文集本作“西方人”。

(51)〔同归于涅槃灭谛〕文集本作“同归于涅槃”。

(52)〔我利自私〕文集本作“自利自私”。

(53)〔要在富庶之后〕文集本作“在富庶之后”。

(54)〔应当提防的地方〕文集本作“应当提防的”。

(55)〔寻出一致点了〕文集本作“寻出了一致点”。

(56)〔这从社会上说来〕文集本作“这从社会方面说来”。

(57)〔魂归正宅呢〕文集本作“魂归正宅”。

(58)〔折冲樽俎〕文集本同，《阳明全书》作“折衷樽俎”。

(59)〔全面的发展〕文集本作“全面发展”。

(60)〔都一概摒绝〕文集本作“都要摒绝”。

(61)〔而别一部分人〕文集本作“而另一部分人”。

(62)〔就是孔子复生在现在,恐怕也要用白话文罢〕文集本作“就是孔子再生恐怕也要用白话文的”。

(63)〔得鱼而忘荃耳〕文集本作“得鱼而忘荃”。

(64)〔视为陈腐的观念,也是坐地自划的〕文集本作“视为陈腐观念,也是坐地自划”。

(65)〔我是绝端赞成〕文集本作“我绝端赞成”。

(66)〔这样的事业〕文集本作“这样的事”。

(67)〔教育学家学说〕文集本作“教育学说”。

(68)〔这是他的特色处〕文集本作“这是他的特色”。

(69)〔附论四静坐的功夫〕文集本作“附论四静坐”。

(70)〔静坐的起始〕文集本作“静坐的起源”。

(71)〔真有绝大的功效〕文集本作“是真有功效”。

(72)〔采法〕文集本作“采取”。

(73)〔前胸不可开张〕文集本作“前胸不必开张”。

(74)〔两手叉置大腿上〕文集本作“两手叉置在大腿上”。

(75)〔两膝不可并,可离开八九寸的光景〕文集本作“两膝不并,可离开八九寸光景”。

(76)〔全身不可用力〕文集本作“全不可用力”。

《整理国故的评价》

(1)〔所以反对的声浪也渐渐激起〕《创造周报》、订正本同,文集本作“因此,反对的声浪也渐渐高涨”。

(2)〔便首致不满之意〕《创造周报》、订正本同,文集本作“便首致不满”。

(3)〔四处去宣传,说“你们快来学我!”〕《创造周报》、订正本同,文集本删除其中“说”字。

(4)〔打锣打鼓的风势了吗〕《创造周报》、订正本同,文集本删除其中“了”字。

(5)〔这无论是办不到的事情,即使办到了,也同是无用〕《创造周报》、订正本同，文集本作“不忙说这是办不到的事情，即使办到了，也同一无用”。

(6)〔谁还种米来供人吃饭呢〕《创造周报》、订正本同，文集本作“谁还种粮食来供人吃饭呢”。

(7)〔国学研究正该是这样〕订正本同，《创造周报》作“国学研究也正当是这样”，文集本连同其所在一段一同删除。

(8)〔我们便不能不研究牠〕《创造周报》、订正本同，文集本删除此句。

(9)〔而且这种整理事业的评价我们尤不可估之过高〕《创造周报》、订正本同，文集本作“这种整理事业的评价我们也不可估之过高”。

(10)〔并不是一种新价值的从新创造〕《创造周报》、订正本同，文集本作“并不是一种新价值的创造”。

(11)〔沙士比与歌德的研究书车载斗量，但抵不住一篇 Hamlet 和一部 Faust 在英德文化史上所占的势力〕《创造周报》、订正本同，文集本作“研究莎士比亚与歌德的书车载斗量，但抵不上一篇《罕谟列特》和一部《浮士德》在文化史上所占的地位”。

(12)〔也何曾抵得住杜甫韩退之的一诗一文〕《创造周报》、订正本同，文集本作“也何曾抵得上杜甫、韩愈的一诗一文”。

(13)〔而真挚的研究家方可出现〕《创造周报》、订正本同，文集本作“而真挚的研究家也方可出现”。

(14)〔“十三年一月九日”〕《创造周报》、订正本同，文集本作“1924 年1 月 9 日”。

《古书今译的问题》

(1)〔古代文书〕《创造周报》、订正本、改版本同，文集本作“古书”。

(2)〔都是很必要的事情〕《创造周报》、订正本、改版本同，文集本作“都是必要的事”。

(3)〔且于不远的将来〕《创造周报》、订正本、改版本同，文集本作“这在不远的将来”。

(4)〔不知道它们在说些什么〕《创造周报》、订正本、改版本同，文集本作“不知道在说些甚么”。

(5)〔便是一部发蒙的三字经〕《创造周报》、订正本、改版本同，文集本作“一部发蒙的《三字经》”。

(6)〔脑精〕《创造周报》同、订正本、改版本、文集本均作“脑筋”。

(7)〔很可特笔的事迹〕《创造周报》、订正本、改版本同,文集本作“很可以特书的一项事迹”。

(8)〔近来犹有〕《创造周报》、订正本、改版本同,文集本作“近来还有”。

(9)〔罪过该万死〕《创造周报》、订正本、改版本同,文集本作“罪该万死”。

(10)〔再来焚一次,坑一次〕《创造周报》、文集本同,订正本、改版本作“焚一次,坑一次”。

(11)〔他们便要把来〕《创造周报》、文集本同,订正本、改版本作“他们便把来”。

(12)〔他们是未免太早计〕《创造周报》、文集本同,订正本、改版本作“那却未免太早计”。

(13)〔两种绝对相同的语言没有,有时亦无须乎翻译了〕《创造周报》、文集本同,订正本、改版本作“两种绝对相同的语言是没有的,如果有时就无须乎翻译了”。

(14)〔(见创造周报第三十四号)〕订正本、改版本同,《创造周报》作“见本周报第三十四号”,文集本删除。

(15)〔成功与否〕《创造周报》、文集本同,订正本、改版本作“是否成功”。

(16)〔译成他国的文字〕《创造周报》、订正本、改版本同,文集本作“译成别国的文字”。

(17)〔此外还有选译散见于〕《创造周报》、订正本、改版本同,文集本作“此外还有选译的,散见于”。

(18)〔我举了这些例来〕《创造周报》、订正本、改版本同,文集本作“我举出了这些例子”。

(19)〔那是不合伦理〕《创造周报》、订正本、改版本同,文集本作“那是不合逻辑的”。

(20)〔破坏人脑机械〕《创造周报》同,订正本、改版本作“破坏人脑的机械”,文集本无此句。

(21)〔我要教他们的汉字〕《创造周报》、订正本、改版本同,文集本作“我要教他们学汉字”。下一句亦照此改动。

(22)〔表达自己的心向〕《创造周报》、订正本、改版本同,文集本作“表达自己的心意"。

(23)〔但我据我一两年来〕《创造周报》、订正本、改版本同，文集本作"但据我一两年来"。

(24)〔实属寥寥〕《创造周报》、订正本、改版本同，文集本作"也实属寥寥"。

(25)〔几多专门的学者正在讨究之中〕《创造周报》、订正本、改版本同，文集本作"许多专门的学者正在讨究中"。

(26)〔早离脱镣锁的痛苦〕《创造周报》、订正本、改版本同，文集本作"早一日脱离镣铐的痛苦"。

(27)〔由字数限制〕《创造周报》、订正本、改版本同，文集本作"由于字数限制"。

(28)〔放开眼光〕《创造周报》、订正本、改版本同，文集本作"放开眼界"。

(29)〔十三年一月十日〕《创造周报》、订正本、改版本同，文集本作"1924年1月10日"。

《天才与教育》

(1)〔天才究竟是什么物件呢？〕订正本、改版本、文集本同，《创造周报》作"天才究竟是什么物什呢?"。

(2)〔天才是仙人〕《创造周报》、文集本同，订正本、改版本作"天才是超人"。

(3)〔但终不若尽量〕订正本、改版本同，《创造周报》、文集本作"但终不能尽量"。

(4)〔举凡一国的政治生涯濒于破产的时候，他那一国的文化生活转有蒸蒸日进之势〕《创造周报》、订正本、改版本同，文集本作"大凡一国的政治濒于破产的时候，那一国的文化却转有蒸蒸日进的可能"。

(5)〔才成一个〕《创造周报》、订正本、改版本同，文集本作"却成为一个"。

(6)〔揣测起来〕《创造周报》、订正本、改版本同，文集本作"来揣测"。

(7)〔究竟有什么天才在那里？〕订正本、改版本、文集本同，《创造周报》作"究竟有什么天才在那里????"。

(8)〔我觉得是很容易〕《创造周报》、订正本、改版本同，文集本作"我觉得也很容易"。

(9)〔中国人素来没有教育〕《创造周报》、订正本、改版本同,文集本作“中国素来不重视教育”。

(10)〔虽然受打击〕《创造周报》、订正本、改版本同,文集本作“虽受打击”。

(11)〔处境艰难的时候〕《创造周报》、订正本、改版本同,文集本作“处境艰难”。

(12)〔又譬如用兵的人〕《创造周报》、订正本、改版本同,文集本作“有如善用兵的人”。

(13)〔置之亡地而后存〕《创造周报》、文集本同,订正本、改版本作“置之危地而后存”。

(14)〔他也发不出树木来了〕《创造周报》、订正本、改版本同,文集本作“它也迸发不出萌芽来”。

(15)〔出不了天才来〕《创造周报》、订正本、改版本同,文集本作“出不了天才”。

(16)〔加了一个“利”出来〕订正本、改版本同,《创造周报》作“加出一个‘利’出来”,文集本作“加了一个‘利’”。

(17)〔他准此分别也分天才为四种范型〕《创造周报》、订正本、改版本同,文集本作“他准此区别也把天才分为四种范型”。

(18)〔议员诸公和军阀和财阀和其他一切阀〕《创造周报》、订正本、改版本同,文集本作“议员诸公、军阀、财阀和其他一切阀”。

(19)〔我们便单拿音乐来说罢。要成全一个真正的音乐家在他们西洋至迟要从五六岁教养起走〕《创造周报》、订正本、改版本同,文集本作“单拿音乐来说吧。要成全一个真正的音乐家,据说要从幼开始教养,六岁都稍嫌迟了”。

(20)〔不曾看见过比牙琴的人,我恐怕也所在皆是〕《创造周报》、订正本、改版本同,文集本作“不曾看见过钢琴的,恐怕也不乏人”。

(21)〔即使可以成为莫查德 Mozart,悲多汶 Beethoven,萧邦 Chopin 等大音乐家的天才也早已经死掉了,怎么能够发生出音乐的天才来呢?〕《创造周报》、订正本、改版本同,文集本作“象生在这样的社会,即使具有莫查德(Mozart)悲多汶(Beethoven)萧邦(Chopin)等人的音乐天才,也没有机会来得到发展了”。

(22)〔这真是极有价值的一个谚语……不可不注意的一个谚语〕《创造周报》、订正本、改版本同，文集本作"这真是极有价值的谚语……不可不加以注意"。

(23)〔栽植在园丁的盆坛里〕《创造周报》、订正本、改版本同，文集本作"栽植在花盆里"。

(24)〔到老只成一个卷曲的一株小木，即使把他解放在山林也不能成为巨材了〕《创造周报》、订正本、改版本同，文集本作"到老只成就一株卷曲的小木，即使把它解放到山林里去，也不能成为巨材了"。

(25)〔像我们现在缺乏天才的时代是从古以来所未有，像我们现在需要天才的时代也怕是从古以来所未有〕《创造周报》、订正本、改版本同，文集本作"我们现在是缺乏天才的时代，像我们现在也正是需要天才的时代"。

(26)〔但在我们教育破产，司教育的人只知道罢课索薪，受教育的人只知道罢课闹事，卖教育用具的人只知道献贿名人以推广商业的时代〕《创造周报》、订正本、改版本同，文集本作"但在我们教育破产的目前，职司教育的人只知道罢课索薪，卖教育用具的人只知道献贿名人以推广商业"。

(27)〔我在此地所想提倡的是人人能行，而且在人生的历程中，为父母兄姐的人有应该施授的义务，为儿女弟妹的人有应该享受的早期教育！〕《创造周报》、订正本、改版本同，文集本作"我在此地想提倡一下早期教育行，这是人人能行，而且在人生历程中，为父母兄姐的人有应该施授的义务，为儿女弟妹的人有应该享受的权利的！"。

(28)〔儿童的教育是应该同儿童的智力的曙光开始〕《创造周报》、订正本、改版本同，文集本作"儿童教育应该从儿童智力的曙光开始"。

(29)〔成了天才了〕《创造周报》、订正本、改版本同，文集本作"有了成就"。

(30)〔他这本书在德国算是绝了版，而受他的赐的乃在百年后的美国。民国二年，以十五岁而从哈佛大学毕业的威廉吉姆士赛底司〕《创造周报》、订正本、改版本同，文集本作"他这本书在德国已经绝了版。而一百年后一九一三年，以十五岁而从哈发大学毕业的威廉·吉姆士·赛底司"。

(31)〔读了『客尔维德的教育谈』而照法施行，竟得了同样的成功的〕《创造周报》、订正本、改版本同，文集本作"读过『客尔维德的教育谈』而照法施行了，竟得到同样的成功"。

(32)〔时候了〕《创造周报》、订正本、改版本同，文集本作“时候”。

(33)〔不惜赞仰的欢迎〕《创造周报》、订正本、改版本同，文集本作“赞仰欢迎”。

(34)〔这正是人人能行的新英雄的事业〕《创造周报》、订正本、改版本同，文集本作“这也正是人人能行的新英雄的事业吧”。

《国家的与超国家的》

(1)原《汇校本》曾注明：“订正本收。改版本、文集本未收。新编《郭沫若全集》拟重新编入。”现可补正为：“郭沫若曾在《沫若文集·前记》中说：‘《国家的与超国家的》则因为无政府主义的倾向太浓厚了(年轻时，我有一个时期也曾倾向于无政府主义)，故不愿意再使谬种流传’。”因此没有收入1930年改版本的《文艺论集》，也没有收入1959年版的《沫若文集》，后收入新编《郭沫若全集》第十五卷。

(2)〔一类的痴愚吗？〕订正本同，《创造周报》作“一类的愚痴吗？”

《雅言与自力——告我爱读〈查拉图司屈拉〉的友人》

(1)题目《创造周报》同，订正本、改版本作“《雅言与自力》”，文集本作“雅言与自力——告读〈查拉图司屈拉〉的友人”。

(2)〔全书的真谛〕《创造周报》、订正本、改版本同，文集本作“全书的大义”。

(3)〔想依仿吾的劝诱〕《创造周报》、订正本、改版本同，文集本作“想依照仿吾的劝诱”。

(4)〔会生意外的障碍〕《创造周报》、订正本、改版本同，文集本作“会发生意外的障碍”。

(5)〔绝不是容易的事情〕《创造周报》、订正本、改版本同，文集本作“不是容易的事情”。

(6)〔尤其是艰深的作品〕文集本、订正本、改版本同，《创造周报》作“尤其艰深的作品”。

(7)〔年青人贪得之心有余，而忍苦之力不足〕《创造周报》、订正本、改版本同，文集本作“年青人求知欲很旺，而忍耐性不足”。

(8)〔吞食全牛之精神〕《创造周报》、订正本、改版本同，文集本作“吞食全牛之慨”。

(9)〔一书的序论〕《创造周报》、订正本、改版本同，文集本作“一书的序言”。

(10)〔无耻之徒〕《创造周报》、订正本、改版本同，文集本作“有的人”。

(11)〔受失望之痛苦〕《创造周报》、订正本、改版本同，文集本作“感受失望”。

(12)〔则失望之复仇愈烈〕《创造周报》、订正本、改版本同，文集本作“则失望之恨愈烈”。

(13)〔我们可以知道尼采的心虑〕《创造周报》、订正本、改版本同，文集本作“可以知道尼采的心境”。

(14)〔寻着一种的路径〕《创造周报》、订正本、改版本同，文集本作“寻出一种路径”。

(15)〔系统的概观〕《创造周报》、订正本、改版本同，文集本作“系统的概括”。

(16)〔对不住作者和读者多多了〕《创造周报》、订正本、改版本同，文集本作“对不住作者和读者了”。

(17)〔一切的未知世界〕《创造周报》、订正本、改版本同，文集本作“一切未知世界”。

(18)〔开辟〕《创造周报》、订正本、改版本同，文集本作“开拓”。

(19)〔要用自己的能力去批评〕订正本、改版本、文集本同，《创造周报》作“要用自己的能力的批评”。

(20)〔一切都要自力〕《创造周报》、订正本、改版本同，文集本作“一切都要凭自力”。

(21)〔第二部首的标语〕订正本、改版本、文集本同，《创造周报》作“第二部部首的标语”。

(22)〔我所失者〕《创造周报》、订正本、改版本同，文集本作“我所失掉的”。

下　卷

《艺术家与革命家》

(1)〔他们有的不以为〕《创造周报》、订正本、改版本同,文集本作“他们不以为”。

(2)〔不能认这样的艺术家〕《创造周报》、订正本、改版本同,文集本作“不能说这样的艺术家”。

(3)〔Kurt Eisner〕《创造周报》、订正本、改版本同,文集本作“埃斯纳(Kurt Eisner)”。

(4)〔三思这几句话〕订正本、改版本、文集本同,《创造周报》作“三服这几句话”。

《艺术的评价》

(1)〔从书报的文字上或友人的口舌间我们近来往往接受到一种这样的论调〕订正本、改版本同,《创造周报》作“从书报的文字上或友人的口舌间我们近来往往接受一种这样的论调”,文集本作“从书报上的文字或友人的口舌间,我们近来往往接受到一种这样的论调”。

(2)〔流演出来〕《创造周报》、订正本、改版本同,文集本作“派演出来的”。

(3)〔主观的感印〕《创造周报》、订正本、改版本同,文集本作“主观的感受”。

(4)〔这可见文艺的感受动力是在于受者感受性的丰啬如何,是在于受者的教养的程度如何了〕《创造周报》、订正本、改版本同,文集本作“这可见文艺的感动力也要看受者的感受性丰啬如何,受者的教养程度如何了”。

(5)〔杜氏的艺术观,我们可以得一个简明的系表〕《创造周报》、订正本、改版本同,文集本作“根据托尔斯泰的《艺术论》,我们可以把托氏的艺术观,列为一个简明的表”。以下“杜氏”均作“托氏”。

(6)〔艺术的确征〕《创造周报》、订正本、改版本同,文集本作“艺术的特征”。下文亦照此修改。

(7)〔艺术品所传输的感情须为耶稣教的情绪〕《创造周报》、订正本、改版本同,文集本作“他认为艺术品所传输的感情须为耶稣教的宗教情绪”。

(8)〔而后一般人始能同受感动，该艺术品始为善的艺术〕《创造周报》、订正本、改版本同，文集本"始能"作"才能""始为""才为"。

(9)〔宏巨的制作〕《创造周报》、订正本、改版本同，文集本作"宏伟的制作"。

(10)〔全不能定艺术之真伪〕《创造周报》、订正本、改版本同，文集本作"不能定艺术之真伪"。

(11)〔杜氏忽视此事实……人类的感受性平等不易〕《创造周报》、订正本、改版本同，文集本作"托氏忽视此事……人的感受性平等不易"。

(12)〔这可谓奇异绝顶的结论了〕《创造周报》、订正本、改版本同，文集本作"这可以说是奇异的结论了"。

(13)〔人类的感受性依禀赋教养之别绝没有相等之可能〕《创造周报》、订正本、改版本同，文集本作"人的感受性依禀赋与教养之别没有完全相等之可能"。

(14)〔亦未曾〕《创造周报》、订正本、改版本同，文集本作"也未曾"。

(15)〔西人亦久已怀疑〕《创造周报》、订正本、改版本同，文集本作"西方人也久已怀疑"。

(16)〔而杜氏……充其结果……〕《创造周报》、订正本、改版本同，文集本作"托氏……充其极……"。

(17)〔而论到未来的艺术〕《创造周报》、订正本、改版本同，文集本作"而论到未来的艺术时"。

(18)〔出发点既已错误……如是其离奇了〕《创造周报》、订正本、改版本同，文集本作"出发点既欠公允……如是离奇了"。

(19)〔杜氏的"艺术论"虽然偏激……这是可以使人永远崇拜的〕《创造周报》、订正本、改版本同，文集本作"托氏的《艺术论》虽然有所偏……是可以使人崇拜的"。

(20)〔附白〕《创造周报》、订正本、改版本同，文集本作"附记"。

《文艺之社会的使命——在上海大学讲》

(1)〔则我们只能披着很笨重的衣，囚困在房子里，偶然走出门外〕《文学》、订正本、改版本同，文集本作"那我们只能披着很笨重的衣服，困在房子里，偶然出门"。

(2)〔但是带来了春的消息〕订正本、改版本、文集本同，《文学》作"但已带来了春的消息”。

(3)〔是没有所谓目的〕《文学》、订正本、改版本同，文集本作“应该说没有所谓目的”。

(4)〔小孩的游戏乃成人艺术的起源，一种内心智慧表现的要求〕《文学》、订正本、改版本同，文集本“小孩”作“小孩子”、“一种”作“是一种”。

(5)〔全个自我〕《文学》、订正本、改版本同，文集本作“整个自我”。

(6)〔但它有什么目的呢〕《文学》、订正本、改版本同，文集本作“他有什么目的呢”。

(7)〔知道他们是特别着重艺术的，除却艺术则生活一天也难维持下去〕《文学》、订正本、改版本同，文集本作“他们是特别着重艺术的，除掉艺术活动，生活一天也难维持下去”。

(8)〔达尔文氏(Darwin)……就有美的要求〕《文学》、订正本、改版本同，文集本作“达尔文(Darwin)曾到费几亚(Fuegia)族中去考察他们的生活状况。那种民族还不知道穿衣服，达尔文赠他们一块红布，他们却拿来撕成小条，分赠同伴作装饰品，并不拿整幅作衣服穿。这很可令人相信：人类的婴孩时代就有美的要求”。

(9)〔文艺乃有目的的〕《文学》、订正本、改版本同，文集本作“文艺是有目的的”。

(10)〔又是强盗之意〕《文学》、订正本、改版本同，文集本作“又有强盗之意”。

(11)〔财物一点不拿〕《文学》、订正本、改版本同，文集本作“财物一点也不拿”。

(12)〔收统一之效果〕《文学》、订正本、改版本同，文集本作“收统一之效”。

(13)〔德国帝国〕《文学》、订正本、改版本同，文集本作“德意志帝国”。

(14)〔Treitschke〕《文学》、订正本、改版本同，文集本作“托来次克(Treitschke)”。

(15)〔做了先驱的呢〕《文学》、订正本、改版本同，文集本作“做了先驱”。

(16)〔中国有句话说〕文集本、订正本、改版本同，《文学》作“中国有句话”。

(17)〔感情之传染〕《文学》、订正本、改版本同，文集本作“感情的传染”。

(18)〔真哭起来〕《文学》、订正本、改版本同，文集本作“真的哭起来”。

(19)〔找得出证明来的了〕《文学》、订正本、改版本同，文集本作“找得出证明来了”。

(20)〔Moliere〕《文学》、订正本、改版本同，文集本作“莫里哀(Moliere)”。

(21)〔乃以他所著的〕《文学》、订正本、改版本同，文集本作“他把所著的”。

(22)〔他的自己的著作〕《文学》、订正本、改版本同，文集本作“他的著作”。

(23)〔这老仆妇是平日受了 Moliere 的感化〕《文学》、订正本、改版本同，文集本作“这位老仆妇平日受了莫里哀的感化”。

(24)〔使女皆知道诗经〕《文学》、订正本、改版本同，文集本作“使女们也都知道《诗经》”。

(25)〔有个侍女〕《文学》、订正本、改版本同，文集本作“有位使女”。

(26)〔就是民间收集〕《文学》、订正本、改版本同，文集本作“就是从民间收集”。

(27)〔唐代是文学最盛的时期，譬如我们常说的白香山的诗〕《文学》、订正本、改版本同，文集本作“唐代是文学最盛时期，譬如我们常说，白香山的诗”。

(28)〔又如温飞卿的诗〕《文学》、文集本同，订正本、改版本作“又如王之涣温飞卿的诗”。

(29)〔这要求诸〕《文学》、订正本、改版本同，文集本作“这事要求诸”。

(30)〔艺术有此两种伟大的使命〕《文学》、文集本同，订正本、改版本作“艺术有此种伟大的使命”。

(31)〔永远不朽的价值了〕《文学》、订正本、改版本同，文集本作“不朽的价值了”。

(32)〔向它下攻击〕《文学》、订正本、改版本同，文集本作“向它攻击”。

(33)〔是无用的〕《文学》、订正本、改版本同，文集本作“是无用的长物”。

(34)〔而且将来只有一天一天发达〕《文学》、订正本、改版本同，文集本作“但它却只有一天一天的发达”。

(35)〔一些也不遗余力〕《文学》、订正本、改版本同，文集本作“一点也不遗余力”。

(36)〔受人误解为暴徒的俄国〕《文学》、订正本、改版本同，文集本作“受人误解的俄国”。

(37)〔亦极力提倡〕《文学》、订正本、改版本同，文集本作“也极力提倡”。

(38)〔回头看我们中国〕《文学》、订正本、改版本同，文集本作“回头来看我们中国”。

(39)〔而且对于音乐〕《文学》、订正本、改版本同，文集本作“对于音乐”。

(40)〔多是些粗俗不堪〕《文学》、订正本、改版本同，文集本作“多粗鲁不堪”。

(41)〔即就建筑上来说〕《文学》、订正本、改版本同，文集本作“即就建筑来说”。

(42)〔趋向统一目标能力〕《文学》、文集本同，订正本、改版本作“趋向统一目标的能力”。

(43)〔提高我们的精神〕《文学》、订正本、改版本同，文集本作“提高人们的精神”。

(44)〔这样丑化了的国家之中〕《文学》、订正本、改版本同，文集本作“这样衰败的国家之中”。

(45)〔不可少的事情〕《文学》、订正本、改版本同，文集本作“不可少的事”。

(46)〔至于艺术家的本身，我们也希望他觉悟到〕《文学》、订正本、改版本同，文集本作“至于艺术家本身，我们也希望要觉悟到”。

(47)〔不可限量的呢〕《文学》、订正本、改版本同，文集本作“不可限量的”。

《生活的艺术化——在上海美专讲》

(1)题目，文集本、订正本、改版本同，《艺术》作“生活的艺术化——郭沫若先生在上海美专讲”。

(2)〔诸君〕《艺术》、订正本、改版本同，文集本均作“各位”。

(3)〔要借用艺术〕《艺术》、订正本、改版本同，文集本作“要用艺术”。

(4)〔Oscar Wilde(王尔德)〕《艺术》、订正本、改版本同，文集本作“王尔德(Oscar Wilde)”。

(5)〔外的生活〕《艺术》、订正本、改版本同,文集本作“外部生活”。

(6)〔内的生活〕《艺术》、订正本、改版本同,文集本作“内在生活”。

(7)〔美的灵魂(Schone Seele)〕《艺术》、订正本、改版本同,文集本作“美的灵魂”。

(8)〔绘画所含者有平面〕《艺术》、文集本同,订正本、改版本作“绘画所含的为平面”。

(9)〔有长有深远有深度〕《艺术》、文集本同,订正本、改版本作“有长有高有深度”。

(10)〔这均是属于空间的〕《艺术》、订正本、改版本同,文集本作“这都是属于空间的”。

(11)〔不过只算得是历史上一件有趣的事象罢了〕《艺术》、订正本、改版本同,文集本作“只算是历史上一件有趣的事罢了”。

(12)〔近代的艺术已把此等无味的分别打破了〕《艺术》、订正本、改版本同,文集本作“近代艺术已把这种无味的分别打破了”。

(13)〔趋向到音乐的〕《艺术》、订正本、改版本同,文集本作“趋向于音乐的”。

(14)〔空间的艺术打破了静的空间的界限,趋向于动的方面来了〕《艺术》、订正本、改版本同,文集本作“空间艺术打破了静的空间的界限,趋向于动的方面”。

(15)〔表现那动的精神〕《艺术》、订正本、改版本同,文集本作“表现动的精神”。

(16)〔画运动〕《艺术》、文集本同,订正本、改版本作“画马的运动”。

(17)〔所以西洋的绘画〕《艺术》、订正本、改版本同,文集本作“看来,西洋的绘画”。

(18)〔若画中无诗,那就不成为真的艺术了〕《艺术》、订正本、改版本同,文集本作“如果画中无诗,那就不成其为真的艺术了”。

(19)〔四言诗的意思〕《艺术》、订正本、改版本同,文集本作“四言诗”。

(20)〔何以我们不重照片而重绘画?又何以我们不重报纸上的新闻而重诗词和小说〕《艺术》、订正本、改版本同,文集本“重”皆作“重视”。

(21)〔而千古不朽……这几个呢？这便是……〕《艺术》、订正本、改版本同，文集本作“而不朽……这么几个呢？那便是……”。

(22)〔批评哲学的始祖Kant(康德)〕《艺术》、订正本、改版本同，文集本作“批判哲学的开山始祖康德(Kant)”。

(23)〔但是天才又是个什么东西呢？究竟还是天上落下来的呢？还是生成便与人家不同的？〕《艺术》、订正本、改版本同，文集本作“但是天才又是什么呢？是天上落下来的吗？是生来便与人不同吗？”。

(24)〔Lombrosso，他说天才就是疯子〕《艺术》、订正本、改版本同，文集本作“龙布罗索(Lombrosso)说，天才就是疯子”。

(25)〔莫名其妙〕订正本、改版本、文集本同，《艺术》作“没名其妙”。

(26)〔德哲Schopenhauer(叔本华)说，天才即纯粹的客观性(Reine Objektivitat)所谓的纯粹的客观性……——即是没我〕《艺术》、订正本、改版本同，文集本作“德国哲学家萧本华(Schopenhauer)说，天才即纯粹的客观性(Reine Objektivitat)，所谓纯粹的客观性……——即是无我”。

(27)〔便是说我们的生活要时常体验着这种精神呢！〕《艺术》、订正本、改版本同，文集本作“就是说我们的生活要时常体验着这种精神！”。

(28)〔有雄纠纠，气昂昂地武士们，美貌的女士们〕《艺术》同、订正本、改版本“美貌的女士们”作“颤巍巍香馥馥的女士们”；文集本作“有雄纠纠、气昂昂的男士们，有美貌的女士们”。

(29)〔闭眼〕《艺术》、订正本、改版本同，文集本作“闭着眼睛”。

(30)〔我站在这儿清讴〕《艺术》、订正本、改版本同，文集本作“我站立在这儿清讴”。

(31)〔以上郭先生的正文算完了。你看他给我们演了这长的一篇好戏文，还说不过在台上敷衍几句，我想这样的谦虚话，在坐者谁也不肯相信。再者郭先生是现代东方的大诗人，他的词句多有天然的音韵，只可惜记者们非Fhonographes，不能连那铿锵的腔调也蓄音下来，真是有负读者多了。

四月三日记者附言〕

此“附言”出现在《艺术》的篇尾，收入订正本、改版本、文集本时均删除。

《自然与艺术——对于表现派的共感》

(1)〔达文齐〕《艺术》、订正本、改版本同，文集本均作“达文西”。

(2)〔他们是把他们父亲的财产〕《艺术》、订正本、改版本同，文集本作“他们是把父亲的财产”。

(3)〔凯撒的应该还他凯撒，上帝的应该还他上帝〕《艺术》、文集本同，订正本、改版本作“凯撒的应该还给凯撒，上帝的应该还给上帝”。

(4)〔是文艺从科学解放的时候〕《艺术》、订正本、改版本同，文集本作“是文艺再解放的时代”。

(5)〔永恒生动着一丝不乱的动颤？〕《艺术》、文集本同，订正本、改版本作“永恒生动着一丝不乱？”。

《文艺上的节产》

(1)〔树木不到春天来的时候不能抽芽，鸡雏不经三礼拜的时间不能孵化〕《创造周报》、订正本、改版本同，文集本删除其中的“的时候”和“的时间”。

(2)〔仰诸母体的取摄〕《创造周报》、订正本、改版本同，文集本作“仰诸母体”。

(3)〔艺术的胎生期，无论如何是必有的〕《创造周报》、订正本、改版本同，文集本作“艺术的怀胎期，无论如何是必然有的”。

(4)〔提一个照相机向着无论甚么对象物便撮取一张〕《创造周报》、订正本、改版本同，文集本作“提着一个照相机向无论甚么对象便撮取一张”。

(5)〔根本不承认它是艺术了〕《创造周报》、订正本、改版本同，文集本作“不能认为就是艺术”。

(6)〔他们等待是甚么〕《创造周报》同，订正本、改版本作“他们等待甚么”，文集本随其所在一段一同删除。

(7)〔目前的世界为甚么没有甚么伟大的作家，没有甚么伟大的作品？目前的中国为甚么没有甚么伟大的作家，没有甚么伟大的作品？（这个问题尤为是我们国内的批评家时常提说的）〕《创造周报》同，订正本、改版本删除第二个“甚么”，文集本作“目前的世界为甚么没有伟大的作家，没有伟大的作品？目前的中国为甚么没有伟大的作家，没有伟大的作品？（这个问题是我们国内的批评家时常提说的）”。

《一个宣言——为中华全国艺术协会作》

(1)〔全中华的民族〕《创造周报》、订正本、改版本同，文集本作“全中华民族”。

(2)〔亦已经多历年所了〕《创造周报》、订正本、改版本同,文集本作“也已经多历年所了”。

(3)〔不从冰崖喷涌〕《创造周报》、订正本、改版本同,文集本作“不从冰崖里喷涌”。

(4)〔抗举〕《创造周报》、订正本、改版本同,文集本作“抗举起来”。

(5)〔腐化到了极点了〕《创造周报》、订正本、改版本同,文集本作“萎靡到了极点了”。

(6)〔比我们先了四五世纪〕《创造周报》、订正本、改版本同,文集本作“比我们早了四五世纪”。

(7)〔前驱〕《创造周报》、订正本、改版本同,文集本作“前驱者”。

(8)〔未来的艺术的天才已经负势竞上〕《创造周报》同,订正本、改版本作“未来的艺术天才已经负势竞上”,文集本作“未来的艺术天才已经在负势竞上”。

(9)〔浩荡的田地在我们面前开放,我们要同声赞美的欢歌〕《创造周报》同,订正本、改版本、文集本“田地”作“天地”,“同声”作“同声唱”。

《论国内的评坛及我对于创作上的态度》

(1)〔我觉得有一种极不好的习气充溢着〕《学灯》、订正本、改版本同,文集本作“有一种不好的习气充溢着”。

(2)〔並且反转激成一种反动〕《学灯》、订正本、改版本同,文集本作“反而激成一种反动”。

(3)〔生出一种执著来〕《学灯》、订正本、改版本同,文集本作“生出一种执着”。

(4)〔我想批评家总当抱着博大的爱情以对待论敌〕《学灯》、订正本、改版本同,文集本作“批评家总当抱着博大的爱情以对待被批评者”。

(5)〔 Impulsivist 〕《学灯》、订正本、改版本同,文集本删除。

(6)〔每肯向我如是说〕《学灯》、订正本、改版本同,文集本作“每向我如是说”。

(7)〔一匹死了的河豚〕《学灯》、订正本、改版本同,文集本作“一只死了的河豚”。

(8)〔经脑精的作用〕〔储积在脑精中〕《学灯》同,订正本、改版本把两处

“脑精”都改为“脑筋”，文集本把前后两处“脑精”分别改为“脑神经”和“脑”。

(9)〔表现了出来〕《学灯》、订正本、改版本同，文集本作“表现出来”。

(10)〔直接尽我一点〕订正本、改版本、文集本同，《学灯》作“直接尽效我点”。

(11)〔应得是属于后的一种〕订正本、改版本、文集本同，《学灯》作“当得是属于后的一种”。

(12)〔并且人的感受力是有限的，人的神经纤维及脑细胞是容易疲倦的，刺激过烈的作品容易使人麻痹，反转不生感受作用〕订正本、改版本同，《学灯》“反转”作“颠转”，文集本作“人的感受力是有限的，人的神经纤维和脑细胞是容易疲倦的，刺激过于强烈的作品很容易使人麻痹，不发生作用”。

(13)《学灯》中“艺术”的代称均为“牠”，订正本、改版本改为“她”，文集本中又改为“它”。

(14)时间及地点《学灯》作“十一年八月二日，上海”；订正本、改版本作“十一年八月间作”；文集本删除。

《批评与梦》

(1)〔是这么生出的〕《创造》季刊、订正本、改版本同，文集本作“是这样发出的”。

(2)〔另还有一种杜鹃鸟〕《创造》季刊、订正本、改版本同，文集本作“另外有一种杜鹃鸟”。

(3)〔据我想这恐怕〕订正本、改版本、文集本同，《创造》季刊作“据我想来恐怕”。

(4)〔莫把批评两个字〕《创造》季刊、订正本、改版本同，文集本作“不要把批评两个字”。

(5)〔最后始归纳出〕《创造》季刊、订正本、改版本同，文集本作“最后才归纳出”。

(6)〔我在上面已经举了两个浅近的例子已可使我们知道批评的困难了〕《创造》季刊“已可使”作“可使”；订正本、改版本“在上面”作“上面”；文集本“已经举了”作“举的”，“可使”作“已经可以使”。

(7)〔更举些贴切的事例〕《创造》季刊、订正本、改版本同，文集本作“举些更贴切的事”。

(8)〔究竟是若何程度〕《创造》季刊、订正本、改版本同，文集本作"究竟到了如何程度"。

(9)〔把自己受人批评时〕《创造》季刊、订正本、改版本同，文集本作"根据自己受人批评时"。

(10)〔我们无论〕《创造》季刊、订正本、改版本同，文集本作"无论"。

(11)〔受过批评来的〕《创造》季刊、订正本、改版本同，文集本作"受过批评的"。

(12)〔但我自己在小时候每每惊异，我凡做了文章自己以为很得意的而每受先生批斥，自己以为无可无不可的而先生偏大圈而特圈〕《创造》季刊、订正本、改版本同，文集本作"但我自己在小时就每每惊异。凡自己以为很得意的文章，每受先生批斥，自己以为无可无不可的，先生反而大圈而特圈"。

(13)〔戏〕《创造》季刊、订正本、改版本同，文集本均作"木人戏"。

(14)〔惊骇了一跳〕《创造》季刊、订正本、改版本同，文集本作"骇了一跳"。

(15)〔向着我父亲称赞我〕《创造》季刊、订正本、改版本同，文集本作"向我父亲称赞我"。

(16)〔禁不着掩口而笑〕《创造》季刊、订正本、改版本同，文集本作"禁不住掩口而笑"。

(17)〔他便以为我是出口不凡〕《创造》季刊、文集本同，订正本、改版本作"他便以为是出口不凡"。

(18)〔中学〕《创造》季刊、订正本、改版本同，文集本作"中学校"。

(19)〔那时候我已十五岁了〕订正本、改版本同，《创造》季刊作"那时候是十五岁了"，文集本作"那时我已经十五岁了"。

(20)〔我们在中学的时候〕《创造》季刊、订正本、改版本同，文集本作"我们在中学"。

(21)〔幼时的记忆有多少是靠不的住〕《创造》季刊"靠不的住"作"靠不着的"，订正本、改版本、文集本作"靠不住的"。

(22)〔一时高兴陷入自我陶醉的境地的经验，虽然不少〕《创造》季刊、订正本、改版本同，文集本作"一时高兴陷入自我陶醉的境地，这样的经验虽然不少"。

(23)〔他是和我的意见相合的〕《创造》季刊、订正本、改版本同，文集本作

“他和我的意见是相合的”。

(24)〔‘摄生’君〕《创造》季刊、订正本、改版本同，文集本作“摄生”。

(25)〔扪着它的边际〕《创造》季刊、订正本、改版本同，文集本作“扪着边际”。

(26)〔并不甚深刻〕《创造》季刊、订正本、改版本同，文集本作“并不甚么深刻”。

(27)三处〔Climax〕《创造》季刊、订正本、改版本同，文集本前一个作“Climax(顶点)”，后两个作“顶点”。

(28)〔仿吾在批评《残春》一文中论得很精辟而且很是独到〕《创造》季刊、订正本、改版本同，文集本“批评”作“此评”，“很是独到”作“独到”。

(29)〔这是我做那篇小说时的一个奢望……全无 Climax 的〕《创造》季刊、订正本、改版本同，文集本作“这是我做那篇小说时的奢望……全无高潮的”。

(30)〔但是若是……他必定另外可以看出一种作意出来，另外可以说出一番意见〕《创造》季刊、订正本、改版本同，文集本作“若是……他必定可以看出一种作意，可以说出另外一番意见”。

(31)〔孔子的脑精〕〔庄子的脑精〕《创造》季刊同，订正本、改版本、文集本“脑精”作“脑筋”。

(32)〔准备起去〕《创造》季刊、订正本、改版本同，文集本作“准备好”。

(33)〔一一布置起走〕《创造》季刊、文集本同，订正本、改版本作“一一布置起去”。

(34)〔无论梦境是如何离奇〕《创造》季刊、订正本、改版本同，文集本作“无论梦境如何离奇”。

(35)〔莫有看透〕《创造》季刊、订正本、改版本同，文集本作“没有看透”。

(36)〔当摄生先生的先生呢〕《创造》季刊、订正本、改版本同，文集本作“当当摄生先生的老师呢”。

(37)〔已很模糊了〕《创造》季刊、订正本、改版本同，文集本作“已模糊了”。

(38)〔自己之障碍〕《创造》季刊、订正本、改版本同，文集本作“自己的障碍”。

(39)〔也就可以觉得〕《创造》季刊、订正本、改版本同，文集本作“也就可以说”。

(40)〔……要求真的文艺出来……要求真的天才出来〕《创造》季刊、订正本、改版本同，文集本作“……要求真的文艺……要求真的天才”。

(41)〔可以做到的〕《创造》季刊、订正本、改版本同，文集本作“可以做得到的”。

(42)〔唯心的活动〕《创造》季刊、订正本、改版本同，文集本作“心的活动”。

(43)〔才能做得好梦来〕《创造》季刊同，订正本、改版本、文集本作“才能做得出好梦来”。

(44)〔由一种作品的研究而言是该这么样，有一个作家的研究而言也该这么样〕《创造》季刊、订正本、改版本同，文集本“是该这么样”作“应该这么样”，“也该这么样”作“也应该这么样”。

(45)〔那是断难办到〕《创造》季刊、订正本、改版本同，文集本作“那很难办到”。

(46)〔我所希望于批评家的〕《创造》季刊、文集本同，订正本、改版本作“有所希望于批评家的”。

(47)〔因为这不是对于作家的人情〕《创造》季刊、订正本、改版本同，文集本作“这不是对于作家的人情”。

(48)〔三月三日〕《创造》季刊同，订正本、改版本作“十二年三月三日”，文集本作“1923 年 3 月 3 日”。

《未来派的诗约及其批评》

(1)〔事物的确智〕《创造周报》、订正本、改版本同，文集本作“事物的确知”。

(2)〔但是我们乃得一新的造字法〕《创造周报》“但是”作“由是”，订正本、改版本“但是”作“如是”，文集本作“我们得一新的造字法”。

(3)〔毕业了后〕《创造周报》、订正本、改版本同，文集本作“毕了业”。

(4)〔并且还是〕《创造周报》、订正本、改版本同，文集本作“他还是”。

(5)〔以他这样的人物而能创造未来派〕订正本、改版本同，《创造周报》、文集本作“以他这样的人物而创造未来派”。

(6)〔我只感受得〕《创造周报》、订正本、改版本同,文集本作"我只感受着"。

(7)〔便可以晓得〕《创造周报》、订正本、改版本同,文集本作"便可以知道"。

(8)〔奇离〕《创造周报》、订正本、改版本同,文集本作"离奇"。

(9)〔印象至表现〕《创造周报》、订正本、改版本同,文集本作"印象到表现"。

(10)〔还在摇篮中睡觉〕《创造周报》、订正本、改版本同,文集本作"还在混乱中睡觉"。

(11)〔莫有长久的生命〕《创造周报》、订正本、改版本同,文集本作"没有长久的生命"。

(12)〔人类的感觉〕《创造周报》、订正本、改版本同,文集本作"人的感觉"。

《瓦特·裴德的批评论》

(1)〔他是生于极古的罗马旧教的家庭,少年时代曾受严格的禁欲主义的教育〕《创造周报》、订正本、改版本同,文集本作"他是生于罗马旧教传统的家庭,少年时代曾受严格的禁欲主义教育"。按:原《汇校本》"家庭"误作"兰庭"。

(2)〔文学者地步〕《创造周报》、订正本、改版本同,文集本作"古典文学者的地步"。

(3)〔都是他有名的著作〕《创造周报》、订正本、改版本同,文集本作"都是有名的著作"。

(4)〔是最注重感觉的要素〕《创造周报》、订正本、改版本同,文集本作"最着重感觉的要素"。

(5)〔做批评注重感觉的享乐〕订正本、改版本同,《创造周报》作"做评则注重感觉的享乐",文集本作"做批评着重感觉的享乐"。

(6)〔我在"批评——欣赏——检查"(请参看第二十五期的本周报)一文中已经引了他一小节〕《创造周报》有此句,订正本、改版本、文集本均删除。

(7)〔我现在更把他最重要的前半部摘译下来〕《创造周报》同,订正本、改版本"更"作"便",文集本删除"更"。

(8)〔要寻出些广泛的公式来以规范他,无数的尝试已经由些美术和诗的论述家尝试过了〕《创造周报》、订正本、改版本同，文集本作“要寻出些广泛的公式来加以规范，已经有好些美术和诗的论述家作过了无数的尝试”。

(9)〔存在〕《创造周报》、订正本、改版本同，文集本作“存在于”。

(10)〔不求他广泛的公式〕《创造周报》、订正本、改版本同，文集本作“不求广泛的公式”。

(11)〔明白地实现他〕《创造周报》、订正本、改版本同，文集本作“明确地实现它”。

(12)〔真个是〕《创造周报》、订正本、改版本同，文集本作“真是”。

(13)〔一样地无关紧重〕《创造周报》、订正本、改版本同，文集本作“无关紧要”。

(14)〔一切艺术的作品〕《创造周报》、订正本、改版本同，文集本作“一切艺术作品”。

(15)〔譬如 La Gioconda(达文齐所画的肖像画)，Carrara 的丘陵，Picodella Mirandola(意大利文艺复兴期中的思想家)之类〕《创造周报》同，订正本、改版本作“譬如 La Gioconda(达文齐所画的肖像画即 Mona Lisa)，Carrara 的丘陵，Picodella Mirandola 之类”；文集本作“譬如《拉·厥恭打》(La Gioconda)(即《孟娜·黎沙》，达文西所画的肖像画)，卡拉拉(Carrara)的丘陵，米朗多拉(Picodella Mirandola)(意大利文艺复兴期中的思想家)之类”。

(16)〔印象的源泉〕《创造周报》、文集本同，订正本、改版本作“印象当的源泉”。

(17)〔当他把那种美点解析清楚〕《创造周报》、文集本同，订正本、改版本作“他把那种美点解析清楚”。

(18)〔他人〕《创造周报》、订正本、改版本同，文集本作“别人”。

(19)〔威廉白来克〕《创造周报》、订正本、改版本同，文集本作“威廉·巴来克”。

(20)〔好像漫不经意在四处爆发一个优美的结晶〕《创造周报》、订正本、改版本同，文集本作“好像漫不经意地在四处爆发着一个优美结晶”。

《论文学的研究与介绍》

(1)〔沙士比……发表过一部分了〕《学灯》、订正本、改版本同，文集本作“沙士比亚……发表过一部分”。

(2)〔张东荪君函劝我从事全译(原函至今尚存)〕《学灯》、订正本、改版本同,文集本作"张东荪来函劝我从事全译"。

(3)〔也不便查考〕《学灯》、订正本、改版本同,文集本作"不便查考"。

(4)〔是有讨论之必要的〕《学灯》、订正本、改版本同,文集本作"有讨论之必要"。

(5)〔当然有两个因子〕《学灯》、订正本、改版本同,文集本作"当然有两个因素"。以下"因子"均改为"因素"。

(6)〔俳优〕《学灯》、订正本、改版本同,文集本作"演员"。

(7)〔我们且专就翻译家上讨论〕《学灯》、订正本、改版本同,文集本作"我们只专就翻译上来讨论"。

(8)〔要论翻译的事情〕《学灯》、订正本、改版本同,文集本作"要论翻译"。

(9)〔寓在里面〕《学灯》、订正本、改版本同,文集本作"寄寓在里面"。以下"寓"均改为"寄寓"。

(10)两处〔若何强辞夺理〕《学灯》、订正本、改版本同,文集本均作"怎样强辞夺理"。

(11)〔冲动的时候〕《学灯》、订正本、改版本同,文集本作"冲动"。

(12)〔当然能生出莫大的效果,当然会引起一般读者的兴味〕《学灯》、订正本、改版本同,文集本作"当然能生出效果,会引起读者的兴趣"。

(13)〔试问读者诸君,我说的这些话诸君以为是不是〕《学灯》、订正本、改版本同,文集本作"试问,我说的这些话是不是可以成立"。

(14)〔说也惭愧〕订正本、改版本、文集本同,《学灯》作"我也惭愧"。

(15)〔科学是由有限的经验所结成的'假说'上所发出的空幻之花〕《学灯》、订正本、改版本同,文集本作"科学理论多建立在由有限的经验结成的'假说'上"。

(16)〔所以我们读一部科学史〕《学灯》、订正本、改版本同,文集本作"所以读一部科学史"。

(17)〔庄严幽邃的颂歌〕订正本、改版本、文集本同,《学灯》作"庄严出邃的颂歌"。

(18)〔所罗门〕《学灯》、订正本、改版本同,文集本作"索罗门"。

(19)〔文学的好坏,不能说是他古不古,只能说是他醇不醇,只能说是他真不真〕《学灯》、订正本、改版本同，文集本作“文学的好坏，不能说它古不古，只能说它醇不醇，真不真”。

(20)〔莫有〕《学灯》、订正本、改版本同，文集本作“没有”。

(21)〔欧西〕《学灯》、订正本、改版本同，文集本作“欧洲”。

(22)〔无所咎负〕《学灯》、订正本、改版本同，文集本作“胜任”。

(23)〔就觉得很能容易了解了〕《学灯》、订正本、改版本同，文集本作“以为很容易了解了”。

(24)〔存着一层隔膜〕《学灯》、订正本、改版本同，文集本作“存着隔膜”。

(25)〔会连他“Lover's Gift”诗集的第一首诗，我包管读的人就莫名其妙〕《学灯》“Lover's Gift”作“Lovers Gift”、“莫名其妙”作“不明其妙”；订正本、改版本作“会连“Lover's Gift”诗集的第一首诗，我包管读的人就莫名其妙”；文集本作“会连他《爱人的赠品》(‘Lover's Gift’)诗集的第一首诗，我包管读的人就莫名其妙”。

(26)〔不是完全两事〕《学灯》、订正本、改版本同，文集本作“也不是完全两件事”。

(27)〔第二部比较要难译些，因为我没有多的静谧的时间〕《学灯》、订正本、改版本同，文集本作“第二部比较更难译，因为我没有多的时间”。

(28)〔尤宜于翻译〕《学灯》、订正本、改版本同，文集本作“尤宜翻译”。

(29)〔这个恐怕是个确切的预料；所以我的译稿，在最近一两年之内〕《学灯》、订正本、改版本同，文集本作“这个耽心恐怕是个确切的。因此，我的译稿在最近一两年之内”。

(30)〔得一素心人〕《学灯》、订正本、改版本同，文集本作“得一二素心人”。

(31)〔得以感觉得浮士德对于人生是切要之书〕《学灯》、订正本、改版本同，文集本作“感觉得《浮士德》对于人生是切要的书”。

《太戈儿来华的我见》

(1)〔是可以奖励的事情〕《创造周报》、订正本、改版本同，文集本作“是可以奖励的”。

(2)〔让割复让割〕《创造周报》、订正本、改版本同，文集本作“割让复割让”。

(3)〔本亦极可采法的事情〕《创造周报》、订正本、改版本同，文集本作“本也是极可采法的事”。

(4)〔这是我们应得〕《创造周报》、订正本、改版本同，文集本作“这却是值得”。

(5)〔对于他的思想与己国的文化应生若何关系的要求，我们一般的国人究竟有若何明白的概念？〕《创造周报》、订正本、改版本同，文集本作“对于他的思想与本国的文化应发生若何关系的要求，一般国人究竟有如何明白的概念?”。

(6)〔以往的事实明教我们，我们所得的一个不幸的观察：便是我们历来聘请的要求，可怜只不过是一种虚荣心的表现〕《创造周报》、订正本、改版本同，文集本作“以往的事实明召我们，我们所得的一个不幸的观察是：我们历来聘请的要求，只不过是一种虚荣心的表现”。

(7)〔这是孟子所说的“缘木而求鱼”〕《创造周报》、订正本、改版本同，文集本作“这是所谓的‘缘木而求鱼’”。

(8)〔诗圣〕《创造周报》同，订正本、改版本同，文集本作“诗人”。

(9)〔来示我〕《创造周报》、订正本、改版本同，文集本作“来给我看”。

(10)〔粗粗翻阅〕《创造周报》、订正本、改版本同，文集本作“粗略翻阅”。

(11)〔几首诗篇〕《创造周报》、订正本、改版本同，文集本作“几首诗”。

(12)〔明白的概念〕《创造周报》、订正本、改版本同，文集本作“明白概念”。

(13)〔世界的诗人〕《创造周报》、订正本、改版本同，文集本作“世界诗人”。

(14)〔欧西〕《创造周报》、订正本、改版本同，文集本作“欧洲”。

(15)〔‘Baby's Way’‘Sleep-Stealer’‘Clouds and Waves’〕《创造周报》、订正本、改版本同，文集本作“‘Baby's Way’(《婴儿的路》)、‘Sleep-Stealer’(《睡眠的偷儿》)、‘Clouds and Waves’(《云与波》)”。

(16)〔我展来读了，便生了好些惊异〕《创造周报》、订正本、改版本同，文集本作“我展开来读了，生出了惊异”。

(17)〔消完〕《创造周报》、文集本同，订正本、改版本作“销完”

(18)〔我得了他的《新月集》，看见他那种清雅的装订和几页静默的插画〕

《创造周报》、订正本、改版本同,文集本“得了”作“得到”,“清雅”作“淡雅”。

(19)〔结婚之悲苦〕《创造周报》、订正本、改版本同,文集本作“结婚悲苦”。

(20)〔延到〕《创造周报》、订正本、改版本同,文集本作“绵延到”。

(20)〔我住的是一个世界〕《创造周报》、订正本、改版本同,文集本作“我住的是另一个世界”。

(21)〔从原始以来〕《创造周报》、订正本、改版本同,文集本作“从古代以来”。

(22)〔不相悖的事情〕《创造周报》、订正本、改版本同,文集本作“不相悖的”。

(23)〔终然只好永流一身的汗血〕《创造周报》、订正本、改版本同,文集本作“是只好永流一生的血汗”。

(24)〔平和的宣传只是有产阶级的护符〕《创造周报》、订正本、改版本同,文集本作“那只是有产阶级的护符”。

(25)〔我们是由衷欢迎〕《创造周报》、订正本、改版本同,文集本作“我们由衷欢迎”。

(26)〔究竟〕订正本、改版本、文集本同,《创造周报》误作“竟竟”。

(27)〔想要听闻〕《创造周报》、订正本、改版本同,文集本作“想听取”。

(28)〔虽还不曾奉行〕《创造周报》、订正本、改版本同,文集本作“虽不曾奉行”。

(29)〔俳句与和歌的动因〕《创造周报》、订正本、改版本同,文集本作“俳句与和歌”。

(30)〔那横滨的原某〕订正本、改版本、文集本同,《创造周报》作“此横滨的原某”。

(31)〔“What language is thine,O sea?”

“The language of eternal question”

“What language is thy answer ,O sky?”

“The language of eternal silence”〕

《创造周报》、订正本、改版本同,文集本为每句诗添加了汉语翻译,分别是:

“哦,海,你说的是什么?”

"说的是永远的疑问。"

"哦,太空,你说的是什么?"

"说的是永远的沉静。"

(32)〔……有许多好诗,象这上举的刻石的一首〕《创造周报》、订正本、改版本同,文集本作"……有一些好诗,象这刻石的一首"。

(33)〔但是他里面太平凡了的格言太多了〕《创造周报》、订正本、改版本同,文集本作"但是那里面太平凡的格言太多了"。

(34)〔我国雄大的自然在他的作品上定可以生些贡献,这怕是我们对于他远远来华的一个唯一的报礼罢〕《创造周报》、订正本、改版本同,文集本作"我国雄大的自然在他的作品上或许可以生出一些贡献。这怕可能是我们对于他远远来华的一个唯一的报答吧"。

《儿童文学之管见》

(1)〔国内对于儿童文学,最近有周作人先生讲演录一篇出现,这要算是个绝好的消息了!〕原《汇校本》注明此句订正本、改版本与《民铎》杂志同,但其实订正本、改版本与文集本一样,都删除了。

(2)〔而人底根本改造当从儿童底感情教育,美的教育做起。要有优美醇洁的个人然后才有优美醇洁的社会。〕《民铎》、订正本、改版本同,文集本作"人的根本改造应当从儿童的感情教育、美的教育着手。有优美醇洁的个人才有优美醇洁的社会"。

(3)〔兹不能一一具论〕《民铎》、订正本、改版本同,文集本作"不能一一具论"。

(4)〔便单就文学而言,其对于人性所及的熏陶之力,伊古以来,已有定论〕《民铎》、订正本、改版本同,文集本作"但就文学而言,对于人性所及的熏陶之力,伊古以来,已有定评"。

(5)〔均当别具只眼以相看待〕《民铎》、订正本、改版本同,文集本作"都应当别具只眼以相看待"。

(6)〔今日之儿童便为他日之国民〕《民铎》、订正本、改版本同,文集本作"今天的儿童便为明天的国民"。

(7)〔苟徒筑砂上楼台只不过云烟一瞬,一切运动底运动量之总和,其结果不过等于零而已〕《民铎》、订正本、改版本同,文集本作"徒筑砂上楼台,不过云烟一瞬。一切运动的运动量之总和，其结果等于零而已”。

(8)〔究儿童文学底本质〕《民铎》、订正本、改版本同，文集本作“究讨儿童文学的本质”。

(9)〔研究一物之本质，最好是由化学的分析法〕《民铎》、订正本、改版本同，文集本作“研究一物的本质，最好是用化学的方法”。

(10)〔把那物质上所附加的种种混杂不纯的异物驱除洗刷干净，然后定性定量之结果方不至于差之毫厘而谬以千里〕《民铎》、订正本、改版本同，文集本作“先把那物质上所附加的种种不纯的异物洗刷干净，然后定性定量的分析才方不至‘差之毫厘而谬以千里’”。

(11)〔吾人且先从驱除异物 Verreinigung 方面着手〕《民铎》、订正本、改版本同，文集本作“因此，我们且先来从净化异物(Verreinigung)方面着手”。

(12)〔教训文学〕《民铎》、订正本、改版本同，文集本作“教训文字”。

(13)〔儿童文学中本寓有教训的分子存在〕《民铎》同，订正本、改版本删除“本”字，文集本作“儿童文学中本寓有教训的意义”。

(14)〔如像我国底〕《民铎》、订正本、改版本同，文集本作“如象我国”。

(15)〔一样的一些〕《民铎》、订正本、改版本同，文集本作“那样的一些”。

(16)〔白话韵文〕《民铎》、文集本同，订正本、改版本作“韵文”。

(17)〔将来怕也难免不生出些〕《民铎》、订正本、改版本同，文集本作“将来恐怕也会发生些”。

(18)〔他人底自由〕《民铎》、订正本、改版本同，文集本作“别人的自由”。

(19)〔郑声终可以乱雅〕《民铎》、订正本、改版本同，文集本作“郑声可以乱雅”。

(20)〔批评家之必要，一方面也正在此〕《民铎》、订正本、改版本同，文集本作“批评家的必要，一方面也正在这儿”。

(21)〔决不如白纸一样平板〕《民铎》、订正本、改版本同，文集本作“绝不象一张白纸”。

(22)〔莹澈〕《民铎》、订正本、改版本同，文集本作“莹彻”。

(23)〔决不如玻片一样肤浅〕《民铎》、订正本、改版本同，文集本作“决不象一片玻璃”。

(24)〔傑作有〕《民铎》、订正本、改版本同，文集本作“有”。

(25)〔悲梦影之消亡〕《民铎》、订正本、改版本同，文集本作“叹梦影之消亡”。

(26)〔特借儿时回忆得以忘忧，而别生努力进行之感，其最初一节〕《民铎》、订正本、改版本同，文集本作“特借儿时回忆得以忘忧，而又提起精神努力前进，其最初一节是”。

(27)〔清净的位置〕《民铎》、文集本同，订正本、改版本作“清安的位置”。

(28)〔不能动颤的东西〕《民铎》、文集本同，订正本、改版本作“不能移动的东西”。

(29)〔以将命于无稽的诸王之王国间〕《民铎》、订正本、改版本同，文集本作“在无稽的国王们的王国间传递着消息”。

(30)〔飞放之〕《民铎》、订正本、改版本同，文集本作“飞放”。

(31)〔解放〕《民铎》、订正本、改版本同，文集本作“解脱”。

(32)〔不可思议的天光〕《民铎》、订正本、改版本同，文集本作“不可思议的光”。

(33)〔才生下地来的婴儿〕《民铎》、文集本同，订正本、改版本作“才生下来的婴儿”。

(34)〔带神秘的色彩〕《民铎》、订正本、改版本同，文集本作“带些神秘的色彩”。

(35)〔前六年〕《民铎》、订正本、改版本同，文集本作“六年前”。

(36)〔英文文学〕《民铎》、订正本、改版本同，文集本作“英文学”。

(37)〔把来还了我〕《民铎》、订正本、改版本同，文集本作“退还了我”。

(38)〔我问他读后的印象怎么样〕《民铎》、订正本、改版本同，文集本作“我问他读读后的印象”。

(39)〔还狠带个鄙弃的样子〕《民铎》、订正本、改版本同，文集本作“还带着个很鄙弃的样子”。

(40)〔无论其采用何种形式〕〕《民铎》、订正本、改版本同，文集本作“无论采用何种形式”。

(41)〔精神底堂奥者〕《民铎》同，订正本、改版本作“精神底堂奥的”，文集本作“精神堂奥”。

(42)〔以表示准依儿童心理所生之创造的想像与感情之艺术〕《民铎》、订正本、改版本同，文集本作“准依儿童心理的创造性的想象与感情之艺术”。

(43)〔人人能为儿童的文学〕《民铎》、订正本、改版本同，文集本作“人人能为儿童文学”。

(44)〔完全如出自自家心坎……然后方为理想的作品〕《民铎》、订正本、改版本同，文集本作“如出自自家心坎……”。

(45)〔表现之〕《民铎》、订正本、改版本同，文集本作“表现”。

(46)〔生理上〕《民铎》、订正本、改版本同，文集本作“在生理上”。

(47)〔成人之缩型〕《民铎》同，订正本、改版本、文集本作“成人的缩形”。

(48)〔亦决不是〕《民铎》、订正本、改版本同，文集本作“也决不是”。

(49)〔研究儿童文学者，必先研究儿童心理〕《民铎》、订正本、改版本同，文集本作“创作儿童文学者，必先体会儿童心理”。

(50)〔更稍稍略述管见〕《民铎》、订正本、改版本同，文集本作“略述管见”。

(51)〔得一良好之结果〕《民铎》、订正本、改版本同，文集本作“得到良好的结果”。

(52)〔但审判必务求严审，凡无艺术的价值，不合儿童文学的本质者，不宜使之滥竽〕《民铎》、订正本、改版本同，文集本作“审定务求严格，凡无艺术价值、不合儿童文学本质者不使滥竽”。

(53)〔民谣者〕《民铎》、订正本、改版本同，文集本作“民谣”。

(54)〔缮写〕《民铎》、订正本、改版本同，文集本作“写出”。

(55)〔最深刻而幽玄者无过星月之夜〕《民铎》、订正本、改版本同，文集本作“最深刻而幽玄的无过于星月之夜”。

(56)〔一轮皓月高悬，无论走到甚么地方〕《民铎》、订正本、改版本同，文集本作“一轮皓月高悬时，无论你走到甚么地方”。

(57)〔烧酒到好吃〕《民铎》同，订正本、改版本、文集本作“烧酒倒好吃”。

(58)〔直译时为‘月镰’，颇生心异之趣。得此暗示，曾作五绝诗一首云〕《民铎》、订正本、改版本同，文集本作“直译时是‘月镰’，颇生新颖之趣。得此暗示，我曾作五绝诗一首云”。

(59)〔亦曾发表过同意义的新诗一首〕《民铎》、订正本、改版本同，文集本作“也曾发表过同意义的一首新诗”。

(60)〔童谣之中〕《民铎》、订正本、改版本同，文集本作“童谣中”。

(61)〔发见同义的奇语〕《民铎》、订正本、改版本同，文集本作“发见了同义的奇语”。

(62)〔提着汗衣的篮走着〕《民铎》同，订正本、改版本作“提着洗衣的篮走着”，文集本作“提着洗衣的篮子”。

(63)〔幽妙〕《民铎》、订正本、改版本同，文集本作“美妙”。

(64)〔並且还开展一幅女儿心理底活动电影来〕《民铎》、订正本、改版本同，文集本作“这儿还开展一幅女儿心理的电影”。

(65)〔谣词〕《民铎》、订正本、改版本同，文集本作“歌词”。

(66)〔诸君！‘天又高，一把刀！’一语，不又是见天上的新月所发出来的一种联想吗？〕订正本、改版本同；《民铎》“来的”误作“的来”，余同；文集本作“你看，‘天又高，一把刀！’这一句话不是看见天上的新月就象一把镰刀吗？”。

(67)〔此谣所以妙处〕《民铎》、订正本、改版本同，文集本作“这首儿歌的妙处”。

(68)〔我所能记忆的谣曲，有价值的只上两首，此外虽还记得些，但都鄙陋而无可言〕《民铎》、订正本、改版本同，文集本作“我所能记忆的儿歌，比较有价值、留在记忆里的只这两首”。

(69)〔儿童文学中采剧曲形式底表示者，在欧洲亦为最近的创举，我国固素所无有也〕《民铎》、订正本、改版本同，文集本作“儿童文学采取剧曲形式的，恐怕是近代欧洲的创举”。

(70)〔梅特林底‘青鸟’、浩普特曼的‘沈钟’Hauptmann's ‘Der versunkene Glock’最称杰作〕《民铎》、订正本、改版本同，文集本作“我看过梅特林克的《青鸟》、浩普特曼的《沈钟》(Hauptmann's ‘Der versunkene Glock’)”。

(71)〔在前年九月间〕《民铎》、订正本、改版本同，文集本作“前年九月间”。

(72)〔曾发表过一篇《黎明》〕《民铎》、订正本、改版本同，文集本作“我曾发表过一篇《黎明》”。

(73)〔怕久已沈没〕《民铎》、文集本同，订正本、改版本作“久已沈没”。

(74)〔此在青黄不接的时代，最是建设上之一便法〕《民铎》、订正本、改版本同，文集本作“在这青黄不接的时代，是一便法”。

(75)〔并且一方面更能指示具体的体例以启作家底观摩〕《民铎》、订正本、改版本同，文集本作“一方面更能指示具体的体例以供作家的观摩”。

(76)〔並且举凡儿童文学中地方色彩大抵浓厚〕《民铎》、订正本、改版本同，文集本作“举凡儿童文学，地方色彩大抵浓厚”。

(77)〔良好的结果〕《民铎》、订正本、改版本同，文集本作“良好结果”。

(78)〔总难断言〕《民铎》、订正本、改版本同，文集本作“尚难断言”。

(79)〔所以我的主张还是趋重于前的两种〕《民铎》、订正本、改版本同，文集本作“因而我的主张还是侧重于前两种办法”。

《神话的世界》

(1)〔从人的智性生出〕《创造周报》、订正本、改版本同，文集本作“从人的智性产出”。

(2)〔用这“诗人”一个字〕《创造周报》、订正本、改版本同，文集本作“用‘诗人’这一个辞”。

(3)〔而他把这些情绪〕《创造周报》、订正本、改版本同，文集本作“而把这些情绪”。

(4)〔盲目的信仰〕〔执意的反抗〕《创造周报》、订正本、改版本同，文集本作“盲目信仰”“执意反抗”。

(5)〔纯全是采的科学的见解〕《创造周报》、订正本、改版本同，文集本作“纯全采取科学的见解”。

(6)〔历史家和哲学家于智识的进步上在以加速度而进行〕《创造周报》、订正本、改版本同，文集本作“历史家和哲学家的智识进步在以加速度进行”。

(7)〔拌搅〕《创造周报》、订正本、改版本同，文集本作“拌搅着”。

(8)〔对于人类感受性的全称否定〕《创造周报》、订正本、改版本同，文集本作“对于艺术的全称否定”。

(9)〔鱼类是没有泪腺〕《创造周报》、订正本、改版本同，文集本作“鱼类没有泪腺”。

(10)〔去领略《枯鱼过河泣》的一首妙诗〕《创造周报》、订正本、改版本同，文集本作“领略‘枯鱼过河泣’那一首妙诗”。

(11)〔相忘〕《创造周报》、订正本、改版本同，文集本作“忘记”。

(12)〔我们是应该〕《创造周报》、订正本、改版本同，文集本作“应该”。

(13)〔他可以使我们对于无知的自然界如对亲人，他可以使我们听见群星的欢歌〕《创造周报》、订正本、改版本同，文集本作删除两处“他可以”。

(14)〔我们的坟墓变成为母胎，我们的活尸也才从母胎中再诞〕《创造周报》、订正本、改版本同，文集本作删除两处“我们的”。

(15)〔代替〕《创造周报》、订正本、改版本同，文集本作“寄寓”。

(16)〔于诗文中不可见〕《创造周报》、订正本、改版本同，文集本作“在诗文中不可见”。

(17)〔水边之青年〕《创造周报》、订正本、改版本同，文集本作“水边之青年”。

(18)〔我随便把我从前的旧译抄录在这儿罢〕《创造周报》、订正本、改版本同，文集本作“我顺便把我从前的旧译抄录在这儿”。

(19)〔开辟〕《创造周报》、订正本、改版本同，文集本作“开发”。

(20)〔且听他同一的材料〕《创造周报》、订正本、改版本同，文集本作“且听他用同一的材料”。

《波斯诗人莪默伽亚谟》

(1)〔第一读 Rubaiyat 后之感想〕《创造》季刊、订正本、改版本同，文集本作“一读《鲁拜集》(Rubaiyat)后之感想”。

(2)〔使他们哭泣〕《创造》季刊、文集本同，订正本、改版本作“使人们哭泣”。

(3)〔特典〕《创造》季刊、订正本、改版本同，文集本作“特点”。

(4)〔我们所居住的这个银河系统〕《创造》季刊同，订正本、改版本作“我们所住的这个银河系统”，文集本作“我们所居住的这个银河系”。

(5)〔量子电子〕共两处，《创造》季刊、订正本、改版本同，文集本均作“介子、质子”。

(6)〔失掉了他的效力〕《创造》季刊、订正本、改版本同，文集本作“失掉它的效力”。

(7)〔既决囚〕《创造》季刊同，订正本、改版本、文集本均作“未决囚”。

(8)〔古今来的思想家〕《创造》季刊、文集本同，订正本、改版本均作“古来的思想家”。

(9)〔我国的大诗人屈原，他便是彻底怀疑派的一人，他在“天问”“卜居”之中对于宇宙发了许多的疑问，他是知道上帝的名称的，他也是知道本体的悬疑的，你看，他在"远游"中假仙人王子乔的口歌道：

"道可受兮而不可传，
其小无内兮其大无垠。
毋滑尔魂兮彼将自然，
壹气孔神兮于中夜存，
虚以待之兮无为之先，
庶类以成兮此德之门！"

他曾梦想上天，但昇至中道又失了航路。形而上学的灰色的理论，也终竟于他无补，他终竟跳在汨罗里面死了。〕《创造》季刊、订正本、改版本同，文集本作"我国的大诗人屈原，他便是彻底怀疑派的一人，他在《天问》《卜居》之中对于宇宙人生发了许多的疑问，而终竟跳在汨罗里面死了"。

(10)〔他终竟悲伤哭泣〕《创造》季刊、订正本、改版本同，文集本作"悲伤哭泣"。

(11)〔泰初有业〕《创造》季刊、订正本、改版本同，文集本作"泰初有事业"。

(12)〔献身于至痛苦的受用〕《创造》季刊、订正本、改版本同，文集本作"献身于受用"。

(13)〔幻想上帝的〕《创造》季刊、订正本、改版本同，文集本作"幻想有个上帝的"。

(14)〔消极的 Epicurian 了〕《创造》季刊、订正本、改版本同，文集本作"消极的享乐主义者(Epicurian)了"。

(15)〔这便是〕《创造》季刊、订正本、改版本同，文集本作"这是"。

(16)〔 Hashisch 〕〔 Opium 〕〔 Curacao 〕《创造》季刊、订正本、改版本同，文集本分别作"Hashisch(麻醉药)"、"陶醉于 Opium(鸦片)"、"Curacao(柑桂酒)"。

(17)〔即使有人〕《创造》季刊、订正本、改版本同，文集本作"有人"。

(18)〔棉类之栽培〕《创造》季刊、订正本、改版本同，文集本作"棉花类的栽培"。

(19)〔及其他诸种宝石〕《创造》季刊、订正本、改版本同，文集本作"和其它各种宝石”。

(20)〔“天幕制造者”(Tentmaker)〕《创造》季刊、订正本、改版本同，文集本删除“(Tentmaker)”。

(21)〔所住的学校有点贵胄的性质〕《创造》季刊、订正本、改版本同，文集本作“所住学校有点贵胄性质”。

(22)〔亚拉比亚〕《创造》季刊、文集本同，订正本、改版本均作“亚拉伯”。

(23)〔迁入波斯者〕《创造》季刊、订正本、改版本同，文集本作“迁入波斯的”。

(24)〔最大的哲人野芒〕《创造》季刊、订正本、改版本同，文集本作“大哲人野芒”。

(25)〔差不多了〕《创造》季刊、订正本、改版本同，文集本作“差不多的”。

(26)〔随便怎么都好〕《创造》季刊、订正本、改版本同，文集本作“随便怎样都好”。

(27)〔当盟立一誓〕《创造》季刊、订正本、改版本同，文集本作“当立一盟誓”。

(28)〔都应承了〕《创造》季刊、订正本、改版本同，文集本作“都同意了”。

(29)〔后来也是他刺杀了的〕《创造》季刊、订正本、改版本同，文集本作“后来也是被他刺杀了的”。

(30)〔见后译诗〕《创造》季刊同，订正本、改版本作“见我鲁拜集中译诗”，文集本作“见《鲁拜集》译诗”。

(31)〔最大的赐与〕《创造》季刊、订正本、改版本同，文集本作“最大赐与”。

(32)〔(Mithkal 不知合中币多少，待考)〕《创造》季刊、订正本、改版本同，文集本作“(Mithkal)”。

(33)〔于天文学的智识之丰富〕《创造》季刊、订正本、改版本同，文集本作“关于天文学的智识非常丰富”。

(34)〔Jalali〕《创造》季刊、订正本、改版本同，文集本作“雅拉里历(Jalali)”。

(35)〔据英国史学大家 Gibbon 的批评：“时之计算比鸠良历(Julian year 以 365 1/4 日为一年，俄罗斯历即此，)精确，与各列果良历(Gregorian Style—Gregory 十三世所改正，比鸠良历一年少十一日)相近。”〕《创造》季刊、订正本、改版本同，文集本作“据英史学家吉朋(Gibbon)的批评：“时辰的计算比鸠良历

(Julian year)精确，与各列果良历(Gregorian Style)相近”。

(36)〔诗人的外的生活〕《创造》季刊、订正本、改版本同，文集本作“诗人之外的生活”。

(37)〔见太戈尔 One Hundred Poems of Kabir 的序传中〕《创造》季刊、订正本、改版本同，文集本作“见太戈儿英译的《伽毗百吟》的序传中”。

(38)〔晓得一种事实〕《创造》季刊、订正本、改版本同，文集本作“知道一项事实”。

(39)〔(以上的叙述大抵取材于 Fitzgerald's ‘Omar Khayyam the Astronomer-poet of Persia’一文中)〕《创造》季刊、订正本、改版本同，文集本作“(以上的叙述大抵取材于费兹吉拉德的《波斯的天文学家兼诗人莪默·伽谟》一文中)”。

(40)〔他的诗集 Rubaiyat(四行诗集)据 Fitzgerald 所举，原文有四五种类，各种所含首数亦各不同〕《创造》季刊、订正本、改版本同，文集本作“他的诗集《鲁拜集》(四行诗集)据费兹吉拉德所说，原文有四五种，各种所含首数各有不同”。

(41)〔其译为英文者以 E. Fitzgerald 为始。——Fitzgerald 以一八〇九年生于英国 Suffolk 州之 Bredfield。父姓本系 Purcell，父死后，改依母姓。生平与 Thackeray，W. H. Thompson，Tennyson 等为友〕《创造》季刊同；订正本、改版本“改依母姓”作“依改母姓”，余同；文集本作“其译为英文者以费兹吉拉德为始。——费兹吉拉德以一八〇九年生于英国塞福克州的布瑞费尔德。父姓本系浦舍尔，父死后，改依母姓。生平与萨克雷、托姆孙、丁尼孙等为友”。

(42)〔使之永远不朽，与莪默伽亚谟之名如双子星座之 Castor 与 Pollux 二星者，便是他的 Rubaiyat 的英译〕《创造》季刊、订正本、改版本同，文集本作“使之永垂不朽、与莪默伽亚谟之名相联如双子星座之卡斯托(Castor)与坡鲁克斯(Pollux)二星者，便是他的《鲁拜集》的英译”。

(43)〔Fitzgerald 的英译〕《创造》季刊、订正本、改版本同，文集本作“费兹吉拉德的英译”。下文中“Fitzgerald”均作“费兹吉拉德”。

(44)〔第一版只是一种小小的 Pamphlet，並且没有记名，出版书店伦敦 Quaritch 把它丢在四片尼均一的书匣里〕《创造》季刊、订正本、改版本同，文集本作“第一版只是一种薄薄的小册子，没有记名，出版者伦敦书店括里奇(Quaritch)把它丢在四片尼均一的书格子里”。

(45)〔一八六〇年 D. G. Rossetti 先发见了这部译诗的好处;接着 Swinburne,Lord Houghton 也极力称赞〕《创造》季刊同;订正本、改版本“译诗”误作“译译”,余同;文集本作“一八六〇年罗舍蒂(D. G. Rossetti)首先发见了这部译诗的好处;接着斯文邦(Swinburne)何通爵士(Lord Houghton)也极力称赞”。

(46)〔 Henry Newbolt 〕《创造》季刊、订正本、改版本同,文集本作“亨利·纽波特(Henry Newbolt)”。

(47)〔我还不曾得见〕《创造》季刊、订正本、改版本同,文集本作“我还没有看见过”。

(48)〔 Rubaiyat 本是 Rubai 的复数〕《创造》季刊、订正本、改版本同,文集本作“《鲁拜集》的原文 Rubaiyat 本是 Rubai(鲁拜)的复数”。

(49)〔 Rubaiyat 的英译,在 Fitzgerald 之后,还有 E. H. Whinfield,N. H. Dole,J. Payne 诸氏的译本〕《创造》季刊、订正本、改版本同,文集本作“《鲁拜集》的英译,在费兹吉拉德之后,还有费尔德(E. H. Whinfield)朵耳(N. H. Dole)培恩(J. Payne)等人的译本”。

(50)〔说是是直接从波斯文译出的〕《创造》季刊、订正本、改版本同,文集本作“据说是直接从波斯文译出的”。

(51)〔但是那诗中所流的精神,是没有甚么走转。翻译的功夫,到了 Fitzgerald 的程度,真算得与创作无以异了〕《创造》季刊、订正本、改版本同,文集本作“但是那诗中所流贯的精神,大体相近。翻译的功夫,做到费兹吉拉德的程度,真算是和创作无异了”。

《少年维特之烦恼序引》

(1)〔‘素朴的诗’(Naïve Dichtung)〕《创造》季刊、订正本、改版本同,文集本作“‘素朴的诗’”。

(2)〔我对于歌德此书,也有这个同样的观念〕《创造》季刊、订正本、改版本同,文集本作“我也有同样的观感”。

(3)〔宁说是诗,宁说是一部散文诗集〕《创造》季刊、订正本、改版本同,文集本“宁”均作“宁肯”。

(4)〔拘于因袭之见者……而所谓韵又机几乎限于脚韵〕《创造》季刊、订正本、改版本同,文集本作“拘于因袭之见的人……所谓韵又几乎限于脚韵”。

(5)〔诋散文诗之名为无理者，真可算是出人意表之外〕《创造》季刊、订正本、改版本同，文集本作“诋散文诗之名为悖理者，真可算是出人意外”。

(6)〔而诗不必定有韵。读无韵之抒情小品，吾人每每称其诗意葱茏。由此可以知道诗之生命别有所在〕《创造》季刊、订正本、改版本同，文集本作“而诗不必一定有韵。读无韵的抒情小品，人们每每称其诗意葱茏。由此可知，诗的生命别有所在”。

(7)〔此正为合理易明的名目〕《创造》季刊、订正本、改版本同，文集本作“正十分合理”。

(8)〔不能变易〕《创造》季刊、订正本、改版本同，文集本作“不变”。

(9)〔不能前进〕《创造》季刊、订正本、改版本同，文集本作“未能进展”。

(10)〔此书主人公维特之性格，便是“狂飙突进时代”(Sturm und Drang)少年歌德自己之性格，维特之思想，便是少年歌德自身之思想〕《创造》季刊、订正本、改版本同，文集本四处“之”均作“的”、“自身”作“自己”。

(11)〔他智所能知的〕《创造》季刊、订正本、改版本同，文集本作“他智所能知”。

(12)〔他身之周围〕《创造》季刊、订正本、改版本同，文集本作“他的身之周围”。

(13)〔即是物之自身〕《创造》季刊、订正本、改版本同，文集本作“即是物自体”。

(14)〔他认识自然是为一神之所表现〕《创造》季刊、订正本、改版本同，文集本作“他认为自然是唯一神之所表现”。

(15)〔反抗一切的学识〕订正本、改版本、文集本同，《创造》季刊作“反抗浮薄的学识”。

(16)〔阶级〕《创造》季刊、订正本、改版本同，文集本作“名位”。

(17)〔亲眷〕《创造》季刊、订正本、改版本同，文集本作“亲睦”。

(18)〔这种人底单纯无碍的喜悦，他的心能够感觉得〕《创造》季刊、订正本、改版本同，文集本作“这种作为人的单纯无碍的喜悦，他的心能够感受到”。

(19)〔先驱〕《创造》季刊、订正本、改版本同，文集本作“前驱”。

(20)〔便寻一个对象〕《创造》季刊、订正本、改版本同，文集本作“便就一个小朋友”。

(21)〔才把他们〕《创造》季刊、订正本、改版本同，文集本作“却把他们”。

(22)〔一般之青年大起共鸣，追慕维特之遗风〕《创造》季刊、订正本、改版本同，文集本作“一般青年读者大起共鸣，追慕维特遗风”。

(23)〔苦于性的烦恼的青年〕《创造》季刊、订正本、改版本同，文集本作“苦于恋爱不自由的青年”。

(24)〔胸中正怀藏着这本〕《创造》季刊、订正本、改版本同，文集本作“怀中正藏着一本”。

(25)〔均先后趋来，瞻仰此艺坛新星之光耀〕《创造》季刊、订正本、改版本同，文集本作“均先后前来，瞻仰此文坛新星之光耀”。

(26)〔高举决胜之歌，以趋其天定之轨辙〕《创造》季刊、订正本、改版本同，文集本作“高唱决胜之歌，以趋其天定的轨辙”。

(27)〔(Frederick der Grobs)〕《创造》季刊、订正本、改版本同，文集本删除。

(28)〔克尔〕《创造》季刊、订正本、改版本同，文集本作“奥古斯特·克尔”。

(29)〔遂成为外马宫庭贵客，而外马遂成为德意志文坛之中心地点〕《创造》季刊、订正本、改版本同，文集本两处“外马”均作“偎马”，“遂成为”作“便成为”。

(30)〔一个 Intermesso〕《创造》季刊、订正本、改版本同，文集本作“一个插曲(Intermesso)”。

(31)〔某旅馆之食堂〕《创造》季刊、订正本、改版本同，文集本作“某旅馆的餐厅”。

(32)〔开放文艺与思索之奇葩〕《创造》季刊、订正本、改版本同，文集本作“开放着文艺与思索的奇葩”。

(33)〔你便是歌德君吗〕《创造》季刊、订正本、改版本同，文集本作“你就是歌德君吗”。

(34)〔青年(颔首)……〕《创造》季刊、订正本、改版本同，文集本作“青年(颔首)我是”。

(35)〔各从暴风雨之豫感解放〕《创造》季刊、订正本、改版本同，文集本作“各从暴风雨的豫感中解放”。

(36)〔天才之火〕订正本、改版本同,《创造》季刊、文集本作“天才的火”。

(37)〔卒业于市堡大学(Strassburg)〕《创造》季刊、订正本、改版本同,文集本作“毕业于市堡大学”。

(38)〔时年十九岁〕订正本、改版本同,《创造》季刊、文集本作“时年仅十九岁”。

(39)〔母亲死去,即代母抚育十人之弟妹而经营家政〕《创造》季刊、订正本、改版本同,文集本作“母亲早世,即代母抚育弟妹十人,经营家政”。

(40)〔舞蹈会〕《创造》季刊、订正本、改版本同,文集本作“舞会”。

(41)〔同时与歌德之交谊甚笃〕《创造》季刊、订正本、改版本同,文集本作“同时又是歌德的朋友,交谊颇深”。

(42)〔此日歌德博士与余同饮于园中。入夜,往“德意志馆”(绿蒂之家)〕《创造》季刊、订正本、改版本同,文集本作“此日歌德博士与余同食于园中。入夜,往‘德意志馆’(Deutsche Haus—绿蒂之家)”。

(43)〔莱卜其(Leibzig)〕《创造》季刊、订正本、改版本同,文集本作“莱普齐”。

(44)〔一七七一年为彭池危克(Brunswick)公使馆之书记,得忧郁之症(Melacholie)对于耶稣教怀疑,与其友人公使霍尔德氏(Herdt)之妻生恋爱而失望〕《创造》季刊、订正本、改版本同,文集本作“一七七一年任彭池危克(Brunswick)公使馆的书记,得忧郁症,对于耶教怀疑,与其友人公使霍尔德氏(Herdt)之妻发生恋爱而失望”。

(45)〔借克司妥纳之手枪,以一七七二年十月三十日之夜自杀〕《创造》季刊、订正本、改版本同,文集本作“借去克司妥纳的手枪,以一七七二年十月三十日夜自杀”。

(46)〔歌德初有作成剧曲之计画,继以四礼拜之时日成此小说,以一七七四年三月初间脱稿,脱稿立即付印而风行一时〕《创造》季刊、订正本、改版本同,文集本作“歌德初有作成戏剧的计画,继以四礼拜的功夫写成此小说,以一七七四年三月初旬脱稿,脱稿后立即付印而风行一时”。

(47)〔“维特热”之流行日见猖獗了。“生的闷脱”的怨女怨男,以手枪自杀相随继〕《创造》季刊、订正本、改版本同,文集本作“‘维特热’的流行日见猖獗了。‘生的闷脱’(Sentimental 感伤)的怨男怨女,以手枪自杀者相随继”。

(48)文集本篇末的诗歌增加诗名“绿蒂与维特”。

(49)〔有惨痛飞迸〕文集本、订正本、改版本同,《创造》季刊作“会有惨痛飞迸”。

《西厢艺术上之批判与其作者之性格》

(1)〔许雷〕郭编《西厢》本、订正本、改版本同,文集本作“席勒”。

(2)〔杜尔斯泰〕郭编《西厢》本同,订正本、改版本同,文集本作“托尔斯泰”。

(3)〔遂驱英秀之士〕郭编《西厢》本、订正本、改版本同,文集本作“遂驱使英秀之士”。

(4)〔吾人居今日〕郭编《西厢》本、订正本、改版本同,文集本作“人们居今日”。

(5)〔正当的发展上之一助〕郭编《西厢》本、订正本、改版本同,文集本作“正当发展之一助”。

(6)〔不消多列条据〕郭编《西厢》本、订正本、改版本同,文集本作“例证不消多举”。

(7)〔此明明是种“拜脚狂”〕郭编《西厢》本、订正本、改版本同,文集本作“这明明是种‘拜脚狂’”。

(8)〔受动的虐淫〕郭编《西厢》本、订正本、改版本同,文集本作“受动的虐淫狂”。

(9)〔拜脚狂几千〕郭编《西厢》本、文集本同,订正本、改版本作“拜脚几千”。

(10)〔受动的虐淫者几万〕郭编《西厢》本、订正本、改版本同,文集本作“受动的虐淫狂几万”。

(11)〔吾人固无所忍惮〕郭编《西厢》本、订正本、改版本同,文集本作“我们固无所忍惮”。

(12)〔犹不得不令人汲其万石泪泉而涌出满怀怆痛〕郭编《西厢》本、订正本、改版本同,文集本作“实不得不令人深受感触”。

(13)〔病蒂〕郭编《西厢》本、订正本、改版本同,文集本作“病根”。

(14)〔亦道尽……一种反抗的心理〕郭编《西厢》本、订正本、改版本同,文集本作“也道尽了……反抗心理”。

(15)〔虽同属〕郭编《西厢》本、订正本、改版本同,文集本作"虽同是"。

(16)〔然而西厢底态度更胆大,更猛烈,更革命的〕郭编《西厢》本、订正本、改版本同,文集本作"《西厢记》的态度更胆大,更猛烈,更是革命的"。

(17)〔总会是赞成我的〕郭编《西厢》本、订正本、改版本同,文集本作"总会表示赞成的"。

(18)〔亦绝不能认为滥淫贩卖者底代辩〕郭编《西厢》本、订正本、改版本同,文集本作"更绝不能作为卖淫的代辩"。

(19)〔王实父〕郭编《西厢》本、订正本、改版本同,文集本作"王实甫"。

(20)〔或有以为金时人或有以为元时人者〕郭编《西厢》本、订正本、改版本同,文集本作"或以为金时人,或以为元时人"。

(21)〔窥瞻出的作者底性格〕郭编《西厢》本、订正本、改版本同,文集本作"窥出的作者的风格"。

(22)〔影响〕郭编《西厢》本、订正本、改版本同,文集本作"印象"。

(23)〔吾人细读〕郭编《西厢》本、订正本、改版本同,文集本作"我们细读"。

(24)〔可知作者底感觉异常发达,几乎到了病的程度,作者的想像异常丰瞻几乎到了狂的地步〕郭编《西厢》本、订正本、改版本同,文集本作"可知作者的感觉异常锐敏,几乎到了病态的地步。作者的想像异常丰瞻,几乎到了狂人的地步"。

(25)〔很有个莫大的缺陷〕订正本、改版本同;郭编《西厢》本"很"作"狠",余同;文集本作"是有很大的缺陷"。

(26)〔更还有好些处〕郭编《西厢》本、订正本、改版本同,文集本作"还有好几处"。

(27)〔他这人对于女性的脚好像很有莫大的趣味〕郭编《西厢》本、订正本、改版本同,文集本作"对于女性的脚好像有很大的趣味"。

(28)〔自家〕郭编《西厢》本、订正本、改版本同,文集本作"自己"。

(29)〔Libido 底生活〕订正本、改版本同,郭编《西厢》本作"Libido 底产物",文集本作"离比多"(Libido)的生产"。

(30)〔我想都可以用此说说明〕郭编《西厢》本、订正本、改版本同,文集本作"我看都可以用此说说明"。

(31)〔都是绝好的可以供研究的作品〕郭编《西厢》本、订正本、改版本同，文集本删除。

(32)〔不能说他莫有 Libido 的动机在里面〕郭编《西厢》本、订正本、改版本同，文集本作“不能说没有色情的动机在里面”。

(33)〔觉得减轻了〕郭编《西厢》本、订正本、改版本同，文集本作“似乎减轻了”。

(34)〔始生出〕郭编《西厢》本、订正本、改版本同，文集本作“才生出”。

(35)〔而文艺之尊严性始确立，始能不为豪贵家儿底一种遊戏品〕郭编《西厢》本、订正本、改版本同，文集本作“而文艺之尊严性才得确立，才能不为豪贵家儿的玩弄品”。

(36)〔亦不会产出〕郭编《西厢》本、订正本、改版本同，文集本作“也难产出”。

(37)〔一九二一，五，二，于上海〕订正本、改版本同，郭编《西厢》本作“一九二一，五，二，于上海。郭沫若”，文集本作“1921 年 5 月 2 日于上海”。

《我对于卷耳一诗的解释》

(1)〔载在近出的“卷耳集”里面〕订正本、改版本、文集本同，《觉悟》作“载在‘卷耳集’里面”。

(2)〔思妇心目中〕订正本、改版本、文集本同，《觉悟》作“思妇心目”。

(3)〔不承认毛传的解释，他说毛传的话是“完全不能成立”〕《觉悟》、订正本、改版本同，文集本作“不承认《毛传》，他说《毛传》的话‘完全不能成立’”。

(4)〔虺隤叠韵〕《觉悟》、订正本、改版本同，文集本作“颓叠韵”。

(5)〔犹虺隤〕《觉悟》、订正本、改版本同，文集本作“犹虺”。

(6)〔怕是我们应该发出的罢〕《觉悟》、订正本、改版本同，文集本作“怕应该提出的吧”。

(7)〔我们虽不会专门地实际试验过，但据医学的经验上说来〕《觉悟》、订正本、改版本同，文集本作“我虽不会专门地去做过实际试验，但据医学的经验說来”。

(8)〔这件事情是我们时常经验的〕《觉悟》、订正本、改版本同，文集本作“这是我们时常经验到的事”。

(9)〔笼统说明的了〕《觉悟》、订正本、改版本同，文集本作“笼统说明的”。

(10)〔还存有待考的余地〕《觉悟》、订正本、改版本同，文集本作“还有待考的余地”。

(11)〔差告无罪于万一〕订正本、改版本、文集本同，《觉悟》作“差告无罪的万一”。

《释玄黄——答曹聚仁》

(1)〔说玄黄——答曹聚仁——〕《觉悟》作“说玄黄——答曹聚仁先生——”，订正本、改版本、文集本作“释玄黄——答曹聚仁——”。

(2)《觉悟》在文章开头有“聚仁先生：”，订正本、改版本、文集本均删除。

(3)〔只不过证明〕《觉悟》、订正本、改版本同，文集本作“不过证明”。

(4)〔并不是足下所说“完全不能成立”罢了〕《觉悟》、订正本、改版本同，文集本作“并不是足下所说‘完全不能成立’”。

(5)〔人种黑黄白色的区分〕订正本、改版本、文集本同，《觉悟》作“人种有黑黄白的区分”。

(6)〔自信的坚确〕《觉悟》、订正本、改版本同，文集本作“自信的坚决”。

(7)〔焦到完全炭化的程度只是黄色〕订正本、改版本、文集本同，《觉悟》作“焦到完全炭化的程度自然是黑色，但焦到未完全炭化的程度只是黄色”。原《汇校本》注明“文集本作‘焦到完全炭化的程度始成黑色，未完全炭化只是黄色’”，误。

(8)〔Melanom〕《觉悟》、订正本、改版本同，文集本作“‘莓囊肿’(Melanom)”。

《论诗》

此篇是由郭沫若发表在《时事新报·学灯》上的致李石岑的一封信和致宗白华的两封信改编而成，最初形成论文是在1925年版《文艺论集》中。因此本篇只对比初版本、订正本、改版本和文集本之间的异同，而不涉及《时事新报·学灯》上的原信。

(1)〔最引起了我注意〕订正本、改版本同，文集本作“引起了我注意”。

(2)〔虞书“诗言志，歌永言，声依永，律和声”四语，本是论的诗歌和音乐底两件事。此数语在毛诗序中变形而为〕文集本同，订正本、改版本作“他公然把虞书的‘诗言志，歌永言，声依永，律和声’四语，引来做诗的定义，这真是出乎意外。这四句话本是论的诗歌和音乐两件事。这在毛诗序中变形而为”。

(3)〔据近世欧西学者之研究〕订正本、改版本同，文集本作“据近世欧西学者研究”。

(4)〔其所倚以为表显的方具厥为言语〕订正本、改版本同，文集本作“其所倚以为表现的工具是言语”。以下“方具”均改为“工具”。

(5)〔最可借以说明这个〕订正本、改版本同，文集本作“最可借以说明这点”。

(6)〔别把你心中的委曲私下藏着，我友！

请说给我，只说给我，悄悄地。

你笑得那么委婉，请柔和地说，我心能听，不是我的两耳〕

订正本、改版本同，文集本作：

“别把你心中的秘密藏着，我的朋友！

请对我说吧，只对我说吧，悄悄地。

你微笑得那么委婉，请柔软地私语吧，我的心能够听，不是我的双耳。”

(7)〔不曾达如〕订正本、改版本同，文集本作“不曾达到”。

(8)〔因为音乐是已经成了形的〕订正本、改版本同，文集本删除“因为”。

(9)〔诗是纯粹的内在律底表示，他表示的方具用外在律也可〕订正本、改版本同，文集本作“诗应该是纯粹的内在律，表示它的工具外在律也可”。

(10)〔外在的韵律几乎全然没有〕订正本、改版本同，文集本作“外在的韵律几乎没有”。

(11)〔不怕便是吐嘱他自己的哀情，抑郁，我们读了，都莫有不足以增进我们人格的。因为诗是人格底创造底表现，或为人格创造冲动底表现〕订正本、改版本同，文集本作“不怕便是吐诉自己的哀情，抑郁，我们读了，都足以增进我们的人格。诗是人格创造的表现，是人格创造冲动的表现”。

(12)〔我最初的动机是指摘怀琛先生错引虞书文以为诗底界说之一点〕订正本、改版本同，文集本作“我最初的动机是指摘胡怀琛先生错引《虞书》文以为诗的界说”。以下“怀琛”均改为“胡怀琛”。

(13)〔我想以上根本问题〕订正本、改版本同，文集本作“我想以上的根本问题”。

(14)〔决不是没韵诗〕订正本、改版本同，文集本作“并不是没韵诗”。

(15)〔对于我国诗坛上发一大光明〕订正本、改版本同，文集本作“在我国诗坛上发一大光明”。

(16)〔我想近来要研究诗的人当得从心理学方面,或者从人类学,考古学——不是我国的考据学——去研究他发生史的方面〕订正本、改版本同,文集本作“我想,要研究诗的人恐怕得当得从心理学方面,或者从人类学、考古学——不是我国的考据学方面着手,去研究它的发生史”。

(17)〔徂徕〕订正本、改版本同,文集本作“出面”。

(18)〔至少当得与其他的论理的评论和研究论文等等得相等之位置,而我国杂志界却不然也〕订正本、改版本同,文集本作“至少当得与其他的理论文字、研究论文等等有相等之位置,而我国杂志界却不然”。

(19)〔启读者(俗人)轻视艺术之感〕订正本、改版本同,文集本作“启读者轻视艺术之感”。

(20)〔则毕生中种种行为之目的对于全人类社会文化演进之道途上总得有密切之关系才行〕订正本、改版本同,文集本作“则毕生中种种行为目的对于全人类社会文化演进道途上总得有密切的关系才行”。

(21)〔或诱发人创造冲动为能事〕订正本、改版本同,文集本作“或诱发人创造冲动”。

(22)文集本此部分最后增加时间注明“1921年秋”,订正本、改版本未加此注明。

(23)〔命泉〕订正本同,文集本作“生命源泉”。

(24)〔生底颤动〕订正本同,文集本作“生之颤动”。

(25)〔人类底欢乐底源泉〕订正本同,文集本作“人类欢乐的源泉”。

(26)〔我总恨不得连书带纸地把他吞了下去,我总恨不得连筋带骨地把他融了下去〕订正本“把他融了下去”作“把我融了下去”;文集本作“我总恨不得连书带纸地把它吞咽下去,我总恨不得连筋带骨地把它融化下去”。

(27)〔我想你的诗一定是我们心中的诗境诗意底纯真的表现,一定是能使我熔筋化骨的真诗,好诗;你何苦要那样暴殄,要使他们无形中消灭了去呢?〕订正本删除此句,代之以“……”;文集本“要使他们无形中消灭了去呢?”作“要使它无形中消灭了呢?”。

(28)〔我想你的诗一定也不会是“做”了出来的〕订正本同删除此句,文集本作“我想你的诗一定也不会是‘做’出来的”。

(29)〔 Goethe 也说过:他每逢诗兴来了的时候〕订正本同,文集本作“歌德也说过:他每逢诗兴来时”。

(30)〔连摆正他的时候也没有〕订正本同,文集本作“连摆正它的时间也没有”。

(31)〔灵感〕订正本同,文集本作“灵感(Inspiration)”。

(32)〔只要把他写了出来的时候〕订正本同,文集本作“只要把它写了初来”。

(33)〔当德 Dante 底“神曲”,密尔栋 Milton 底“乐园”,歌德底“浮司德”〕订正本同,文集本作“但丁的《神曲》、弥尔顿的《失乐园》、歌德的《浮士德》”。

(34)〔芭蕉翁的歌句〕订正本同,文集本作“芭蕉的歌句”。

(35)〔泰果尔底「新月」〕订正本同,文集本作“太戈儿的《新月集》”。

(36)〔连摆正纸位的时间也都不许你有〕订正本同,文集本作“连摆正纸位的时间也没有”。

(37)〔方式〕订正本同,文集本作“算式”。

(38)〔 Typus 〕订正本同,文集本作“类型”。

(39)〔展到他可以展及的地方为止〕订正本同,文集本作“展延到他可以展延到的地方为止”。

(40)〔立体地发展了去〕订正本同,文集本作“立体地发展起去”。

(41)〔这类的人我只找到两个〕订正本同,文集本作“这类的人我可举出两个”。

(42)〔孔子这位大天才,要说他是政治家,他有他的“大同”底主义;要说他是哲学家,他也有他 Pantheism 底思想,要说他是教育家,他也有他的“有教无类”“因材施教”底 Kinetisch 的教育原则〕订正本同,文集本作:“孔子,要说他是政治家,他有他的‘大同’主义;要说他是哲学家,他也有他泛神论的思想;要说他是教育家;他有他的‘有教无类’、‘因材施教’的动态的(Kinetisch)教育原则。”

(43)〔他本是精通音乐的〕订正本同,文集本作“他是精通音乐的”。

(44)〔是断难推到的〕订正本同,文集本作“是很难推到的”。

(45)〔或者由多数人物组织成一个机关〕订正本同,文集本作“或者由多数人组织成一个机构”。

(46)〔我想定可为"民众艺术底宣传""新文化建设底运动"之一助〕订正本同,文集本作"我想这定可以为'民众艺术的宣传'、'新文化建设运动'之一助"。

(47)〔是最不容易了解的〕订正本同,文集本作"是不容易了解的"。

(48)〔他有色素底研究,曾同牛顿辩论过来〕订正本同,文集本作"他有色彩研究,曾同牛顿辩论过"。

(49)〔 Wieland 又说,Goethe 是一个 menschlichste aller Menschen。他这名称似乎可以译成「人中的至人」,可是他的概念终竟还是不易把捉的。可是他比我国底「大诚至圣先师」等等徽号觉得更妥当着实些〕订正本同,文集本作"威朗德又说,歌德是一个'menschlichste aller Menschen'——这个名称似乎可以译成'人中的至人',概念终竟还是不易把握。可是他比起我国的'大诚至圣先师'等等徽号觉得更妥当着实些"。

(50)〔 Bucherwurm 〕订正本同,文集本作"蠹鱼"。

(51)〔只有纯粹的直观〕订正本同,文集本作"是纯粹的直观"。

(52)〔(这些话自然是要望你指正的了!)〕文集本同,订正本删除。

(53)〔 Pantheism 〕订正本同,文集本均作"泛神论"。

(54)〔不满足那 upholsterer……,他自然要趋向到 Pantheism 去〕订正本同,文集本作"不满足那 upholsterer(室内装饰)……,他自然要趋向于泛神论"。

(55)〔(你这"宇宙观"当中自然是包括着"人生观"说的了。)〕文集本同,订正本删除。

(56)〔不是个单纯的诗人〕订正本同,文集本作"不是单纯的诗人"。

(57)〔 Strahlenkranz 〕订正本同,文集本作"光轮"。

(58)〔 Pantheist 〕订正本同,文集本作"泛神论者"。

(59)〔 Spinoza 〕订正本同,文集本均作"斯宾诺莎"。

(60)〔 Ethica cum geometricum 〕订正本同,文集本作"几何学式的论理学"。

(61)〔他说他再不曾感受过〕订正本同,文集本作"他说他从不曾感受过"。

(62)〔 Dichtung und Wahrheit 〕订正本同,文集本作"《文与质》("Dichtung und Wahrheit")"。

(63)〔此书可惜弟处没有〕文集本同，订正本作“此书可惜手中没有”。

(64)〔司皮诺若的 Eahik，我记得好像是 Hoffding 底「近代哲学史」底评语〕订正本同，文集本作“斯宾诺沙的《论理学》，我记得好像是赫夫丁格（Hoffding）的《近代哲学史》的评语”。

(65)〔 Drama 〕文集本同，订正本作“剧本”。

(66)〔我们应该受他的教训的地方很多呢！〕订正本同，文集本作“我们应该接受他的经验的地方很多！”

(67)文集本此部分最后增加时间注明：“九年一月十八日”，订正本未加此注明。

(68)〔 Den Drang nach Wahrheit und die Lust am Trug 〕订正本同，文集本增加注释“向真实追求，向梦境寻乐”。

(69)〔歌德一生只是个矛盾方面的结晶体〕订正本同，文集本作“歌德一生是个矛盾的结晶体”。

(70)〔只不过是些园艺盆栽〕订正本同，文集本作“不过是些园艺盆栽”。

(71)〔你所下的诗的定义……觉得更妥帖些〕订正本同，文集本作“你说诗是意境的表现……觉得更妥些”。

(72)〔直觉是诗胞的 Kern，情绪是 protoplasma，想像是 centrosomum，至于诗的形式，只是 Zellenmembran 〕订正本同，文集本作“直觉是诗细胞的核，情绪是原形质，想象是染色体，至于诗的形式只是细胞膜”。

(73)〔美化（Refine）〕订正本同，文集本删除“（Refine）”。

(74)〔九，二，一六夜〕订正本同，文集本作“1920 年 2 月 16 日夜”。

附　录

《文学的本质》

本篇以《学艺》上的版本为基础与其他版本进行对比。

(1)〔反复歌出〕订正本、改版本同，文集本作“反复唱出”。

(2)〔说明句在中〕订正本、改版本同，文集本作“说明句在中间”。

(3)〔孩子们〕订正本、改版本、文集本作“孩子”。

(4)〔有一定的节奏〕订正本、改版本、文集本删除“有”。

(5)〔它的自身是本来具有一种节奏的〕订正本、改版本同，文集本作“它本身具有一种节奏”。

(6)〔……情绪的催眠……节奏的言语〕订正本、改版本同，文集本作“……情绪催眠……节奏的语言”。

(7)〔在心理学上考察是同出于一源，便在人类学或者社会学上考察，也是一体的表现〕订正本、改版本同，文集本作“便从心理学上考察，是同出于一源，从人类学或者社会学上考察，也是一体的表现”。

(8)〔这从野蛮人的歌舞与儿童的游戏起，以至于所谓“灵感”的伟大的作品止，都能得到满足的说明〕订正本、改版本“儿童的游戏”作“儿童游戏”，“都能得到”作“都是得到”，余同；文集本作“这从未开化人的歌舞与儿童游戏起，以至于所谓表示‘灵感’的伟大作品止，都可以得到满足的说明”。

(9)〔除掉了客观的模仿便是不能成就的〕订正本、改版本同，文集本作“除掉客观的模仿便不能有所成就”。

(10)〔便是不能不偏重客观的〕订正本、改版本同，文集本作“不能不偏重客观”。

(11)〔我们无论从个人或社会的发生史上去考察，空间的艺术的发生是后于时间的艺术的〕订正本、改版本同，文集本作“无论从个人或社会的发生史上去考察，空间艺术的发生史是后于时间艺术的”。

(12)〔时间的艺术〕〔空间的艺术〕订正本、改版本同，文集本分别作“时间艺术”“空间艺术”。

(13)〔它们〕订正本、改版本同，文集本均作“两者”。

(14)〔小说和戏剧从来虽与诗歌同属于文学〕订正本、改版本同，文集本删除“从来”。

(15)〔它是用文字表现的绘画〕文集本同，订正本、改版本作“牠是文字表现的绘画”。

(16)〔从来……分析得清楚的关系〕订正本、改版本同，文集本作“向来……分析得清楚”。

(17)〔我把文学和其他的艺术比较〕订正本、改版本同，文集本作“把文学和其他艺术比较”。

(18)〔一九二五年七月八日草于上海〕订正本、改版本同，文集本作“1925

年7月8日草于上海”。

《论节奏》

本篇以《创造月刊》上的版本为基础与其他版本进行对比。

(1)〔我们现在来研究这个节奏罢〕订正本、改版本同,文集本作“我现在来研究这个节奏吧”。

(2)〔“运动的节奏”(Bewegungsrhythmus)〕及下文〔“音响的节奏”(Tonrhythmus)〕订正本、改版本同,文集本均删除英语部分。

(3)〔……运动的节奏,化成诗歌的这种音调的节奏了〕订正本、改版本同,文集本作“……运动节奏,化成诗歌的音调节奏了”。

(4)〔凡为构成节奏〕订正本、改版本同,文集本作“凡要构成节奏”。

(5)〔那是再单调没有的〕订正本、改版本同,文集本作“那是最单调没有的”。

(6)〔悠然的情趣〕订正本、改版本、文集本作“悠然情趣”。

(7)〔便觉生出一种节奏来〕订正本、改版本同,文集本作“便感觉出一种节奏来”。

(8)〔没有看过大海的人〕文集本同,订正本、改版本作“没有看过大的海的人”。

(9)〔有什么区别没有呢?有的〕订正本、改版本同,文集本删除“有的”。

(10)〔这已经是一定的公例〕订正本、改版本同,文集本作“这是一定的公例”。

(11)〔完全是两样呢〕订正本、改版本同,文集本作“完全是两样”。

(12)〔生出这两种派别〕订正本、改版本同,文集本作“生出两种派别”。

(13)〔希腊的古哲 Anaximander〕订正本、改版本同,文集本作“希腊古哲安那希曼德(Anaximander)”。

(14)〔就譬如〕订正本、改版本同,文集本作“就如”。

(15)〔认成客观的存在去了〕订正本、改版本同,文集本作“全认成客观的存在”。

(16)〔宇宙自己的存在还是依我们的精神而存在的〕订正本、改版本同,文集本作“宇宙本身的存在还是通过我们的精神而认识到的”。

(17)〔M. Kawczynski〕订正本、改版本同,文集本作“考清斯克(M.

Kawczynski)”。

(18)〔是古代的僧侣〕订正本、改版本同，文集本作“是由古代的僧侣”。

(19)〔这把节奏只限于在文艺上考核〕订正本、改版本同，文集本作“这是把节奏只限于在文艺上加以考核”。

(20)〔僧侣们创作的呢〕订正本、改版本同，文集本作“僧侣们的创作”。

(21)〔 Wundt 〕订正本、改版本同，文集本作“温德(Wundt)”。

(22)〔我们又因之〕订正本、改版本、文集本作“我们因之”。

(23)〔因为注意的关系〕订正本、改版本、文集本作“因为注意关系”。

(24)〔不一定是诗〕订正本、改版本同，文集本作“不必一定是诗”。

(25)〔我相信是可以增加诗的效果的〕订正本、改版本同，文集本作“是可以增加诗的效果的”。

(26)〔……雒诵的……原故了〕订正本、改版本同，文集本作“……雒诵……原故”。

(27)〔不过他的里面，音乐的分子，比较重些罢了〕订正本、改版本同，文集本作“不过它的音乐成分比较更重些罢了”。

第九章　郭沫若《文艺论集续集》汇校异文全录

《文艺论集续集》最初由上海光华书局于1931年9月出版，是郭沫若继《文艺论集》之后第二部专门论述文艺问题的论文集。在这部"续集"之后，郭沫若便再也没有出版过严格意义上的文艺论文集。也就是说，郭沫若作为一个文艺评论家，其专门的文艺评论集仅此两部。在这两部文集中所收录的论文一直以来都是学界研究郭沫若文艺思想的重要参考资料，而同时，郭沫若日后对这两部文集内容的删削修改也是非常大的。鉴于这些原因，早在20世纪80年代就曾有学者对《文艺论集》进行过汇校，形成了《〈文艺论集〉汇校本》，为学界研究郭沫若"提供了一个很好的研究范本"①。一直到今天，该书影响都很大。但是非常遗憾的是，目前为止，学界还从没有人对《文艺论集续集》进行过系统的汇校工作。众多学者们在研究和引用这部文集中的文章时，往往都是根据《沫若文集》或者《郭沫若全集》中的版本，而不知道这两部集子中所收录的文章内容与其最初版本的内容已经有着很大不同了。

《文艺论集续集》共收入论文11篇，虽然比《文艺论集》最初出版时的31篇论文少了不少，但是郭沫若对这部"续集"的辑录和出版却远比《文艺论集》要重视得多。他1925年12月出版的《文艺论集》可以说完全是"无心插柳"的结果，最初仅仅是在泰东书局的伙计沈松泉向他约稿时"临时决定的"，并且在收录哪

① 孟文博:《郭沫若〈〈文艺论集〉汇校本〉补正》,《山东师范大学学报》2012年第6期。

些文章方面也是请沈松泉代劳，“帮他搜集他在各报刊上发表过的文章”①。另外，郭沫若在出版这部《文艺论集》之前早已宣称“我现在成了个彻底的马克思主义的信徒了！马克思主义在我们所处的这个时代是唯一的宝筏”②，而其中所收录的文章，又都是郭沫若思想转变之前的作品，因此郭沫若称“这部小小的论文集，严格地说时，可以说是我的坟墓吧”③。但是相比之下，郭沫若出版《文艺论集续集》却是真正的“有心栽花”，其中所收录的文章在创作时间的跨度上长达7年。在这7年内，郭沫若还曾创作过大量其他的文艺论文，但最后只精挑细选出其中的11篇录入此文集，而这11篇文章也全部都是表现其“马克思主义”观念的作品。可以说他选录文章的标准是非常明确的，态度也是极为认真的。另外，这部文集的出版时间也非常特殊，其时郭沫若还在日本过着“穷的要死，环境也特别不自由”④的生活，但却一直密切关注着国内左翼文坛的动向。就在这部论文集出版的前一年，郭沫若便连续创作了《新兴大众文艺的认识》《普罗文艺的大众化》《文学革命之回顾》等极具激进左倾色彩的论文，以极为积极的姿态参与到国内左翼文艺运动中去，而出版此论文集，也是他这种姿态的进一步体现。

郭沫若把最初发表在各个报刊上的文艺论文收入进《文艺论集续集》时，对它们所进行的修改并不算大，但是也有非常值得注意的地方，比如在《文学革命之回顾》最初版本中的“然而文学革命宣告成功以来已经十余年”这句话，便被改为“然而文学革命以来已经十余年”，删除了“宣告成功”一语。这一处看似非常简单的修改却折射出一个很大的问题，那就是郭沫若由此进一步明确了他对于五四文学革命的否定态度，他想表明自己根本就不承认文学革命是成功的。

进入50年代后，郭沫若利用把这部文集收入进《沫若文集》第十卷之机，对其中的每一篇文章都做了较大幅度的修改，其中很多的修改都非常具有时代政治色彩，结果就对其最初的思想状态形成了很大遮蔽。例如《孤鸿——致仿吾的一封信》和《文艺家的觉悟》两篇论文中对“突罗次克”这个人名的修改。在

① 沈松泉：《关于光华书局的回忆》，《古旧书讯》1981第5、6期、1982年第1期。

② 郭沫若：《孤鸿》，《创造月刊》1926年第2期。

③ 郭沫若：《文艺论集·序》，光华书局1930年版，第1页。

④ 美蒂：《郭沫若印象记》，黄人影：《文坛印象记》，乐华图书出版公司1932年版，第45页。

《孤鸿》的最初版本中，郭沫若把“突罗次克”和列宁都看作是有着“缜密的脑精”的“真挚的学者”；在《文艺家的觉悟》的最初版本中郭沫若同样把他和列宁相提并论，认为“他们对于文艺的造诣比我们中国任何大学的文科教授，任何思想界的权威者还要深到”。但到后来，郭沫若把这个名字删除了。根据原文内容和日后的政治形势，我们可以推测出这个人就是托洛斯基。显然，郭沫若在最初是对托洛斯基列于和列宁几乎相等的地位，只是到了后来政治形势发生变化，才把他的名字删除了。

同样需要注意的几处人名修改在《文学革命之回顾》中。郭沫若在此文的最初版里两次提到创造社团体中的“郭、郁、成、张”四人。其中的“张”当然是张资平，但到后来，郭沫若将其中的“张”字均删除了。还有在最初版中郭沫若也曾两次提到“潘汉年、周全平、叶灵凤”的名字或者姓氏，而之后则全都以“一批新力军”或者“一批年青人”取而代之。由此可见，郭沫若在当时是对张资平和这“一批新力军”持较高评价的，只是到了后来，才因政治原因隐去了他们的姓名。

因此总的来看，郭沫若一开始便对这部文集的出版非常重视，而其中的文章及其修改又对我们还原和研究郭沫若的文艺思想有着重要意义。有鉴于此，笔者找到了这部文集中所有论文的最初版本，并以此为底本，与日后的上海光华书局版本和人民文学出版社《沫若文集》第十卷中的版本进行汇校，找出了所有异文，形成了以下的“异文全录”。可以说，这个“异文全录”体现出了郭沫若此部文集的历史流变全貌，对于了解其版本衍变“是极有价值的历史信息”①。为了更为真实直观的还原历史，笔者保留了所有异文的繁简体形式。另外为简洁起见，本论文在“异文全录”中把上海光华书局版本和人民文学出版社版本分别简称为“光华本”和“文集本”。

一、《我们的文学新运动》（1923 年 5 月 27 日《创造周报》第 3 号）

（1）“中国的政治生涯几乎到了破产的地位。野兽般的武人之专横，破廉耻的政客之蠢动，贪婪的外来资本家之压迫，把我们中华民族的血泪排抑成黄河扬子江一样的赤流”，光华本同，文集本作“中国的政治局面已到了破产的地位。

① 蔡震：《〈文艺论集〉的成书与版本衍变》，《山东师范大学学报》2012 年第 6 期。

野兽般的武人专横，破廉耻的政客蠢动，贪婪的外来资本家压迫，把我们中华民族的血泪排抑成了黄河、扬子江一样的赤流”。

(2)“我们暴露有战乱的惨祸之下”，光华本同，文集本作“我们暴露于战乱的惨祸之下”。

(3)“揉弄”，光华本同，文集本作“挎弄”。

(4)“不久便将齐唱凯旋之歌，欢迎阳春之归至”，光华本同，文集本作“不久便将齐唱凯歌，欢迎阳春归来”。

(5)“凡受着物质的苦厄之民族必见惠于精神的富裕”，光华本同，文集本作“凡受着物质苦厄的民族必见惠于精神的富裕”。

(6)“在当时是决未曾膺受物质的惠恩”，光华本同，文集本作“在当时都未受到物质的惠恩”。

(7)“我们懊恼”，光华本同，文集本作“我们愤慨”。

(8)“我们的眼泪会成为生命之源泉，我们的痛苦会成为分娩时之产痛”，光华本“源泉”作“流泉”，余同；文集本作“我们的眼泪会成新生命的流泉。我们的痛苦会成分娩时的产痛”。

(9)“我们现在于任何方面都要激起一种新的运动”，光华本同，文集本作“我们现在对于任何方面都要激起一种新的运动”。

(10)“要打破从来的因袭的样式而求新的生命之新的表现”，光华本、文集本均删除第一个“的”。

(11)“在污了的粉壁上虽然涂上了一层白垩，但是里面的内容依然还是败棉”，光华本同，文集本作“在污了的粉壁上虽涂上了一层白垩，但是里面内容依然还是败棉”。

(12)“Bourgeois 的根性”，光华本同，文集本作“Bourgeois（资产阶级）的根性”。

(13)“与自然为友而为人生之逃避者”，光华本同，文集本作“与自然为友而为人生之逃遁者”。

(14)“做个纠纠的人生之战士与丑恶的社会交绥”，光华本同，文集本作“做个纠纷的人生之战士与丑恶的社会交绥”。

(15)“我们要如暴风一样唤号”，光华本同，文集本作“我们要如暴风一样怒号”。

(16)“提呈出全部的生命”，光华本同，文集本作“提供出全部的生命”。

(17)“黄河与扬子江系是自然暗示于我们的两篇伟大的杰作”，光华本删除“是”字，余同；文集本作“黄河与扬子江系自然暗示跟我们的两篇伟大的杰作”。

(18)“使为自我的血液”，光华本同，文集本作“使为自我之血液”。

(19)“流出全部之自我”，光华本同，文集本作“流出全部的自我”。

(20)“向永恒的和平之海滔滔流进”，光华本“平和之海”作“平和之流”，余同；文集本作“向永恒的和平海洋滔滔前进”。

(21)“这便是我们所奉的标言 Motto”，光华本同，文集本作“这便是我们所提出的标语(Motto)”。

(22)“新的酒不能盛容能旧的革囊”，光华本“能”字作“于”字，余同；文集本作“新的酒不能盛容于旧的革囊”。

(23)“藩篱人世”，光华本、文集本均作“藩篱人生”。

(24)“我们反抗由上种种所派生出的文学上的情趣”，光华本、文集本均作“我们反抗由以上种种所产生出的文学上的情趣”。

(25)最初版最后有“附白”，光华本、文集本均删除，现录于下方：

【附白】日本的大阪每日新闻在本月二十五日要出一次英文的“支那介绍专号”，该报驻沪记者村田氏日前来访，要我做一篇关于我国新文学的趋向的文章。我得仿吾的帮助做了一篇“Our New Movement in Literature”的短论寄去。我现在把他自译成中文，把初稿中意有未尽处稍补正以发表于此，我想凡为我们社内的同志必能赞成我们这种主张，便是社外的友人我们也望能多来参加我们的运动。

(五月十八日译后志此)

(26)光华本时间注明改为“一九二三年，五月，十八日”；文集本时间注明改为“1923 年 5 月 18 日”。

二、《孤鸿——致仿吾的一封信》(1926 年 4 月 16 日《创造月刊》第 1 卷第 2 期)

(1)“你没疑为我是已经饿死了”，光华本同，文集本作“你不要以为我是已经饿死了”。

(2)“新时代”，光华本同，文集本作“新的一代”。另外在页面底部增加注释：“《新的一代》系根据德文译名‘Die Neue Genenation’，俄文原名为《处女地》。”

(3)“去埋头作终身的研究”，光华本同，文集本作“埋头作终身的研究”。

(4)“我以为我们有多少友人”，光华本同，文集本作“我以为我们的多少友人”。

(5)“我们的地上的呢!”光华本同，文集本作“我们的地上的!”。

(6)“我相信是终久能够到来”，光华本、文集本均作“我相信终久能够到来”。

(7)“我相信是可以成立”，光华本同，文集本作“我相信是可以成立的”。

(8)“——不待说是不能看见——”，光华本同，文集本删除。

(9)“使我们的同胞得以均霑自然的恩惠”，光华本删除“使”字，余同；文集本作“使我们的同胞得以均沾自然的恩惠均”。

(10)“后继者”，光华本同，文集本作“后代”。

(11)“人文史上的大革命的时代”，光华本同，文集本作“人文史上的大革命时代”。

(12)“人文史上的大革命的时代”，光华本同，文集本作“人文史上的大革命时代”。

(13)“终是新的精神文明的胎盘”，光华本同，文集本作“才是新的精神文明的胎盘”。

(14)“马克斯”，光华本同，文集本均改为“马克思”。

(15)“杜尔斯泰”，光华本同，文集本均改为“托尔斯泰”。

(16)“中途半端地饿死病死了”，光华本、文集本均作“中途无端地饿死病死了”。

(17)“而我总在缠绵枕席”，光华本、文集本均作“而我总在缠绵枕席”。

(18)“于今我觉得寻着关键了”，光华本同，文集本作“于今我觉得寻得了关键”。

(19)“或者我的诗是从此死了”，光华本同，文集本作“或许我的诗是从此死了”。

(20)“不十分赞成”，光华本同，文集本作“不十分赞成的”。

(21)“我对于这书的内容虽然也並不能十分满意”，光华本同，文集本作“我对于这书的内容并不十分满意”。

(22)“怀着的憎恨”,光华本同,文集本作“怀着憎恨”。

(23)“怀着的信心”,光华本同,文集本作“怀着信心”。

(24)“如今更得着理性的背光”,光华本同,文集本作“如今更得到理性的背光”。

(25)“形成一个转换的时期”,光华本同,文集本作“形成了一个转换时期”。

(26)“我对于作者是非常感谢,对于马克斯列宁是非常感谢,我对于援助我译成此书的诸位友人也是非常感谢”,光华本“是非常感谢”作“非常感谢”,余同;文集本作“我对于作者非常感谢,对于马克思、列宁非常感谢”。

(27)“译述中我所最感到惊异的是我们平常至少是把他们当成暴徒看待了的列宁和突罗次克诸人,才有那样致密的脑精,才是那样真挚的学者!”,光华本同,文集本作“译述中我所最感到惊异的是:我们平常当成暴徒的列宁,才有那样致密的头脑,才是那样真挚的思想家!”

(28)“我们东方人一闻着‘过激派’三字便觉得如见毒蛇猛兽一样”,光华本同,文集本作“我们东方人一看到‘过激派’三个字便觉得如见毒蛇猛兽”。

(29)“然而我们这两个月来的生活”,光华本同,文集本作“然而我这两个月来的生活”。

(30)“留学生的归国费”,光华本同,文集本作“留学生归国费”。

(31)“而且我们四川省的归国费还是三百圆”,光华本同,文集本作“我们四川省的归国费而且还是三百圆”。

(32)“我在东京的废墟中漂流了三天”,光华本同,文集本对“废墟”一词在页下加有注释“当时日本东京曾遭大地震,化为大片废墟”。

(33)“耶稣的幻影”,光华本同,文集本作“耶稣幻影”。

(34)“他跪在地下问道”,光华本同,文集本作“他跪在地上问道”。

(35)“我那时恨不立地便回到你住的那 Golgatha 山”,光华本、文集本均作“我那时恨不得立地回到你住的那座 Golgatha 山”。

(36)“在一座小小的亭子上坐着”,光华本同,文集本作“在一座小小的亭子里坐着”。

(37)“总之三百圆的意外的财源到了手了,除去来往的路费还剩二百五十圆”,光华本同,文集本作“总之,三百圆的意外财源到手了,除了来往的路费还剩二百五十圆”。

(38)“只能抽取版税”,光华本同,文集本作“只能抽版税”。

(39)“质店”,光华本同,文集本均改为“当铺”。

(40)“说起来你该会记起的,便是民国七年的九月你同你的乡人来福冈医病的时候”,光华本同,文集本作“说起来你该会记得的,便是民国七年九月你同你的同乡来福冈医病的时候”。

(41)“我们那年初来,贪图便宜,在那儿质店的小楼上替店主人看管过两个月的库质”,光华本“初来”作“初次来”,余同;文集本作“我们那年初次来福冈,贪图便宜,在那当铺的小楼上替店主人看守了两个月的质库”。

(42)“念着旧情”,光华本同,文集本作“怀念旧情”。

(43)“当了五角钱来”,光华本同,文集本作“当了五角钱”。

(44)“房金终竟不能全付了”,光华本同,文集本作“房金终竟付不出了”。

(45)“房主人”,光华本同,文集本作“房东”。

(46)“因为是在海边”,光华本同,文集本作“因为在海边”。

(47)“看看都要开了”,光华本同,文集本作“看看都要开放了”。

(48)“也觉得对得着他们”,光华本同,文集本作“也觉对得住他们”。

(49)“厚着脸皮”,光华本同,文集本作“厚着面皮”。

(50)“我也就中止了”,光华本同,文集本作“也中止了”。

(51)“纵横不过两丈宽的一间楼房”,光华本、文集本均改为“纵横不过二丈宽的一间楼房”。

(52)“贵得将近一倍了”,光华本同,文集本作“贵了将近一倍”。

(53)“多添了两个孩子”,光华本、文集本均改为“多添了几个孩子”。

(54)“和儿”,光华本同,文集本作“儿子”。

(55)“膺受过的一场耻辱时常展开在我眼前”,光华本“膺受过的”作“膺受是的”,余同;文集本作“受过的一场耻辱时常展开在我的眼前”。

(56)“你该还记得罢”,光华本、文集本均改为“你该记得吧”。

(57)“楼房里”,光华本同,文集本作“房里”。

(58)“这间房间是刚才有人打电话来订了的”,光华本同,文集本作“这间房间刚才有人打电话来订了”。

(59)“是的,楼下的房间比楼上的还好”,光华本同,文集本作“有的是,楼下的房间比楼上的还好”。

(60)“一边是毛房，一边是下女的寝处”，光华本同，文集本作“一边是茅房，一边是下女的寝室”。

(61)“我第一次在青松白沙间看见了博多湾”，光华本“次”字误作“你”字，余同；文集本同。

(62)“我的欢心挤掉了我在旅馆里所受的奇辱”，光华本同，文集本作“我的高兴挤掉了我在旅馆里所受的耻辱”。

(63)“找着了”，光华本同，文集本作“找到了”。

(64)“傍晚走回旅馆的时候”，光华本“回”字作“到”字，余同；文集本同。

(65)“番头”，文集本在页面下端加有注释“日本话，掌柜叫番头。”

(66)“名姓”，光华本同，文集本均改为“姓名”。

(67)“那吗”，光华本作“这吗”；文集本同。

(68)“——这位女人呢？是你甚么人？

我说：是我的妻子”，

光华本“女人”作“女子”，余同；文集本作：

“——‘这位女的呢？是你什么人？’

——‘是我的妻子。’”

(69)“那吗一并写清楚一点”，光华本作“那吗并写清楚一点”，文集本同。

(70)“去做苦工的了”，光华本同，文集本作“去做苦工的吧”。

(71)“天翻地覆”，光华本同，文集本作“天翻地复”。

(72)“深深向我磕了几个头”，光华本、文集本“磕头”均改为“叩头”。

(73)“他磕了头便跳起来”，光华本同，文集本作“他叩了几个头便跳起来”。

(74)“涌起来”，光华本“涌”误作“溢”，文集本（共两处）均改为“涌进来”。

(75)“乱发”，光华本同，文集本作“乱响”。

(76)“出于我的意料之外”，光华本同，文集本作“出乎我的意料之外”。

(77)“‘房间可以不必换，纵横只有一夕的功夫呢’”，光华本同，文集本作“‘房间不必换，纵横只有一晚上’”。

(78)“运搬行李”，光华本同，文集本作“搬运行李”。

(79)“昨天的事情一样”，光华本同，文集本作“昨天的事一样”。

(80)“猴子面孔的跛脚的质店主人，粉脂一样的他的肥妇，这还是当年的老脚”，光华本“位”误作“似”，余同；文集本作“猴子面孔的跛脚的当铺老板，粉猪一样的他的肥妇，这还是当年的老角色，但他们之间有一位可爱的女儿死了”。

(81)“她看见我们的时候总爱红脸”，光华本同，文集本作“她看见我们时总爱红脸”。

(82)“这儿到箱崎有半里路的光景，你是晓得的”，光华本同，文集本作“这儿到箱崎只有半里路光景，你是知道的”。

(83)“贯小菜贯豆腐”，光华本同，文集本作“买小菜，贯豆腐”。

(84)“但还没有开花”，光华本、文集本均作“还没有开花”。

(85)“只是青色的橘子孤寂地长大了好些”，光华本“只是”作“这是”，余同；文集本作“青色的橘子，孤寂地，长大了好些”。

(86)“回来的时候”，光华本同，文集本作“回来时”。

(87)“使我的心子丝痛了起来”，光华本作“使我的心上哀痛了起来”；文集本作“使我哀痛了起来”。

(88)“窗限上一个牛奶筒里栽着的一株牵牛花”，光华本、文集本“限”均作“沿”。

(89)“《新时代》”，光华本同，文集本均改为“《新的一代》”。

(90)“所以还不曾离开我的手里”，光华本同，文集本作“所以还不曾离开我的手”。

(91)“从门司上船后遇着风波”，光华本“门”误作“们”，余同；文集本作“从门司上船后遇着风浪”。

(92)“一动不动”，光华本同，文集本作“一动也不动”。

(93)“但我们又都有些贵族的精神”，光华本同，文集本作“但我们又都有些高蹈的精神”。

(94)“便是因為这个缘故呢”，光华本同，文集本作“便是因为这个缘故”。

(95)“我只好把这剩下的这本《新时代》的德译本来翻译”，光华本同，文集本作“我只好把这剩下的一本《新的一代》的德译本来翻译”。

(96)“时时所想念起的只是四年前我们回国时的光景，我们去年在上海受难的一年的生活”，光华本同，文集本作“时时所想念起的是四年前我们回国时的光景和去年在上海受难的一年生活”。

(97)“我也可以感着些清淡的安乐呢”，光华本同，文集本作“我也可以感受些清淡的安乐呢”。

(98)“我望你也替我欢喜些罢”，光华本同，文集本作“我望你也替我欢喜吧”。

(99)“和影戏类似了”，光华本同，文集本作“和电影类似了”。

(100)“社会革命两个主要的条件：政治的条件和物质的（经济的）条件，屠格涅甫是认得比较鲜明”，光华本同，文集本作“社会革命的两个主要条件：政治条件和物质的（经济）条件，屠格涅甫认得比较鲜明”。

(101)“他激赏着索罗明式的小成”，月刊同，文集本作“激赏着索罗明式的小成”。

(102)“修正派的社会主义的思想”，光华本同，文集本作“修正派的社会主义思想”。

(103)“屠格涅甫的语言显然是受了欺骗”，光华本同，文集本作“屠格涅甫的预言显然是落了空”。

(104)“仰给于物质条件的完备”，光华本同，文集本作“仰仗于物质条件的完备”。

(105)“满清”，光华本同，文集本作“清朝”。

(106)“而这书所叙的官僚生活”，光华本同，文集本作“这书中所叙述的官僚生活”。

(107)“弗加酒”，光华本同，文集本作“弗陀加酒”。

(108)“希望着真明人主出现的中华民国的平民”，光华本“人主”作“天主”，余同；文集本作“希望着真明天子出现的中国平民”。

(109)“而涅暑大诺夫的怀疑”，光华本同，文集本作“涅暑大诺夫的怀疑”。

(110)“杜尔斯泰”，光华本同，文集本作“托尔斯泰”。

(111)“斗志的咒文”，光华本、文集本均作“斗士的咒文”。

(112)“自由完全的发展”，光华本“自由”误作“自白”，余同；文集本同。

(113)“以纯真的性为其对象”，光华本同，文集本作“以纯真的人性为其对象”。

(114)“Euphorie”，光华本同，文集本作“迷魂阵”。

(115)“Hallucination”，光华本同，文集本作“幻觉（Hallucination）”。

(116)“酒肉的余腥”，光华本、文集本均作“酒肉余腥”。

(117)“算的甚么！”，光华本同，文集本作“算得甚么呢？”

(118)“我要回中国去了”,光华本“我”误作“你”,余同,文集本同。

(119)“我在九月内总想归国一行”,光华本同,文集本作“我在九月内总想归国”。

(120)“今天趁势写了这一长篇”,光华本、文集本均删除“这”字。

(121)“安娜床畔放着一本翻开着‘产科教科书’”,光华本“翻开着”作“翻开着的”,文集本作“安娜枕畔放着一本翻开着的《产科教课书》”。

(122)“这人最写得好”,光华本同,文集本作“这人写的最好”。

(123)“一张高不满一尺的饭堂,一盏黄电的孤灯”,光华本同,文集本作“一张高不满一尺的饭台,一盏孤黄的电灯”。

(124)“我们相会的地点不知道是在上海,是在岭南”,光华本“相会”误作“坦会”,余同;文集本作“我们相会的地点不知道是在上海,不知道是在岭南”。

(125)“十三年八月九日夜”,光华本同,文集本作“1923 年 8 月 9 日夜”。

三、《文艺家的觉悟》(1926 年 5 月 1 日《洪水》半月刊第 2 卷第 16 期)

(1)“我最近在洪水上作了几篇关于社会思想上的文章”,光华本同,文集本作“我最近在《洪水》上做了几篇有关社会思想的文章”。

(2)“摒诸化外的了”,光华本同,文集本作“摒诸化外的”。

(3)“把自己的见识稍稍恢宏了一点”,光华本同,文集本作“把自己的见识稍稍恢宏一下”。

(4)“他们看见我近来莫有做小说,莫有写诗,只是没头于社会思想的论述,他们很在替我悲哀”,光华本“社会思想的论述”作“社会的思想论述”,余同;文集本作“他们看见我近来没有有做小说,没有写诗,只是埋头于社会思想的论述,他们很在替我担忧”。

(5)“这样亲切的同情不消说我是非常感谢的”,光华本同,文集本作“这样亲切的同情不消说我是感谢的”。

(6)“我自己实在很惭愧”,光华本同,文集本作“我自己很惭愧”

(7)“不曾说过就要和文艺断缘”,光华本“说过”作“说道”,余同,文集本同。

(8)“凡为读过我从前作品的人”,光华本误作“凡为读过从我前的作品的人”同;文集本作“凡为读过我从前的作品的人”。

(9)“和现在的思想”,光华本“和”作“和和”,余同;文集本同。

(10)“不过我从前的思想不大鲜明的，现在更加鲜明了些，我从前的思想不大统一的，现在更加统一了些罢了”，光华本同，文集本作“不过我从前的思想不大鲜明，现在更鲜明了些，从前的思想不大统一，现在更统一了些罢了”。

(11)“这简直是根本上的一个绝大的错误”，光华本同，文集本作“这是根本上的一个绝大错误”。

(12)“这个错误的观念在社会上很有巨大的势力，而在一般嗜好文艺的青年的心里，尤为容易先入以搅乱他们的志趋”，光华本同，文集本作“这个错误观点在社会上很有巨大的势力，而在一般嗜好文艺的青年心里，尤为容易先入，以搅乱他们的志趣”。

(13)“智情意三方面”，光华本同，文集本作“暗情意三方面”。

(14)“而他这个人的文艺是有他整个的人格作为背景的”，光华本同，文集本作“而他这一个人的文艺是有他整个的人格作为背景的”。

(15)“感染社会思想”，光华本“感染”作“愈染”，余同；文集本同。

(16)“他又不能和这些影响脱离”，光华本同，文集本作“他之不能和这些影响脱离”。

(17)“一个时代的文艺”，光华本“个”误作“关”，余同；文集本同。

(18)“生在影剧还未发明的时代的诗人”，光华本同，文集本作“生在电影还未发明的时代的诗人”。

(19)“他自然还做出甚么”，光华本、文集本均作“他自然会做出甚么”。

(20)“当然感受同一的影响”，光华本同，文集本作“当然要感受同一的影响”。

(21)“只是这影响的程度有深有浅”，光华本同，文集本作“只是感受的态度有顺有逆”。

(22)“就是一个时代的压迫阶级把被压迫阶级凌虐得快要挺而走险”，光华本作“就是一个时代的压迫阶级凌虐得快要挺而走险”；文集本作“就是一个时代的被压迫阶级被凌虐得快要挺而走险”。

(23)“而在一七八九年之前”，光华本同，文集本作“在一七八九年之前”。

(24)“而在法兰西本国亦有卢梭”，光华本同，文集本作“在法兰西本国也有卢梭”。

(25)“于是又产生出无数的无产阶级的第四阶级的民众”，光华本同，文集本作“于是又产生出无数的无产阶级”。

(26)“资产阶级日日榨取无产阶级”，光华本“日日”误作“目日”，余同；文集本同。

(27)“在我们中国怕只有晓得他是诗人的”，光华本“只有”作“只能”，余同；文集本作“在我们中国怕只晓得他是诗人的”。

(28)“更如像一九一七年俄国革命的大头，列宁与突罗次克，他们对于文艺的造诣比我们中国任何大学的文科教授，任何思想界的权威者还要深到，决不像我们专靠主义吃饭的人(不仅是共产主义者)只能做几句‘之乎者也’的闹墨式的文章呢。”光华本删除“(不仅是共产主义者)”，“只能”作“只有”，余同；文集本作“更如像一九一七年俄国革命的导师列宁，他对于文艺的造诣比我们中国任何大学的文科教授、任何思想界的权威者还要深刻，决不象我们专靠主义吃饭的人①只有做几句‘之乎者也’的闹墨式文章呢”。

文集本在①处加有注释：“这个‘专靠主义吃饭的人’是讽刺国家主义者曾琦，所谓‘主义’即指国家主义。——沫若注”。

(29)“二万万海关两”，光华本同，文集本作“几万万海关两”。

(30)“而且他们把他们的机器工业品来同时又把我们旧有的手工业破坏了”，光华本“来”作“输来”，余同；文集本作“他们把他们的机器工业品输入，同时又把我们旧有的手工业破坏了”。

(31)“平地添出了无数的游民了”，光华本同，文集本作“平地添出了无数的游民”。

(32)“一些狗彘不如的匪兵”，光华本同，文集本作“一些狗彘不如的政客”。

(33)“这就是外国资本家赐给我们的宏福，这就是资本主义赐给我们的宏福呀”，光华本同，文集本作“就是外国资本家赐给我们的宏福，就是资本主义赐给我们的宏福呀”。

(34)“我们现在甚么人都在悲哀，我们民众处在一个极苦闷的时代，我们要睁开眼睛把这病源看定!”光华本同，文集本作“我们现在甚么人都在悲哀，眼看我们民众处在一个极苦闷的时代，但我们要睁开眼睛把这病源看清楚!”

(35)“我们自己是不能再模糊的了，我们是已经把眼睛睁开了的人”，光华本“已”误作“已已”，余同；文集本作“我们自己是不能再模糊了，我们已经把眼睛睁开了的人”。

(36)“有的是托祖宗的宏福生下地来便是资产家”，光华本同，文集本作“有的是托祖宗宏福生下地来便是资产家”。

(37)“中国的革命对于外国的资本家是生死关头”，光华本“对于”作“是于”，余同；文集本同。

(38)“他们是不管的”，光华本“他们”作“他是”，余同；文集本同。

(39)“正在极力反对呢”，光华本同，文集本作“正在竭力反对呢”。

(40)“大事其盘旋”，光华本“大事”误作“不事”，余同；文集本同。

(41)“而马路的工人们在辘轳前汗流浃背”，光华本同，文集本作“修马路的工人们在辘轳前汗流浃背”。

(42)“你生下地来就是资产家的儿子”，光华本“资产家”误作“资质产家”，余同；文集本同。

(43)“‘Happy Prince’”，光华本同，文集本作“‘Happy Prince’（幸福王子）”。

(44)“你要捧捧明星做做神仙”，光华本“捧捧”作“捧”，余同；文集本同。

(45)“你不想梦做未来的资产家”，光华本、文集本均作“你不梦想做未来的资产家”。

(46)“一个超贫富的超阶级的彻底自由的世界还没有到来”，光华本同，文集本作“一个超贫富、超阶级的彻底自由的世界还没有到来”。

(47)“我不高兴是半冷不热的这种无理解的同情”，光华本同，文集本作“我所不高兴的是半冷不热的这种无理解的同情”。

(48)“（北京城里有些比较有进步思想的先生们说我是国家主义者①，我真不知道是何所见而云然）”，光华本同，文集本在①处加有注释：“当时钱玄同和语丝派曾经有过这样的误解。——沫若注。”

(49)“斩金截铁”，光华本同，文集本作“斩钉截铁”。

(50)“包含帝王思想宗教思想的古典主义”，光华本同，文集本作“包含帝王思想宗教思想些古典主义”。

(51)“大约总是资产家或者小资产家的少爷公子”，光华本同，文集本作“大体上是一些资产家或者小资产家的少爷公子”。

(52)“他们既没有尝历过人生的痛苦”，光华本同，文集本作“他们既没有经历过人生的痛苦”。

(53)“社会的暗黑面”,光华本、文集本均作“社会的黑暗面”。

(54)“在前面去了的”,光华本同,文集本作“在前面去了”。

(55)“他们只要有接触的机会,只要想有接触的机会,他们总有一天会觉悟的”,光华本、文集本均删除“只要想有接触的机会”。

(56)“他不能来禁制我替这些穷到绝底的人说话——他要禁制我说话,除非是把我杀了!”光华本作“他不能来禁止我替这些穷到绝底的人说话——那要禁止我说话,除非他把我杀了!”;文集本“除非是把我杀了”作“除非他把我杀了”,余同。

(57)“文笔上的饶情我是不肯哀求,我也是不肯假借的”,光华本“假借”作“假倡”,余同;文集本作“文笔上的饶情我不哀求,我也不肯假借”。

(58)“我们有甚么悲哀的必要”,光华本、文集本均作“我们有甚样悲哀的必要”。

(59)“写实主义”,光华本同,文集本作“现实主义”。

(60)“斩金截铁”,光华本同,文集本作“斩钉截铁”。

(61)“民国十五年三月二日夜”,光华本作“十五年,三月,二日夜”;文集本作“1926 年 3 月 2 日夜”。

四、《革命与文学》(1926 年 5 月 16 日《创造月刊》第 1 卷第 3 期)

(1)“我们现代是革命的时代”,光华本、文集本均作“我们现在是革命的时代”。

(2)“泰平”,光华本同,文集本作“太平”。

(3)“他们对于革命,比较冷淡的”,光华本同,文集本作“他们对于革命是比较冷淡的”。

(4)“这种实例无论是旧式的文人或者新式的文人”,光华本同,文集本作“这种实例无论是旧式的文人或者是新式的文人”。

(5)“文学家极力在诅咒革命”,光华本、文集本均作:“文学家竭力在诅咒革命”。

(6)“……都是说由他们唤起来的”,光华本同,文集本作“……都说是由他们唤起的”。

(7)“我们也可以说是指不胜屈的了”,光华本同,文集本作“我们也可以说是指不胜屈的”。

(8)“怎么才可以解释呢”,光华本同,文集本作“怎样来加以解释呢”。

(9)“彻底反抗”,光华本作“彻底反的抗”,文集本作“彻底的反抗”。

(10)“阶级的成分虽然不同”,光华本作“阶级的化虽然不同”,文集本作“阶级的分化虽然不同”。

(11)“反革命的文学”,光华本同,文集本作“反对革命的文学”。

(12)“自然会在革命时期中产生出一个黄金时代了”,光华本、文集本均作:“自然会在革命时期产生出黄金时代了”。

(13)“……她的赞美人和她的反对人”,光华本同,文集本作“……它的赞美人和它的反对人”。文集本以下关于文学的代词“她”均改为“它”。

(14)“但是我们现在暂且作为第三者而加以察观的批判的时候”,光华本“但是我们现在”作“但对我们现在”同;文集本作“但是我们现在姑且作为第三者而加以观察和批评时”。

(15)“社会构成的基调究竟是在甚么呢?”,光华本、文集本均作“社会构成的基调究竟是些甚么呢?”。

(16)“辩证式(dialectics)的”,光华本“辩证式”误作“辩证衣”,文集本作“辨证式的”。

(17)“而凡是反革命的文学”,光华本“而”误作“能”,余同;文集本同。

(18)“并不是不两立的”,光华本“两立”作“两称”,余同;文集本同。

(19)“而革命的时期中永会有一个文学的黄金时代出现故”,光华本“文学”误作“是学”,余同;文集本同。

(20)“我们实在不容易摸捉”,光华本、文集本均作“我们实在不容易捉摸”。

(21)“总是在读者心中引起同样的感情作用的”,光华本“读者心中”作“读者的心中”,余同;文集本作“总是要在读者的心中引起同样的感情作用的”。

(22)“由这种感情表现而为文章”,光华本同,文集本作“由这种感情表现而为文学”。

(23)“所有一切的反抗都是要归于失败的”,光华本同,文集本作“一切的反抗是容易归于失败的”。

(24)“团体的爆发”,光华本同,文集本作“团体爆发”。

(25)“贵族们的专擅”,光华本同,文集本作“贵族们专擅”。

(26)“宗教渐渐隆盛起来”，光华本同，文集本作“宗教渐渐隆盛了起来”。

(27)“第二阶级的僧侣多第一阶级的王族渐渐接近”，光华本、文集本均作“第二阶级的僧侣和第一阶级的王族渐渐接近”。

(28)“一般的市民”，光华本、文集本均作“一般市民”。

(29)“而同时于别方面又要反抗王权”，光华本同，文集本作“而同时在另一方面又要反抗王权”。

(30)“莎士比”“米尔顿”“许尔雷”，光华本“莎士比”作“莎土亚”，余同，文集本作“莎士比亚”“密尔顿”“许雷”。

(31)“自然主义之末流与象征主义神秘主义唯美主义等浪漫派之后裔均只是过渡时代的文艺”，光华本同，文集本作“自然主义之末流与象征主义、唯美主义等浪漫派之后裔均只是过渡时代的文艺”。

(32)“处在今日的中国”，光华本“今日”误作“今且”，余同；文集本同。

(33)“表同情”，光华本同，文集本均改为“同情”。

(34)“或仅仅在文面上”，光华本同，文集本作“或仅仅在表面上”。

(35)“我们现在除反抗帝国主义的工作外，当然也还有许许多多的国民革命的工作”，光华本同，文集本作“我们现在除掉反抗帝国主义的工作外，当然还有许许多多的国民革命工作”。

(36)“譬如我们中国的军阀，他们完全是由帝国主义派生出来的”，光华本同，文集本作“譬如我们中国的军阀，他们一半是由帝国主义所生发出来的”。

(37)“我们中国固有的手工业”，光华本同，文集本作“中国固有的手工业”。

(38)“根本也非彻底打倒帝国主义不行”，光华本同，文集本作“根本也非彻底打倒帝国主义不可”。

(39)“实际上已经是做到这步田地的了”，光华本同，文集本作“实际上是已经做到了这步田地”。

(40)“不根本还是以无产阶级为主体的力量对于他们有产阶级的斗争吗?”光华本同，文集本作“不根本还是以无产阶级为主体的力量对于有产阶级的斗争吗?”

(41)“归根是和他们资本主义国度下的无产阶级的要求完全一致”，光华本同，文集本作“归根是和资本主义国度下的无产阶级的要求完全一致”。

(42)“我们要要求”，光华本同，文集本(共三处)均改为“我们要求”。

(43)“所以我们对于个人主义的自由主义要根本划除，我们对于浪漫主义的文艺也要取一种澈底反抗的态度”，光华本同，文集本作“所以我们对于个人主义和自由主义要根本铲除，对于反革命的浪漫主义文艺也要取一种彻底反抗的态度”。

(44)“赶快把时代的精神提着”，光华本同，文集本作“赶快把时代的精神抓着”。

(45)“我希望你们成为一个革命的文学家，不希望你们成为个时代的落伍者”，光华本“成为”作“成”，余同；文集本作“我希望你们成革命的文学家，不希望你们成为时代的落伍者”。

(46)“彻底的个人的自由，在现代的制度之下也是求不到的”，光华本同，文集本作“彻底的个人的自由，在现在的制度之下是追求不到的”。

(47)“便是甚么浪漫的精神，多诌得几句歪诗”，光华本作“便是怎么浪漫的精神是，多做得几句歪诗”；文集本“浪漫的精神”作“浪漫精神”，余同。

(48)“多诌得几句歪诗便是甚么天才的作者”，光华本同，文集本作“多做得几句歪诗便是甚么天才作者”。

(49)“你们要晓得我们所要求的文学是表同情于无产阶级的社会主义的写实主义的文学，我们的要求已经和世界的要求是一致，我们昭告着我们，我们努力着向前猛进！”光华本“昭告”作“招告”，余同；文集本作“你们要晓得，时代所要求的文学是同情于无产阶级的社会主义的写实主义的文学，中国的要求已经和世界的要求一致。时代昭告着我们：我们努力吧，向前猛进！”

(50)“民国十五年四月十三日草成于广州”，光华本作“十五年，四月，十三日”，文集本作“1926年4月13日”。

五、《英雄树》（1928年1月1日《创造月刊》第1卷第8期）

(1)“它的发育非常的迅速”，光华本同，文集本作“它的发育非常迅速”。

(2)“便可以定出那树木的年龄了”，光华本、文集本均删除“便”字，余同。

(3)“像莲花一样赤色的花朵”，光华本作“像莲花一样的赤色的花朵”，文集本同。

(4)“在若许的大木上能够开花”，光华本同，文集本作“在这样的大木上能够开花”。

(5)“赤化的世界”,光华本、文集本均作“赤花的世界”。

(6)“因为它的发展太快,木质是非常的疏松,不消说在建筑上是不能够使用,就是把来做柴烧也不能够经火”,光华本同,文集本作“因为它的发育太快,木质非常疏松,在建筑上不能使用,就是把来当做柴烧也不能经火”。

(7)“内质十分疏松,只是图向外的发展,而发展又非常的迅速。虽然也开过一次赤花,然而不久即变成白色恐怖的世界”,光华本“虽然”作“然”,余同;文集本作“内质十分疏松,只贪图向外发展,而发展得又非常迅速。但也开过一次赤花,然而不久就变成了白色恐怖的世界”。

(8)“都是抱的君子式的态度”,光华本同,文集本作“都是抱着君子式的态度”。

(9)“澈底抵抗主义”,光华本同,文集本作“彻底抵抗的主义”。

(10)“睚眦必报”,光华本作:“汇眦必报”文集本同。

(11)“丑猥”,光华本同,文集本作“丑恶”。

(12)“依然还是在文艺市场上跛扈”,光华本同,文集本作“依然还在文艺市场上跋扈”。

(13)“好不漂亮的 impotant 的颓废派”,光华本同,文集本作“好不漂亮的萎缩的颓废派”。

(14)“那是——Gonnon……Baudon”,光华本同,文集本最下端加有注释:“这是‘农工’和‘暴动’的表音。”

(15)“无产阶级革命成了功,便是无产阶级的消灭:因为一切阶级的对立都已消灭”,光华本同,文集本作“无产阶级革命成了功,那是说共产主义社会已经实现。那便是无产阶级的消灭,因为一切阶级的对立都已消灭”。

(16)“都已消灭”,光华本作“已都消灭”,文集本同。

(17)“不必是多么华美的桥”,光华本同,文集本作“不论是多么华美的桥”。

(18)“或许同睡在妓女怀中所做的梦差不多”,光华本同,文集本在页面下端有注释:“这些话有意讽刺郁达夫,因为他在当时公开声明脱离创造社,并爱写以妓女为题材的小说。——沫若注。”

(19)“请来堂堂正正地走上理论斗争的战场”,光华本作“请来堂堂正正地表上理论斗争的战场”,文集本同。

(20)“你们要睡在新月里面做梦吗?”光华本同,文集本页面最下端加有注释:“讽刺当时的新月派。——沫若注。”

(21)“你们要在花园里面醉赏玫瑰花吗?”光华本同,文集本作“我们要在花园里面醉赏玫瑰花吗?”

(22)“玫瑰花是凋谢了”,光华本作“玫瑰花是凋花谢了”;文集本同。

(23)“夺回来”,光华本同,文集本作“夺来”。

(24)“你为你的爱人实现她的梦罢”,光华本作“们为你的爱人实现她的梦罢”;文集本同。

(25)“寄自日本”,光华本、文集本均删除。

六、《桌子的跳舞》(1928 年 5 月 1 日《创造月刊》第 1 卷第 11 期)

(1)“‘陶器’的”,光华本同,文集本作“‘陶器’”。

(2)“而且又没有冠词”,光华本同,文集本作“而且没有冠词”。

(3)“我这张桌子跟着我们中国一齐跳舞”,光华本、文集本均作“我这桌子跟着我们中国一齐跳舞”。

(4)“像 1925 年以来的民族革命及其转变,像上海工人的几次空前的大暴动……”,光华本删除后半句,代之以省略号;文集本作“像一九二五年以来的民族革命及其转变……”。另在页面下端加有注释:“此文发表时这儿删掉两句,大意是说国民党的出卖革命和清党。——沫若注。”

(5)“半篇的记述”,光华本同,文集本作“半篇记述”。

(6)“嗉囊”,光华本、文集本均作“食囊”。

(7)“我们的作家们”,光华本、文集本均作“我们的作家”。

(8)“只好自己吃自己的脚”,光华本同,文集本作“饿了只好自己吃自己的脚”。

(9)“然而也包含得有量的因子”,光华本同,文集本作“然而也包含有量的因素”。

(10)“就因为这样的原故”,光华本同,文集本作“就因为这样”。

(11)“这些病毒便是使日本文坛……”,光华本“使”误作“便”,余同;文集本同。

(12)“一踏糊涂”,光华本同,文集本作“一塌糊涂”。

(13)“勦袭”,光华本同,文集本作“剿袭”。

(14)“他们的一天,你真不知道他们在做些甚么”,光华本同,文集本作“他们的一天你真不知道是在做些甚么”。

(15)“Inspirtion”,光华本同,文集本作“烟士披里纯(Inspirtion)”。

(16)“甚么主观主观主观咧”,光华本同,文集本作“甚么主观的主观咧”。

(17)“他们的奢侈欲望非常之大,他们的自负心非常之强”,光华本同,文集本作“他们的奢侈欲望非常大,他们的自负心非常强”。

(18)“……创造出些甚么新的作品来罢”,光华本“来”作“家”,余同;文集本同。

(19)“我们即使没有跳在那个漩涡之中”,光华本同,文集本作“我们即使不曾跳进那个漩涡之中”。

(20)“又譬如我们要表现工人生活也是一样,我们率性可以去做工人,去体验那种生活。像 Upton Sinclair 的‘King Coal’一类的作品,那没有到炭坑里面去研究过是绝对写不出的呀。”光华本同,文集本作“又譬如我们要表现工人生活吧。这也是一样。我们索性可以去做工人,去体验那种生活”。

(21)“Pseudo”,光华本同,文集本均改为“冒充”。

(22)“就是文学上的技术……”,光华本同,文集本作“就是文学上的技巧”。

(23)“Pseudo 天才病已经受了传染了”,光华本同,文集本作“冒充天才病已经在发生传染了”。

(24)“Taugenichts”,光华本同,文集本均改为“没中用者”。

(25)“那普罗列塔利亚特是如何受苦?”光华本同,文集本作“那普罗列塔利亚(无产阶级工人)是如何艰苦?”以下“普罗列塔利亚特”均改为“普罗列塔利亚”。

(26)“‘为大多数的人类’”,光华本同,文集本作“‘为大多数的人们’”。以下“人类”均改为“人们”。

(27)“占人数最大多数的农夫”,光华本“大多数”误作“大多最”,文集本同。

(28)“我们只为大多数的人类的就是革命的文艺”,光华本同,文集本作“我们的为大多数人们的文艺就是革命的文艺”。

(29)“那你们最好是说我们的不是文艺”,光华本同,文集本作“那你们最好是这样说:我们的不是文艺”。

(30)“就让你们垄断了去罢”,光华本“让”误作“嚷”,余同;文集本同。

(31)“普罗列塔利亚特中有革命的工贼存在”，光华本“革命”误作“革革”，余同；文集本作“普罗列塔利亚中有反革命的工贼存在”。

(32)“从前有一部份贵族投向有产阶级，现在也有一部份有产阶级投向无产阶级，那一部份能够了解这种运动的有理想的资本家便是如此。”光华本同，文集本作“从前有一部分贵族投向有产阶级，现在也有一部分有产阶级投向无产阶级。这是事实”。

(33)“10th,Jan.1928”，光华本同，文集本作“1928年1月10日”。

(34)“譬如古代的作品到现代也还有一谈的价值的”，光华本同，文集本作“譬如古代的作品到现代也还有有值得一谈的价值的”。

(35)“而且反转有害”，光华本同，文集本作“反而有害”。

(36)“爱美的本能的一方面”，光华本同，文集本作“爱美本能的一方面”。

(37)“脱尔斯太”，光华本同，文集本作“托尔斯泰”。

(38)“Morphin”，光华本同，文集本作“吗啡”。

(39)“Euphorie”，光华本同，文集本作“Euphorie(迷魂幻影)”。

(40)“勇猛的斗士”，光华本同，文集本作“勇猛斗士”。

(41)此段中的“他”，光华本同，文集本均改为“它”。

(42)“手榴弹”，光华本同，文集本作“镰刀斧头”。

(43)此段最后的“……”处，光华本同，文集本在页面最下端加有注释：“这儿发表偃伏两句，想不起来了。——沫若注。”

(44)“(18th,Jan.1982.)”，月刊同；文集本作“1928年1月18日”。

(45)“它是中间阶级(Intelligentsia)的动摇现象”，光华本同，文集本作“他是知识分子(Intelligentsia)的动摇现象”。

(46)“我们的反对不消说是很明了的”，光华本同，文集本作“我们的反对是很明了的”。

(47)“永远立在歧路口子上是没有用处的”，光华本同，文集本作“永远站在歧路口子上是不可能的”。

(48)“第二的阶段了”，光华本同，文集本作“第二阶段了”。

(49)“目前的斗争是更进了一步”，光华本同，文集本作“目前的斗争是进了一步”。

(50)“但为确保其与无产者团联盟”，光华本同，文集本作“但为确保其与无产者的联盟”。

(51)“‘左翼小儿病’”,光华本同,文集本作“《左派幼稚病》”。

(52)“19th, Jan. 1928”,光华本作“一九二八,一,一九。”;文集本作“1928年1月19日”。

七、《留声机器的回音》(1928年3月15日《文艺批评》月刊第3期)

(1)“我这个警语是十分切适”,光华本、文集本“切适”均改为“切当”,光华本余同,文集本作“我这个提示是十分切当”。

(2)“‘留声机器’不消说是一个警语”,光华本同,文集本作“‘留声机器’不消说是一个比喻”。

(3)“辩证法”,光华本同,文集本均改为“辩证”。

(4)“尖锐化了的时候”,光华本同,文集本作“尖锐化的时代”。

(5)“没有一个是出身于无产阶级的”,光华本作“没有一个出身是无产阶级的”;文集本作“没有一个是出身无产阶级的”。

(6)“……这条路上来的”,光华本同,文集本作“……这条道路上来的”。

(7)“所以我借来做了警语”,光华本同,文集本作“所以我借来做了比喻”。以下“警语”均改为“比喻”,有改为别的词的另外注明。

(8)“‘怎样地建设革命文学’”,光华本同,文集本作“‘怎样地建筑革命学’”。

(9)“李初梨君”“初梨君”,光华本同,文集本均改为“李初梨同志”“初梨同志”。有个别改为“初梨”的则另外加以注明。

(10)“参照本志第二号”,光华本同,文集本删除。

(11)“Connon-baudon”,光华本同,文集本作“Connon-baudon(工农—暴动)”。

(12)“检讨今后我们革命文学的路径”,光华本同,文集本作“检讨今后革命文学的路径”。

(13)“而战取了辩证法的唯物论”,光华本同,文集本作“而战取了辩证唯物论”。

(14)“我所晓得的两三年前的初梨君不是一个颇带有颓废色彩的诗人吗?”光华本同,文集本作“我所晓得的两三年前的初梨不是一个颇带颓废色彩的诗人吗?”

(15)“Marx-engels”,光华本同,文集本作“Marx-engels(马克思、恩格斯)”。

(16)“他们是唯心论的信徒”,光华本同,文集本作“是唯心论的学徒”。

(17)“Rheinirche zeitung”,光华本同,文集本作“Rheinirche zeitung(《莱茵时报》)”。

(18)“但一传染到我们精神上来”,光华本同,文集本作“但一传染到我们的精神上来”。

(19)“Kommunismus”,光华本同,文集本作“共产主义”。

(20)“而战取了革命的辩证法的唯物论”,光华本同,文集本作“而战取了革命的辩证唯物论”。

(21)“他们这种态度”,光华本同,文集本作“他们的这种态度”。

(22)“从整个的来说,初梨君和我在思想上完全是一致的”,光华本同,文集本作“从整个说来,初梨和我在思想上完全是一致的”。

(23)“初梨君的‘不当一个留声机器’”,光华本同,文集本作“初梨的‘不当一个留声机器’”。

(24)“本来警语的含义是容易发生两面性的”,光华本“含义”误作“合义”,余同;文集本作“本来譬语的含义是容易发生两面性的”。

(25)“初梨君是把我误会了。但是初梨君假使更恳切地把我的‘英雄树’多看一遍,他或者不会生这样的误会罢。”光华本同,文集本作“初梨是把我误会了。但是初梨假使恳切地把我的《英雄树》多看两遍,他或许不会生出这样的误会吧”。

(26)“‘发生不好的影响’呢”,光华本同,文集本作“‘发生不好的影响’”。

(27)“初梨君已经把它解剖得血淋漓地”,光华本同,文集本作“初梨已经把它解剖得血淋漓地”。

(28)“(应该作‘想像力’,不然不通——麦注)”,光华本、文集本均作“(应该作‘想像力’,不然不通——郭注)”。

(29)“时代精神”,光华本、文集本均作“时代的精神”。

(30)“小丑式的表白哟!”光华本同,文集本作“小丑式的表白”。

(31)“破口的大骂”,光华本同,文集本作“破口大骂”。

(32)“结果只是一张‘脏布’”,光华本作“结果这是一张‘脏布’”;文集本作

“结果这是一片‘脏布’”。

(33)“四脚四肘”,光华本“肘”误作“付”,余同;文集本同。

(34)“反对过共产主义的 Marx 居然成为辩证法的唯物论的始祖”,光华本同,文集本作“反对过共产主义的马克思居然成为辩证唯物论的始祖”。

(35)“辩证法的唯物论这种思想”,光华本同,文集本作“辩证唯物论这种思想”。

(36)“青年们不肯接近”,光华本“们”作“的”,余同;文集本同。

(37)“一切的金属”,光华本“切”误作“刀”,余同;文集本同。

(38)“Analagm”,光华本同,文集本作“Analagm(汞合金)”。

(39)“或许有生命的危险这是我不敢保的”,光华本同,文集本作“或许有生命的危险”。

(40)“不信我就把前几年郭沫若的几句话引来看看罢。他在一九二三年三月做的‘批评与梦’里有这样的几句话”,光华本同,文集本作“不信我就把我前几年的几句话引来看看吧。我在一九二三年三月做的《批评与梦》里有这样的几句话”。

(41)“文艺论集 182 页”,光华本同,文集本作“《文艺论集》”。

(42)“你看这是多么十足的一个小有产者意识的表白哟!他们这些小有产者就是不愿意当个留声机器了”,光华本同,文集本作“你看这是多么十足的一个小有产者意识的表白!他们这些小有产者就是不愿意当留声机器了”。

(43)“但他自己是已经忏悔了”,光华本同,文集本作“但我自己是已经忏悔了”。

(44)“文艺论集序,1925 年 XI 月”,光华本同,文集本作“《文艺论集序》1925 年 6 月”。

(45)“aufheben(蜕变)”,光华本同,文集本作“aufheben(扬弃)”。

(46)“不消说初梨君的用语原来不是这样的解释,但在我们惯会寻章析句望文生义的中国人,的确是最容易生误解的”,光华本同,文集本作“不消说初梨的用语原来不是这样的解释,但在我们惯会寻章摘句、望文生训的中国人,的确是容易发生误解的”。

(47)“所以我也不惮烦来自己批判一次”,光华本同,文集本作“所以我也不惮烦地来自己批判一次”。

(48)“你们都是大中小资产阶级的少爷公子”，光华本同，文集本作“你们都是大小资产阶级的少爷公子”。

(49)“翻然豹变”，光华本作“翻飞豹变”，文集本同。

(50)“(克服你们快要被蜕变的布尔乔亚意德沃罗基)”，光华本同，文集本作“(克服你们快要被扬弃的资产阶级意识)”。

(51)“20, Feb, 1928, Nirgen wo”，光华本作“一九二八，二，二〇”，文集本作“1928 年 2 月 20 日”。

八、《我们的文化》(1930 年 2 月 10 日《拓荒者》月刊第 1 卷第 2 期)

(1)“未来的世界的文化是我们的”，光华本同，文集本作“未来的世界文化是我们的”。

(2)“而且这个世界，这个文化已经在创造的途中”，光华本同，文集本作“而未来世界，未来世界的文化已经在创造的途中”。

(3)“破坏就是创造工程的一部”，光华本同，文集本作“破坏就是创造工程的一部分”。

(4)“吃人的文化”，光华本“的”误作“际”，余同；文集本同。

(5)“是促进我们努力创造的动机，也是促进我们努力破坏的对象”，光华本同，文集本作“是促进我们努力破坏的动机，也是促进我们努力创造的对象”。

(6)“旧的不毁破，新的不会来，破颓了的茅屋之上不能够重建出几层摩天的大厦”，光华本同，文集本作“旧的不毁灭，新的不会出来，颓废的茅屋之上不能够重建出摩天大厦”。

(7)“这当然是危险的事情；惟其危险”，光华本同，文集本作“这当然是有危险的事，惟其有危险”。

(8)“和毒蛇猛兽奋斗的人多死于毒蛇猛兽，和鼠疫奋斗的人反多为鼠疫所吞灭”，光华本同，文集本作“和毒蛇猛兽搏斗的人多死于毒蛇猛兽，和鼠疫搏斗的人反多为鼠疫所侵害”。

(9)“我们的文化的中枢的精神”，光华本误作“我们文的化的中枢的精神”，文集本作“我们的文化的精神中枢”。

(10)“我们的世界是用我们的头颅所砌成，我们的文化便是我们的鲜血的结晶”，光华本同，文集本作“我们的世界是我们的头颅所砌成，我们的文化是我们的鲜血的结晶”。

(11)“它在长途的开拓中染就了一身的鲜血”,光华本同,文集本作“它在长途的开拓中接受了一身的鲜血”。

(12)“人类的历史整个是一个战斗的历史,整个是一个流血的历史”,光华本同,文集本作“人类的整个历史是一部战斗的历史,整个是一部流血的历史”。

(13)“海洋时期了”,光华本作“海洋时期间了”,文集本同。

(14)“然而我们知道它那不可限量的无限大的潜能”,光华本同,文集本作“然而我们知道它具有不可限量的无限大的潜能”。

(15)“总要使中国的历史要如像黄海一样”,光华本误作“总要便中国的历史要知像黄海一样”,文集本同。

(16)“尺寸进步”,光华本同,文集本作“尺寸的进步”。

(17)“千尺长的裹巾”,光华本同,文集本作“三千丈长的裹脚布”。

(18)“Eskimo”,光华本同,文集本作“艾斯基摩(Eskimo)”。

(19)“我们要凿通一条运河”,光华本误作“我们要凿形一条运河”,文集本同。

(20)“我们已经落后得很厉害了的进行”,光华本同,文集本作“我们已经落后的很厉害了”。

九、《文学革命之回顾》(1930年4月10日上海神州国光社初版《文艺讲座》第1册)

(1)“《白话文学史》”,光华本同,文集本页面最下端加有注释:“指胡适的《白话文学史》。——沫若注。”

(2)“所以白话文的抬头不足为文学革命的表示”,光华本“不足为”误作“不民儒”,余同;文集本同。

(3)“如宋儒的语录”,光华本“宋儒”误作“宋为”,余同;文集本同。

(4)“说来说去不外是一套伦常的把戏。”光华本、文集本均作“说来说去不多是一套伦常的把戏?”

(5)“天翻地覆”,光华本同,文集本作“天翻地复”。

(6)“二三百年来的满人的统制”,光华本同,文集本作“二三百年来的清朝统制”。

(7)“道就是时代的社会意识”，光华本“道”作“这”，余同；文集本同。

(8)“近世资本制度时代的社会意识是尊重天赋人权”，光华本“时代”误作“是代”，余同；文集本同。

(9)“所伴随着一个因子”，光华本“伴随着”误作“伴随两”，余同；文集本同。

(10)“便需要一种更平民更自由的文体来表现”，光华本同，文集本作“便需要一种更自由的文体来表现”。

(11)“我们现在所表示的文字”，光华本同，文集本作“我们现在所通行的文体”。

(12)“而两者也不断的在融洽”，光华本“在融洽”误作“不融洽”，余同；文集本同。

(13)“文学家便是促进这种创化”，光华本同，文集本作“文学家便是促进这种文化”。

(14)“兢兢于固执着所谓白话文的人”，光华本“兢兢”误作“兢兜”，余同；文集本同。

(15)“然已不尽是旧时的文言”，光华本“尽是”误作“尽量”，余同；文集本同。

(16)“他是充分地发挥尽了他的个性”，光华本同，文集本作“他是充分地发挥了他的个性”。

(17)“《宣统皇帝与胡适之》”，光华本同，文集本在第 2 页的页面下端加有注释：“这是当年胡适的一篇文章。因为溥仪还住在故宫时召见过一次胡适，胡适便扬扬得意地做出这篇文章，说溥仪称他为‘先生’，他称溥仪为‘皇帝’。——沫若注。”

(18)“(“逻辑”一语便是出于他的翻译)”，光华本同，文集本作“(“逻辑”一语似乎便是出于他的翻译)”。

(19)“这个时代性我们是绝对不能抹杀的”，光华本同，文集本作“这个时代性我们是不能抹杀的”。

(20)“那是他们的封建思想的沾染还没有清算干净”，光华本同，文集本作“那是他们的内部矛盾，特别是封建思想的沾染还没有清算干净”。

(21)“也多不愿意顾及”，光华本、文集本均作“也不愿意顾及”。

(22)“文学革命的泉水经过了一段长久的伏流时期”，光华本“经过”作

"过",余同;文集本同。

(23)"主持'新青年'的人",光华本"新青年"误作"新青青",余同;文集本同。

(24)"我们大家应该都还记得'新青年'所奉的两位导师:一位是德先生的'德模克拉西'(Demccracy),其他一位是赛先生的'赛因士'(Science)",光华本同,文集本作"我们大家应该都还记得《新青年》所尊崇的两位导师:一位是德先生的'德谟克拉西'(民主),其他一位是赛先生的'赛因士'(科学)"。

(25)"万民的平等",光华本"万民"误作"高民",余同;文集本同。

(26)"进展到思想上文艺上来",光华本同,文集本作"进展到思想上、文艺上来了"。

(27)"先生动摇",光华本同,文集本作"先发生动摇"。

(28)"所以它们的影响总要稍稍落后",光华本同,文集本作"所以它们受到的影响总要稍稍落后"。

(29)"我现在手中没有这一类书",光华本同,文集本作"我现在手中无书"。

(30)"它们把哪一个文学革命表示的异常精当",光华本同,文集本作"它们把这次文学革命表示得异常精当"。

(31)"和各种新的观念的具象化",光华本"具象化"误作"贝象化",余同;文集本同。

(32)"他在精神和形式两方面都把这个对立道破了",光华本同,文集本作"两种口号在精神和形式两方面都把这个对立道破了"。

(33)"不过这个对立是只成立在这个阶段上的",光华本同,文集本作"不过这个对立是只存在在这个阶段上的"。

(34)"胡适之",光华本同,文集本以下均改为"胡适"。

(35)"胡适之一人的顶戴",光华本同,文集本作"胡适一人顶戴"。

(36)"而他所尝试的一些作物",光华本同,文集本作"而他所尝试的一些作品"。

(37)"所以中国资产阶级的革命永远只是一个畸形的",光华本同,文集本作"中国资产阶级的革命永远只是一个畸形儿"。

(38)"自满清末年的立宪运动一直到最近的军阀斗争",光华本同,文集本作"自清朝末年的立宪运动一直到最近的军阀斗争"。

(39)“屁护”，光华本、文集本均改为“庇护”。

(40)“和新兴的无产者集团”，光华本同，文集本作“新兴的无产者集团”。

(41)“国外的帝国主义，和旧有的封建势力的共同的敌人”，光华本同，文集本作“国外帝国主义，旧有的封建势力的共同敌人”。

(42)“然而文学革命宣告成功以来已经十余年”，光华本、文集本均作“然而文学革命以来已经十余年”。

(43)“是一种畸形的”，光华本同，文集本作“是一种畸形儿”。

(44)“同样中国的封建趣味的吃茶文学长久的也有它那不生不死的生存”，光华本同，文集本作“同样，中国的封建趣味的吃茶文学也长久地有它那不生不死的存在”。

(45)“不能成遂其应有的生长”，光华本同，文集本作“不能成就其应有的生长”。

(46)“爆发到它成遂了它的使命的一天”，光华本同，文集本作“爆发到它完成了它的使命的一天”。

(47)“早已现存着”，光华本同，文集本作“早已存在着”。

(48)“不是早把有产者的阵营震撼了吗?”光华本同，文集本作“不是早已把有产者的阵营震撼了吗?”

(49)“你看，你看见有水龙飞奔的地方，你总可以知道已经有燎原的大火!”光华本同，文集本作“你们看，你们看见有水龙飞奔的地方，你们总可以知道已经有燎原的大火!”

(50)“是整个的世界资本主义的力量”，光华本同，文集本作“是整个世界资本主义的力量”。

(51)“你处在这个社会之中，你处在这个潮流之中，任你是怎样的大石都要被席卷着奔流”，光华本同，文集本作“处在这个社会之中，处在这个潮流之中，任你是怎样的磐石都要被席卷而奔流”。

(52)“不也零星的在登载辩证的唯物论或者是倾向无产阵营的作品吗?”光华本同，文集本作“不也零星的在登载辩证唯物论或者是倾向无产阵营的作品了吗?”

(53)“沙滩”，光华本同，文集本作“沙滩上”。

(54)“末了我们来批判创造社的一团”，光华本同，文集本作“末了我们来批判创造社这个小团体”。

(55)“因为这个团体的初期的主要分子如郭,郁,成,张”,光华本同,文集本作“因为这个团体的初期的主要分子如郭,郁,成”。

(56)“在其一两年前个人的活动虽然是早已有的”,光华本同,文集本作“在其前两年个人的活动虽然是早已有的”。

(57)“又算到了第二个阶段”,光华本同,文集本作“要算到了第二个阶段”。

(58)“主重在向旧文学的进攻”,光华本同,文集本作“着重在向旧文学的进攻”。

(59)“这一期的郭,郁,成,张却主要在向新文学的建设”,光华本同,文集本作“这一期的郭、郁、成,却着重在向新文学的建设”。

(60)“正在旁若无人与兴高采烈的时候”,光华本同,文集本作“正在旁若无人兴高采烈的时候”。

(61)“依然不外是一些不具体的侏儒”,光华本同,文集本作“依然不外是一些具体而微的侏儒”。

(62)“在这时候有潘汉年,周全平,叶灵凤等一批新力军出头”,光华本同,文集本作“在这时候有一批新力军出现”。

(63)“把周,叶,潘诸人逐出社外”,光华本同,文集本作“把一批年青人逐出社外”。

(64)“另一方面郁便在骂提倡无產文学的人是投机分子”,光华本“提倡”误作“提唱”,余同;文集本同。

(65)“郁对内部取出清算的态度”,光华本同,文集本作“郁对内部采取清算的态度”。

(66)“对外部却发挥出他的妥协的手腕”,光华本同,文集本作“对外部却发挥出妥协的手腕”。

(67)“整个的中国社会的潮流”,光华本同,文集本作“整个中国社会的潮流”。

(68)“《现代评论》”,光华本同,文集本在第二页页面下端加有注释:“《现代评论》是王世杰、陈源一批人办的杂志,与胡适相呼应,达夫最初参加了那杂志的编辑。——沫若注。”

(69)“创造社会人的反对”,光华本同,文集本作“创造社同人的反对”。

(70)“他自已便不能不退出了创造社的队伍”，光华本同，文集本作“他自己便不能不退出创造社的队伍”。

(71)“新锐的斗士朱，李，彭，冯由日本回来”，光华本同，文集本作“新锐的斗士朱镜我、李初梨、彭康、冯乃超由日本回来”。

(72)“创造社是已经蜕变了”，光华本误作“创造社的已经蜕变了”，文集本同。

(73)“这是创造社一派的十年的回顾”，光华本作“这得创造社一派的十年的回头”，文集本同。

(74)“你可以知道燎原的火灾是已经逼近!”光华本同，文集本作“你可以知道燎原的大火是已经逼近!”

(75)“一九，一，二六”，光华本作：“一九三〇年一月二十六日”；文集本作“1930 年 1 月 26 日”。

十、《关于文艺的不朽性》(1930 年上海天成书店《孤鸿》)

(1)“这样的例子正是举不胜举”，光华本同，文集本作“这样的例子正自举不胜举”。

(2)“野蛮民族”，光华本同，文集本均改为“未开化民族”。

(3)“由这些事实所导引出的一个概念”，光华本“概念”误作“纪念”，余同；文集本同。

(4)“这个从事实上导引出来的概念是不能否认的”，光华本“否认”误作“认否”，余同；文集本同。

(5)“它是超过时代的影响”，光华本同，文集本作“它有超过时代的影响”。

(6)“因为那所根据的事实上的问题”，光华本、文集本均作“因为那所根据的是事实上的问题”。

(7)“便是文艺为甚麼有所谓不朽性”，光华本同，文集本作“便是文艺为什么有这所谓不朽性”。

(8)“例如希腊艺术便远在中国的之上”，光华本同，文集本作“例如希腊艺术便有人以为远在中国的之上”。

(9)“事实上中国的音乐剧和跳舞自来便多是由所谓‘胡人’输入的”，光华本同，文集本作“事实上中国的音乐、演剧和跳舞自来便多是由所谓‘胡人’输入的”。

(10)“这个观念演绎出的”,光华本“这个”误作“这们”,余同;文集本同。

(11)“因为艺术既有不朽性”,光华本、文集本均作“因为艺术既有甚么不朽性”。

(12)“端的地论了这个问题上来”,光华本同,文集本作“端的地论述了这个问题”。

(13)“希腊人的幻想”,光华本“希腊”误作“布腊”,余同;文集本同。

(14)“中国的所谓文坛现在是建设在这儿的”,光华本“在这儿”误作“现这儿”,余同;文集本同。

(15)“还雷针”,光华本同,文集本作“避雷针”。

(16)“凤凰”,光华本同,文集本作“国风”。

(17)“希腊人士经常的孩子。希腊的魅力在我们看来”,光华本同,文集本作“希腊人是正常的孩子。希腊艺术的魅力在我们看来”。

(18)“宁是和那些未成熟的社会的诸条件”,光华本“诸条件”误作“蒙条件”,余同;文集本同。

(19)“新兴艺术学或美学的胚芽便含蕴在这儿”,光华本“胚芽”误作“呸芽”,余同;文集本同。

(20)“封建时代的艺术”,光华本同,文集本作“封建时候的艺术”。

(21)“经常的孩子”,光华本同,文集本作“正常的孩子”。

(22)“无产者没有鉴赏艺术机会和时间,连自己的生命都是被人剥夺了的”,光华本作“无产者没有鉴赏艺术的机会和时间,连自己的生命都是破人剥夺了的”;文集本“艺术机会”作“艺术的机会”,余同。

(23)“那种东西便只好名之曰狗种”,光华本“名之曰”作“答之曰”,余同;文集本同。

(24)“我希望他们即早达到通路来”,光华本作“我希望他们即早达到通的来”;文集本同。

(25)“3 IY 1930”,光华本作:“3 IY 1930”;文集本作“1930 年 3 月 4 日”。

十一、《“眼中钉”》(1930 年 5 月 10 日《海燕》月刊第 4、5 期合刊)

(按:《郭沫若全集》注明“本篇最初发表于一九三〇年上海《拓荒者》第一卷第四、五合刊”是错误的,实际如《郭沫若著译系年》所注,此篇“载 1930 年 5 月

10 日《海燕》月刊第 4、5 期合刊”)

(1)“L. 兄把‘萌芽月刊’第二期中鲁迅先生的‘我和语丝的始终’一篇文章剪寄给了我,我读了”,光华本、文集本均作“《萌芽月刊》第二期中鲁迅先生的《我和“语丝”的始终》一篇文章我读了”。

(2)“政府的警告”,光华本作“政府警告”;文集本同。

(3)“(原刊第四七叶)”,光华本、文集本均删除。

(4)“特别是他对于‘围攻’的认识”,光华本、文集本均作“特别是他们对于‘围攻’的认识”。

(5)“叙事夹在这里太沈长了”,光华本同,文集本作“叙事夹在这里太冗长了”。

(6)“(原刊第四八叶)”,光华本、文集本均删除。

(7)“于认识上不免有错误,于事实上不免也有错误”,光华本“不免也有错误”作“也不免也有错误”,余同;文集本作“于认识上不免错误,于事实上也不免也有错误”。

(8)“‘艺术宫守’”,光华本、文集本均作“‘艺术把守’”。

(9)“让我追溯一些创造社的几个人”,光华本、文集本均作“让我追溯一些创造社里几个人”。

(10)“一口说创造社的几个人”,光华本、文集本均作“一讲创造社的几个人”。

(11)“就在这三个人里面”,光华本、文集本均作“就在三个人里面”。

(12)“不赞成的话头”,光华本同,文集本作“不赞成的话”。

(13)“因迭里根洽”,光华本同,文集本作“知识份子”。

(14)“周作人先生”,光华本同,文集本作“周作人”。

(15)“不过认识更明瞭了一些”,光华本作“不过认识更社瞭了一些”;文集本同。

(16)“我们是用不着再去批评”,光华本同,文集本作“我们用不着再去批评”。

(17)“‘发的故事’”,光华本同,文集本均改为“《头发的故事》”。

(18)“看见的”,光华本同,文集本作“看到的”。

(19)“加减乘除也没有的表白”,光华本作“加减乘除也没于的表白”;文集本同。

(20)“有点反驳的原故”,光华本、文集本均作“有点反驳了的原故”。

(21)“朱磐”,光华本同,文集本作“朱镜我”。

(22)“所以后期创造社的批判和前期创造社的驳斥”,光华本同,文集本作“因此,后期创造社的批判和前期创造社的驳斥”。

(23)“历史的成果”,光华本、文集本均作“历史成果”。

(24)“然而在狭隘的小团体的范围之内”,光华本、文集本均作“然而在狭隘小团体的范围之内”。

(25)“伯奇光慈”,光华本同,文集本作“郑伯奇、蒋光慈”。

(26)“有机会时很想和鲁迅先生面谈”,光华本、文集本均作“有机会是很想和鲁迅先生面谈”。

(27)“不足以为代表一个新的阶段的标帜”,光华本、文集本均作“不足以为代表一个新的阶段”。

(28)“张资平先生”,光华本、文集本均作“张资平”。

(29)“失掉了它的存在的”,光华本、文集本均作“失掉了它的存在了”。

(30)“打消了罢”,光华本误作“打消大罢”,文集本同。

附　录

一、郭沫若涉及鲁迅的言论修改对勘异文全录

长期以来，鲁迅和郭沫若都被认为是中国现代文学史上最为重要的两个作家，他们虽然从未谋面和通信，但却有着非常复杂的恩怨纠葛关系，而他们之间的笔墨官司以及相互评价过程，往往还涉及众多历史名人和重大历史事件，形成了中国现代文学史上的重要历史文献。因此可以说，研究和阐释他们两人的历史关系，不仅有助于我们更为清晰深刻地认识20世纪相当长一段时间内中国文坛的特点，而且对学界深入考察当时社会的政治、文化形态，也有着重要的价值和意义。正是基于这一点，在进入21世纪以来，学界对于他们两人历史关系的考察研究一直热度不减，产生了诸多研究成果。

不过非常遗憾的是，以往众多学者在研究他们二人历史关系时，在最为基础的史料利用方面总会忽视非常重要的一点，那就是他们所参考的郭沫若关于鲁迅的言论，绝大部分来自于《沫若文集》或者基于《沫若文集》而编纂的《郭沫若全集》中的相关文章，而没有注意到这些文章中的很多内容中实际上已经被郭沫若于20世纪50年代大幅度修改过了。郭沫若当时作为党和国家的领导人，对自己当年关于鲁迅的言论进行修改，自然有着明显的政治动因。同时根据笔者的考察，郭沫若的这些修改，恐怕还折射出某些在政治大背景下个人深层而又微妙的心态。事实上，这些修改本身便是非常值得注意的史料。而更值得注意的是，这些修改在很大程度上遮蔽了他最初对于鲁迅的真实态度，使众多学者容易误把他50年代修改之后的言论当作其最初的态度表达，从而无法正确把握史实，得出恰当的研究结论。

有鉴于鲁迅与郭沫若之间历史关系的重要性，以及之前还没有学者对郭沫若涉及鲁迅的言论修进行过系统而完整的整理和校勘，笔者近期搜集到了郭沫若所有涉及鲁迅言论文献的最初版本，然后与郭沫若修改后的《沫若文集》中的版本进行了对勘，找出了全部有关鲁迅的修改后的言论，并按照最初版本的发表时间顺序和繁简字体形式，以对比的方式列于下文之中。笔者期望以此方式掘开这长期遮蔽史实的历史地表，为学界的进一步研究提供更为准确的资料。

1.《批评—欣赏——检察》1923年《创造周报》第25号最初版本中的内容：

我这几日非常高兴，因为我得读了我们国内最近出版的两本书：一本是鲁迅氏的“呐喊”，一本是周作人氏的“自己的园地”。这两本书在我们很寂寥的文艺界我觉得是值得欣赏的产物，尤唯是前的一种。关于前一种的赞词，近来在报章上，在朋友的会话中，我们所得的见闻已不少，仿吾不久亦将作文批评，我在此处暂不多说了。

1.《沫若文集》中修改后的内容：

我这几天非常高兴，因为我读了我们国内最近出版的两本书：一本是鲁迅的《呐喊》，一本是周作人《自己的园地》。这两本书在我们很寂寥的文艺界，我觉得是值得欣赏的产物，尤其前者。关于前一种的赞词，近来在报章上，在朋友的谈话中，我们所得的见闻已不少。仿吾不久也将作文批评，我在此处暂不多说了。

2.《眼中钉》1930年5月10日《海燕》月刊第4、5期合刊最初版中的内容：

L.兄把“萌芽月刊”第二期中鲁迅先生的“我和‘语丝’的始终”一篇文章剪寄了给我，我读了。

在当时的所谓“语丝”也，所谓“创造”也，所谓周鲁也，所谓成郭也，要不过一丘之貉而已！说的冠冕一些是有产者社会中的比较进步的“因迭里根洽”的集团，说得刻薄一些便是旧式文人气质未尽克服的文学的行帮和文学的行帮老板而已。

2.《沫若文集》中修改后的内容：

《萌芽月刊》第二期中鲁迅先生的《我和“语丝”的始终》一篇文章，我读了。

在当时的所谓“语丝”也，所谓“创造”也，所谓周，鲁也，所谓成，郭也，要不过一丘之貉而已！说得冠冕一些是有产者社会中的比较进步的知识分子的集团，说得刻薄一些便是旧式文人气质未尽克服的文学的行帮和文学的行帮老板而已。

3.《创造十年·发端》上海现代书局1932年9月最初版中的内容：

创造社自1929年二月七日遭了封

3.《沫若文集》中修改后的内容：

创造社自一九二九年二月七日遭了封闭以来，已经满三年了。早就有锁以来，已经满了三年了。早就有些朋友要我把他自成立以来的经过追记出来，我也有那样的心事，但总牵延着，一直牵延了三年。我现在终于决了心，要费点功夫来记录我所知道的创造社，或者更适切地是以创造社为中的我自己的十年间的生活。牵延了三年，使我终于起了决心，说也奇怪，却要感谢我们中国的大小说家鲁迅先生。K 的说话显然是含蓄有一些锋芒，但我们也没有作怎样的深谈，因为我对于鲁迅先生的旧作既少研究，他的转换方向以后的新作我也还没曾看见。

彼此笑了一会，K 才告辞着走了，我便把我们鲁迅先生的文章翻了出来，原来是鲁迅的讲述，由一位日本人所译记的。

些朋友要我把它成立以来的经过追记出来，我也有这样的心事，但总迁延着，一直迁延了三年。我现在终于下了决心，要费点工夫记录出我所知道的创造社，或者更适切地说，是以创造社为中心的我自己十年间的生活。迁延了三年，使我终于下了决心，说也奇怪，却要感谢我们的鲁迅先生。

K 的说话显然含有一种讽刺，但我们也没有怎样的深谈，因为我对于鲁迅先生的旧作既少研究，他的方向转换以后的新作我也还未曾看见。

彼此笑了一会，K 才告辞走了。我便把鲁迅先生的文章翻了出来，原来是鲁迅的讲述，由一位日本人所译记的。

在“文艺新闻”上所发表过的内容，我不曾看见。我们鲁迅先生所“改写”成的中文原稿，似乎也还没有发表出来。我现在暂以一个准鲁迅崇拜者的资格，把日译文中骂到创造社的地方要忠实地——我特别在这“忠实地”下加着注意点——重译成中文。前后的文脉自然要稍稍顾虑着，但我不好便把全部都整译出来：因为我们鲁迅先生的改写稿一定有发表的机会，即使没有，将来也一定有鲁迅先生的忠实的——又来加上注意点——崇拜者来重译全文，我是不好把这一笔稿费替人夺掉的。

讲演的开头是说到上海过去的文

在《文艺新闻》上所发表过的内容，我不曾见到。鲁迅先生所“改写”成的中文原稿，似乎也还没有发表出来。我现在暂以一个准鲁迅崇拜者的资格，把日译文中骂到创造社的地方要忠实地——我特别在这“忠实地”旁加上注意点——重译成中文。前后的文脉自然要稍稍照顾到，但我不好便把全部都整译出来：因为鲁迅先生的改写稿一定有发表的机会，即使没有，将来也一定有鲁迅忠实的——又来加上注意点——崇拜者来重译全文，我不好把这一笔稿费从别人手里抢来。

艺，旧式的才子佳人派；其次是说到新式的才子佳人鸳鸯蝴蝶派。这鸳鸯蝴蝶派"因新青年的流行才渐受到打击"。"那时有易卜生的脚本之介绍，还有胡适之先生的"终身大事"那样取着俊俏的形式之婚姻问题剧出现"。以下便论到创造社来了。

是的，"新才子派"又等于"艺术至上派"，鲁迅先生似乎很是学贯中西，大约王尔德，波陀勒尔一类的人物，又是欧洲的鸳鸯蝴蝶派罢？是的，"创造社尊重天才，专重自我，崇创作"，这倒不是什么罪过。无论在怎样的社会裏，天才是不能否认的，不同的只是天才的解释罢了。马克思昂格尔斯列宁不是绝大的天才吗？就是我们鲁迅先生不也是一位文学上的天才吗？

第二方面说的是吴宓所代表的论衡一派，第三方面是所谓鸳鸯蝴蝶派，在这儿鲁迅先生又不费力地(?)把创造社来和论衡派鸳鸯蝴蝶派归为了一类，而使文学研究会继承着新青年和"终身大事"的正统。似乎创造社之成为文学研究会的"新敌"，是因为该研究会，声援了新青年。是的，鲁迅先生不媿是文学研究会的发起员之一人，在这些地方却很能替本店发卖膏药。"货真价实，只此一家，"——只有文学研究会是文学的正统，是最革命的团体。我们在这儿来高呼几声口号：(笔者按：在最初版中，以下"口号"的字体均被放大)

讲演的开头是说新式的才子佳人鸳鸯蝴蝶派。这鸳鸯蝴蝶派"因《新青年》的流行才渐受打击"，"那时有易卜生的脚本之介绍，有胡适之先生的《终身大事》那样取着俊俏的形式之婚姻问题剧出现"，以下便论到创造社来了。

是的，"新才子派"又等于"艺术至上派"，鲁迅先生似乎是学贯中西，大约王尔德、波陀勒尔一类的人物，又是欧洲的鸳鸯蝴蝶派罢？是的，"创造社尊重天才，尊重自我，崇创作"，这倒不是什么罪恶。无论在怎样的社会里天才是不能否认的，不同的只是天才的解释罢了。马克思、恩格斯、列宁不是绝大的天才吗？我们鲁迅先生不也是一位文学上的天才吗？

第二方面说的是吴宓所代表的学衡一派，第三方面是所谓鸳鸯蝴蝶派。在这儿鲁迅先生又不费气力地把创造社来和学衡派、鸳鸯蝴蝶派归为一类，而使文学研究会继承着《新青年》和胡适之《终身大事》的正统。似乎创造社之成为文学研究会的新敌，是因为该研究会声援了《新青年》。是的，只有文学研究会才是文学的正统，是最革命的团体。我可以奉命拥护，高呼几声口号：

革命的文学研究会万岁！

拥护文学的正统！

打倒一切反动的文学团体！

拥护我们的文坛总司令鲁迅先生！

反对文学研究会的就是反革命！

反对鲁迅先生的就是反革命！

是的，还有一个"被压迫民族的文学"，也是该得高呼几声万岁的。我们贵大民国的贵大百姓，要算是不折不扣的"被压迫民族"了。我们贵被压迫民族的贵民族主义的文学呢???? 在这儿我很抱歉，可惜我们鲁迅先生沾染了点子章回体的小说派头，要等到"下回分解"；于是乎让我们的"万岁"也就不好明目张胆地叫出来，我们需得学学我们的先生"顾虑到官边"啦。打个折扣，叫他妈个半声罢。好的，我们再来叫起来：

被压迫民族的民主主义文学卍！

在这儿要加一个注解，这个屁股上的卍字，就和"古东多卍"的屁股上的那个字一样，是当做"万"字在使用。"万岁"的一半自然就是卍，但有聪明的读者定要把它联想到法西斯蒂，那也是他的自由。

是的，创造社那一批"反动派"——这个罪状不自今日起，据鲁迅先生的"一瞥"看来，从兴文学研究会反对以来便已经是反动了的——是的，创造社那一批"反动派"真真是罪该万死!!! 公公然敢反对"声援新青

革命的文学研究会万岁！

文学的正统万岁！

文坛总司令鲁迅先生万岁！

还有一个"被压迫民族的文学"，也该得高呼万岁。我们贵大民国的贵大百姓，要算是不折不扣的"被压迫民族"了。我们贵被压迫民族的贵民族主义的文学呢？在这儿很遗憾，鲁迅先生沾染了点子章回体小说的派头，要等到"下回分解"。于是乎让这一"万岁"也就不好明目张胆地叫出，我们须得学学乖，"顾虑到官方"啦。

打个折扣，叫它个半声罢。

被压迫民族的民族主义文学卍！

在这儿要加上一个注解。这个屁股上的卍字，就和《古东多万》屁股上的那个字一样，是当作"万"字在使用。"万岁"的一半自然就是卍，但有聪明的读者要把它联想到法西斯，那也是他的自由。

是的，创造社那一批"反动派"——这个罪状倒不自今日始，据鲁迅先生的"一瞥"看来，从与文学研究会反对以来便已经是反动的了。是的，创造社那一批"反动派"真正是罪该万死！公然敢反对"声援《新青年》""介绍被压迫民族文学"的文学研究会，要指摘他们的误译，真正是罪该万万死！哼，你们不知道象"雅典主义"一类的翻译，不正是中华民国的国宝

年”“介绍被压迫民族文学”的文学研究会，要指摘他们的误译，真真是罪该万万死！！！哼，你们不知道像“雅典主义”和“手势戏”一类的翻译，不正是中华民国的国宝吗？你们不知道那些名译，纵不“百世”，也会“万年”的吗？我“鲁迅先生”正告你们：文学研究会者人生之人生也，艺术之艺术也，如此之如此也，这般之这般也；“俗”云何有？岂是“无能”？“无能”者天下之大能也，“俗”者不俗也。“错误”之仅仅“一个”便足使汝辈之“专论”做出“一篇”，谁能谁不能哉？——好了，我模仿我们先生的笔调似乎有点不类，然而不类者类也。好像通，又好像不通，然而不通正是大通。此亦一“阿Q式的逻辑”。

文学研究会的一些“君子大人”（这是鲁迅先生的言外之意，因为是和“才子痞棍”相对），特别是属于文学研究会的我们的鲁迅先生，是很清而且高，高而且清，没有受过“大书店”的买贿的！

老实说，我对于我们鲁迅先生这位“大人君子”的脑筋不免有点怀疑。鲁迅先生或者不是会有意捏诬，因为受书店老板高发，倒不是什么大不名誉的事；我想怕是脑筋中的记忆有点混线，在这儿把新青年社和创造社扯在一道了。

……因为这个现象一局限到这儿来，便是说：创造社的作品狗钱不值！

吗？你们不知道那些名译，纵不“百世”也会“万年”的吗？我鲁迅先生正告你们：文学研究会者人生之人生也，艺术之艺术也，如此之如此也，这般之这般也；“俗”云何有？岂是“无能”？“无能”者天下之大能也，“俗”者不俗也。“错误”之仅仅“一个”便足使汝辈之“专论”做出很长很长“一篇”，谁能谁不能乎哉？——好了，我尽力摹仿我们先生的笔调似乎有点不类，然而不类者类也，好象通，又好象不通，然而不通正是大通。此亦一“阿Q式的逻辑”。

文学研究会的一些“正人君子”（这是鲁迅先生的言外之意，因为是和“才子痞棍”相对），特别是袒护文学研究会的我们鲁迅先生，是很清而且高，高而且清，没有受过“大书店”的买贿的！

老实说，我对于我们鲁迅先生这位伟大的“正人君子”的脑神经不免有点怀疑。鲁迅先生或许不会是有意的捏诬，因为受书店老板告发，倒也并不是甚么不名誉的事。我想，怕是脑中的记忆有点绞线，在这儿把新青年社和创造社扯在一道了。

……因为这个现象一局限到这儿来，便是说：创造社的作品屁钱不值！

我们这位“左翼之雄”的鲁迅先生的唯物解释真可要算是超马克思主义的。但可惜那几个“流痞”所闹出的事实和先生的推论全不相符。

就这样我们在这儿还是应该痛骂那几位创造社的痞棍，痛骂为甚麼那样早的便跑到广东去了，没有停一下造些事实出来和我们鲁迅先生的“一瞥”相符，使我们的“大人君子”又来形同捏诬的自由创作了一下。

鲁迅先生的一瞥是很长的一瞥，他以下还把近年来的左翼文学运动“瞥”了一下，在这次的运动上最可庆幸的是我们的鲁迅先生榜上有名，所以他也说得煞有介事。不过他叙述创造社的地方就停止在这儿，以下的我不便再多事征引了。创造社遭了封锁一节，鲁迅先生是绝口没提的，当然这在“大人君子”看来是那痞棍集社的恶贯满盈了。

总之我是应该感谢鲁迅先生的，我读了他的那篇一瞥，才决心要来做这部“十年”。但我在这儿附带着声明一笔。我这“十年”并不是小说——记得国内另一位大小说家宣言过我是没有做小说家的资格的：因为我的笔太直，不曲，没有像鲁迅先生的那样曲。是的，这层我自己是很承认的，假使要曲才配做小说，那我实在是不配做小说家。据说小说是“寒带”，那吗只适宜于 Eskimo 那样的小人去住，我也就

我们这位“左翼之雄”的鲁迅先生的唯物的解释真可以算得是超马克思主义的。但可惜那几个“流痞”所闹出的事实和先生的推论全不相符。

就这样，我们在这儿还是应该痛骂那几位创造社的痞棍，为甚么那样早便跑向广东去了，没有停一下造些事实出来和我们鲁迅先生的“一瞥”相符，使得我们的“正人君子”又形同捏诬地自由创作了一下。

鲁迅的《一瞥》是很长的一瞥，在下文他还把近年来的左翼文学运动“瞥”了一下。在这次运动中最可庆幸的是我们鲁迅先生在榜上有名，所以他也说得象煞有介事。不过他叙述创造社的地方就停止在这儿，以下我不便再多事征引了。创造社遭了封闭的一节，鲁迅先生是绝口不提的，当然这在“正人君子”看来正是那痞棍集社的恶贯满盈了。

总之，我应该感谢鲁迅先生，我读了他那篇《一瞥》，才决心来写这部《十年》。但我在这儿还要附带着声明一笔，我这《十年》倒并不是小说——记得国内另一位大小说家宣言过：我是没有做小说家的资格的，因为我的笔太直，不曲，没有象鲁迅先生的那样曲。是的，这层我自己是很承认的，假使要曲才配做小说，那我实在是不配做小说家。据说小说是“寒带”，那吗只适宜于 Eskimo 那样的小人去住，我

敬谢不敏。

还有，我这“十年”也不好就说是历史，因为自来历史其实就只是小说，是由阶级的立场或个人的私怨所写出的小说。像鲁迅先生的那篇一瞥，那才是真正的历史，是上海最近二三十年的文艺史——至少可说，是史料，后代的文艺史家一定要在那儿取材的。所以我这部“十年”也不敢僭分地说它是历史。……这个事实就让我们的大小说家尊重重译的鲁迅先生，无论怎样把他手中的一只笔自由自在地曲得就像卓别林手中的一根手杖，也是难于曲护的。

4.《我的作诗的经过》1936 年 11 月东京《质文》第 2 卷第 2 期最初版中的内容：

在这儿我顺便要插说两件事体，一件是我说“翻译是媒婆”，一件是郁达夫最初为创造季刊登预告是的广告中有一句半牢骚话，说「有人垄断文坛」。这两件故事，都是因李石岑而发的。我在上面已经说过，李君对我每每加以冷遇，有一次把我一篇自认为煞费苦心的创作登在一篇死不通的翻译后面，因而便激起了我说「翻译是媒婆，创作是处女，处女应该加以珍重」的话。

也就敬谢不敏。

还有，我这《十年》也不好就说是历史，因为自来的历史其实就只是小说，是由阶级的立场或个人的私怨所写出来的小说。象鲁迅先生的那篇《一瞥》，那才是真正的历史，是上海最近二三十年的文艺史。

后代的文艺史家一定要从那儿取材的。所以我这部《十年》也不敢僭分地说它是历史。

……这个事实，我想就让我们尊重重译的鲁迅先生，无论怎样把他手中的一只笔自由自在地曲，曲得就象卓别麟手中的一根手杖，也是难于曲护的。

4.《沫若文集》中修改后的内容：

在这儿我顺便要插说两件事体，一件是我说“翻译是媒婆”，一件是郁达夫最初为创造季刊登预告是的广告中有一句半牢骚话，说“有人垄断文坛”。这两件往事，都是因李石岑而发生的。李时岑编《学灯》，在有一次的双十节增刊上登了文艺作品四篇。第一篇是周作人译的日本短篇小说，第二篇是鲁迅的《头发的故事》，第三篇是我的《棠棣之花》，第四篇是茅盾译的爱尔兰的独幕剧。我很欣赏《头发的故事》，而不知道鲁迅是谁。但把《头发的故事》排在译文后边，使我感到不平。因而便激起了我说“翻译是媒婆，创作是处女，处女应该加以珍重”的话。

5.《民族的杰作——纪念鲁迅先生》1936 年 11 月 10 日《质文》月刊第 2 卷第 2 期最初版中的内容：

先生在中国文坛上所留下的功绩是用不着我来缕述的。中国文学由先生而开辟出了一个新纪元，中国的近代文艺是以先生为真实意义的开山，这应该是亿万人的共同认识。近年来，先生的对于前进的文艺乃至一般文化，尤其语言的大众化与拉丁化这些工作之寄与与促进，是永远值得我们纪念的。而先生的健斗精神与年俱进，且至死不衰，这尤其是留给我们的一个很好的榜样和教训。

古人说，"盖棺定论"，先生现在是达到了容许人们慎重地下出定论的阶段了。要评论先生，我自己怕是最不合适的一个人，但我现在敢于直率地对着一些谗谤者吐出我的直觉的见解：鲁迅先生是我们中国民族近代的一个杰作。

6.《不灭的光辉》1936 年 11 月 25 日《光明》半月刊第 1 卷第 12 期最初版中的内容：

……据最近鲁迅的令弟周作人氏的谈话……

鲁迅先生始终是人类的斗士，民族的精英……这样，据说，是鲁迅亲自对他所说的话。

敌人以友人的面孔出现，友人以敌人的面孔出现，这本是常有的事情，然而却为常人所不能识辨。

5.《沫若文集》中修改后的内容：

鲁迅在中国文坛上所留下的功绩是用不着我来缕述的。中国文学由鲁迅而开辟出了一个新纪元，中国的近代文艺是以鲁迅为真实意义的开山，这应该是亿万人的共同认识。近年来，鲁迅对于前进文艺乃至一般文化，尤其语言的大众化与拉丁化这些工作特别加意促进，是永远值得我们纪念的。鲁迅的战斗精神与年俱进，至死不衰，这尤其是留给我们的一个很好的榜样。

古人说"盖棺论定"，鲁迅现在是达到了容许人们慎重地下出定论的阶段了。要论评鲁迅，我自己怕是最不适当的一个人，但我现在敢于直率地对着一些谗谤者吐出我直觉的见解：鲁迅是我们中国民族近代的一个杰作。

6.《沫若文集》中修改后的内容：

所有"鲁迅先生"均改为"鲁迅"

……据说最近周作人谈话……

鲁迅始终是为解放人类而战斗一生的不屈的斗士，民族的精英……

据说，这是鲁迅亲自对他所说的话。

敌人以友人的面孔出现，友人以敌人的面孔出现，这本是常有的事情。然而却为一般人所不能辨认。

7.《写在菜油灯下》(最初载重庆《抗战文艺》1940年12月第6卷第4期《鲁迅先生逝世四周年纪念特辑》

8.《告鞭尸者》重庆《新蜀报·七天文艺》1941年9月17日第23期最初版中的内容：

连上海的一位文人也曾经把他和梅兰芳博士并举出来加以讽刺

9.《庄子与鲁迅》最初载重庆《中苏文化》1941年4月第8卷第3、4期合刊。

10.《契珂夫在东方》最初载1944年7月15日重庆《新华日报》(存目)

鲁迅的作品形式和风格，与契珂夫的，极其相类，径直可以说是孪生弟兄。假使契珂夫的作品是“人类的无声而悲哀的音乐”(Still add sad music of humanity)。鲁迅的至少可以说是中国人的。他们都是平庸的灵魂的写实主义。佣人们的类似宿命的百无聊赖的生活使他们感觉悲哀，沉痛，甚至失望。人类俨然是不可救药。

他们都是研究过近代医学的人，医学家的冷静，镇定了他们的愤怒，解剖刀和显微镜的运用，训练了他们对于病态和症结做耐心的无情的剖检。他们的剖检是一样地犀利而仔细，而又蕴含着一种潜在的同情。但他们都是只开病症而不肯处方的医师。

7.《沫若文集》中修改后的内容：

“虎蛇呢？依然出没。坎陷呢？依然纵横”一句删除。

8.《沫若文集》中修改后的内容：

上海一位文人也曾经把他和梅兰芳博士并举，加以讽刺。

9.《沫若文集》中修改后的内容：

篇尾增加“补遗”部分，如下“(一)空穴来风，桐乳来巢”(《华盖集》——《我的籍和系》)此乃庄子逸文，见《文选赋》注及《艺文类聚》卷八十八所引，作“空閲来风，桐乳来巢”。

(二)“庄子所谓：察渊鱼不详”。(《两地书》第八信)此实见《列子·說符篇》“周谚有言：察渊鱼不祥，智料隐匿者有殃。”

1941年7月11日补记

10.《沫若文集》中修改后的内容：

鲁迅的作品与作风和契珂夫的极相类似，简直可以說是孪生的弟兄。假使契珂夫的作品是“人类无声的悲哀的音乐”(Still and sad music of humanity)，鲁迅的作品至少可以说是中国的无声的悲哀的音乐。他们都是平庸的灵魂的写实主义。庸人的类似宿命的无聊生活使他们感觉悲哀，沉痛，甚至失望。人类俨然是不可救药的。

他们都是研究过近代医学的人，医学家的平静镇定了他们的愤怒，解剖刀和显微鏡的运用训练了他们对于这大约是由于环境与性格都很相近的原故吧，两人都是患着不治的肺结核症而倒下去的人，单只这一层也很值得我们起着同情的联想。这种病症的自觉，对于患者的心情，是可能发生出一种同性质的观感的。内在的无可如何尽可能投射为外界的不可救药，就这样，由于内在的投射与外界的反映，便交织成为惨淡的，哀怨的，含泪而苦笑的诗。

但两人都具有着“进步的信仰”。——“进步”，这是近代生物学所证实了的无可否认的铁的事实。就因为相信“进步”，故对现实生活虽感失望，而並未绝望。是信仰把契珂夫从虚无主义救了出来，也使他没有陷落到神秘主义的泥沼。他是时时系念着“三二百年后”人类社会的光明的远景的。他相信“经过二三百年后，世界上的生活都要变得十分美丽，不可思议的美丽”（“三姐妹”中韦士英语），或者“再过三二百年后，全世界都要变成美丽而可爱的花园”（库普林“契珂夫的回忆”）。就是这希望给予了契珂夫的作品以潜在的温暖，就譬如尽管是严寒的冰天雪地，而不是完全冰化了的死灭的月球。

鲁迅的作品也正是这样。

但鲁迅的年辈却使他比契珂夫更占了便宜。契珂夫早来到世界二十

病态与症结做耐心的无情的剖检。他们的剖检是一样犀利而仔细，而又蕴含着一种沉默深厚的同情，但他们却同样是只开病历而不处药方的医师。

这大约是由于环境与性格都相近的原故吧，两人同患着不可治的肺结核症而倒下去了，单只这一点也都值得我们发生同情的联想。这种病症的自觉，对于患者的心情，是可能发生出一种同性质的观感的。内在的无可如何尽可能投射为世界的不可救药，就这样内在的投射和外界的反映，便交织成为惨淡的、虚无的、含泪而苦笑的诗。

但两人都相信着“进步”。这是近代生物学所证实了的，无可否认的铁的事实。故虽失望，而未至绝望。在刻骨的悲悯中未忘却一丝的希望。

契珂夫时时系念着“三二百年后”的人类社会光明的远景，他相信“再过三二百年后，全世界都要变成美丽而可爱的花园”（库普林：《契珂夫的回忆》），“经过三二百年之后，世界上的生活都要变得十分美丽，不可思议的美丽”（《三姐妹》中韦士英所说）。这希望给予契珂夫的作品以潜在的温暖，就像尽管是严寒的冰天雪地，而不是无生命的月球里的死灭。

鲁迅的作品也正是这样。但鲁迅比契珂夫占了便宜的。是迟来世界二十年，后离世界三十年[①]以上。鲁迅得

附录

年，而鲁迅更迟离开世界三十年以上(注一)。就是这一早一迟，使鲁迅得以亲眼看见俄国十月革命的成功和中国革命势力的高涨。光明的前景用不着等待到「三三百年之后」，竟在契珂夫去世后的仅仅三二十年便到来了。

希望成为了现实，明天成为了今天，“进步的信仰”变为了“革命的信仰”。“做得更像样一点吧!”——在契珂夫所“不能够高声地公然向人说出”的(注二)，而在晚年的鲁迅却“能够高声地公然向人说出”了。契珂夫式的鲁迅变为了高尔基。

然而在鲁迅的初期深切地受过契珂夫的影响，那是毫无疑问的。

因而前期鲁迅在中国新文艺上所留下来的成绩，我是这样感觉着，差不多是契珂夫自身所播下的种子。

(注一)契珂夫(一八六〇——一九〇四)

鲁迅(一八八一——一九三六)

(注二)高尔基评契珂夫的话。

以亲眼看见俄国十月革命的成功，和中国革命势力联带着的高涨，光明的前景用不着等待‘三二百年之后’，竟在契珂夫去世后仅仅三二十年间便到来了。

在这儿鲁迅便和契珂夫分手了。希望成为了现实，明天变成了今天，‘进步的信仰’转化为了‘革命的信仰’。‘做得更像样一点吧’——在契珂夫所‘不能够高声地公然向人说出’的，而在后期的鲁迅却‘能够高声地向人说出’了。鲁迅是由契珂夫变为了高尔基。

但是毫无疑问，鲁迅在早年一定是深切地受了契珂夫的影响的。

因而前期鲁迅在中国新文艺上所留下的成绩，我是这样感觉着，也就是契珂夫在东方播下的种子。

①契珂夫(1860～1904)，鲁迅(1881～1936)。——沫若注。

11.《鲁迅和我们同在》上海《文汇报·世纪风》1946年10月第20期最初版中的内容：

……凡是尊敬鲁迅先生的人是以不屈不挠的精神，尽了至善的努力来赢得的。

一位政治家说过：“鲁迅先生的方向就是我们的方向”，这是最有斤两的

11.《沫若文集》中修改后的内容：

所有“鲁迅先生”均被改为“鲁迅”。

……凡是崇敬鲁迅的人是以不屈不挠的精神，尽了至善的努力来赢得的。

毛泽东主席说过：“鲁迅的方向，就是中华民族新文化的方向”。这是

话，这话至少是代表了一万五千万人的意志。鲁迅的方向是什么呢？就是为人民服务的方向，对于反人民的恶势力死不妥协的方向。

就拿我自己来说吧，我今天有资格能够站在鲁迅先生的面前来向大家说话，也就是因为我遵照鲁迅先生所指示给我们的正确的方向。一九二七年大革命遭了挫折，我逃亡到日本去一直呆了十年。在七七事变发生之后，我终于单身地跑回到中国来了。是什么人把我呼喊回来的呢？我要坦白地说：就是我们中国的国魂鲁迅先生。

假使我们是反其道而行，那便是鲁迅的敌人，我们便要走向万劫不复的死路，我们的民族便也走向了万劫不复的死路？

12.《冷与甘》上海《文萃》1947 年 1 月第 2 年第 12、13 期合刊最初版中的内容：

最有斤两的话。鲁迅的方向是什么呢？就是为人民服务的方向，对于反人民的恶势力不妥协的方向。

就拿我自己来说吧，我今天有资格能够站在鲁迅的面前来向着大家说话，也就是因为我遵照了鲁迅所指示给我的正确方向。一九二七年大革命遭了挫折，我逃亡到日本一直呆了十年。在“七七”事变发生之后，我终于单身地跑回中国来了。是什么人把我呼唤回来的呢？我要坦白地说是我们的鲁迅先生。

所有“闻一多先生”均被改为“闻一多”。

假使我们是反其道而行，那便是鲁迅的敌人，我们便走向万劫不复的死路。

12.《沫若文集》中修改后的内容：

所有“鲁迅先生”均被改为“鲁迅”。

二、郭沫若首部长篇小说的“序幕”：《未央》的佚文部分

郭沫若的小说《未央》完成于 1920 年的下半年，发表于 1922 年 11 月 25 日《创造季刊》第 1 卷第 3 期，是郭沫若在其《女神》时期所发表的最长的一部作品，同时也是他本人准备创作的第一部长篇小说，可以说在他的创作史上占有着很重要的地位。但是笔者近期在校勘郭沫若早期作品时发现，这部作品的大部分内容却从未被收入进新中国成立后所出版的各种郭沫若文集，包括最为全面的《沫若文集》以及《郭沫若全集》，而是一直处于佚文的状态。

具体来说，这部作品在《创造季刊》发表时，总字数是 11600 字左右，而在

《沫若文集》以及《郭沫若全集》中的版本，只仅仅保留了开头部分 2000 字多一点的内容，以下近六分之五的内容都被删除了。郭沫若是利用把这部小说收入进《沫若文集》第五卷之机对其进行删减的，而他本人从未对这样大幅度的删减做出任何说明，结果使得后来的学者们均未注意到这删减，造成至今还没有具体任何研究涉及这被删减掉的近一万字的佚文部分。

笔者认为，发掘出这部小说的佚文部分不仅补充了目前中国现代文学研究的史料，同时就其内容而言，对于我们研究郭沫若的早期创作以及生平和思想状态也有着很高的价值，其重要性主要体现在以下两点：

第一，《未央》不仅是郭沫若在《女神》时期发表的最长的一部作品，并且根据他附在最初版本末端的说明性文字，这部小说还是他计划中的第一部长篇小说的"序幕"，在发表之前"已经草就了两年了"。也就是说，郭沫若在 1920 年刚刚在文坛崭露头角的时候，就已经有了创作长篇小说的雄心壮志。其时郭沫若已经创作了《牧羊哀话》《他》和《鼠灾》三部较为简短的小说，也有《女神之再生》《湘累》和《棠棣之花》三部短篇诗剧作相继问世。而《未央》作为他的第一部长篇作品创作计划，则体现了他在文坛全面发展的多元化创作构想，同时也证明了他当时已具备相当强的文学创作自信心。就在《创造季刊》的创刊号中，郭沫若还为这部小说"登了预告"，那是他在《海外归鸿·第三信》的最后说："《未央》旧稿遗失，要续作时，非另起炉灶不可。"由此也可看出郭沫若对创作这部小说非常重视和执着，在"旧稿遗失"之后，还要加以"续作"。郭沫若的这个预告很快起到了作用，据他称："有朋友写信来催我，我便把它在此发表了。"至于说这部作品为何在"草就"两年了之后，"还没有时候把下文继续下去"，而是"勉勉强强地充得一篇短篇"加以发表，乃至最后把这"一篇短篇"也删减大半，则需要更进一步的研究了。

第二，《未央》是郭沫若的一部自叙传小说，其中的佚文部分非常详细地记述了他在嘉定、成都求学期间的经历。这段时期是郭沫若初步接触社会，形成自己人生观的关键时期，对他日后的创作也有着重要影响。以往我们主要根据郭沫若的回忆性文字来了解他这段时期的经历，如《我的童年》《反正前后》《黑猫》《初出夔门》等。而这段近一万字的佚文，则与郭沫若的回忆性文字形成了互证关系，并且还有很多史料上的补充，对于我们更加深入地了解他当时的行为和心态，有着很高的史学参考价值。

有鉴于这段佚文的重要性，且篇幅并不算太长，本文便把它全部摘抄下来，附于下方，期望能对郭沫若研究有所增益。

……

听得太凄凉了，他又忽然把头伸出被来旁边挂着的一盏电灯，一连使他闭了几次的眼睑，他才把眼神调制好了。

他的楼上共总是两间房间。前房八筵，是他的书斋和寝室。后室三筵，他女人和小的一个婴儿便睡在那里。——他们都是席地而寝的，前房西壁，堆积着一些中外的图书。有些很巨大的厚册，也有些红绿的精巧书面，我们单从这些书籍上观察时，也可以知道他是浪漫性格的人，他是失了中心点的人，他是水陆不论的两栖动物。他把眼神调制好了之后，顿沉沉地看了他这书籍一眼，但是也没有生出什么刺激来。他的眼光，转到壁上挂的一帧肖像，一帧八寸来往长五寸来往宽的玻璃匣内的半身肖像，乱发蓬蓬，白领高张，一望去时，就好像一个狮子头脑的一帧画像，他忍不着便激赞了一声，"哦哦，悲多汶！"但是随后他脑中所现出的文字，只不过是"唉，我什么也不像你，只有我这两耳看看便要和你的命运一样了！"

肖像旁边还有一张等大的横幅，是米雷(Millet)画的《牧羊女儿》——一片旷野中一群绵羊，前面一个低着头的少女，旁边还隐隐有只小犬。爱牟平时很喜欢这幅画。但他喜欢这幅画的原因，却别有他的一种心理。他看见这幅画，每爱连想到汉朝的苏武来。苏武在贝加尔湖畔，牧了十九年的羝羊，他回了汉朝以后，不知道他的羊儿怎么样了，不知道他的爱人，胡妇，又是怎么样了。那可怜的胡妇，必然每天抱着他的儿子通国，孤孤另另地，在那西比利亚大平原中代牧着她丈夫去后所剩下的羊群；不然，便是自杀了。苏武归国的时候，不知道为什么不把他的胡妇胡儿带回？他怕只是个伪善者罢？他怕只是个最常见最普遍的利己者罢？他怕只把她当成了个性欲发泄的机械罢？他还是受了国家观念的束缚，受了旧礼制的制裁，受了盲目的环境的压迫，他们生的欲望又太强烈了，欲死又不得死，才两人合意地离别了吗？那他们心中的悲哀！那他们心中的悲哀！……一场悲剧的结末，可以从那画中玩味出来——那画中的少女，不就是胡妇了吗？胡妇了吗？假使我自己是苏武的时候……其实他自己的生涯和运命也和苏武相仿佛。他也正是一场悲剧中的主要角色。他这场悲剧还正在登台，不到闭幕时，还不能辨别到他的同异。

他的眼光，渐渐移到了这幅画片上来。

（二）

爱牟本是四川人，他的故乡是在西蜀的峨眉山下。家里人颇多，要算是乡井中一门望族。在前清末季，学堂未开以前，他家中自行建设了一座学堂，教育他们兄弟姐妹。学堂前面有几株古柳，一带溪流，更远处便是一带峨眉山脉。山下有一片农田，四季之中，常换着新鲜的面目。峨眉山，山高势远，太阳没入山后时，还要两三个钟头，夜幕才能紧闭。大渡河自南而来，奔流在村之东面，除却夏季洪水时期，河水几度翻红以外，平常是清可鉴人。在那悠长的黄昏中，试由峨眉山麓徐徐走到大渡河边，苍然的暮色，渐渐迎人步武走入沙岸中来。催促河边的放牛儿童骑着牛儿从反对方面向山麓回去。河之东岸一带浅山，夜妃出御时，即从浅山顶头升上，皓皓光波照着晶晶流着的河水，滩声远闻，奏出一部永恒无际的交响乐曲（Symphonie）。

在这样童话里的世界中，一直活到了一十三年。他是五岁发蒙，在家塾中已经读了八年的书了。起初科举未停，读的只是唐诗古诗，五经四子；后来改行新法，读了一部地球韵言和一部史鉴节要，这两部四言韵语的新书，要算是当时过渡期中儿童们的重生父母了。此外还抄录了几部东西洋史，和格致，地质，地文等新式的教科书。一部笔算数学，他们家塾里的先生，一面自修，一面教授他们，已把开方都教完了。先生买了一部《代数备旨》来，正打算要教他们的代数，那时县里的小学开办了。十三岁的爱牟如像考上了秀才的一样，考上了小学，便成了开天辟地以来的，嘉州城的第一批高小学生。

嘉州古城，离爱牟的故乡尚有半日的水程，在大渡河与岷江支流相汇之处。两流在城之东南相汇，相汇后北岸有山九峰簇涌，名曰凌云山，唐时韦皋镇蜀，海通上人曾凿石佛一尊于岩上，正当旧大渡河口。佛体龛山而成，高与山等，古时似为缓杀水势而凿。嘉城北部有内外二城，小学校趾便在内城之外，外城之内的草堂寺。草堂寺不是成都浣花溪的工部草堂，内中只是供的一些神像。爱牟初入小学，小学里的功课虽是没甚新奇，但是新鲜的学生生活，新鲜的城市生活，对于他确是一个最初的惊异。他初由大渡河北下时，远远望见嘉州城内的古塔和凌云寺上的古塔，他以为就像两座烟囱。不久又望见了一带赭褐色的城墙，望见了洞魆魆的城门口，他以为就好像一座火狱。如今他已成为火狱中人了。但是他终是乡里来的野人，他喜欢的不是城内的繁华，他喜欢的只是城外的四景。凌云山上的大佛寺，苏子楼，便是他所常游的地点了。

由城北篾子滩渡河，渡过平羌江，可以一直达到山麓。遵山路而上，路渐坦平。路左岩壁峭削，上有擘窠大书，呆呆地呈出“回头是岸”及“东坡先生载酒时游处”等字样。右则下临大江，远控三峨，树箐葱茏，只闻江声如吼。路将折向山顶时，石佛头颅忽由路畔突兀而出！佛顶可容二三十人，螺髻盘旋，青苔滑腻。晴朝，人若以九峰为背境，以朝日为后光，由路上跳登佛头，瞭望四方风物。青天一碧，万里无云，一切物象都在青翠之中燃烧着，辐射着。峨眉山横亘天外，葱茏磅礴，矗立不移。前则大渡河滚滚西来，右则平羌江悠悠南下，嘉州全城楔在两河之间，如像一只飞鹰，瞬刻便要飞逝。两河相汇后滔滔而东，流过乌尤，流过马鞍，流进渺渺茫茫的烟霞里……

童话中的王子，如今成了叙事史诗中的英雄了。

小学初次开办，学生多半是些二十以上未成名的老童，教员也多半是些秀才以上的骨董，学校里的功课，大概可以想见的了。里面只有一位很儒雅的先生名叫柳素梨，他是位青年举人，他又在成都学过了几个月的速成师范。他在小学校中要算是最新进的人物了。他本是成都附近的人。他在校中教的是国文历史地理。关于这类的课目，爱牟素来喜欢，他在同学中也算要是最能得素梨先生的眷爱。先生有一位会吹洞箫的师母，有一个满了九岁的可爱的女弟。先生的寓所离学校不远，每逢礼拜日，先生要邀请爱牟去耍，留他吃饭，教他下围棋。有时师母把自己的梳篦，来替爱牟梳头，可爱的师妹儿，便剥些瓜子给他吃。

有一次，是那年九月十五，学校才开学不久。素梨带着爱牟和师母师妹，黄昏时分，在平羌江上划船。船是先生暑期中到嘉城时自己买的，是一种平底平头船，上面绷着白篷，很好像西子湖上的画舫。师母和师妹坐在篷中，爱牟在船前面撑篙，先生在舟后摇艄，舟儿摇到石佛脚下，夜色已渐渐深沉，月还未上。四面都是昏朦朦地岩头树影好像童话中的巨人。滩上水声好像甚么人在哭泣。大佛身上吊着的一些野藤草，好像一条条的毒龙，大佛脚下一对侍佛，岩壁石龛里的一群小佛，都好像呼息着在的一样。船到岸边时，爱牟不听先生的节制，先跳上岸去，把船缆系在一株树干上，他们又先后上船去。师妹紧依在师母身旁，在篷中默默无语。先生和爱牟两人并坐在船尾上等月，爱牟时常用手去探河水。

素梨先生是五月里到的，离学校开课的时期还早。他在家眷未来之前，去游历了一次峨眉山来，此时他对着爱牟，说出他在峨眉山上所得的印象。

先生说：峨眉山上，雷是山下打的，云是山下起的，人好像是浮在虚空里。大渡河扬子江看来好像是一条丝线。晴天的时候，西藏方面的雪山瓦山都可以看出。

先生说：峨眉山上有座猴子山，就譬如是猴子的王国，人通过那座山的时候，可以看见许多猴子。你不惹他时，他也不惹你的。假如你要表示好意，把粮食糕饼给他们吃时，只要你带的食物多，你一面投，他们一面追着你走，走过了猴子山界，他们就不来追你了。假如你食物不够的时候，那可就不了了，猴子们便要来揶揄你，便要来自由行动，抓烂你的衣裳，扯坏你的包袱，一直要等到他们相信你真是没有了，他们才肯放松。——我觉得这是一个好教诲。人与人关系也是这样。作福总要作到头，不然，便不要作。有始靡终的事情，最是遭人嫌弃的。

先生说：峨眉山上有座舍身岩，岩畔有铁栏围绕，岩下万仞深壑，黑沉沉阴魆魆地，好像一直达到了地心。你如扶着铁栏俯瞰时，就好像有千万只黑手要伸上来拿人，人也好像恍恍惚惚地便想朝里跳。

素梨先生又说：峨眉山上有座万灯岩，岩上岩下古木阴森，每在无明黑夜，在岩外的虚空中有大大小小无数的幽暗的绿光，如像万盏明灯，浮浮沉沉，牵牵引引，看看要浮近岩头了，又退了转去；看看汇积成圆了，又消灭不见。山上的和尚说：是各地寺院的神灯活了，都来朝山来了。有的又说是在这一晚上死了的大大小小的众生的灵魂脱了躯体走来朝山来了。

素梨先生的一些话，说的爱牟毛骨悚然，不怕爱牟就能揣想那万灯岩畔的绿光是些磷火，那舍身岩下的黑手是些树枝。

说话之间，月亮从乌尤山上升出来了。起初如周围的一个大黄金球，在沉静的碧空中渐渐上升，把四周的昏黄渐渐驱逐。水上陆上起了一重重的银雾。月轮渐渐高了，渐渐小了，渐渐化为银白了。一声洞箫，清悠悠地吹了起来，如像投了一星白石在一潭清静水中，波纹渐推广，把一切固定的存在都好像彻底透明了的一样，宇宙只是一圈浮动着的白玉，圆圆地，朗朗地，净无纤尘地……

先生往船篷里去了。

师妹出来，握着爱牟两手，默默地静立在船尾上。

他们两人融合在月光与洞箫声里。

（三）

——先生，这事情总要求你公断。惟其他是客边，所以我们不得不究理。我们县里的学风，不能听凭别县的人来污了。

——天地间有那么凑巧的事情吗？别的科学且不说，单是国文历史地理三门，他门门都是一百分，他那小孩子，晓得什么国文？晓得什么历史呢？先生，这不是循情是甚么？

两位代表在教务长室内，和教务长谈判。室外拥挤着一百多学生，如像蜂子分窝一样，喧喧攘攘地在窗外声援，助势。听着代表的一人说出循情两字来，外面便一齐轰动起来，“不错，不错哦，是，是，是，是循情！”有的又说：“可惜我们生的不好！”有的又说：“可惜我们老了！”——“我们也把头发剪短缠点红头绳子罢！”——“我们可惜没有哥哥出东洋！”——“我们可惜招不成驸马！”——“驸马？怕是龙阳罢！”——“黄九郎！”——“黄九郎！”……喧攘得不堪了，始终不敢多开口的教务长先生，至此才把头伸出窗外来说了几句：

“你们不要太放纵了。你们有话，代表尽可以替你们说，你们的说成什么话？唼，成什么话？柳先生是客边，听了还过得去吗？……”

室外的人还是喧喧攘攘地，室内的代表又向着教务长叫：

——先生，你听我们说的话，不要听他们的。

——先生，榜是你发的，我们现在把它扯来了。请你改正了才行，能立刻把监督请回来最好。

——先生，我们还要申明一句，我们并不是嫉妒他发了第一，像那他种不正的第一，我们不屑于把他顶在头上！

年底，第一学期的成绩发表，因为爱牟占了最优等的第一名，平时便很欺负他，嫉妒他的老童生们，大起不平，竟拿出当年闹小考的威势来同教务长的一位除能嗑酒而外一点本事也没有的先生交涉。起初只是反对爱牟，后来竟渐渐攻击起柳素梨先生来了。榜是扯了。那时监督没有在学校里，往远处的一家丧事人家点主去了，教务长拿着没办法，只得应允一面设法改榜，一面去请监督回来，叫他们稍安勿躁，事情总会有着落，才一时把全校的学生安抚下去了。

那时的爱牟呢？他只是藏在寝室里暗吞酸泪。他自从活到了十三岁来，只在美好的情田里生息着，还不曾与人性的黑暗方面相接触过。如今他开宗明义章第一的开首领略了。他觉得人类都是利己的动物：只图自己的快心，不顾别人的生死。从此憎人之念，报复之心，便如一珠墨水滴入清泉，渐渐地污染了少年洁白纯净的心境。

监督回校之后，天大的风潮，只是想方设计地扣了爱牟几点分数，便很轻轻便便，容容易易地把它解决了。

年假已满，爱牟由家中回城进学。劈头又遇着一件意外的失望事——柳素梨先生丁母忧，于年假中回了成都，并且有不再来的消息了。哼，我晓得，我晓得恶魔们在作弄我，我怕甚么！我怕甚么！他年假一人在家想定了一条计策，从此便着手实行起来。他想，射人先射马，擒贼必擒王。要降服那些老童们，最好是和先生们作对。他从此便专门与先生们反抗，专门挑剔先生们的过失；先生们在讲坛上讲错了甚么立地便要质问，在黑板上写错了甚么，立地便要指摘，全不客气，全不容情，对于一切的人都取一种敌对的态度。不久之间，他的计策便成了功了。老童们都降伏在他的气焰之下，凡遇校内有大小事件发生，都是举他充当代表，去与先生们折衷尊俎。先生们也把他没可如何了。

爱牟的计策虽然成了功，但他驯良的性格从此便日渐陵夷，他反抗的精神从此便成了性癖。十五岁时升入中学。中学的教习也不过是些新旧骨董。教英文的拼音要教一学期，教加减乘除的要从亚拉伯数字起首。智识欲的饥荒无可疗救，自暴自弃的心理便抬起头来。菸也吸起来了，酒也喝起来了。学校的课本丢在一边，古人的书也不屑于再读。林琴南译的言情小说，那时正以洪水般的势力，泛滥于学生之间。迦茵小传，撒喀逊劫后英雄略，英国诗人吟边燕语诸书，正在此时便成了爱牟心旷神怡，忘餐废寝的爱宠了。他每每幻想：他愿能如亨利一样，替迦茵姑娘登上危塔探鸦雏，不幸失足而坠，坠入女郎怀中而同时倒地，同时受伤，更受女郎殷勤看护之忱，因而两情相悦，而欢而死。他又愿能如王子费丁浪德一样，在海上遇着飓风，被精灵幻引到一个魔术的孤岛上去，去与米兰公主一同下棋，质而言之，他所想的他理想中的夫人，不是幽谷中的百合，便是清水里的芙蓉，不是 Ivanhoe 的 Rovena，便是 Romeo 的 Juliet。

爱牟既有这么一种野心，所以他对于旧式的媒妁的结婚，素来也就非常冷淡。自从十四岁时，他从小配定的一位未婚妻死了，他便向母亲说，关于他的婚事，叫他母亲不要着急。他的母亲也很能了解他的意思，凡有替他说亲的人，她都推辞拒绝了。起初半年之间，来说亲的人无虑有三四十处，及到后来渐渐少了，渐渐成了沙弥一样没有人来过问了。每逢年年暑假回家，他母亲总要向他说："牟儿，你选择得太严，你看，你怕要成个鳏夫子呢！"他只是付之一笑。

他的反抗癖终竟误了他——或者是玉成了他。他在中学的第二年上，竟至遭了斥退。中学里有位监学叫金炳之，是一位年少自负的日本留学生。有一次厕所里面有人写了"金炳之不通"的几字，被金监学自己看见了，他便大发雷霆，召集全体教职员和学生，在礼堂上大开一场辞职的演说：

"我金炳之三五少年，已曾东渡。在东京的时候，我做过一次全国留学生会的总会长，闹取缔规则的时候，我也曾当了代表奔走于沪上。以大通而特通的留学生，都说我金炳之通呢！（一顿）如今我到嘉州中学来当监学，在我实在是诿不过监督秦公之雅望，以为开首办学，非我不行；所以我金炳之才来屈就。而今半通不通的嘉州中学的学生，竟敢说我以大通而特通的留学生都说我通的金炳之为不通啊（烈声一番，血泪几迸，）这岂不是我金炳之的奇耻大辱吗？……"

随后把他在学堂内教了一学期的几页修身讲义，地理讲义来一一朗诵了一遍，又自行解说何处是庄子的笔法，何处是龙门的神韵，何处足以伯仲太炎，何处足以目无新会（指梁任公），更把通不通的字面，白翻了一篇大文章，最后的结论是若写"金炳之不通"的学生不能寻侦出来，不斥退出学堂时，金炳之永不回校。金监学出校去了，教职员去挽留，学生代表去挽留，金监学总要求侦出写字的人，加以斥退。三日之间，课也罢了，如像始皇大收博浪沙投槌的勇士一样，明察暗访，无所不至。第三天的午后写字的人终竟探出了。说是，是爱牟的一位好友L君。于是不问青红皂白，监督秦君竟挂了L君的斥退牌，当日即把夫子去齐三日而犹宿于旅馆的金炳之先生接了回来，先生就如像凯旋的将军一样。

爱牟平时对于金监学虚骄的态度，早就不能心服了。如今他的好友L君，又遭了这场天外飞来的横祸，他的心中更不平到了十二万分。正当教职员和学生代表去迎回金炳之的时候，也正是爱牟，L，和其他几个好友在一家酒馆里痛饮的时候。爱牟醉了。夜里回校，睡在寝室里面，便大声急呼，痛骂起金炳之来，骂的狗血淋漓，足足骂了两个钟头的光景。——他遭斥退，便是这场痛骂的结果。

爱牟遭了斥退之后，他便转入成都省城某某中学，成都离他家乡愈远，信函往复也要在一礼拜以上了。他在本府中学时，时时感受着智识的饥荒，他对于他的未来早隐隐生出一种不安的悬念。久久陷在故乡，碌碌无为，他不知道他将来究竟会成为一个什么物件。他当时早想奋飞，早想朝外方去涉猎。他至远的目的是欧美，其次便是他长兄所在的东洋，更其次便是上海北京，更其次便是成都省城了。他在未进省之前，时常向他父母要求，他的父母总不容易放他出去。如今一遭退学，反是他的塞翁之马，他因此达到他最近的一层目的。

但是成都的中学和他本府的囚牢，也不过是"鲁卫之政"。照本宣科的数学先生连教科书底字句也不能读断。讲植物学的先生，把"天然景象"误印成"天龙景象"的教本，竟讲出一段"飞龙在天，见龙在田"的易理来。化学先生极简单的化学方程式中画出一些不等的数目。证明力学命题的物理先生，写脱了几行证明的推理硬把结果得了出来，被学生质问得不明所以，才推说是忘记了，第二天又再来补写。讲英文读本第三四册的阔少，连学生们也知道他在乱讲。更有可笑的是有一位留日学生的国文教员把韩退之送董少南序中的"为我吊望诸君之墓而观于其市"句，硬讲作"……去吊望那些诸君们的坟墓啊……"去了；诸如此类妙趣横生的教育大家，又使爱牟饱尝着幻灭之感。晋省不两月，于是乎成都的竹叶青，武侯祠的古柏，浣花溪的流泉，工部草堂疏竹，又成了爱牟名士的刎颈交了。

成都的竹叶青大曲，是顶强烈的一种酒精饮料。盛在白瓷的酒杯中带着才抽芽的竹叶般的嫩色，不像烧酒那样燥唇，也不像绍酒的那样寡味，饮在口里就好像微微受了电气刺激一般，同时把一种清凉的辛灼的快感，香气也很浓烈，名目也很新鲜，对于人的听觉，视觉，嗅觉，味觉，触觉，诚足以使人六根清净而五蕴皆空。爱牟隔不一两礼拜，便要邀些朋友去醉它一回，醉时不是飞飞花，便要联联句；醉了回来，在寝室里面趾高气扬，不是畅谈时事；便是品评教员，有时又把红楼梦来做模型，硬把同学的人们通要变成女性的天下。所以爱牟初到成都时的生活，也还是和他在本府中学时不争上下：喝喝酒，做做歪诗，访访名胜地方，读读小说……

（四）

在十七岁的那一年，爱牟在省城害了一场伤寒重症才好了起来。有一天礼拜日，他去访他在铁路公司办事的一位堂兄。他在那儿得到了一封家信，是他母亲写给他的。

“牟儿，你身体好些了么？你自从害了病，娘得了你三哥的报告以来，娘几乎天天晚上都在梦见你。你病后要好生保重呀！牟儿，娘老了，娘不能久耐了。

前月对门的烂鼻妇人杨婆，竟公然走来向我说起你的亲事。你说，他替你说了一门什么亲，你恐怕再也猜不到呢？她替你说的就是上村的那家暴发户郑保生的三女儿呀！你小时候，时常说她是流鼻涕姑的，你还记得么？她这一来，把娘气的什么似的。娘当时对她说，‘我的儿再逼得没人要，也说不到郑家的女儿上来！’那烂鼻的杨婆，娘总见不惯她。

牟儿，娘老了，娘再也经不得这么样的气。前几天你么婶走来也替你说起一门亲，女家是她的表妹。她亲自去看过人来，说是读书，又是放了脚的；人品也好，家教也高。么婶，你是晓得的，她是素来寡言寡笑的人，她总不会说诳话的。前几天八字送了来，三天之内，家中也没有什么变动，我们便请宋先生给你配合起来，你们的八字都好，都很配合得上。我又问了你爹，你爹也说可以，所以我们便给你定了婚了。

牟儿呀，你不要怪娘，娘总是为你好，娘相信你总不会失望罢。”

把信读完了，爱牟好像想打一个喷嚏没有打得出的一样，他只呆呆地如像一只木鸡。哼，这是什么话！母亲你也是欺我的人，我还活着做什么呢？……你就不活着，其实也是一样，在前几年的国内，定了婚就如像定了死刑。定了婚的男女，那一位不是待斩的死刑囚呢？……啊啊，我不管！母亲，你总有忏悔之一日！

人类这动物，最是有些莫名其妙的自慰的本能，在他希望未失掉以前，惯会焕发些秀丽的奇葩，把他自己的精神在那花蕊之中陶醉；待他希望既失掉了以后，他又像在炎热之中淋了一盆清凉水的一样，他的心地也会恬然安静起来。许多死刑囚，看着死在临头，反转生出一种镇定的谛观，而成一种就死如饴的心理的，就是这样。这种心理，爱牟也渐渐领略起来了。他自从订了婚后，把他开豁性格，从此便一天一天地沉潜下去。他无论在校里或于暑假回家，他只把老庄的书籍来耽读，日日游心于虚无之乡，广漠之野，万事都是无可无不可的了。他素来本是爱笑的人，他家里的人都叫他"笑和尚"的，如今他换上一副灰色的面孔了。他年暑假回家，在灯下每爱替他父母说古书小说的人，如今只闭酸了嘴书也不说，话也不甚谈了。他这种心境的变换，殊觉有些突如其来，连他自己也时常带着一种惊异的眼光，瞠然内视。

他在成都更还混了一年，铁路国有问题的发生，四川省争路同志军遍地蜂起，不久而武汉响应，不久而清廷倒塌，东亚大陆的风云就好像猫儿眼睛一般，转换得非常，也转换得甚容易，中华民国便在那一年产生了。年假回家，他家中说是已经选了吉期，要叫他明年正月实行完婚大礼，他也就如像清庭受领禅表的一样，再也无甚意志力从事反抗了。

"嫁男莫嫁读书汉，出门一去不回还。

一生守过望门寡，丢下奴家好孤单。"

这便是 Rovena，Juliet，幽谷中的百合，清水里的芙蓉，在花宵之夜，向着 Ivanhoe，Romeo 唱了出来的。这么一首俗不堪耐的俗歌唱得他掉了几行热泪下来。他觉得他们的距离辽远了，他们今后的生涯，就好像在这无意识的一首唱歌之中，显示了一个先谶一样。可怜！可怜！可怜薪火将尽时摇曳着的一缕轻淡的余烟，也快要渐就消散了。

结婚后第二日，照例当往女家回门。坐船坐轿，坐到家古式人家，只听着吹吹打打。爱牟下了轿，走进一道朝门，沿着一个大天井边走去，又走进一座东向的客厅，客厅是一列三间，正中客堂，左右翼各有耳房附丽，爱牟最后走到右侧的耳房里去坐下了。耳房中正陈设一张大圆桌，东壁有窗，南壁下一排茶桌靠椅，西头两床相对，许多客人正在短笛无腔，横吹鸦片。爱牟坐在一只靠椅上，引路的人辞去了，抽鸦片的人却没有一个人起身来款识他。他是从来没有经验的人，不知道回门时究竟该做些什么礼节。来时家中忘记了丁宁他，跟着他来的一个随人也是没有经验，看见他在耳房中坐定，便一溜烟地跑出去了。抽大烟的愈见抽得起劲，耳房外的吹打也打个不停，他一人坐着真是有些着急，他不知道他自己在唱什么猴戏。隔了一会，里面走来一个人问他说道："你既来了的时候，也该去敬敬堂上的先神。"他也就跟着来人走出厅房，向对面的中堂里走去。天井中的吹打大吹大打起来，四周看的人自然比看猴戏的还要热闹。他在中堂中，照着他在家里所演过的一套戏法又演了一场。敬祖宗，拜亲眷，三跪九叩，请转回拜，种种戏法都已演完，牵猴子的人又把他牵回原处去坐下，坐到吃了午饭，又坐到晚，抽大烟的人川流不息而来，但是来他谈句话的人却一个也没有，就好像他真是一条猴子一样。

天已黑了，外面的吹打早已停了。耳房内挂的一盏保险灯已着了光，客厅外突然涌了一群人来，点着许多蜡烛，把正中的圆桌围围绕定！爱牟以为红烛高烧，怕还有什么余兴，但是不多一刻钱声响了，"青龙白虎"的叫声接接连连地叫了出来。啊啊，这成什么世界呢！他坐得好不耐烦，便大胆地私自走来客堂，谁知客堂也正围着一群人开赌，他又只得折回耳房去坐下。啊啊，啊啊……

这么的一场剧景，留在爱牟的脑中，没有消磨的希望。他只要一看见米勒的那幅《牧羊少女》的时候，他总要连想起苏武来，总要连想起这么一场剧景。他今晚上看见来了这幅画的时候，十年前的哀心往事，如像狞恶的鬼影一样，突起浮起，他就好像发了狂的一般，一脚把被盖踢开，跳了起来，把壁上的插画来扯得粉碎，他只用拳头来打自己的头脑，只是啊啊啊啊地叫。把他女人吵醒了，忙起来问他："怎么做起了呢？怎么做起了呢？"他只抱着头，面壁而立，不作一声。她晓得他的狂病又发了，只是立在他的背后，呆呆地望着。回头，看见她的大儿光着睡在床上，她又牵被条来替他盖好。她又呆立了好一会，向爱牟说道："天还没有亮呢，你请再睡一下罢。"爱牟仍只是抱着头颅，面壁而立，一动也不动，一声也不发。只听远远的海

潮咽着单调的哀音,永远没有止息的时分。(完)

这篇小说,本是一部长篇的序幕,已经草就了两年了,迨今还没有时候把下文继续下去。我因为这篇自身,也勉勉强强地充得一篇短篇,创造第一期中已经登了预告,有朋友写信来催我,我便把它在此发表了。将来有机会时,再做续篇或姊妹篇。

十一年九月十八日改作后志此。

跋

2010年暑期，我正在筹备即将在济南举行的郭沫若文献史料国际学术研讨会暨国际郭沫若学会学术年会，接到孟文博给我打的电话。他说要报考我的博士生，想来济南当面咨询。此前，我对他一无所知。从电话里我了解到：他是西南大学文学院中国现当代文学专业的硕士研究生毕业，师从王本朝教授，毕业后在山东大学威海分校任教已经8年。我当时只是纳闷：山东大学的老师怎么想读山东师范大学的博士生？应他的要求，我同意他列席这次会议，并在会议期间见他一面。见面时，我对他的印象是高大粗壮，年龄不小了，似乎没有什么城府。

2011年9月，考取博士研究生的孟文博正式入学，但入学当天他就请假了。在我招收的硕士生和博士生中，一入学就请假者，他是第一个，也是至今唯一的一个，请假的理由是孩子出生。返校后，孟文博与我深谈了一次，我才知道：他已经34岁了，读博士迟了，要孩子也迟了，职称暂时无望，即使很快晋升副教授，也不算早了。让我担心的是，他讲话中太多牢骚和负面信息，显得进取心不足；更担心的是，谈论学业时他分明流露出一位落伍者想走捷径的意思。尽管担心，但我依然相信，王本朝的弟子差不了，他硕士毕业的这8年绝非蹉跎。

入学半年后，孟文博开始不断表达要跟我做郭沫若研究的意愿。起初我没有答应他，因为他基本没有郭沫若研究的基础，更因为他跟我做郭沫若研究很可能有讨巧的动机，于是我劝他慎重考虑再定。后来，看他执意要做郭沫若研究并且让我帮他选题，我便给他出了两个研究方向：一个属于“六经注我”式的，一个是“我注六经”式的。我以为他会选择前者，因为他此前所有的研究，包括硕士学位论文都是走“六经注我”的路子。然而，完全出乎我的预料，他选择了后者。怕他半途而废，我一再提醒他慎重决定，确信他态度很坚决之后，我才打算让他参与到我正在进行的课题——“郭沫若作品修改研究”(后来申报国家社科基金重点项目获得立项)。起初，我心里很不踏实：做这个课题意味着在相当长的一段时间要做大量非常枯燥的工作，孟文博能做到吗？

郭沫若的作品在再次发表、结集和再结集时，大都做了修改。大量作品做了与原版本差别很大的改动，但郭沫若从不注明做过修改，使许多研究者因此得出“时间穿越”的错误结论。我的这个课题主要解决两个问题：一是郭沫若对自己的作品做了哪些修改？二是他为什么要做这些修改？第一个问题是为了恢复郭沫若作品改动前的原始风貌及其历史现场。第二个问题将涉及郭沫若修改的复杂原因：有政治上的随风变，也有艺术的再加工；有坚守，也有媚俗；有明显的自我否定，也有悄悄的自我拔高；有正常的润色，亦有莫名的“易容”……探究这些原因，将获得研究郭沫若这个人和那个时代的新的学术增长点。有关这一课题的最初成果是对郭沫若个别作品集的汇校。20 世纪 80 年代初、中期出现了郭沫若三部作品集的汇校本。这些汇校本奠定了郭沫若作品修改研究的基础。由于郭沫若修改自己作品的数量太多，使得本课题研究的工程量很大；加之郭沫若的作品以及他本人在现代中国文学、政治、外交、历史学、古文字学、乃至科学、艺术等方面都产生了重要的影响，所以，这一课题的研究不仅是郭沫若研究的重要学术工程，对于深化现代中国社会和现代中国文化的研究，也具有重要的“抽样”意义。总之，这个课题学术价值很高，难度也非常高。

孟文博的博士论文是从对郭沫若《文艺论集》的校勘开始的。这项工作并不是学术空白。1984 年黄淳浩先生校勘的《〈文艺论集〉汇校本》已由湖南人民出版社出版。黄淳浩先生是中国社会科学院文学研究所的研究员、郭沫若研究和创造社研究领域的资深专家，尤其擅长文献史料的研究。因黄先生下了很大的功夫，所以 20 多年来《〈文艺论集〉汇校本》一直有良好的反响。让人意想不到的是，年轻的孟文博下的功夫更大！难得的是他从黄淳浩《〈文艺论集〉汇校本》止笔的地方开始做起。黄淳浩先生着眼于郭沫若《文艺论集》不同版本较为明显的改动，“至于一般的文字变动，为避免繁冗，则不一一录出”。孟文博不“避免繁冗”，通过认真阅读与之相关的文献史料，发现黄淳浩先生所校《〈文艺论集〉汇校本》中许多“未被标注的修改并非都是‘一般的文字变动’”。在重新校勘郭沫若不同版本的《文艺论集》后，孟文博“对其遗漏和错误作了尽可能详尽的补正”。孟文博对《〈文艺论集〉汇校本》的补正形成一篇5万多字的论文。必须说明，这决不意味着孟文博用了很短的时间就超过了黄淳浩先生的学术水平，而是说明孟文博站在黄先生的肩膀上才能抵达新的学术高度。任何学科的学术发展都是这样，后人在前人的基础上，一代托着新一代人阶梯式地向上攀登。

孟文博这篇补正的学术价值很高，但篇幅太长，我四处推荐，几乎没有刊物敢接，最终在《山东师范大学学报》上全文发表。这得感谢主编李宗刚！不过李主编并不是一开始就慧眼识珠，也是反复掂量了好几天。此文究竟是“椟”是“珠”？他颇费斟酌，再加上学报在历史上从未刊发过这么长的论文，最后，他顶住压力打破常规发表了此文。结果，文章和刊物双赢。孟文博因这篇文章赢得郭沫若研究界乃至中国现代文学研究界的关注，《山东师范大学学报》也赢得了转载率和美誉度。中国人民大学复印报刊资料《中国现代、当代文学研究》用了31页全文转载了此文。据说，这篇论文创造了复印报刊资料转载篇幅的一个新纪录。以此文的发表为标志，孟文博从此爱上了文献史料的研究。

表面来看，孟文博是以很小的代价、很短的磨合期，实现了从“六经注我”到“我注六经”的学术转型。人们看不到的东西有三：一是他在攻读硕士学位阶段王本朝教授等给他打下了良好的专业功底；二是他付出了超乎常人的辛劳；三是确立了坚定的学术信仰。校勘工作来不得半点敷衍，与你的才情没有多少关系，与灵感更没有关系，只与你下的功夫有关，你若糊弄它也就是糊弄你自己，多一分汗水就多一分收获。才华盖世如郭沫若，校勘《管子》都花了几年的时间，只是为了研究者“披沙可以拣金，较之自行渔猎，獭祭群书，省时撙力多多矣”。肯以一己之超常付出，换取众人“省时撙力多多”,这不只体现了非同一般的奉献精神,更体现了非同一般的学术信念!这才是孟文博最深层的学术跨越。

正是因为有了这样的学术信念,孟文博的博士论文不敢说做得多么好,但我敢说他做得很认真,做得很扎实;不敢说这篇论文有多么大的学术贡献,但我敢说,与一般博士论文相比,这篇论文“水分”极少,“干货”很多,被评为山东师范大学文学院那一届唯一的优秀博士论文。这几天重读这篇论文,我脑子总是“开小差”,不断闪现这些年来孟文博的形象。入学之初,我印象中那个缺乏进取心的孟文博与他的身高不太相称;后来,“熬苦求学”的孟文博在我心中越发高大起来。

20世纪80年代,我最喜欢的诗句是:“卑鄙是卑鄙者的通行证,高尚是高尚者的墓志铭。”我曾把这诗句作了改编:“矮小是矮小者的遮羞布,高大是高大者的垫脚石。”录于此,与孟文博共勉。

魏　建

2019年5月9日于济南